2006年第1期–2022年第3期

扬子江文学评论

卷首语手札

丁帆 著

江苏凤凰教育出版社
Phoenix Education Publishing, Ltd

图书在版编目（CIP）数据

《扬子江文学评论》卷首语手札 / 丁帆著 . -- 南京 : 江苏凤凰教育出版社 , 2024.1

ISBN 978-7-5499-5879-5

Ⅰ. ①扬… Ⅱ. ①丁… Ⅲ. ①中国文学 – 当代文学 – 文学评论 Ⅳ . ① I206.7

中国国家版本馆 CIP 数据核字 (2024) 第 000220 号

书　　名　《扬子江文学评论》卷首语手札
作　　者　丁　帆
责任编辑　周敬芝
装帧设计　陈　也
责任印制　石贤权
出版发行　江苏凤凰教育出版社（南京市湖南路 1 号 A 楼　邮编：210009）
苏教网址　http : // www.1088. com. cn
照　　排　江苏凤凰制版有限公司
印　　刷　南京爱德印刷有限公司
厂　　址　南京市江宁区东善桥秣周中路 99 号，邮编 211153
开　　本　787 毫米 ×1092 毫米　1/12
印　　张　22
版　　次　2024 年 1 月第 1 版
印　　次　2024 年 1 月第 1 次印刷
书　　号　ISBN 978-7-5499-5879-5
定　　价　360.00 元
网店网址　http : // jsfhjycbs. tmall. com
公 众 号　苏教服务（微信号：jsfhjyfw）
邮购电话　025-85406265，025-85400774
盗版举报　025-83658579

摄影：刘建

丁帆

一九五二年五月生于苏州，南京大学资深教授，南京大学学术委员会委员，曾任国务院学位委员会中文学科组第五、第六届学科评议组成员，中国社会科学中文学科评审委员，中国作协理论委员会副主任，江苏省作家协会副主席，《中国现代文学丛刊》《扬子江文学评论》主编。自一九七九年在《文学评论》上发表学术论文以来，共发表论文六百余篇，有论著二十余种。主编各种学术丛书十余种，主编国家各种大学中学教材五种，著有散文随笔集十余种。获得国家社科基金项目六项，其中国家重大项目二项。三十年多年来培养硕士博士研究生共二百多名。

上[illegible]五[illegible]十年代文学

[illegible]批评以及刘[illegible][illegible]先生

[illegible]论文都是对那个时代

[illegible]的政治工具性文学批评

[illegible]性反[illegible][illegible]醒之处就在这里

[illegible]右倾或者工具批评那么文学批

[illegible]记有一种忠诚教人训练忠诚于

[illegible]人训练成忠诚于意识形态

[illegible]之至一个诗[illegible][illegible][illegible]

那个面朝大[illegible][illegible]

[illegible]

前言

余於章草書法之學始於上世紀之
研以後從舊隸帖諸簡帛稿墨跡
既時碑帖不多所見唯有明人所刻
急就章一本黃道周書亦嘗見之于
日本人所編書道全集之二種章草
墨蹟遂臨習之後學漢簡帛書之
作於此二者之間始知章草與隸
一脈相承故於漢簡帛書用功尤
多又見敦煌漢簡中有此書

晉唐以來文人所傳章草多源於此
大都以皇象索靖所書為宗而
漢簡帛書中

文學者抄寫大量經史典籍中有
章草作品其書不拘法度自然天趣
於今可謂以章草書寫一直延至
唐朝時期在敦煌文書中多見章草
墨跡遺存甚多也

至南大文學院講授書法課程但凡
中國古代書法中之漢簡帛書章草

唐朝不輟
以及二〇〇七年開始主編陽子江文
學評論雜誌九十五年前七年來
所編書法雜誌多有新人作品十年
之間所見章草作品亦多有之
故所見之章草作品雜而不一
然章草十載且書之日不輟以期
顯露書法之美而章草之獨特書
法之美乃在古代文人之風氣中
之書法在漢簡帛書中可見章草之

漢簡章草多見
寫以為文人之手札不以書法為意
求其自然但學其墨跡一種文人個
性風格而章草之獨特之美在
之中可見也

癸卯年七月廿五日
丁勤書於南大和園

前　言

余非专攻书法，亦无法书之长，之所以握管操觚染翰，实属偶然。

儿时顽劣，不事功课，暑期顶烈日奔波于街市巷陌，严父苛责，罚每日书大字两本，临颜柳二体，初执笔，乱涂鸦，遇老拳，心生恨。祖父怜，便于左侧竖写一行柳体，吾照例横写一排，速率提升，感觉甚佳，字亦有起色矣。父见，腹笑也，遂加之。

苦童十日余，忽闻父得令，赴南通“四清”，大喜过望，弃颜柳，结狐朋，奔闹市，闯荒野于郊也。

“文革”起，抄写大字报风起云涌，乃革命行动，余不惜纸张，随性涂鸦，挥斥方遒。此番革命书写，一直延至大学抄写黑板报，厌之，遂弃软笔，黄灯枯卷苦读书去也。

在南大文学院履职期间，但凡遇上志在必办要事，以示尊重，毛笔奏笺，屡试不爽。

公元二〇〇六年开始主编《扬子江文学评论》[1]杂志，凡十五年，前六年卷首语乃硬笔手书，未使软笔，后十年重操毛笔，意在改变一下评论杂志呆板形式而已，隐匿配合杂志的内容风格。

然荒笔几十载，且童子功不扎实，欲用馆阁体书之，却笔力不逮，只能随意涂鸦也，反观连自己都汗颜，好在留下这些办刊的印迹，也算《扬子江文学评论》历史的痕迹罢。

窃以为，文人之手札，不似书法家那样讲求章法，但毕竟还是一种文人个性的体现，所以余之丑书，竭力迎合办刊之风格，亦为吾初衷也。

癸卯年六月初五日丁帆草于南大和园

---

① 原名为《扬子江评论》。

目录

002 ……… 2006年第1期

006 ……… 2007年第1期—2007年第6期

025 ……… 2008年第1期—2008年第6期

040 ……… 2009年第1期—2009年第6期

056 ……… 2010年第1期—2010年第6期

072 ……… 2011年第1期—2011年第6期

092 ……… 2012年第1期—2012年第6期

111 ……… 2013年第1期—2013年第6期

128 ……… 2014年第1期—2014年第6期

146 ……… 2015年第1期—2015年第6期

158 ……… 2016年第1期—2016年第6期

170 ……… 2017年第1期—2017年第6期

182 ……… 2018年第1期—2018年第6期

194 ……… 2019年第1期—2019年第6期

206 ……… 2020年第1期—2020年第6期

220 ……… 2021年第1期—2021年第6期

241 ……… 2022年第1期—2022年第2期

247 ……… 2022年第3期—2022年第3期（未刊稿）

2006年第1期

读者诸君，当你打开《扬子江评论》创刊号的瞬间，已经是2006年的"秋尽江南"时刻了。诞生于此时的一个评论刊物，虽历经艰难，但有烂漫霜天的尽染与读者诸君您的护佑，想必会在点滴雨露的滋润下慢慢成长的。

针对九十年代以来文学评论的种种弊端，我们力图本着不媚俗、讲真话的办刊原则，为改变消费时代不良评论风气而做出努力。

呈现在读者诸君眼前的创刊号里，我们在每一个栏目的设置中都进行了反复研究，但万变不离其宗的人文元素是我们追求的宗旨。"焦点话题"中的三篇由阶层而生发出对当下文学和文化的尖锐批评文章，就充分体现出了作者鲜明的价值判断，尤其是邵燕君君①对"底层文学"和"纯文学"的阐释，从文学创作永恒的常识性问题切入，说出的却是这个时代没骨创作的本质特征，我们以为这恰是评论所不可或缺的价值立场！

"作家作品论"应该是评论永远关注的目标，在这组文章中，陈思和君对贾平凹《秦腔》的评论显然已经跳出了一般意义上的作品论，而是站在文化与文学史的高度来认识作品，宏观大义，不言自明。姚晓雷君和王宏图君的作家作品论虽为微观之论，但也是锋芒毕露，个性突出。

"文学现场"作为一个有创意的栏目，我们考虑的是用一种更加个性化、感性化的方式切入当下文学生态的具体镜像，还原文学事件、文学思考与文学的永恒主题之间的对峙和融合，李敬泽君的文章正是以随笔式②的批评文字深刻地进入了这一"现场"。

为了使评论的历史环链更加清晰，"思潮与现象"和"旧作新读"都是旨在将文学史的脉络进行二次性的整合与梳理。此次刊出的四篇文章均是纵横捭阖、新意迭出的佳作。

我们尤其要郑重推出的是"批评的批评"栏目，其立意就是要鲜明地弘扬批评的正义立场和据理力争的批评风气。这组文章对文学思潮中的一股罡风煞气做出了强有力的批判，应该说是有根有据，有理有节的③。

---

① 手稿缺"君"字。

② "随笔式"手稿为"随笔"。

③ "有理有节的"手稿为"有理有节"。

文学评论不应该忽略的是对一些新发现的史料的厘定和分析，所以，我们设置了“文史钩沉”栏目，这次发表了杨扬君的资料四则就很有嚼头，从中可以读出别样的味道。

“海外华文文学研究”是与大陆文学研究[①]有着互动关系的领域，这个栏目的设置希望能够扩大评论的视野。

鉴于第一次来稿的局限，尚有一些栏目设置[②]还没有付诸实施，我们期待着有更新的栏目引起大家的注意和讨论。

读者诸君，对于一个刚刚起步的刊物，我们需要你们的批评和帮助，恳请诸君即时[③]与我们联系切磋。

---

① 手稿无“研究”。
② “有一些栏目设置”手稿为“有些栏目”。
③ “即时”手稿为“及时”。

读者诸君：当你打开《扬子江评论》
创刊号的时候，已经是二〇〇九年
之秋，金陵江南时刻了。诞生于此时的
一本评论刊物，[illegible]
[illegible]
[illegible]
润，慢慢成长。

针对九十年代以来文学评论的种
种弊端，我们力图有所[illegible]，不偏不倚[illegible]
[illegible]
[illegible]
[illegible]
我们更为关注目前评论界中[illegible]
[illegible]
[illegible]
[illegible]
[illegible]
[illegible]
[illegible]

当下[illegible]有些人认为，我们这个时代
没有创作的高度，[illegible]我们这个时代
[illegible]
「作家作品论」、「思潮流派评论」[illegible]
[illegible]
[illegible]
[illegible]
[illegible]
[illegible]
[illegible]
[illegible]

「文学现场」作为一个专栏，[illegible]
[illegible]
[illegible]
[illegible]
[illegible]
[illegible]
[illegible]
[illegible]
[illegible]

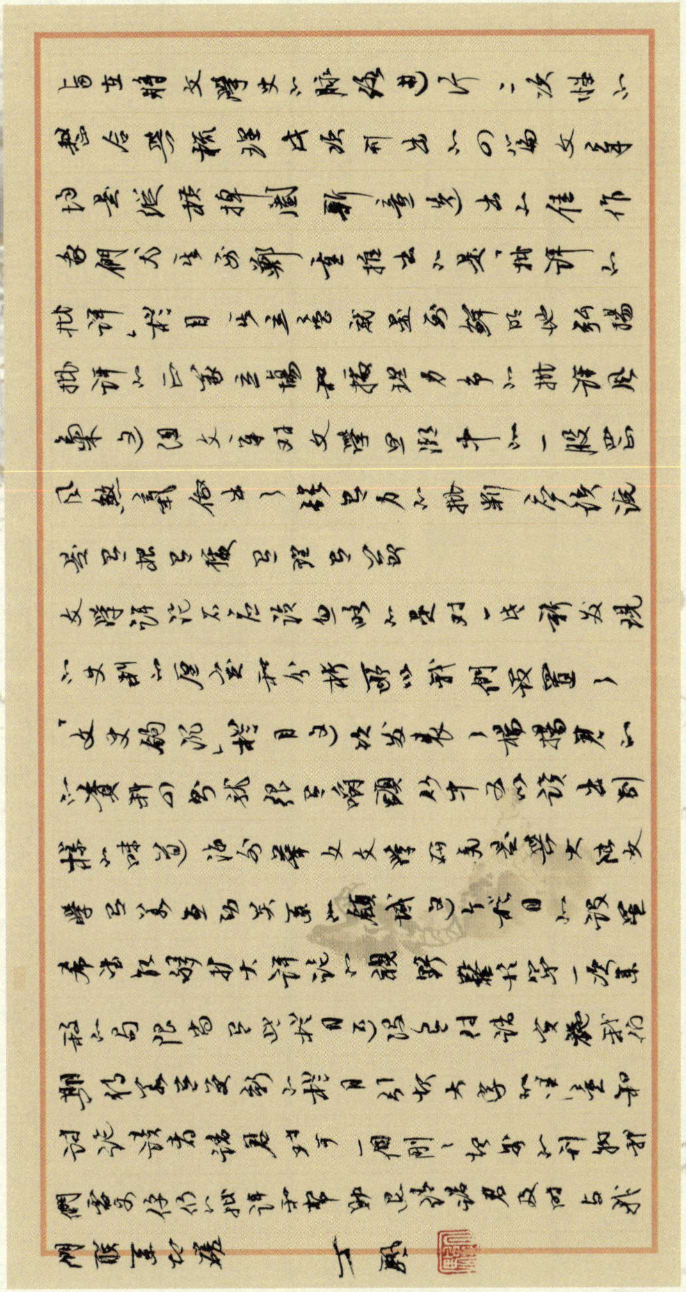

2007 年第 1 期

新春伊始，正是万木复苏之时，我们将以一个新的面貌展示《扬子江评论》的办刊宗旨和风格。

五四以降，许多中国现代作家逐渐患上了一个创作上的通病——缺乏可持续写作的能力，这个问题在"十七年""文革"政治统辖文学时期尤显突出，然而，在改革开放以来文学获得一定自由以后，为什么作家的可持续写作能力没有呈现出上升趋势，反而更趋萎缩呢？除了消费时代的外部因素制约外，作家自身的内心平衡的破坏也是不可忽视的重要原因。鉴于此，本刊发表了王彬彬和申霞艳的文章，期许得到学界和创作界的广泛讨论与争鸣。

在"豁蒙讲坛"栏目中，李锐先生提出的"语言的自觉"其实就是作家的自觉，它是知识分子在"头脑"和"肢体"之间的价值立场选择的重要启蒙问题；而阎连科先生通过对文学与现实关系的梳理，所高扬的"自己的声音"正是作家面对这个迷失了方向的世界发出的启蒙强音；董之林女士对当代文学研究若干问题的反思，从学理的角度对当代文学做出了有独到识见的解释。

"作家作品论"永远是一个不可或缺的栏目，因为它是文学史、文学运动、文学思潮、文学现象、文学社团最基本的构成元素，我们试图多发一些有独到见地，且富灵性的文章，以形成推动文学前行的动力。这次本刊发表了季红真等先生的文字，期望有更多的学界与创作界的同仁一起为丰富这一栏目而努力。

近几年来对文学传媒的研究已经形成热潮，本刊这次发表的吴俊先生的《〈人民文学〉与"国家文学"》一文是从当代文学的制度设计作为切入点的，问题提得很有意思！而吴秉杰先生所阐释的文学与传媒的互动关系，同样是值得深思的一个问题。

"批评的批评"栏目此次发表了王晓华先生的一篇与作家残雪商榷的文章，除去思想内容的尖锐犀利外，其文字干净利落，不转弯抹角[①]，倒也是本刊力主的文风！我们期望有更多这样的来稿，把刊物办成一个真正有活力有生气的批评阵地，使"百家争鸣"的风气弥漫学术界和创作界。

"海外华文文学研究"[②]作为一个保留的特色栏目，我们希望通过它来进一步梳理这一块面的文学史，同时沟通域外华文文学与大陆本土写作的联系。这次我们发表了黄万华先生的一篇重头文章《海外华文文学：沟通于"大传统"的"小传统"》，文章从宏观到微观的分析为这一命题做出了有力的回答。我们希望有

① "其文字干净利落，不转弯抹角"为作者后补。
② "研究"二字为后补。

更多这样的文章问世。

本刊的“戏剧影视研究”栏目是新办的栏目，它的成长希望得到更多业内人士的注目与支持，我们既期望有更多更好的理论批评文章的出现，同时也冀望有一些结合实践的评论文字面世。

读者诸君和各界同仁，本刊得到了你们的大力支持和帮助，这是我们有信心把《扬子江评论》办得更好的力量源泉。在此新春之际，我代表本刊的全体同仁向你们致以最诚挚的谢意！

新年伊始，正是万木复苏之时，我们将以一个新的面貌展示《扬子江文学评论》的办刊宗旨和风格。五四以降，许多中国现代作家逐渐意识到一个创作上的通病，缺乏可持续写作的能力。这个问题直至十七年文革政治统摄辖文学时期愈显突出，甚而直至改革开放以来文学获得一定自由以后，为什么作家可持续写作能力没有呈现出上升趋势反而文题萎缩呢？除了消费时代的部分因素制约了作家自身的内心平衡的破坏也是不可忽视的重要原因。鉴于此，本刊发表了王彬彬和申霞艳文章，期许沟通学界和创作界的广泛讨论与争鸣。直话萧讲坛栏目中李锐先生提出的语言的自觉，正实就是作家的自觉，它是意识、个体头脑和

肢体之间的价值立场选择的重要启蒙问题，而阎连科先生通过对文学与现实关系的梳理所写扬的自己的声音正是作家面对这个迷失了方向的世界发出的启蒙强音。董之林女士对当代文学研究若干问题的反思，从学理的角度对当代文学做出了独到识见的解释。作家作品论永远是一个不可或缺的栏目，因为它是文学史文学运动文学思潮文学现象文学社团最基本的构成元素。我们注重为发一些专栏到见地且富有灵性的文章，以形成推动文学前行的动力。这次本刊发表了李红真等先生的文章，期望可更多的学界与创作界的同仁一起为本专这一栏目而努力。近几年来对文学传媒的研究已经形成热潮，本刊这次发表的吴俊先生的人民文学与国家文学一文堪当

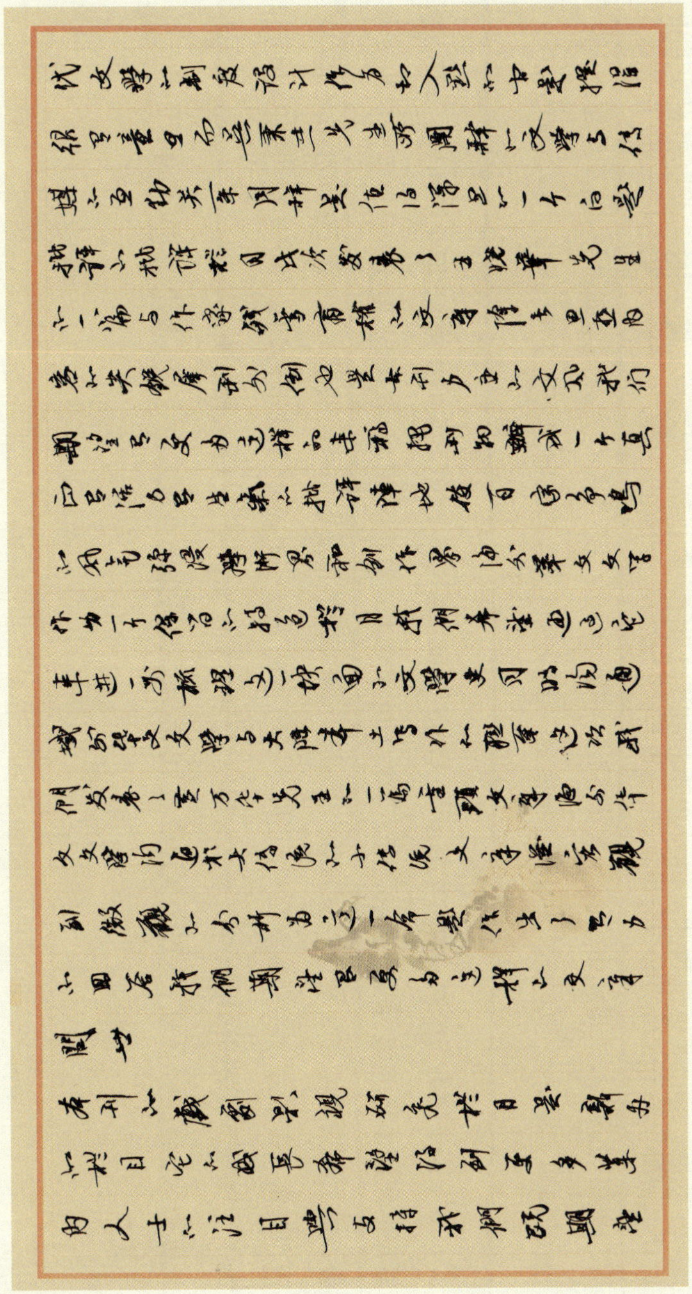

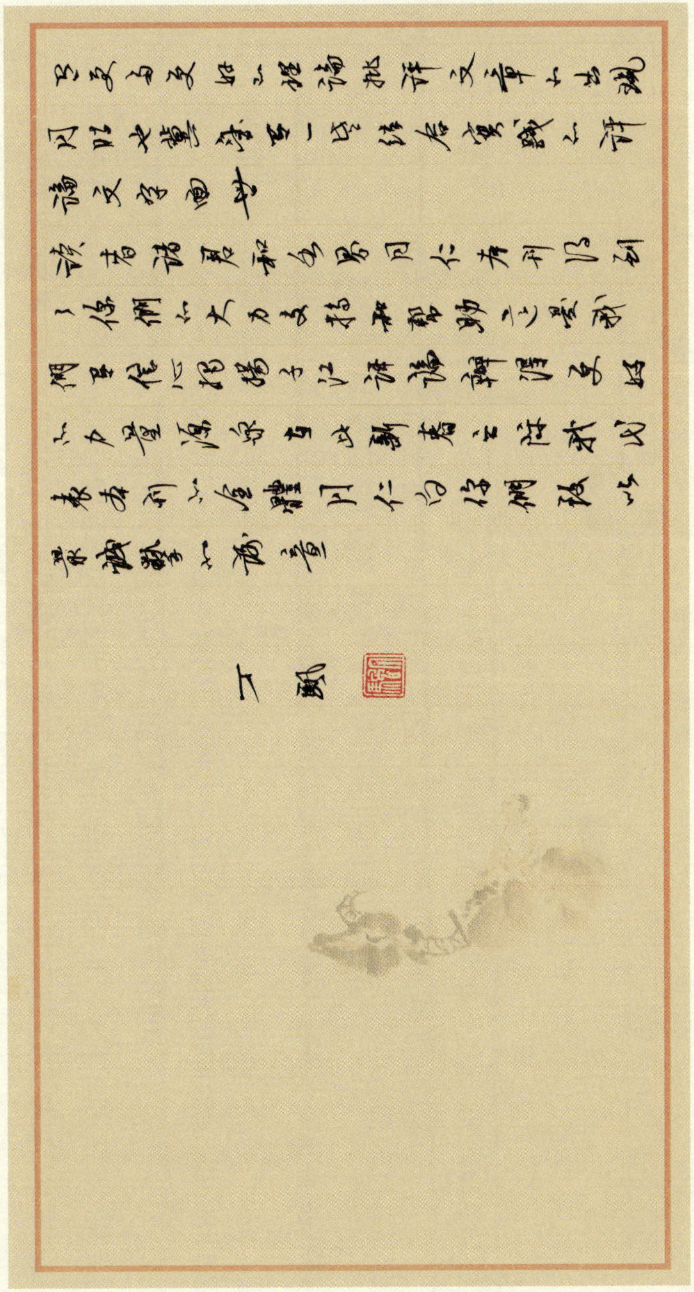
丁帆

2007 年第 2 期

本期我们在“焦点话题”这个栏目里集中发表了三篇文章：洪治纲先生从“主体性的弥散”的视角对九十年代文学“为所欲为式的狂欢”进行了反思性的哲学批判；而何言宏先生却从出版的操作层面对九十年代的中国文学做出了冷峻的理性分析，其中不乏令人思考的论点与论据；贺仲明先生在直面九十年代以来文学批评现状时，对文化批评泛化的思考是值得我们引起注意的文学批评症结。这三篇文章虽然从不同角度切入已然逝去的文学历史，但是它们对当前的文学创作和文学批评还是有警醒作用的。更多的本刊意见我们在栏目中“编者的话”里都做了表述，不再赘言。我们希望对此话题有兴趣的国内外学者来稿支持这个栏目，使其讨论延续和深入下去。

本期新增设了“名编视野”，试图通过这个栏目构架起一座编辑与创作者之间的心灵桥梁。同时，也可以从文学的细节之处把握作家作品在文学史构成中的脉动。我们希望在文学史上留下过痕迹的编辑以及作家鼎力支持这个新增的栏目①，无论是理性的或是感性的文章均可，更希望能赐给那种活泼有趣而富有学理性的文字。

对诗歌思潮和现象的讨论也是我们新辟的文体评论领域，本期所发的两篇文章既有从地域诗潮来分析八十年代诗歌倾向的力作；又有从独特的宏观角度来剖析第三代诗群的长论。这个栏目刚刚起步，我们将会陆续刊发一些此类具有不同意见和风格的诗评，为诗歌的发展和振兴提供理论的参照。

王德威先生的文章从一个宏观的角度纵横捭阖地描述了海外华文文学创作的历史和现状②，给我们提供了许多观察和研究海外华文文学的新视野。

本刊主张那种犀利的批评文章，有锋芒，即使有所偏激，也比那种平庸的文章好；我们主张批判，是定位在学理层面上的讨论，是特指在哲学层面上的思辨，而非道德伦理层面上的人身攻击。所以，我们欢迎一切不同观点的文章！包括那些与本刊同仁意见相左的来稿，但不希望看到那些辱骂性的文字出现。

读者诸君，又到了草长莺飞的季节，我们希望听到你们更多的中肯意见和建议，看到更多高质量的来稿。

---

① “新增的栏目”手稿为“栏目”。

② “海外华文文学创作”手稿为“海外华文文学”。

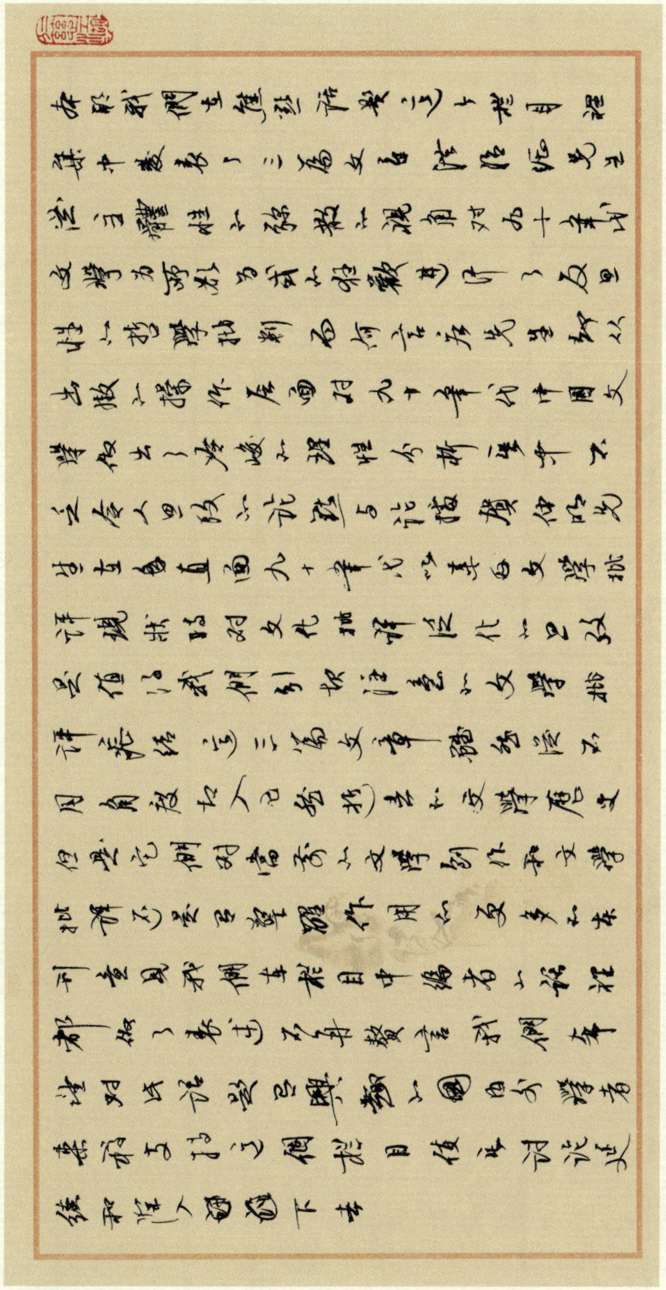

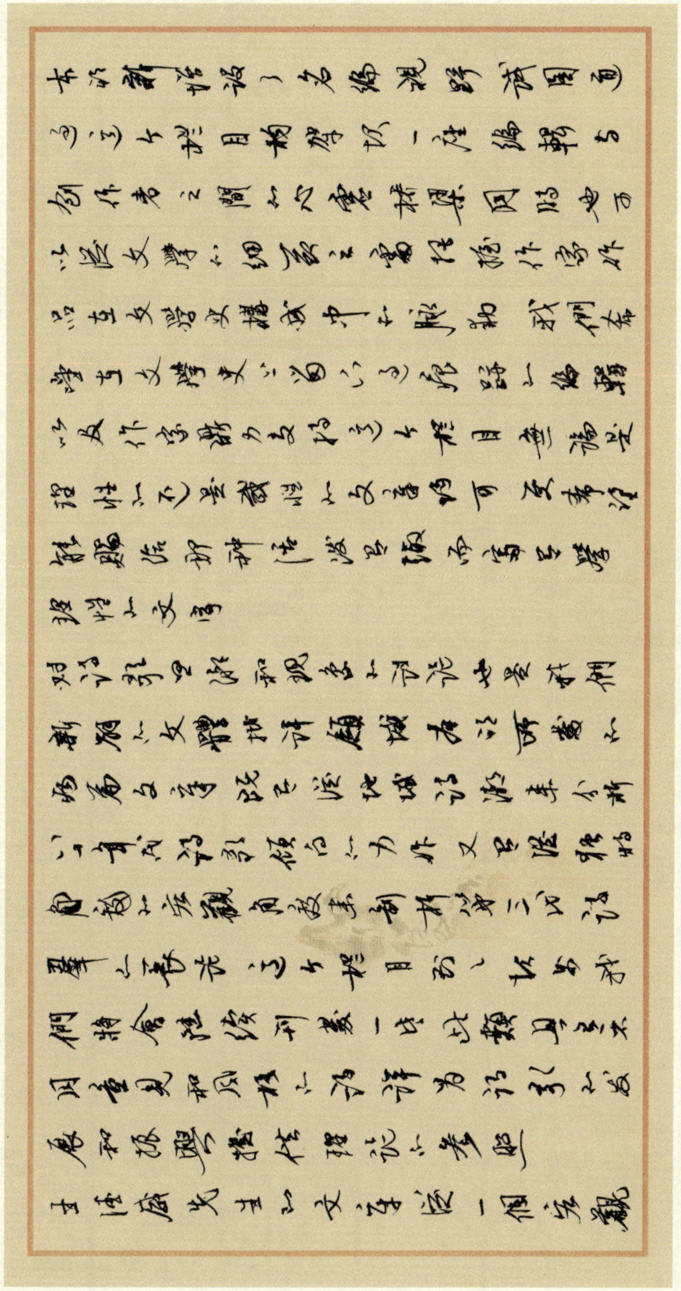

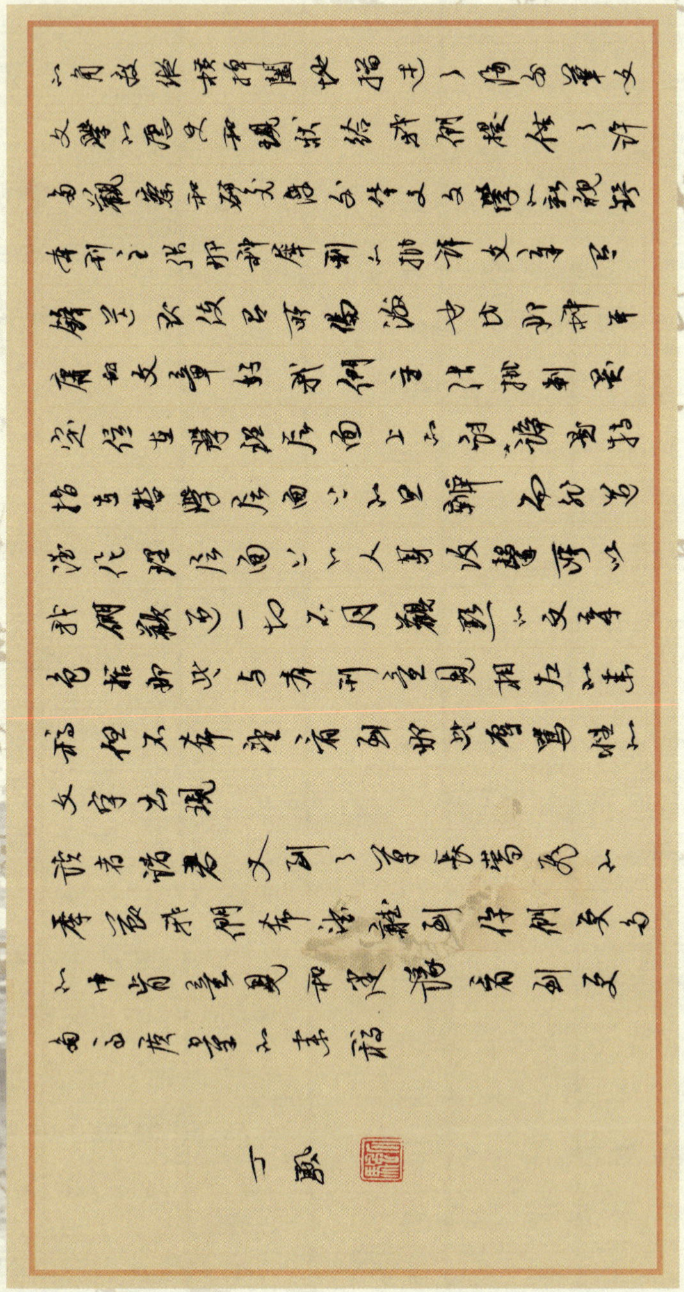

2007 年第 3 期

仲夏之际，文学的季风和热浪也扑面而来。

中国社会的转型在逐渐改变着这个以古老的农耕文明为主体的文化结构，城市化的进程对乡村文化秩序的结构性破坏已经成为生活的现实，这样一种乡土文化与都市文化的碰撞，固然会折射到文学创作中来，而我们是否可以从国外的经验中[1]，从本土的历史缝隙中找到可以借鉴的文化和文学的理论资源呢？“到达大都市”的叙事模式理念是一种启迪；城市通俗小说的人物写法也给当下城市书写另一种启发；而一直是城市欲望核心表达的女性书写的历史状态又会给我们带来怎样的借镜呢？从陈晓兰、汤哲声和殷国明的文章中我们可见一斑。

本期的焦点话题是对文学制度的考察，王本朝、段崇轩和杨剑龙的三篇文章无论是从宏观还是微观视角入手，都对历史与当下的文化体制做出了鲜明的价值判断，无论你同意与否，它们对历史的反思和对当下的文学思考都是有积极意义的。

“豁蒙讲坛”中刊登了陈忠实对《白鹿原》创作过程中许多鲜为人知事情的透露，给我们更深刻地阐释这部经典提供了新的契机。

“作家作品”栏目中，我们刊出的林岗对于白求恩题材作品的分析是很有意味的：集体记忆在环境制约下的“有序的期待”值得我们深思。另外，无论是对既往名作的重释，还是对当下新作的评论，都充满着各位作者独到的识见，尽管你不一定苟同他们的观点，但是这种声音却是批评的灵魂。

可持续写作的问题的提出得到了许多批评家的响应，本期刊出的刘川鄂和邓林的新作就给这个论域增添了许多可资话题。这个话题我们还要继续下去，欢迎同仁们踊跃赐稿。

“影视文学”和“海外华文文学”栏目是两[2]个长线栏目，我们希望得到像叶橹先生这样扎实而富有学术激情的文章，以壮本刊学理和美感相融风格的声势。

读者诸君，几期刊物出来以后，我们收到了许多同仁表扬的言辞，当然，我们深知这殷切希望背后的沉重分量。同时，我们更希望同仁们提出善意的批评，以利于我们把刊物办得更有质量。

---

① “是否可以”手稿为“是否可”。

② 手稿为“一”个长线栏目，前文提到两个栏目，改为“两”个。

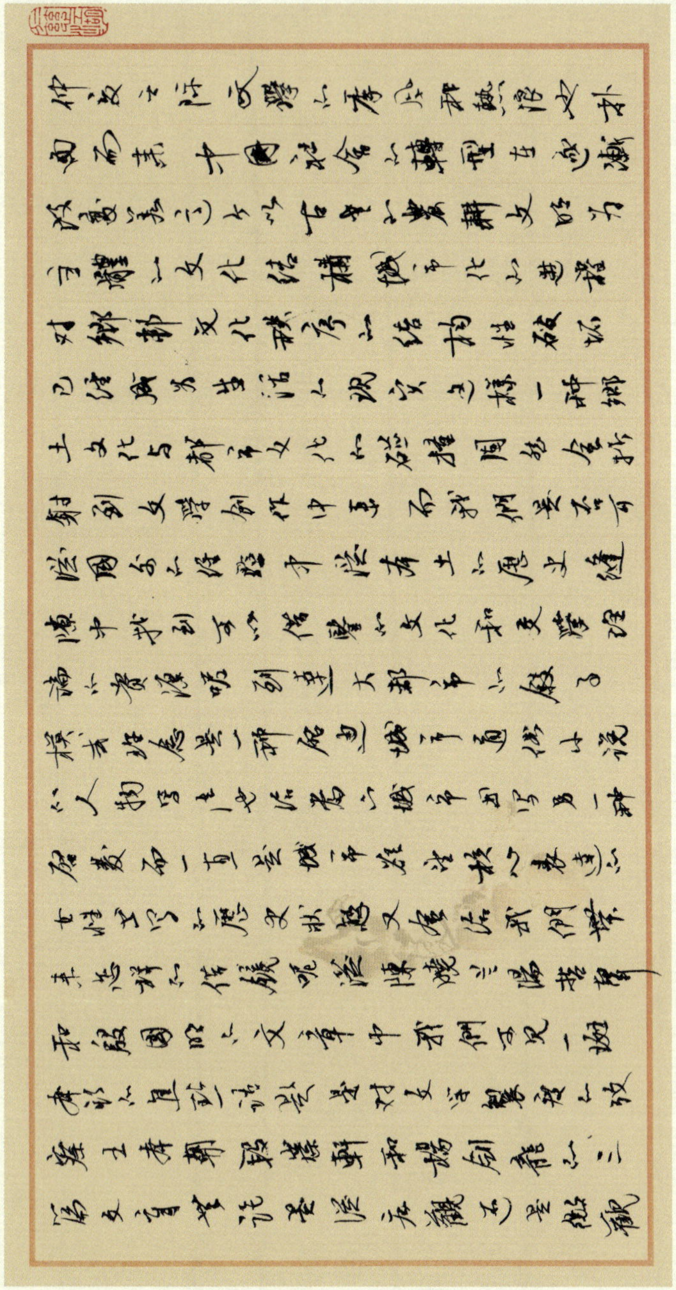

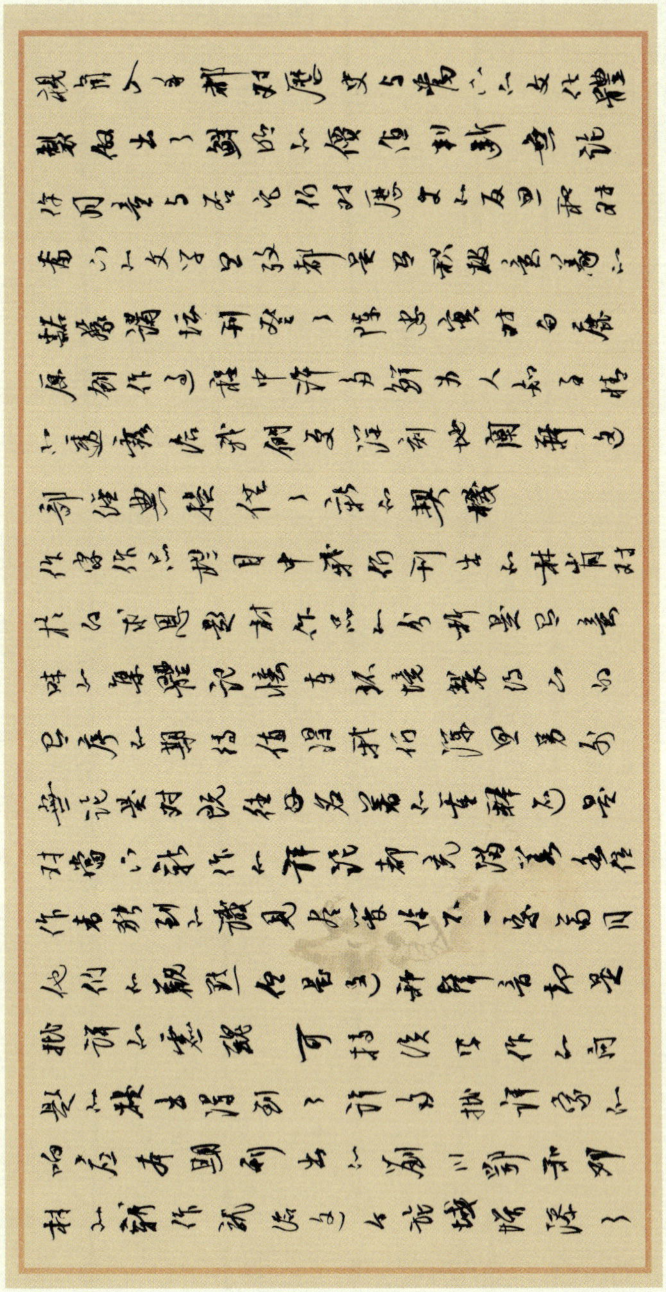

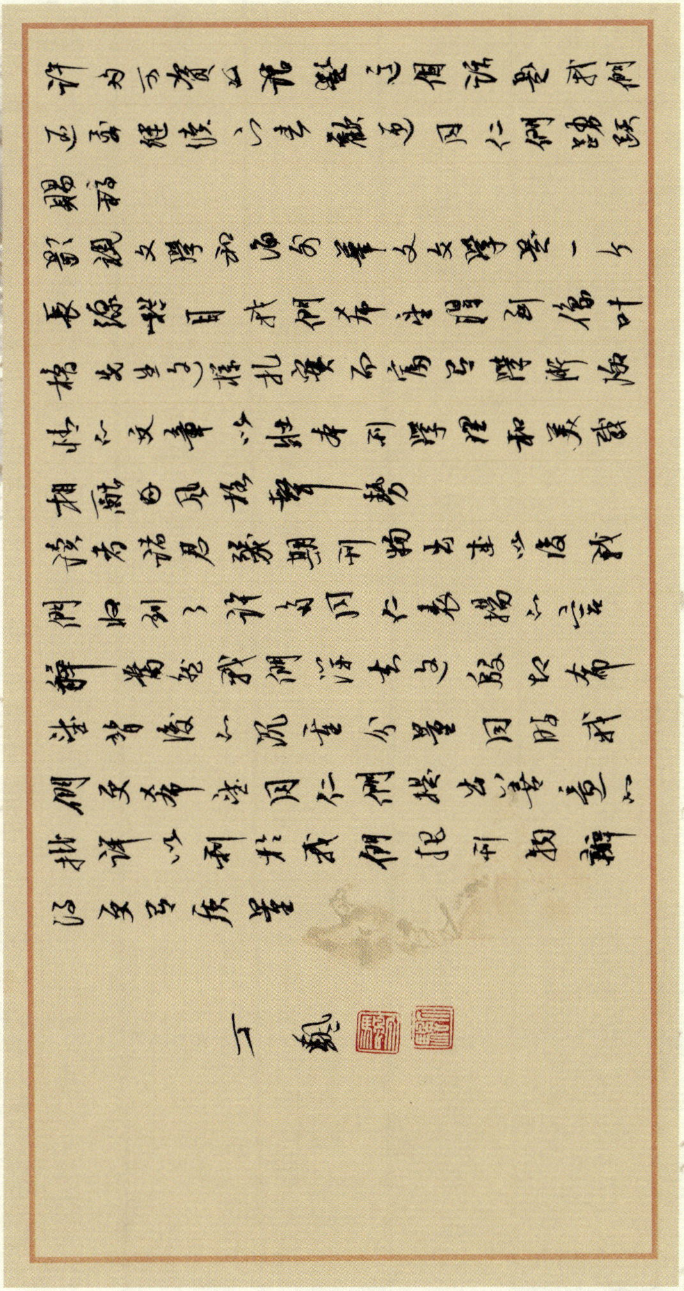

2007 年第 4 期

旱涝无常的酷暑即将过去，等待我们的将是又一个金色的秋天。然而，在这段难挨的盛夏里，使本刊编辑部同仁十分感动的是诸位作者在炎热中给我们送来了这么多的好稿子，在此，我们再次表示诚挚的谢意！

本期推出了可以使人眼睛一亮的新栏目，想必读者诸君从中可以领悟到作者与编者的苦心孤诣[①]。

我们在整个社会进入了一个读图时代的新世纪以后，对于传统纸质文本和图像文本的阅读究竟持什么样的价值立场，可能成为广大接受者自觉与不自觉的文化选择。赵勇先生对于文学阅读式微真相的揭露和反思；刘恪先生对当今世界自画像的论述；萧开愚先生甚至从语言学和叙述学的角度强调了文学阅读中的“读”；高有鹏先生提出“修复文化生态的首要任务就是恢复民族记忆”的主张，都是试图“回到生活本真”的文学阅读努力！其论述可圈可点，其观念可歌可泣。

“名刊观察”是我们试图从另一种宏观与微观的角度来对今天的文学走向进行评论和引导的一个策略，虽然作者都是一些年轻的博士，然而他们在扎实的资料梳理中所透露出来的理论价值锋芒是值得大家深思的文学自身的真问题。

“名编视野”作为编辑家与作家、批评家之间的一个互动栏目[②]，我们推出了从不同视角来看《山花》主编何锐先生的一组文章，在此，对这三位作者的大力支持表示感谢。我们希望这一栏目能够得到更多同仁的支持，使被边缘化的学界团结起来，共赴文学之难！

“乡土 · 都市文学与文化评论”栏目已经延续了两期，各路专家都发表了自己的高见，其中不乏深刻之论，本期发表的葛飞和陈惠芬的两篇文章恰好是从历史和当下的不同时间语境中来分析上海这个大都市的作家与文本，二人所阐释的观念发人深省。我们更希望从事中国乡土文学的作者踊跃来稿[③]。

“作家作品论”[④]永远是文学评论刊物的主打“产品”，本期发表了老中青三代批评家的文章，从中我们看到了不同时代的写作风格，作为海纳百川、兼容并包的刊物，我们期望看到更多不同风格的有见地的评论文章。

遥望硕果的季节就要来临，我们期待着下一期有更大更惊喜的收获，读者诸君如果能够和我们一起共享文学评论的盛宴，指点激扬文字，那将是本刊同仁莫大的幸福。

---

① 手稿为“苦心孤意”。

② “之间的”手稿为“之间”。

③ “中国乡土文学”手稿为“乡土文学”。

④ “论”为后补，“作家作品论”为栏目名。

早蕩無常的酷暑即將過去，等待我們的將是又一個金色的秋天。然而在這段難捱的盛夏裡，使本刊編輯部同仁十分感動的是諸位作者在炎熱中給我們送來了這麼多的好稿子，在此我們再次表示誠摯的謝意。

本期推出了可以使人眼睛一亮的新欄目，想必讀者諸君從中可以領悟到作者和編者的苦心孤詣。

我們在整個社會進入了一個讀圖時代的新世紀以後，對於傳統紙質文本和圖像文本的閱讀究竟持什麼樣的價值立場可能成為廣大接受者自覺不自覺的文化選擇，劉勇先生對於文學閱讀方式真相的揭露和反思，劉恪先生對當今世界自畫像的論述，蕭再思先生甚至從語言學和敘述學的角度強調了文學閱讀中的讀，高昌鵬先生提出倫後文化生態的首要任務就是恢復民族記憶的主張都是試圖由到生活本真的文學閱讀努力之論述可圈可點，兩觀念手札注

名刊觀察是我們試圖從另一種宏觀與微觀的角度來對今天的文學走向進行評論和引導的一個策略，然作者都是一些年輕的博士，而他們在扎實的資料梳理中所透露出來的理論價值鋒芒是值得大家深思的文學自身的真問題。

名編視野作為編輯家與作家批評家之間一個互動欄目，我們推出了從不同視角來看山花主編何銳先生的一組文章，在此對這三位作者的大力支持表示感謝。我們希望這一欄目能夠得到更多同仁的支持，使被邊緣化的學界團結起來共赴文學之難。

鄉土都市文學與文化評論欄目已經延續了兩期，各路專家都發表了

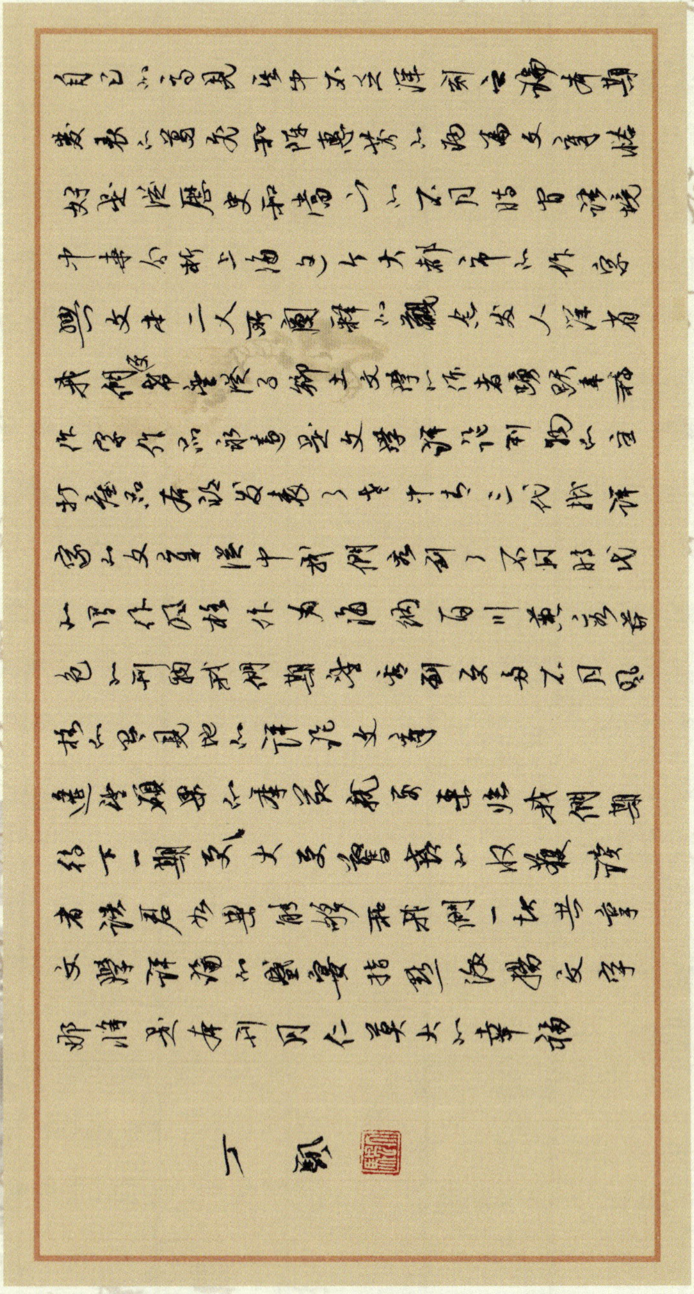

2007 年第 5 期

随着现代传媒的日益发达，我们进入了一个读图时代，于是，围绕着“文学的衰落”和“文学的终结”展开的话题越来越多，而在这场混战中，我们究竟提出了哪些真问题呢？似乎这才是关键所在。怎样阅读文学、宏观的阅读经验和微观的个人阅读经验都是为这个终结性问题提供的一些新鲜的意见与建议。我们之所以发表了耿占春、张新颖和孟潇三位先生的文章，就是希望这样的话题能够引起更广泛深入的讨论，使之成为文学繁荣的助推器。

短篇小说创作从九十年代就开始走向边缘，我们不能因为某位大师说过长篇小说是衡量一个国家和一个时代文学水平标志的话，就忽略了短篇小说的创作，其实，看一个作家真实的艺术水平，只有短篇才见出功力和修养！在“短篇小说研究”栏目中，我们发表了四位先生的高见，他们从不同的角度阐释了这个被文坛边缘化了的严重问题。

关于现代知识分子的价值立场的问题[①]，可能是这个时代被作家们一直忽视了的一个广角视域，李新宇先生对五四现代知识分子思想洗礼的钩沉，是对当下写作中的作家主体价值定位大有裨益的。

在“作家作品论”[②]栏目中，对一个作家和两部作品的评论，可谓体现了老中青三种不同的评论风格，其实，不管哪一种风格的评论和批评，我们都是兼容并包的，大气才是办刊的根本！即便是有不同意见，只要不是人身攻击，我们都予以接纳。姚新勇对“汉诗”的反诘，可能会引起不同观点的反驳，我们期望有质量的争鸣文章赐予本刊[③]。

乡土与都市永远是文学创作的一个无尽的话题，而对“乡村女性”[④]的深刻剖析却是我们这个时代文学评论所缺乏的，王宇的文章从一个更不易被人觉察的角度阐释了其深层结构；傅元峰的文章对我们这个物化时代破坏了的风景线，重新进行了严肃的反思，同时倡扬织补文学的风景描写，显然是创作的要义之论[⑤]；逄增玉、姚树义对赵本夫小说中的地域文化色彩和乡土叙述方式的分析，也是一篇颇有见解的乡土小说评论。

初冬就要来临，我们企盼着又一个文学创作的春天的降临！

---

① “现代知识分子”手稿为“知识分子”。
② “论”为后补。
③ “赐予”手稿为“赐于”。
④ “乡村女性”手稿为“乡土女性”。
⑤ “要义之论”手稿为“要义”。

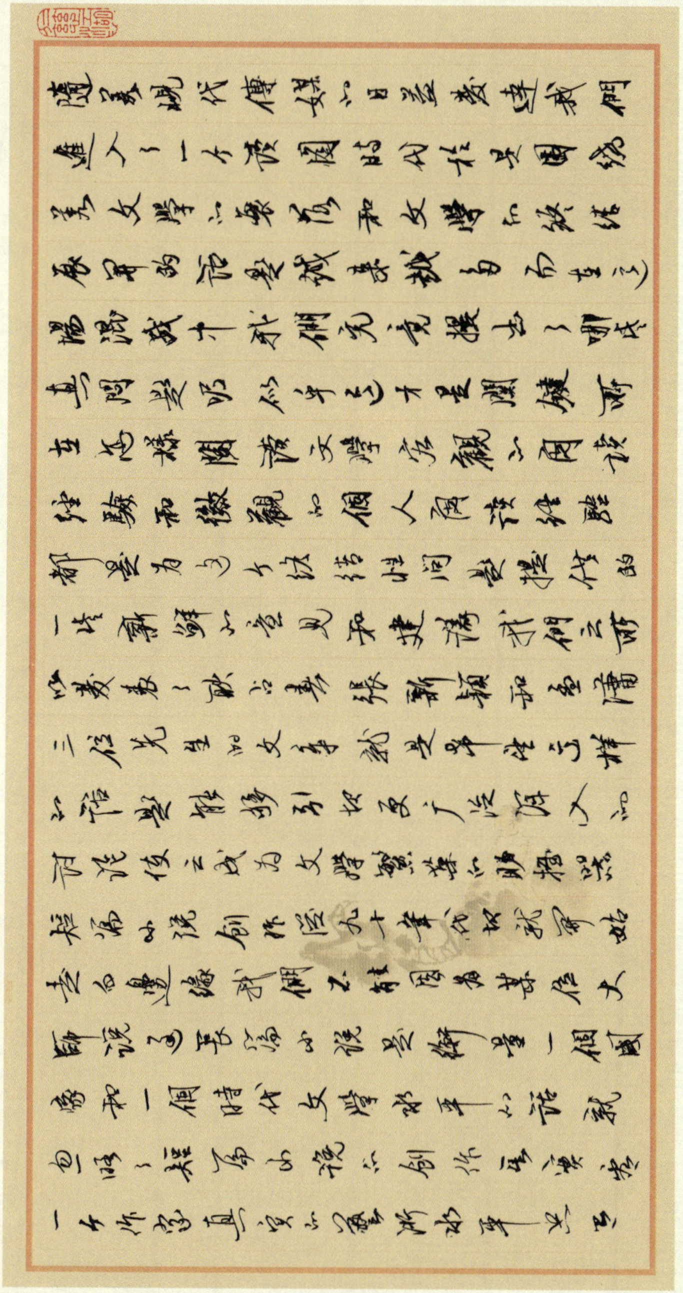
随着现代传媒的日益发达，我们
进入了一个读图时代，似乎是图像

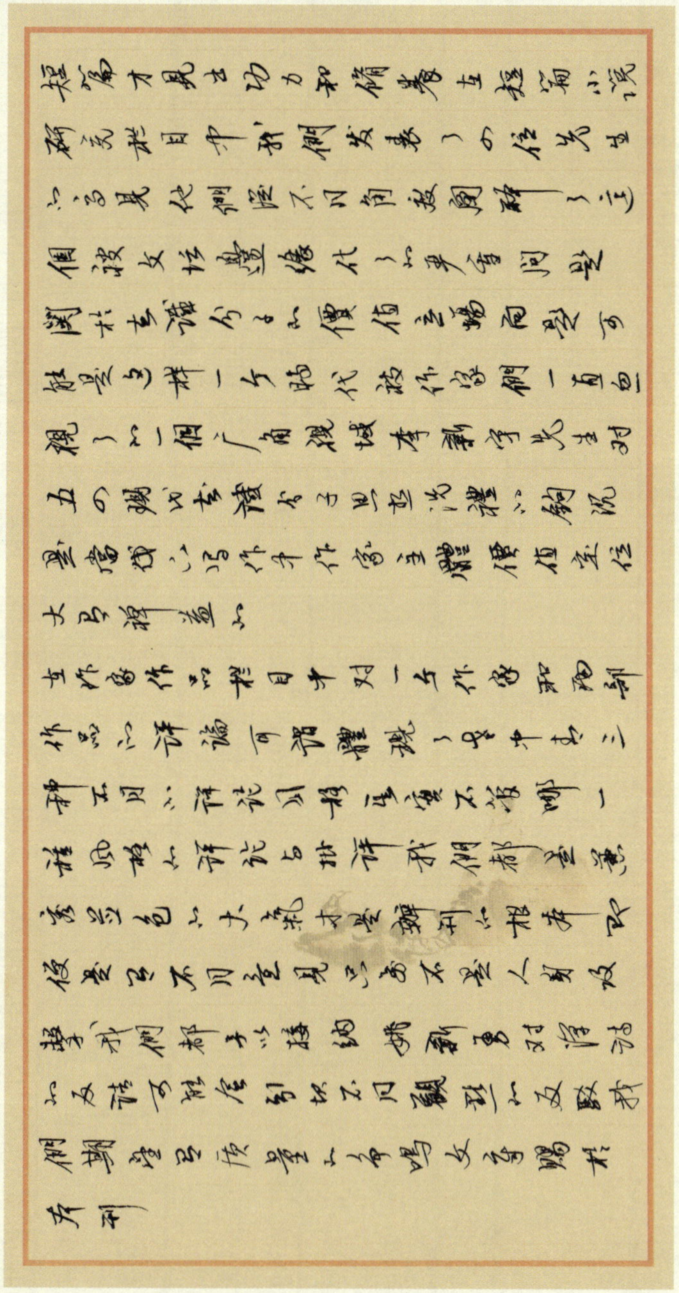

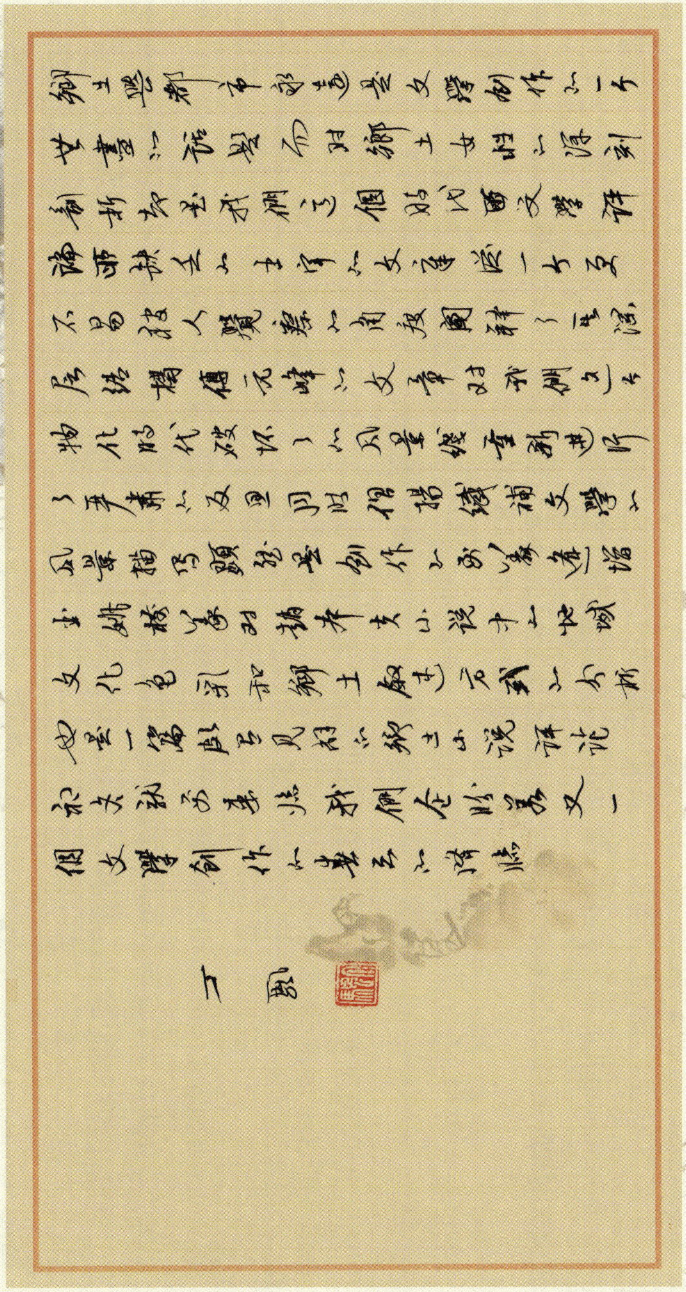

2007 年第 6 期

随着资本市场的不断扩张，阶级和阶层的“差序格局”就愈发明显，文学虽然早已从“反映论”的阴影中挣脱出来了，然而，文学家的道义和人性的力量却是永远要渗透在自己作品中的。所以，关于“打工文学”的评论从柳冬妩开始就进入了一个价值判断批判性很强的论域，本期在“焦点话题”栏目中，我们发表了贺绍俊的论文，他对“打工文学”从宏观到微观的分析都有启迪意义；施战军却是从“农民进城”母题的历史成因来剖析中国乡土小说的经验嬗变，似乎更有借鉴意义；而知识分子的精神失重也是不可忽视的问题，孙谦的文章从叙事伦理的角度切入就有了另一种意味。

“作家作品论”一直是我们十分关注的栏目，本期发表了老评论家徐兆淮对苏童、叶兆言两个风格相似却根本迥异的江南作家的直觉感受，很有一点意思。敬文东和梁鸿的文章是冷峻而具有逻辑力量的评论，他们这批年轻人也是当前学院派批评的主导力量[①]。对于两种不同风格的评论，我们历来都同样十分欢迎，我们期望有更多更好的作家作品评论稿件赐予本刊。

我们时刻注意当下文学思潮的变化，本期所发的三篇文章无论是从宏观还是微观，无论是从“真”还是“性”的视角切入，都是有感而发的，其中罗慧林的文章从宏观角度考察当代诗歌演变，从而探讨当代文坛精神在时间和空间上的变化，具有较高的学理价值。

“名刊观察”越来越受到大家的关注，这使我们感到欣慰。本期发表的两篇文章无论从官方、精英还是民间角度来说，都具有值得反思的深刻意义！我们竭诚欢迎这样的来稿。

在“戏剧影视研究”栏目中，陆炜将八十年代一个最具代表性的剧作家与中国新时期以来的戏剧发展进行互动式的研究，从而得出的个案与戏剧史之间关系的结论是很有意味的探索。两篇电影研究的文章，一个从创作改编切进，一个从类型模式入手，都切中了中国当代电影史上值得反思的经验。

“文史钩沉”通过对《现代》论文栏目批评建构的梳理，表达了一种对以往批评空间的怀念[②]，值得今天批评的反省。

我们一直关注台港文学的发展，本期发表的贺昌盛对五十年代台湾文学的现代性诉求的剖析和袁勇麟、陈琳对九十年代香港小说叙事策略分析，前者显示出强大的理性逻辑力量，后者表现了体察情感的精细敏悟能力。

辞旧迎新的日子又要来到了，我们全体同仁感谢广大作者和读者诸君过去对本刊的支持与关爱！同时，我们期望你们来年给予本刊更大更多的呵护。

“年”须过，“岁”得去，我们携手步入自己幻想的批评世界吧！

---

① “学院派批评”手稿为“学院派”。

② “对《现代》论文栏目”手稿为“《现代》论文栏目”，“表达了一种”原稿为“表达了”。

随着资本市场的不断扩张，阶级和阶层的差序格局就会发现显文学理早已涉及此论的阴影中挣脱出来了，艺而文学家的道义和人性的力量却是永远要凌驾在自己作品中的。所以关于打工文学的评论从柳冬妩开始就进入了一个价值判断批判性很强的话域存在。直至语境栏目中我们发表了贺绍俊的论文化对打工文学从底层观到微观的分析都是启迪的，重审视域。笔者是从农民进城的历史或因素剖析中国乡土小说的经验嬗变，似乎更应借鉴这篇而知识分子的精神失重也是不可忽视的问题。谈的文章从叙事伦理的角度切入，就是另一种意味。

作家作品论一直是我们十分关注的栏目，本期发表了是评论家韩北屏对苏童、叶兆言两个风格相似却根本迥异的江南作家的直觉感受，很有一点意思。易为东和梁鸿的文章是冷峻而具有逻辑力量的（锋）评论，而他们这批年轻人也是当今学院派的主导力量，对于两种不同风格的评论，我们历来都同样十分欢迎。我们期望有更多更好的作家作品评论稿件赐赠予本刊。

我们时刻注意当下文学思潮的变化，本期所发的三篇文章无论是宏观还是微观，无论是从真还是性的视角切入，都是有感而发的。多中显慧林的文章从宏观角度考察当代诗歌演变而探讨当代文坛精神在伪者和真者之间变化，具有较高的学理价值。

名刊观察栏目受到大家的关注，这次我们选到欧阳本永发表的两篇文章，无论是官方精英还是民间角度来说都具有价值的

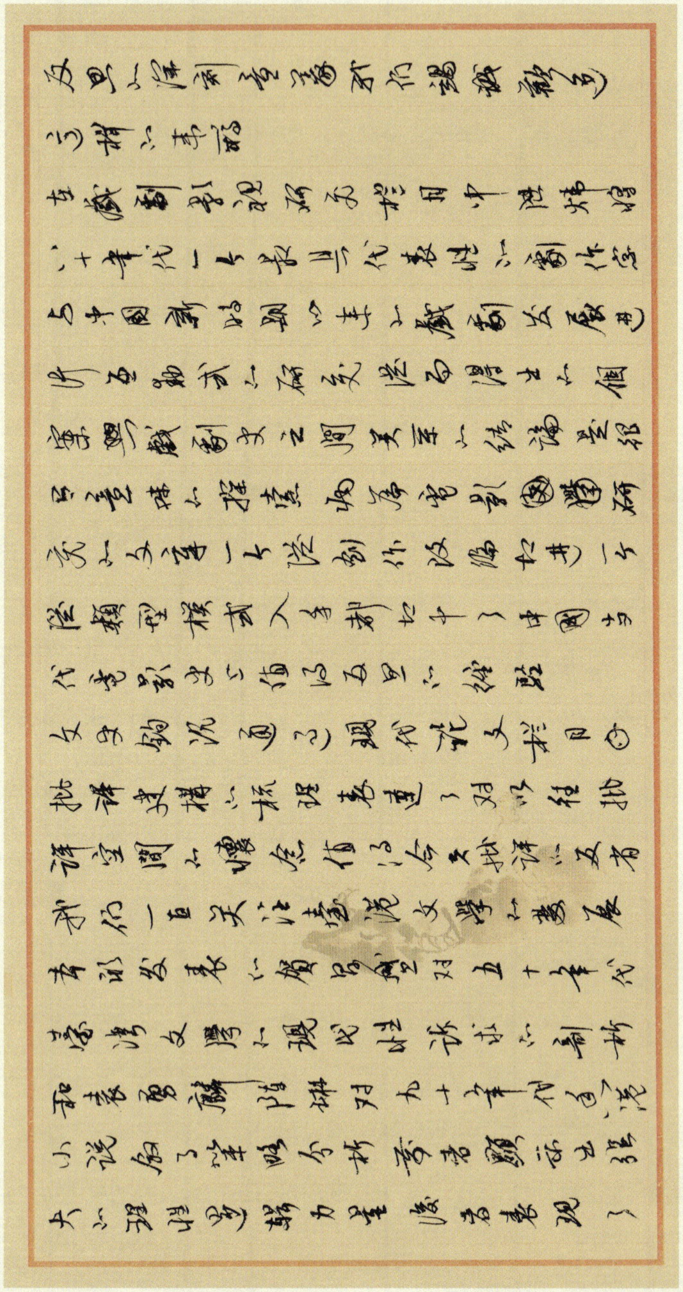

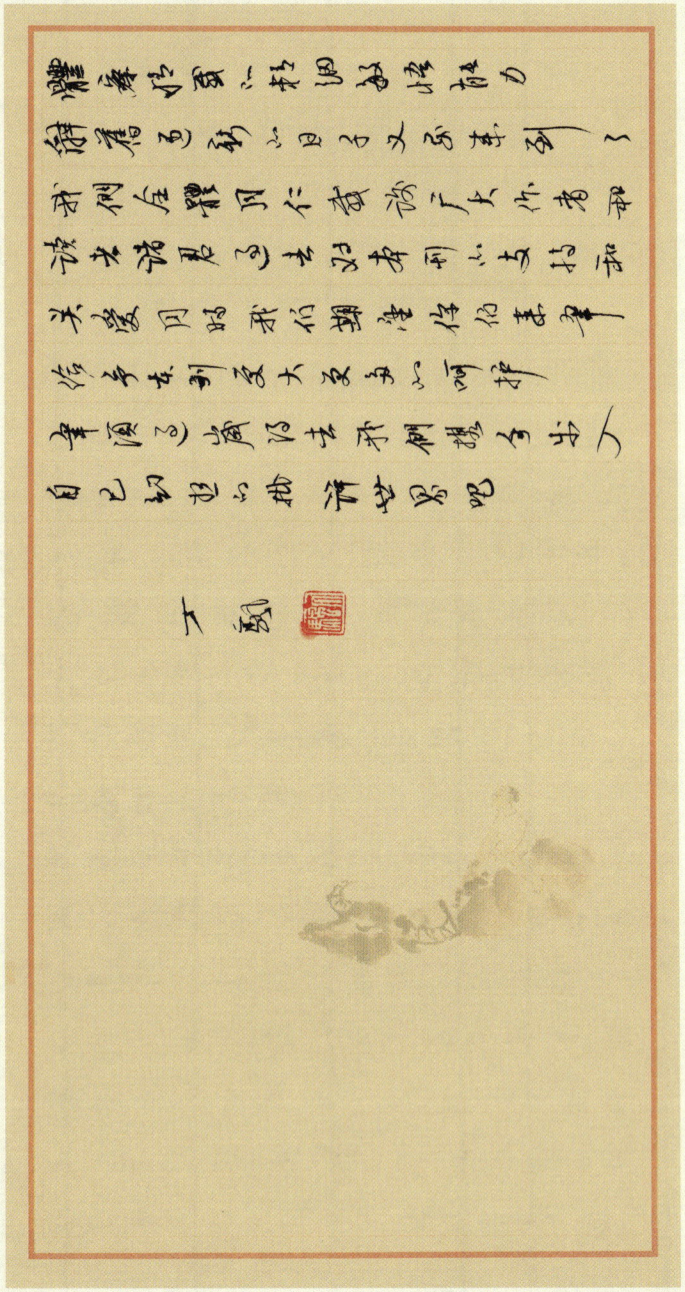
丁帆

2008 年第 1 期

新春伊始，万象更新。

在新的一年里，《扬子江评论》也以新的面貌向读者诸君展示着她的风采，随着本刊进入了中国 CSSCI（中文社会科学引文索引）扩展版来源期刊后，我们相信将会有更多的同仁关注和呵护她的成长了。

在本期中，“年度评论”作为一个新设置的栏目，我们推出了二〇〇七年度的一些重要作家作品，限于篇幅，尚有一些文章将陆续刊出。在这个新栏目中，我们不仅注重作品的遴选，而且更注意到新老评论者的搭配，以期使本刊的评论风格和切入角度更趋多元与新颖。

“名刊观察”栏目对几个名刊从不同角度的切入剖析，不仅是对在商业背景下刊物生存相的解码，同时也是对纯文学运行机制内在规律的一种解读，更是对作家与刊物血肉关系的深层次的解剖！所有这些评析将有助于纯文学在新的运行轨迹中克服困难，走向中兴。

“豁蒙讲坛”栏目我们刊登了著名的女性文学研究专家乔以钢教授的演讲，文章不仅对中国女性文学研究的现状做出了准确的分析，而且对女性文学研究中的许多误区进行了价值理念的甄别，给人启迪良多。

“作家作品论”栏目发表了文坛两位宿将的文章：樊星先生对文学与萨满教的分析，从新时期以来的作品寻觅理论依据，就更有了一番新意；孟繁华先生对鲁敏作品的解读把作家作品分析提到一定的背景高度，也很有一定的纵深感。

在“思潮与现象”栏目中，陆建华先生对大众文艺批评现状的分析，无疑是为其“突围”提供了一枚指南仪；而李兴阳对新世纪乡土小说的分析则是对五四以来乡土小说的一种新的理论厘定，具有较强的文学史意义。

新的一年开始了，我们期望读者诸君能为刊物提出更多宝贵的建设性意见，使我们的刊物在质量上更上层楼！

新年伊始，写点东西

来到了一年，祝《扬子江评论》的

新的面貌同读者诸君见面，更加

的成为广大读者喜爱的文学中国

CSSCI扩展版来源期刊，这是我们

相信读者也会高兴的，同仁更注重可

持续地发展了

在本刊中年度评论作为一个新

设置之栏目，我们推出了二〇〇七年

度的一些重要作家作品的跟踪评论，遗憾

之一些文学事件性问题和主要的创新

栏目中我们不仅注重作品的审美

而且还注重当时创作思潮和文学的

以期使本刊之评论能够成为人们观察

文学现象与文学思潮新动向

更可观察到文学作品背后隐藏着的

的人文精神及其对当下社会的影响

刊物出版之初，我们就确立了对当代

文学创作进行跟踪评论的一种新

设定，同时作为与刊物的同人共享之

学者也好，对评刊要关注当下批评和研究的

批评文学与当下的一些学术前沿中专家

同时关注自由争鸣

我们特别注重外国文学与本土交流

女性研究专家著作以争鸣讨论

文学研究对中国女性文学研究的成

就作出了独特的贡献，可以对此作出

研究中所出现的问题有所关注

作出判断的人很少

作家作品论，我们推出一些作家专论

的文学写作中的一些文学主题

新的一些作家作品评论作以主

要的批评文学作品的一种新的文学

文学评论作家作品的评论作以研究

作家作品的一些评论作为一些

中的文学作品的评论

在文学评论中的一些重要作家

的文学评论作为文学的一种新的

作家作品的评论，我们推出一些

希望你们能对刊物提出中肯的批评

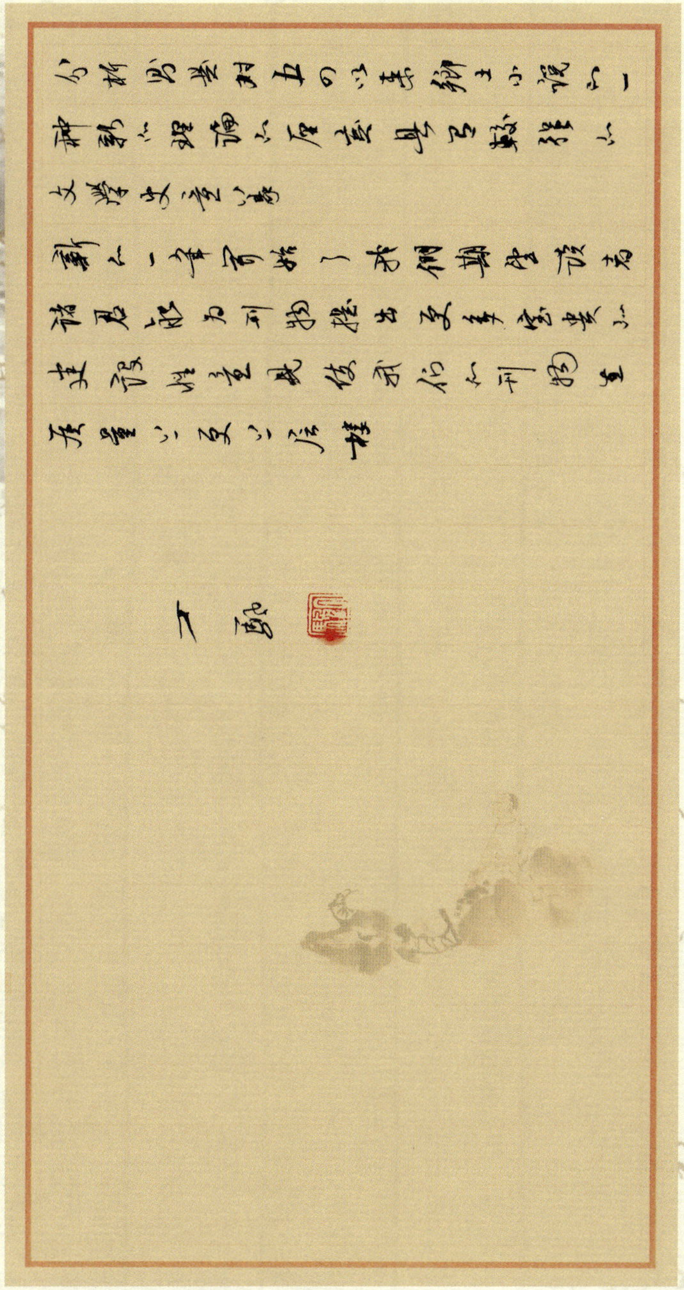

2008 年第 2 期

在这一期里，本刊郑重推出林贤治先生的《中国作家精神还乡的历史流变》一文。的确，从上个世纪八十年代开始，我们的文学就陷入了形式主义的陷阱之中，从“前先锋”到“后先锋”的创作演练中，我们的文学恰恰是忽略了文学本质的存在！林先生能够站在一个公共知识分子的批判立场上提出“文学是精神的创造物”的主张，固然是洪钟大吕之声，但是，苦思冥想之后，我却感到无限的悲哀——这本来是个常识性的问题，却在中国这个死寂的文场里没有丝毫的回响。这是时代的悲哀，还是“灵魂工程师”的悲哀？我以为林先生也会有“两间余一卒，荷戟独彷徨”的凄凉的。亦如海德格尔所言：“语言是存在的家。”我想，中国的作家和评论家们整天都在主流话语和商业话语中打滚，他们是否意识到自己已然是一个失去了“精神故乡”的人了呢?！同样，倘若文学失去了批判的精神，它在人类面前将是苍白无力的。作为“一个苦难的流亡历程”，我们能否扪心自问：我们失去理想了吗?！尽管这些不合时宜的思想会遭到许多自封为“纯文学家”们的不屑，但我们坚信文学的大纛上永远会用鲜血书写着理想的大字。我们也希望有更多的林先生这样的激扬文字出现在我们的刊物上，我们将引以为自豪。

在本期的“文学史新思维”栏目里，林岗先生和昌切先生提出的问题也同样值得我们深思，无论是从宏观角度还是微观的角度，他们都提出了卓有独见的观点；在“作家作品论”“文史钩沉”“戏剧影视研究”及“海外华文文学研究”栏目中，我们也一如既往地坚持栏目的宗旨，在感悟和学理之间寻找理论的支点，试图以更新颖活泼的批评形式出现在读者诸君面前，希望大家能够喜欢。

“名刊观察”栏目已经受到大家的瞩目，我们试图站在一个文学史的制高点上来审视中国著名的文学刊物，使其在文学的走向上有些微积极意义的嬗变，倘若如此，将是我们最大的荣幸。当然，作者的观点并不代表本刊的意见，但是，使问题深入下去则是我们的初衷。

初夏又至，本刊同仁衷心期望读者诸君能够以火样的热情为本刊进言。

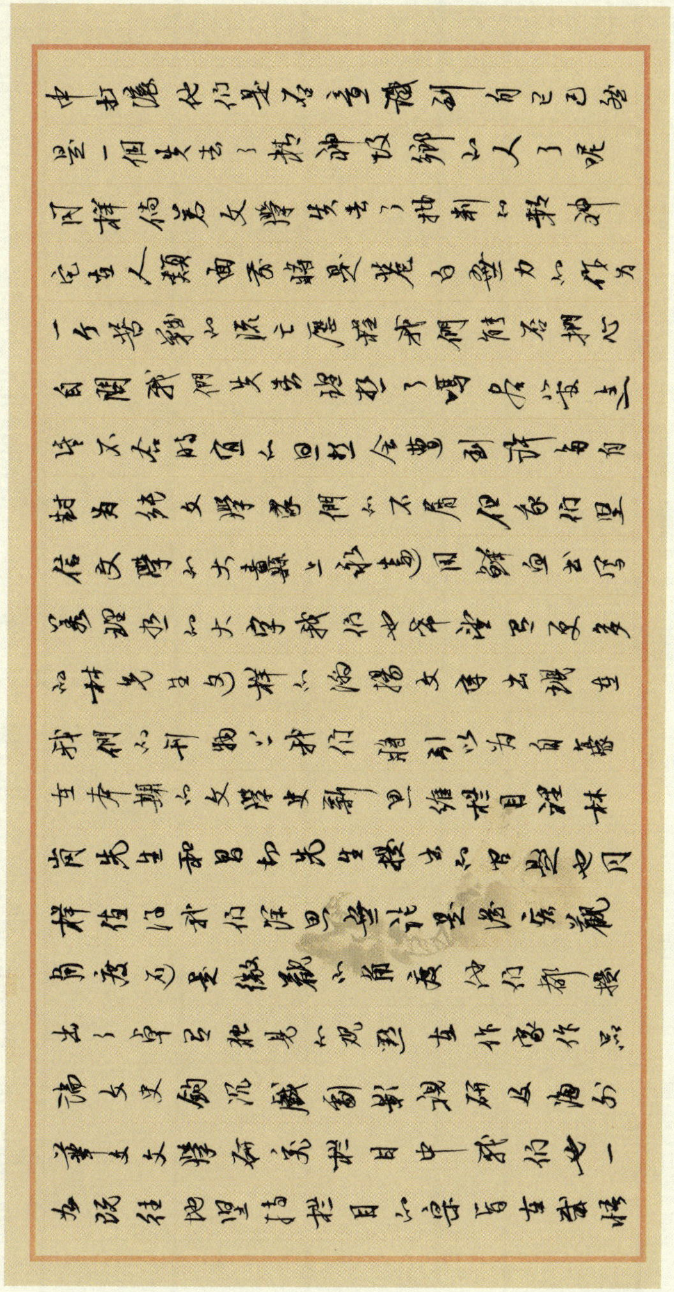

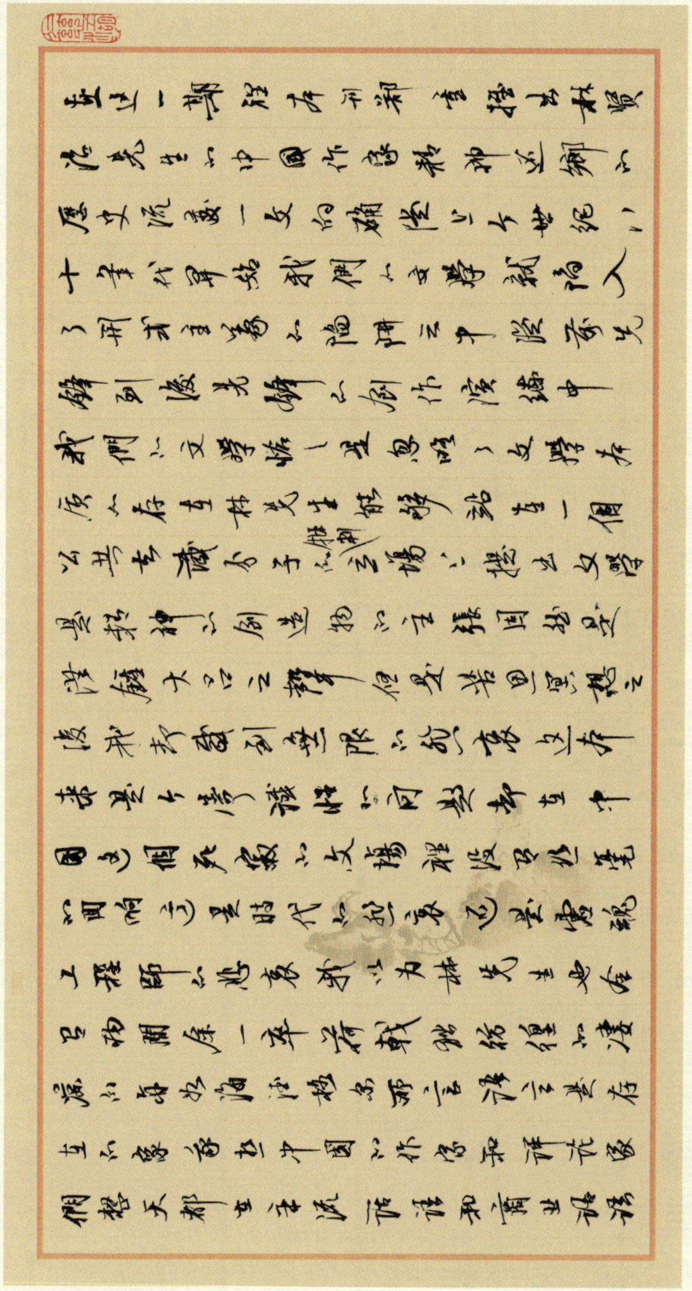

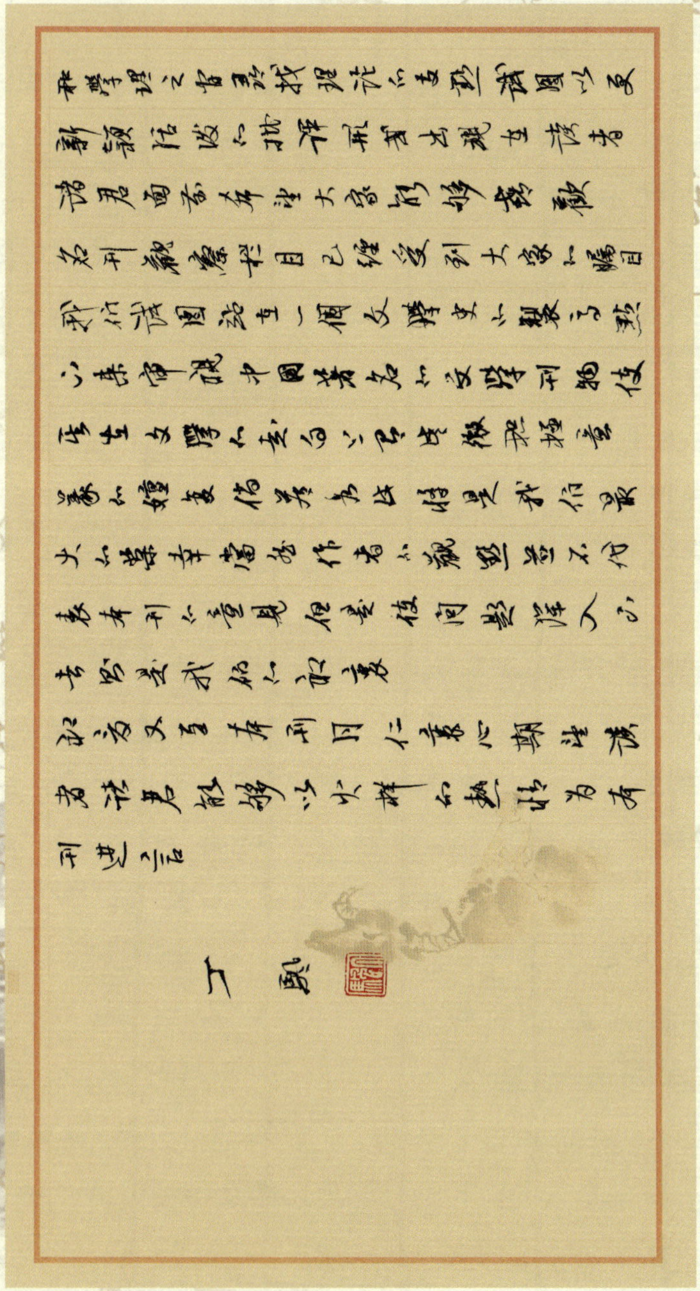

2008 年第 3 期

近年来，被文坛冷落的诗歌渐渐有了些活气，一方面是诗歌创作在彷徨中的挣扎，另一方面是诗歌评论的竭力呐喊，两者将诗歌推向了一个新的境界。本刊这次在“焦点话题”和“思潮与现象”两个栏目中推出了两组文章，为诗界的创作和评论提供了一个新的审察视角，也许，其中的一些观点并不能得到普遍的认同，但是，问题的提出，有助于我们将诗歌运动引向健康的发展路径。当然，我们希望有更多的诗人和诗评家加入这场批评活动中来，为新世纪诗歌的振兴尽一份力量。

今年是陈白尘先生诞辰一百周年纪念，董健先生在其所有的创作中提炼出了“自由的精神”，我以为这是对陈白尘先生的最高评价，作为一个有着现代知识分子人文精神的作家，陈白尘先生保持了他一生所追求的创作最高目标——对政治、社会和世俗进行无情的批判。同样，台湾著名学者唐翼明先生所追求的学术自由的精神和态度也是值得我们敬仰的[①]。

在“作家作品论”[②]栏目中，宏观研究、微观评论始终是我们关注的两翼，无论是对九十年代长篇小说的辨析，还是对黄蓓佳和林白新作的评论，我们都本着从事实出发、从文本出发的宗旨，贴近文学本身进行评析，以求获得再创造的最大空间。

作为一个日臻成熟的栏目，“名刊观察”已经为许多人瞩目，我们仍须努力！ 一是要立足于本土，将国内著名刊物的特点和优劣进行宏观与微观的透视和扫描，将其引入更加深刻的研究的框架体系之中；二是须放眼海外的一切汉语文学刊物，将其纳入我们的评价体系之中，只有这样，才能为我们的文学增加新的、有活力的参照系。我们热切地希望批评家和各个刊物能够予以支持和帮助。

网络文学的存在已经是一个不争的事实，学界对它的研究一直是持谨慎的态度，我们之所以刊登两篇这类评论文章，就是想正视这个问题，以公允的姿态给予客观的评价。

当本刊忝列 CSSCI（扩展版）之际，我们觉得身上的担子更加重了，本刊同仁将不遗余力地办好刊物，为钟爱她的人们争气。谢谢诸君！

---

① “我们敬仰的”手稿为“我们敬仰的楷模”。

② 固定栏目名称，手稿遗漏“论”字。

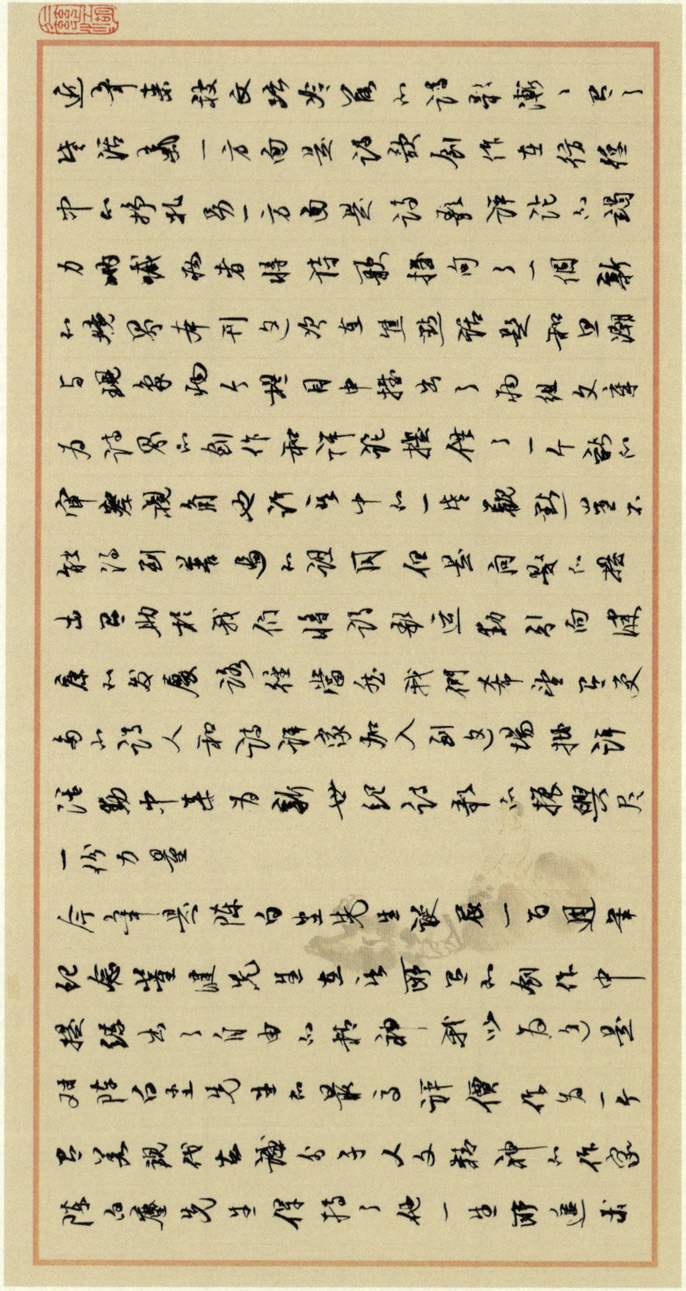

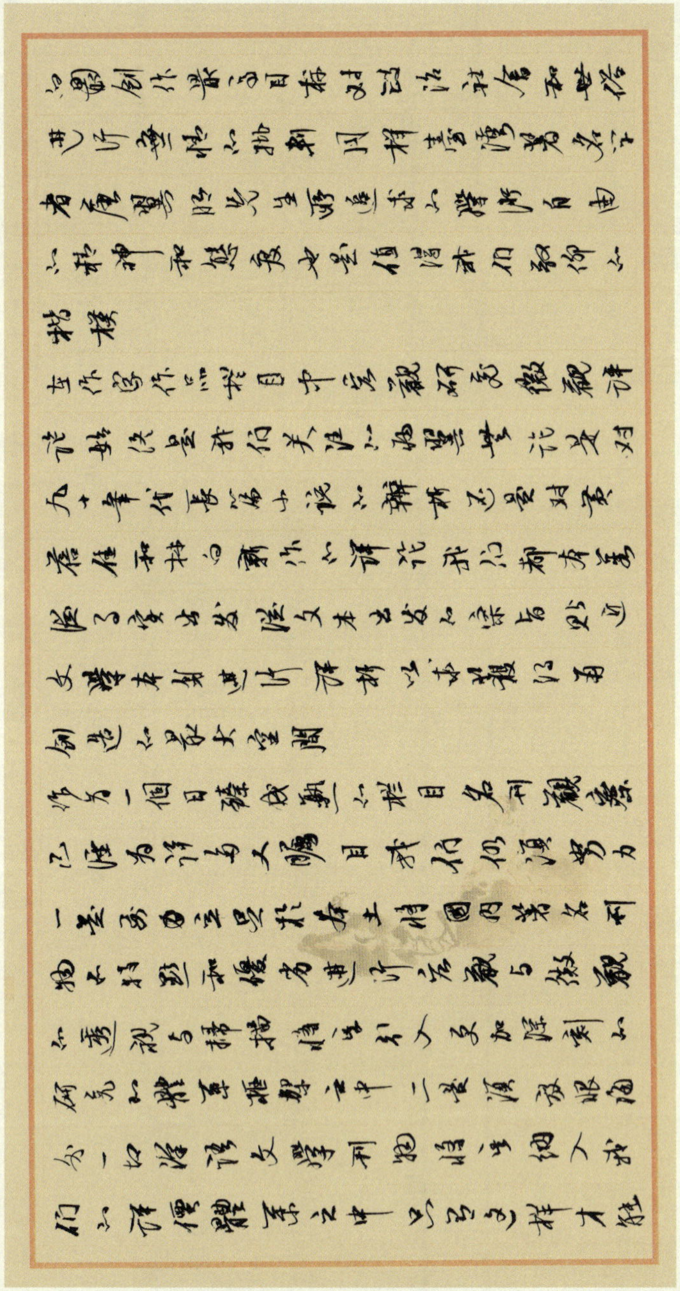

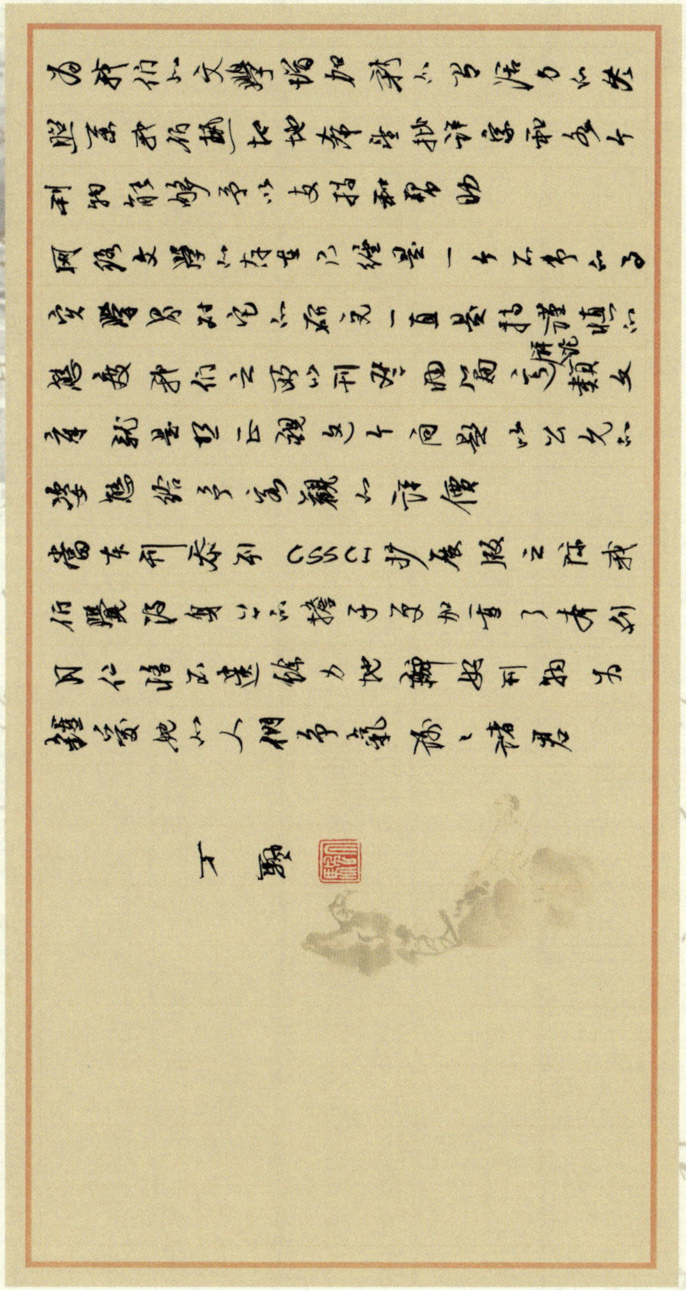

2008 年第 4 期

近期对一九四九年以后的文学史讨论逐渐升温[①]，“当代文学”这个使用了近六十年的文学史术语开始遭到质疑，如何对其进行新的学术诠释，可能是新世纪转型期的一个不得不面对的问题，本期发表的杨扬先生的文章所阐释的观点虽不代表编辑部的全部观点，但是，他提出和回答的问题却是每一个从事这一研究工作的学人必须正视的问题。而宋世明对体制与先锋小说之间冲突所产生后果的分析，也是对以往文学史的一次冷峻回眸。我们期待更多这样的文章出现，以厘清文学史中被巨大意识形态所遮蔽的历史真实和真实历史。

今年是《钟山》杂志创刊三十周年，许许多多与她有缘的作者的心声，以及张莉的评论文章都表达了对她由衷的敬意！同样，对《非非》杂志的学术评价也代表了许许多多读者和学人对她的崇高礼拜！虽然她是一个标榜“非崇高”的非正式公开出版物。

在本期的“作家作品论”[②]栏目中，我们看到了两种不同的批评视角：一种是抽取和提炼一个作家最有代表性的精神特质内涵来进行深入细致的分析；另一种是就一部作品来总结其内在特征。这其实都是评论的套路，一般是很难超越的，但是，我们还是期待着一种具有文体创新意义的写法诞生，当然，也绝不是学院派的掉书袋式的写法。

“海外华文文学研究”和“戏剧影视研究”是我们坚持的两个栏目，之所以坚持，就是因为在“全球化”的文化语境下，我们能够通过这两扇窗口看到文学和艺术更多的风景线，获得更多的参照。本期刊登了在南京大学召开的“聚焦女性：性别与华语电影国际学术研讨会”的部分论文，其旨意就是如此。

秋意正在逼近，我们期待着一个收获的季节！

---

① “文学史讨论”手稿为“文学史”。

② “论”字为后补。

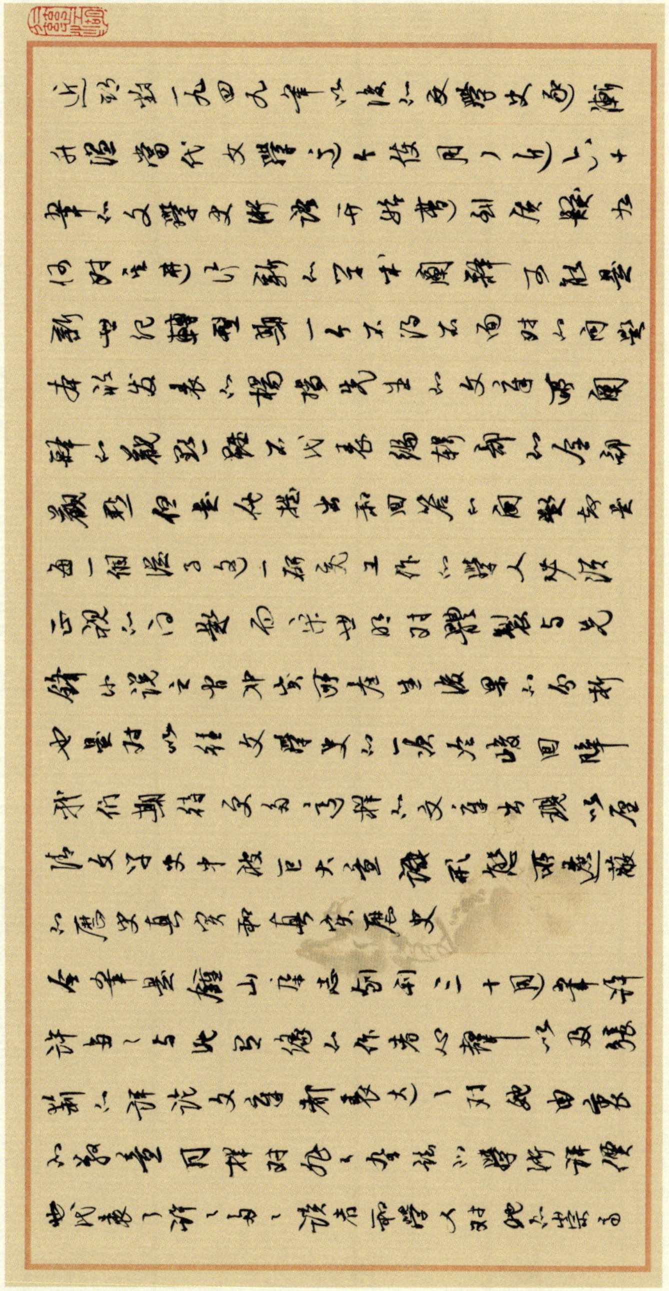

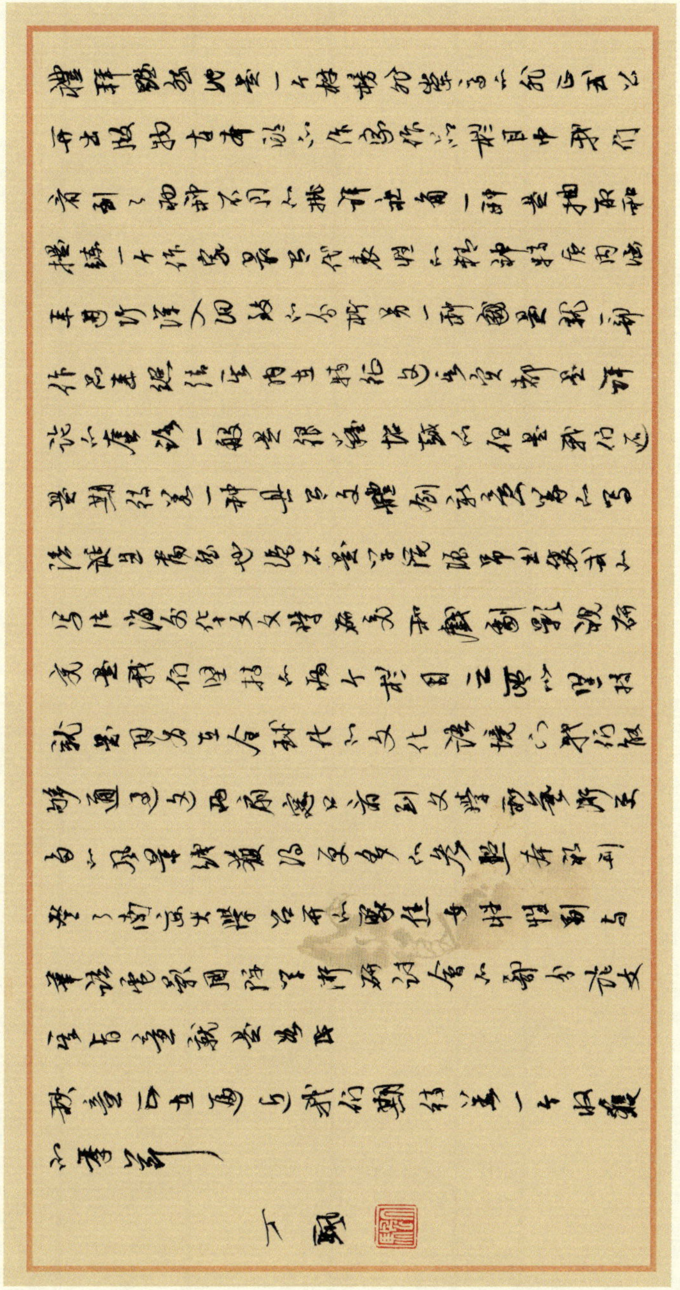

2008 年第 5 期

本期的“焦点话题”栏目刊发了王世诚对九十年代文学精神的反思文章，这组长镜头诊断了一个时代文学的死结[①]，为其疗救开出良方，这或许能够为今后文学精神的价值走向提供某种借鉴罢。

“文学地理”栏目刊发了一组西部新疆的评论文章，对边疆几位极有特色和影响的作家作品进行了中肯而独到的分析，这个地缘文学评论的栏目我们将会一直坚持办下去，欢迎各位同仁予以关注与支持。

“名刊观察”自开栏以来，受到了普遍的关注，姚新勇先生对《非非》意犹未尽的读和阐释见出了一名充满了人文精神学者的正义价值判断；魏宏瑞对十七年《文艺报》的考察亦抓住了其要害；而李翠芳对新时期以来《花城》杂志先锋性的探索也是十分中肯的评断。我们希望有更多更有特点和识见的评论文章寄来。

“作家作品论”作为长期不变的栏目，我们既期望有像王爱松、谢有顺先生这样从理论和现象宏观视角去分析作家作品的文章，同时也欢迎朱君、马兵、张杰这样从微观角度切入进行细读的评论[②]。

金秋将去，我们盘点今年的收获，已经是十分满足了。

① “文学的死结”手稿为“死结”。

② “同时也欢迎”手稿为“又同时也欢迎”。

本期的焦点话题栏目刊发了王世城对九十年代文学精神的反思文章，这组长镜头诊断了一个时代的死结，为正确破解开出良方，这或许能够为今后文学精神的价值走向提供某种借鉴罢。文学地理栏目刊发了一组西部新疆的评论文章，对边疆几位极具特色和影响的作家作品进行了中肯而独到的分析，这个地缘文学评论的栏目我们将会一直坚持下去，欢迎各位同仁予以关注与支持。

名刊观察自开栏以来受到了普遍的关注，姚新勇先生对此意犹未尽的读和阐释见出了一名充满了人文精神学者的良苦价值判断，魏宏瑞对十七年《文艺报》的考察抓住了它的要害，而李翠芳对新时期以来《花城》杂志先锋性的探索也是十分中肯的评断。我们希望更多的更具特点和识见的评论文章寄来。作家作品论作为长期不变的栏目，我们既期望有像王爱松、诚与顺先生这样从理论和现象宏观视角去分析作家作品的文章，又同时也欢迎朱君、马兵、张杰这样从微观角度切入进行细读的评论。金秋将来，我们盘点今年的收获已经是十分满足了。

丁帆

2008 年第 6 期

二〇〇八年落幕之时，回首一年来的编刊经历，我们全体同仁备感欣慰！首先，感谢为本刊赐稿的各位作者，是你们的好稿使《扬子江评论》在今年获得了更多的好评；其次，感谢常年关心和阅读《扬子江评论》的广大读者，是你们给了我们办刊的勇气和信心；最后，需要感谢江苏作协的领导和各个职能部门的同仁，是你们给予的多方面的支持①，才使本刊得以正常运行。

今年的收官之作是我们在“焦点话题”栏目中刊发的两篇对文学史反思的文章②，黄万华先生的“越界和整合”说，对跨区域的华文文学研究提出了具有方法论意义的学理性建设意见；王世诚对文学精神的反思具有不同凡响的批判意义，这也是我们连载此长文的缘由。

其实，中国自有白话小说以来具有地缘特征的文学创作就占据着主流地位，所以，我们在“作家作品论”③和“文学地理”两大板块栏目中都凸显了地域色彩文学评论风景线：前者是评论苏南苏北创作的不同风致；后者不仅整体展示了湖北的创作风貌，同时论及了具有楚文化风格的湖北各体文学创作。

口述文学的发掘与考察是一项很有意义的工作④，董之林女士对《动荡的青春》的剖析就为我们呈现出了一枚具有社会学意义的斑纹活化石。

在这多灾多难的一年之中，我们和大家一起走过了从躯体震荡到灵魂震荡的三百六十六天⑤，期望明年有一个好太阳照耀在这个世界，使我们的心情一天天变暖起来！

---

① “最后……多方面的支持”为后补，手稿无。

② 手稿为“刊发了”，改为“刊发的”。

③ “论”字为后补。

④ “口述文学”手稿为“口述文学史”。

⑤ 手稿为“365”天，2008年为闰年共366天。

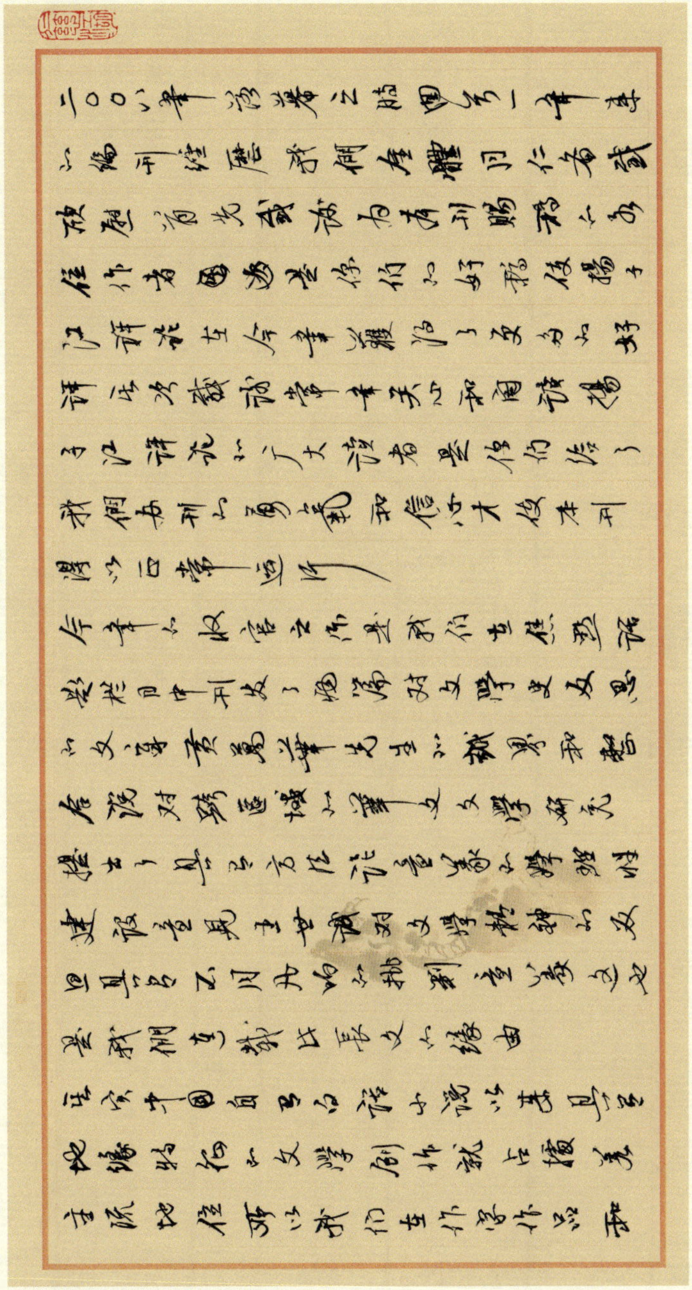

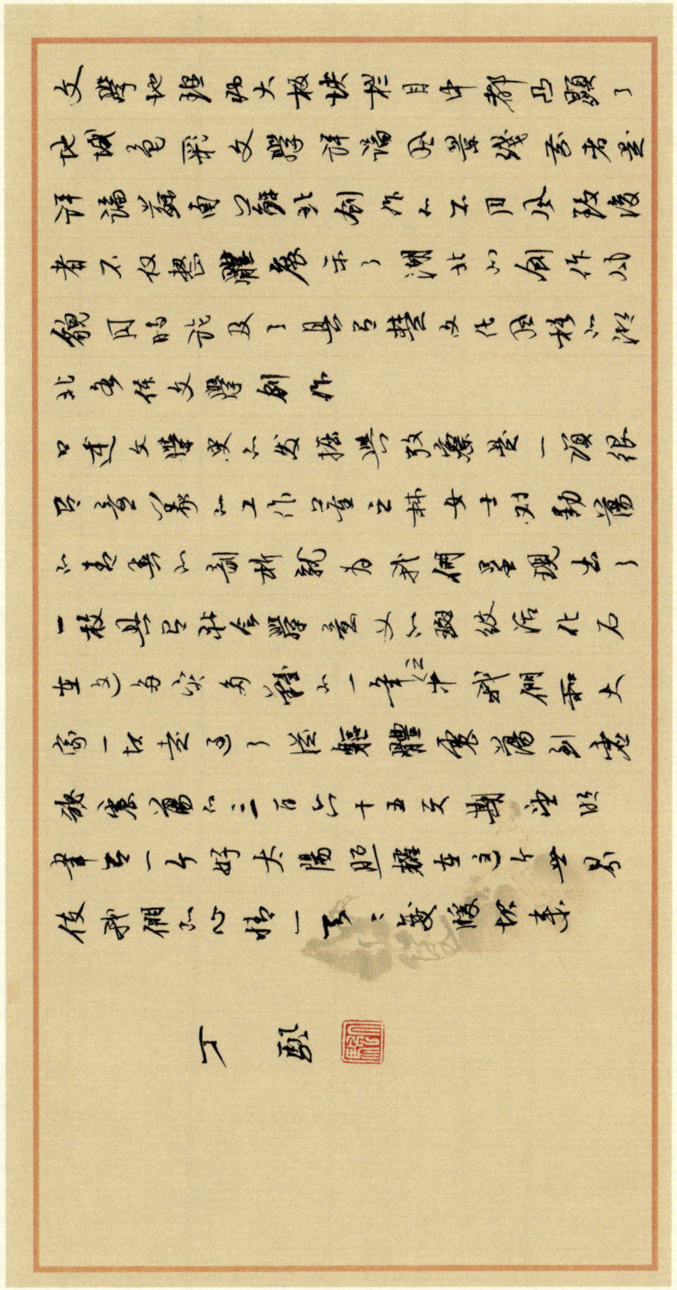

2009年第1期

新春伊始，本刊同仁向各位新朋好友致以春天的问候！

本期刊发的“名家三棱镜”是我们设立的一个长期的栏目，通过这个窗口，我们试图检阅中国当下有实力的中青年作家。我们衷心地期望各位同仁关心、支持与呵护她，给文学史留下一道深深的痕迹。

今年是共和国文学史六十年的华诞，在六十年的坎坷道路中，尚有许多难以廓清的问题，我们试图在反思的过程中总结出更多值得借鉴的历史经验，渴望大家能够在此栏目中提出新的见解和建设性的意见。

前些日子，林毓生先生来南京大学演讲，他提出的老问题和老观点虽然我们未必同意，但作为一家之言，它在二十多年里影响了中国大陆的许多学者，也不失为一种警醒！①

“名刊观察”已经成为许多人关注的一个长线栏目，我们更期待那种鞭辟入里、一针见血的慧眼观察的好文章频频出现。

“文学地理”栏目虽然开办不久，但是我们收到许多朋友的鼓励，我们有信心将她办得越来越好。

“作家作品论”和“戏剧影视研究”栏目我们注重发掘一批有潜质的新锐批评家，试图冲击一下学术界较为沉闷的空气，我们希望能够有新的气象出现。

牛年是我们这个初生牛犊的命运年，我们会努力把刊物办得更有牛气的。

① “中国大陆”手稿为“大陆”，“不失为”手稿为“不失”。

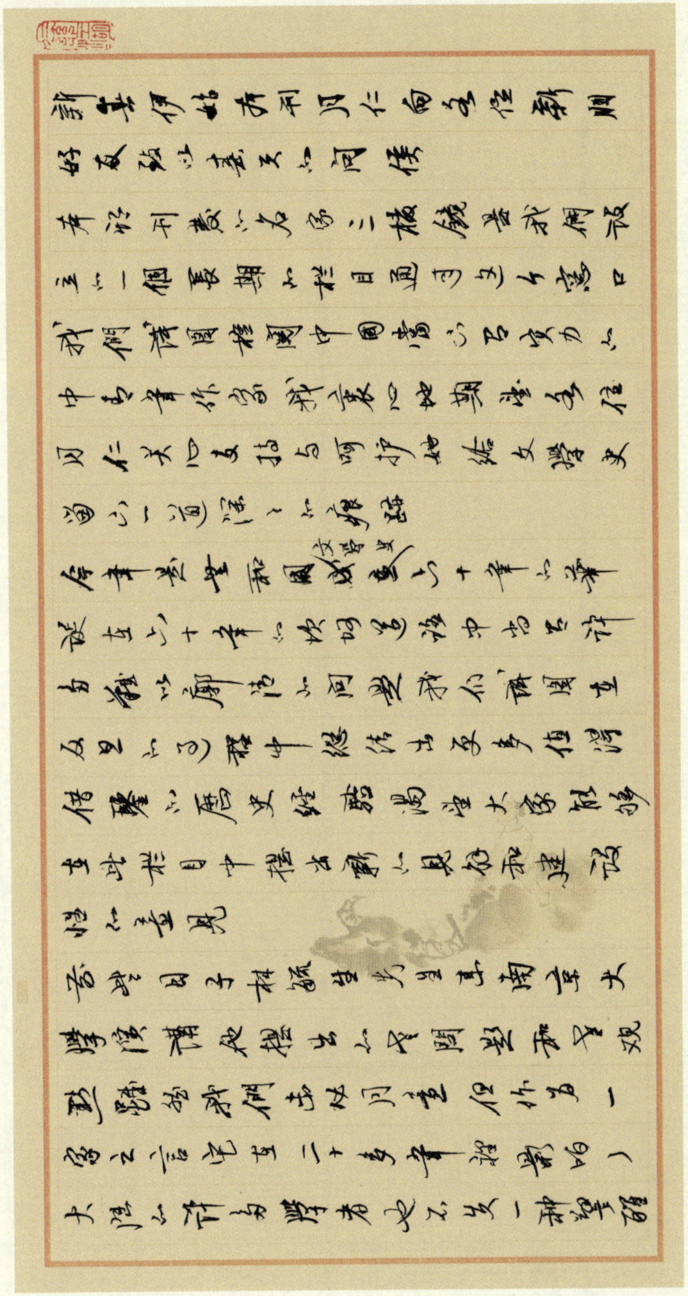

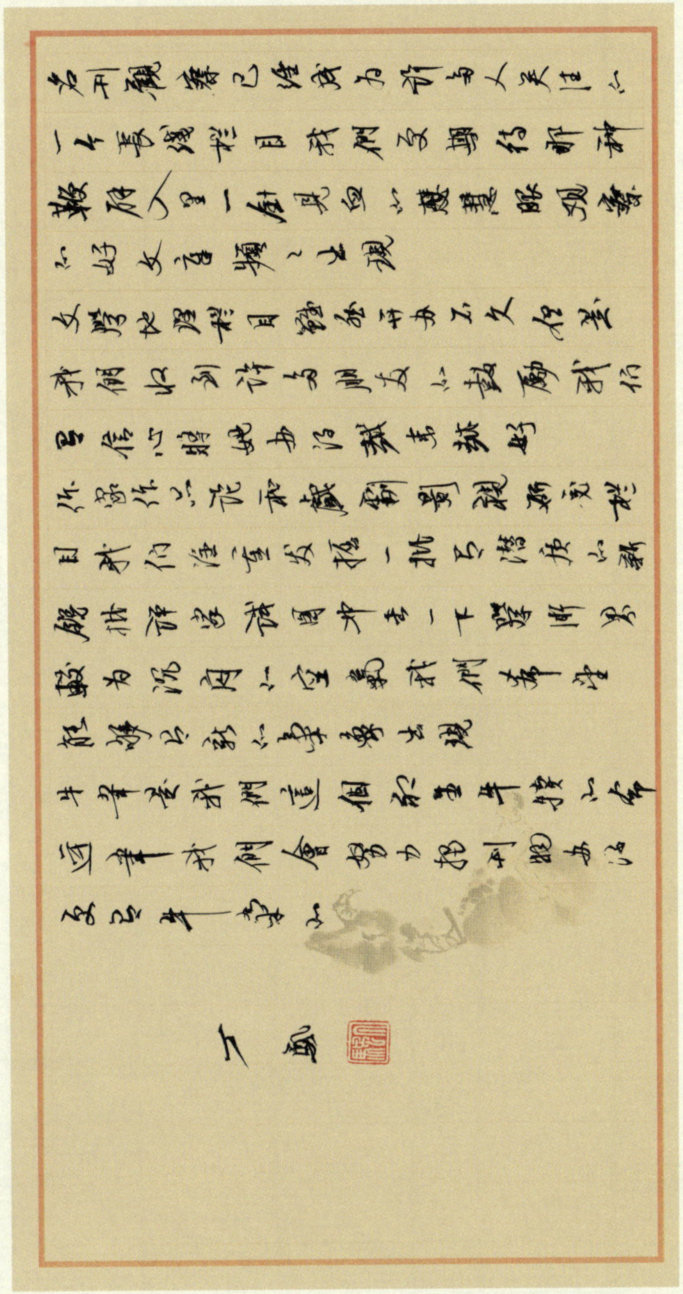

2009 年第 2 期

五月来了，五月的鲜花开满了原野。

五四走了，九十年的沧桑写尽了历史悲鸣[①]。

穿过五月和煦的春风，我们能否寻觅到一个知识分子微弱的呐喊声呢？在“豁蒙讲坛”栏目中，我们发表了两种不同观念的文章，作为学术的争鸣，一切的是非曲直，都活在每一个读者的心中。

本期的“名家三棱镜”栏目，我们发表了一组关于阿来作家作品的文章，仅仅陈述有关《空山》的三个问题，就足以阐释文学创作的奥秘所在，何况还有贺绍俊精彩的评论，还有邱华栋穿越作品看到的“这一个”神秘的阿来。这个栏目受到了广泛的欢迎，作为一个长线栏目，我们将努力把她办得更好。

今年是共和国文学走过六十年历程的时刻，对一个进入老年门槛的文学，我们该怎样去反思它充满着坎坷的历史？或许这才是我们应尽的责任。我们希望有更深刻的文章来支持我们的版面。

“名刊观察”也是大家关注的一个栏目，我们试图通过对这个价值混乱时代的肌理分析，透视出文学杂志办刊的脉络和走向，从而为我们的生存提供更多的思考空间。

五月是六十年来文学的[②]红色节日，在这个阳光灿烂的日子里，我们手捧着鲜花应该思考些什么呢?!

---

① “九十年”手稿为“九十年代”。

② 手稿缺“的”。

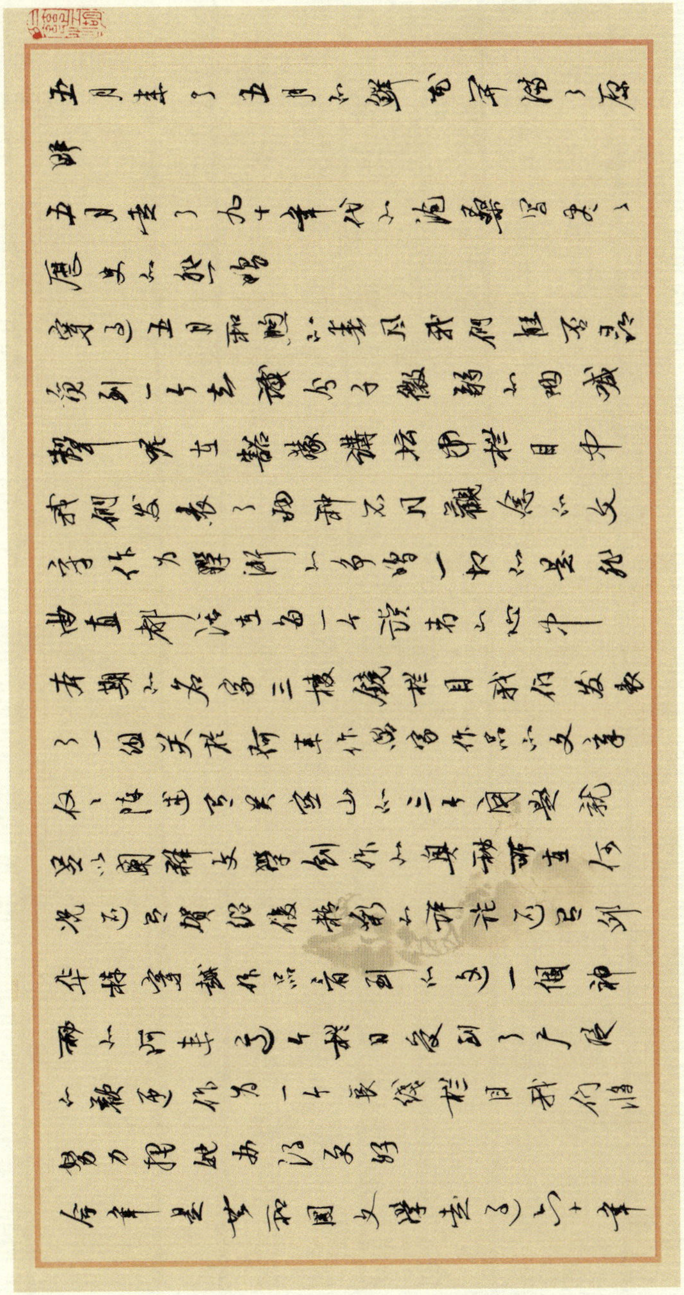

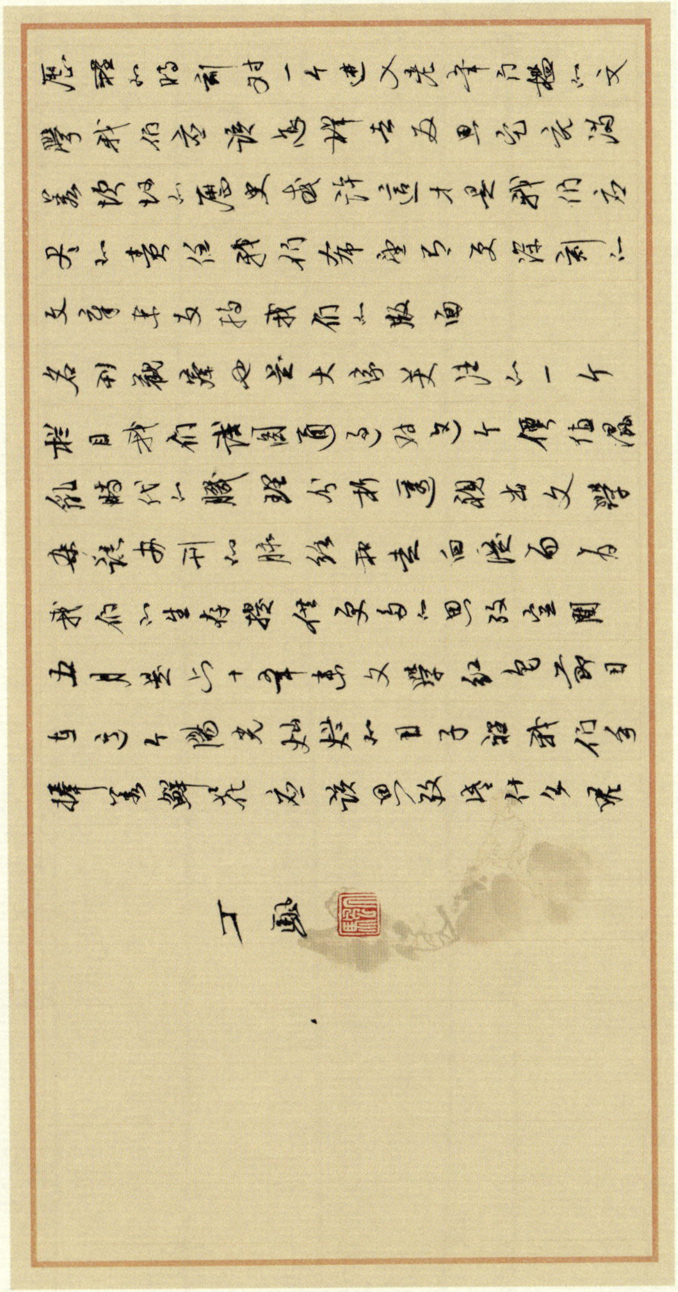

2009年第3期

“名家三棱镜”栏目开办以来得到了许多作家与批评家的支持，本期我们又推出了苏童专题的三人谈。对于苏童作品的讨论虽然已经是汗牛充栋了，但是，这次专栏的讨论并非是老调重弹：首先，苏童对自己作品的阐释是他有史以来颇有意味的一次密码破译，无论是“地理标签”的解释，还是在技术层面对作品“温度”的把握；无论是“叙述语言”和“故事”之间张力的选择，还是“童年生活”与“女性体味”嗅觉经验的捕捉；抑或是背叛颠覆传统的先锋姿态，都充满了作家的睿智和狡黠。其次，两位批评家对苏童新近长篇小说《河岸》的评论虽然是各说各话，但也从不同的角度对苏童作品进行了连作者也不可能想象得到的许多空间填补。也许，这就是批评家与众不同的阅读功能所在吧。

在共和国六十年的庆典日子里，我们也同样奉献了两篇批评家对文学史具有穿透力的大作，这种“文学史新思维”才是我们开办此栏目的真正目的。

日本东京大学的教授刈间文俊从社会变迁与电影形象的角度切入来谈历史英雄[①]，倒是从一个异域学者的眼光解读了中国创作中的普遍现象，其中具有参照意味的阐释是值得玩味的。虽然我个人并不喜欢那种日本式的琐细破译方法，但是又不得不臣服它的有效性。从另一个视角来观察启蒙，我们似乎能够读懂些什么。

“名刊观察”不仅是从宏观的角度来看一个刊物在历史坐标上的作用，同时，我们也可以从微观的角度，通过显微技术来观察一个刊物在时代洪流中前进的航向。本期发表的两篇文章，一个是从“读者来信”的细节缝隙中寻觅到革命时代的气场和气息，一个是从栏目的设置中捕捉到刊物“民间”意向的办刊灵魂与作文大趋势，使人耳目一新。我们似乎更欣赏这种管中窥豹式的方法取向。

柳冬妩是一个坚守文化批判立场的打工文学的批评家，虽然他原是一个诗人，但是其文字表述中所透露出来的那份坚韧与执着，以及具有震撼力的价值立场的表白与激情使人敬佩，同时，其文章的逻辑力量也并不输给专业批评家[②]。

在“作家作品论”栏目中，两位驰骋文坛几十年的老批评家对两部作品的解读与剖析，仍然是见地独到和寓意深刻的；同样，在“文学地理”栏目中，也是两位老批评家对西部作家作品的深切关注，也透露出了一种大器和力量的质感。这些无疑都是年轻学者需要学习的地方。

五月的鲜花已经凋谢，六月的惊雷也将滚滚逝去，七月的流火又将如何呢？

---

① “角度切入”手稿为“切入”。
② “其文章”手稿为“文章”。

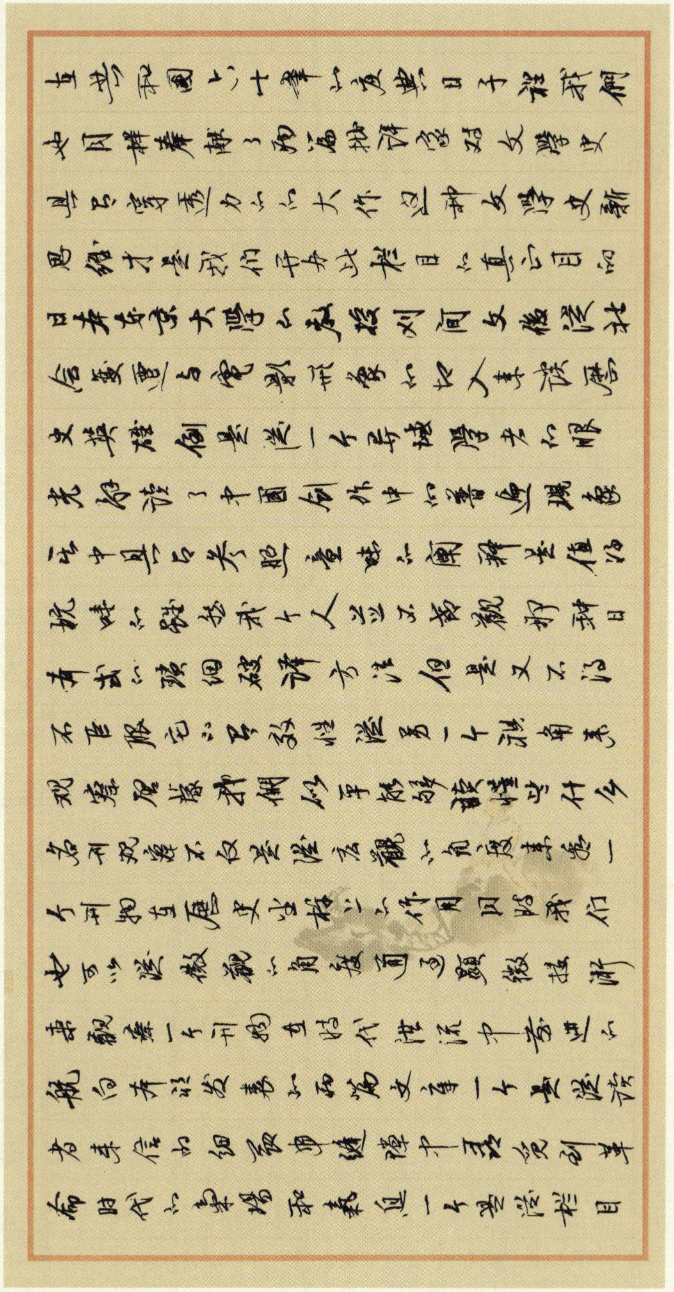

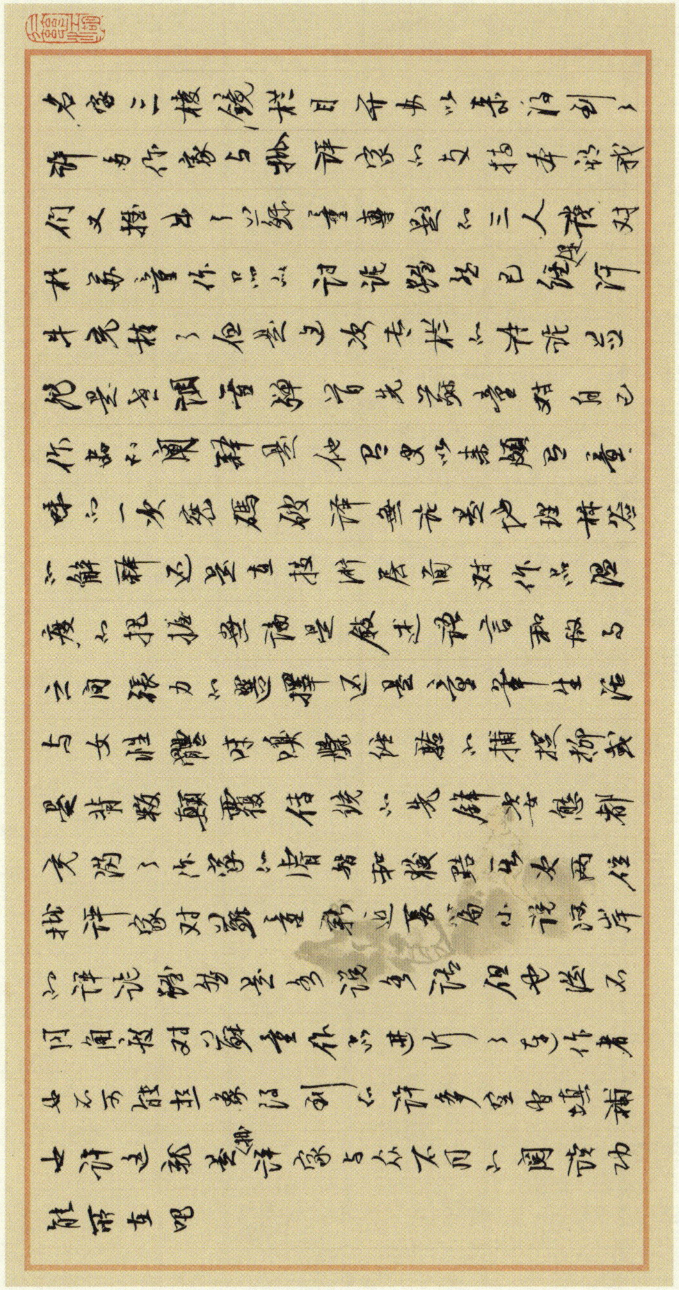

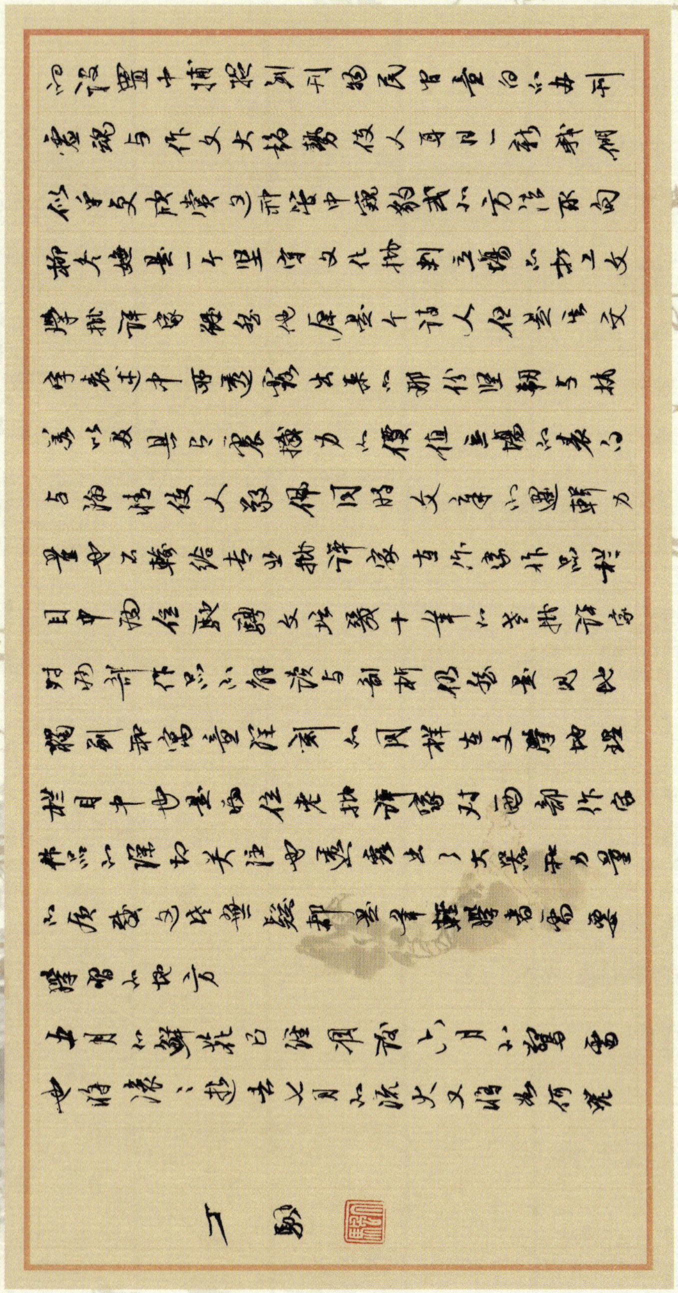

2009 年第 4 期

七月流火。

为了纪念“七月派”诗人彭燕郊，也为了弘扬他的诗学精神，我们特别刊发了一组专辑文章，除了学者与友人的文字外，还有一篇彭燕郊本人尚未公开发表的遗作。我在思考：为什么近些年来彭燕郊的诗歌逐渐又被大家所关注，其根本原因的答案也许就在这篇文章中即可找出，那就是鲁迅的箴言成为他追求美的座右铭：“于浩歌狂热之际中寒，于天上看见深渊，于一切眼中看见无所有，于无所希望中得救。”于是，才有了诗人“为了寻美，创造美，用美改变世界，提升自己”的终极目标。我也终于悟出了诗人所要表达的诗歌创作的道法：在追求诗歌美的背后，还有更深更高的境界——诗歌的道德力量是无穷和无限的！

纪念新中国文学六十年已经成为各个杂志的热门话题，我们也不可能跳出这个“时代语境”，不过，我们在刊发这组文章的时候，不仅仅是做“颂歌”，也想从文学史的角度，从时代和社会的思潮深处寻觅到一些有真知灼见的理论观点来。如果能够得其万一，也是欣慰的。

本期的“名刊观察”栏目是剖析两个历史时段的文学刊物，透过历史与现实的云围，我们似乎能够看见站在刊物彼岸的那个历史沉思者清晰而又虚幻的面影。同样，它们也是奉献给共和国文学的巡礼论文。

其实，在这期的“作家作品论”和“思潮与现象”栏目里，其所有的文章都可以纳入六十年文学巡礼的范畴，一切已经问世的作家作品都成了既定的历史，问题是我们去怎样面对他们[①]，怎样能够站在一个历史的制高点上去看待它们。我们希望文学史家和评论家们能够多从这个角度去看问题，以免老是找不到北！

秋天到了。我就想起了我在小学一年级语文课本上学到的第一篇“诗歌”：“秋天到了 / 天气凉了……一群大雁往南飞 / 一会儿排成‘人’字 / 一会儿排成‘一’字。”[②] 多好的诗歌啊！虽是启蒙课文，但是我读了一辈子。就把这首并非诗歌的诗献给彭燕郊先生吧，但愿这个“七月派”诗人在天堂不寂寞。

---

① “他们”手稿为“它们”。

② 手稿为“一会儿排成‘一’字/一会儿排成‘人’字”。

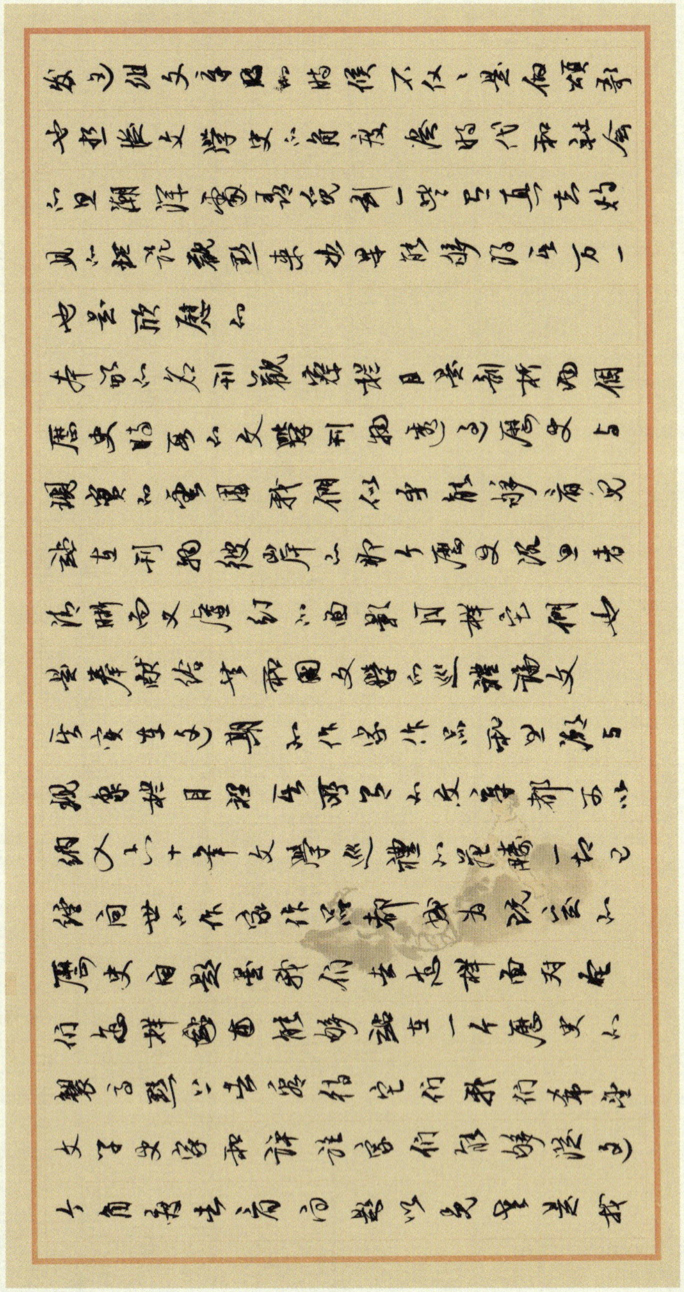

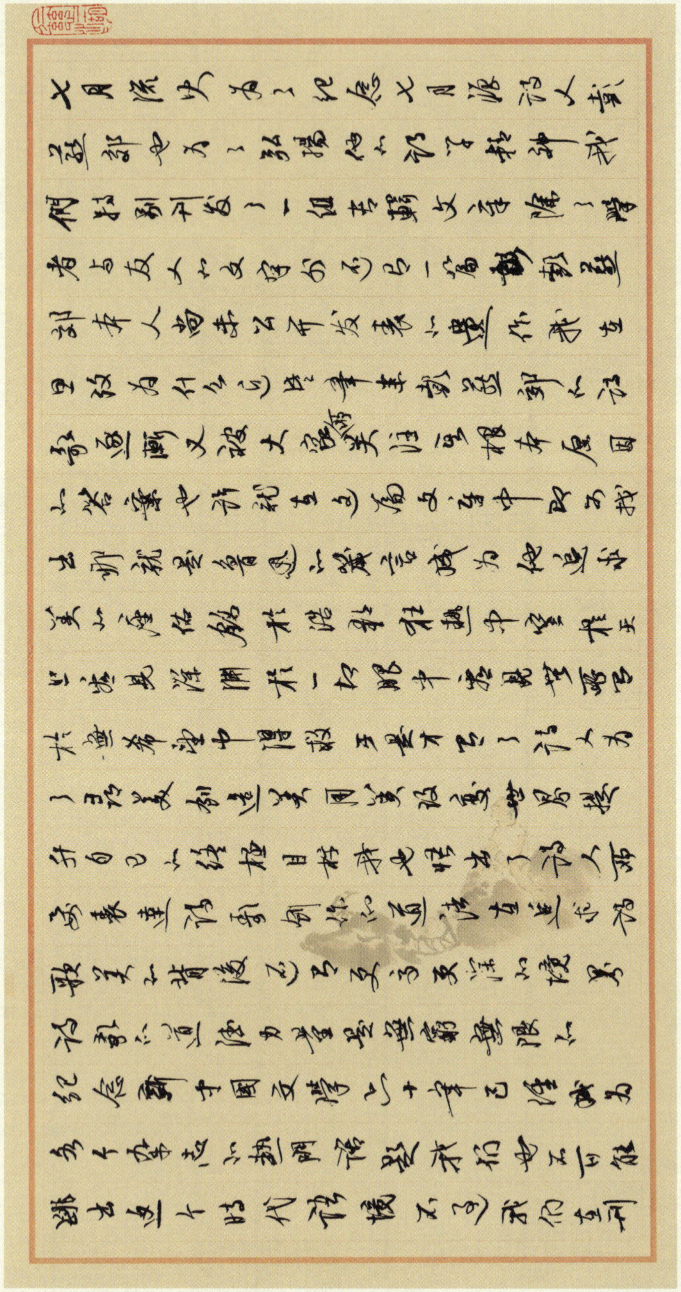

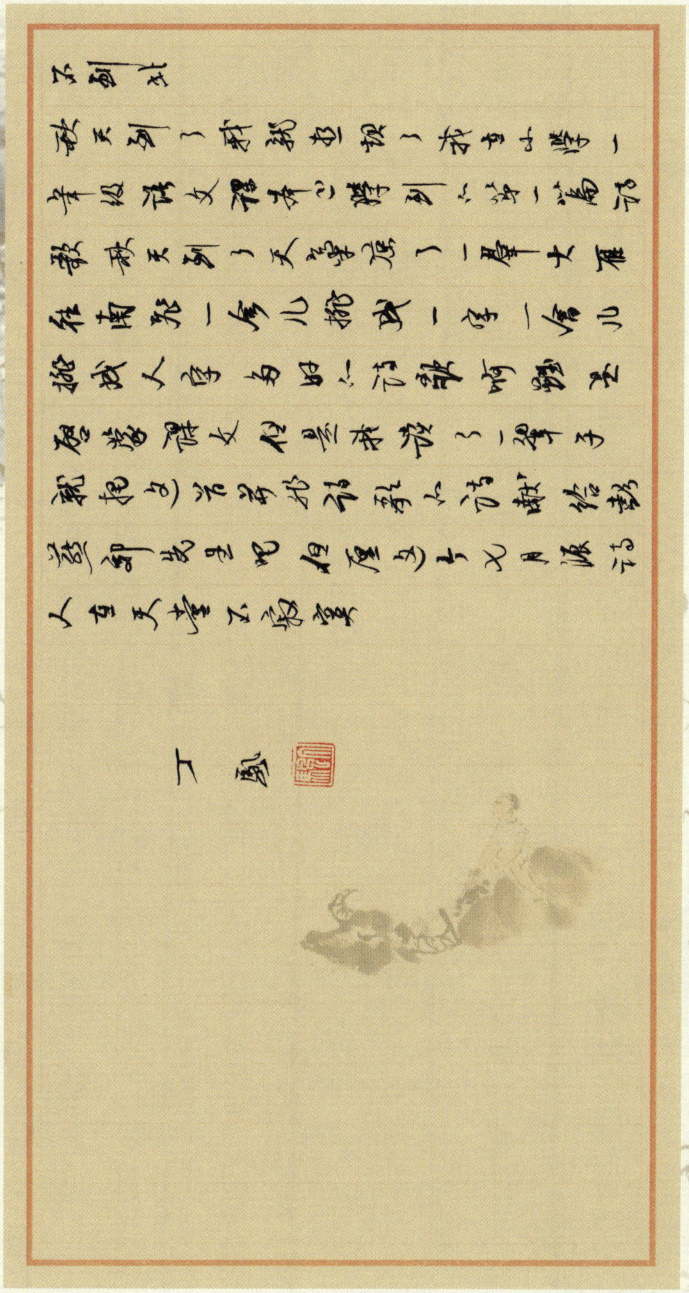

2009 年第 5 期

太平洋的季风把江南吹得燥热干涸,秋意荡然,只有那酷似炎夏的无边烦躁。就是在这样的季节里我们收获了文学批评的稻菽。

散文在新世纪的脚步中已然踩乱了自己的步点节奏,如何看待这一不争的事实,见仁见智,我们希望大家来讨论这个现象。本期的“名家三棱镜”栏目发表了著名散文家王充闾先生的《散文创作八议》,同时发表了罗振亚先生和丁晓原先生对王充闾散文的评论。本刊未必全部同意他们的学术观点,但是,我们想通过这个窗口为振兴新世纪的散文创作做出批评者应有的贡献,期望诸多方家参与这一话题的研讨。

吴功正先生对当前长篇历史小说的现状分析是一篇高屋建瓴、大气磅礴的文章,矛头直指当前长篇历史小说创作的种种弊端,文字犀利而不失考据的坚实,他所高标的长篇历史小说的定位诚然是值得我们沉思的问题:“通观当前的长篇历史小说所存在的问题,不能不正本清源,做史实、史鉴、史识的学术和创作的‘启蒙’工作:回归历史本真,恢复历史生态现场,重建价值评判系统①,甚至是价值底线和低线。”的确,长篇历史小说遇到的是一个哈姆雷特式的难题:是生还是死!

网络写作已经成为中国文学创作的一支,不管你承认与否,它就是一个历史的巨大存在,面对这样一个既新又难的命题,我们应该如何对待,这依然是十多年来未尽的话题,路文彬先生对这个问题独特而发人深省的见地,为网络写作打开另一扇学术的窗口:“网络写作在逐渐沦为一种人人参与的集体性狂欢之时,致使写作的精英意识开始遭罹无情消弭。于是,在网络这一写作空间里,存在的只是自由的实现及其滥用等问题;写作的全部意义也就是在这样的问题里经受着生或死的考验。”这一振聋发聩的观点是否能够击中网络写作的命脉不是我们的终极目的,我们希望看到的是对这样一个不能回避的问题的大讨论。

秋天就要逝去,冬天的脚步已经悄然逼近,让我们用微笑去迎接那个大雪纷飞、银装素裹的风景线吧。

---

① “评判系统”手稿为“评判体系”。

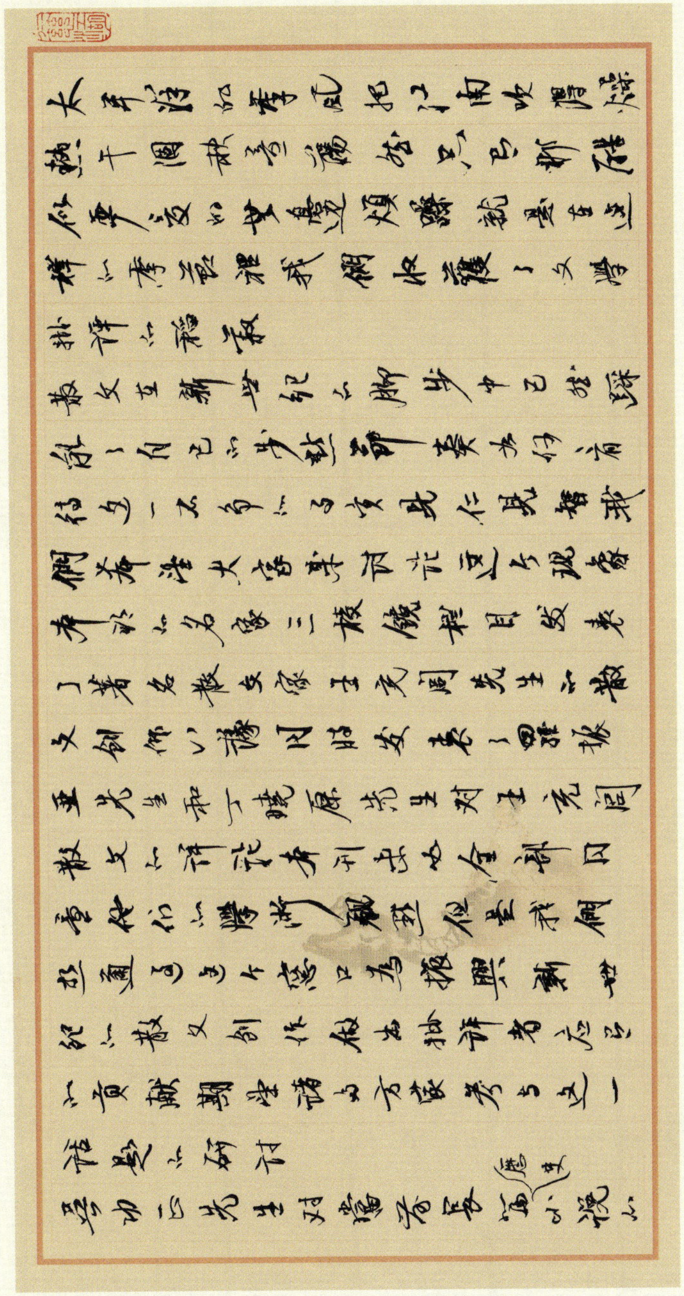

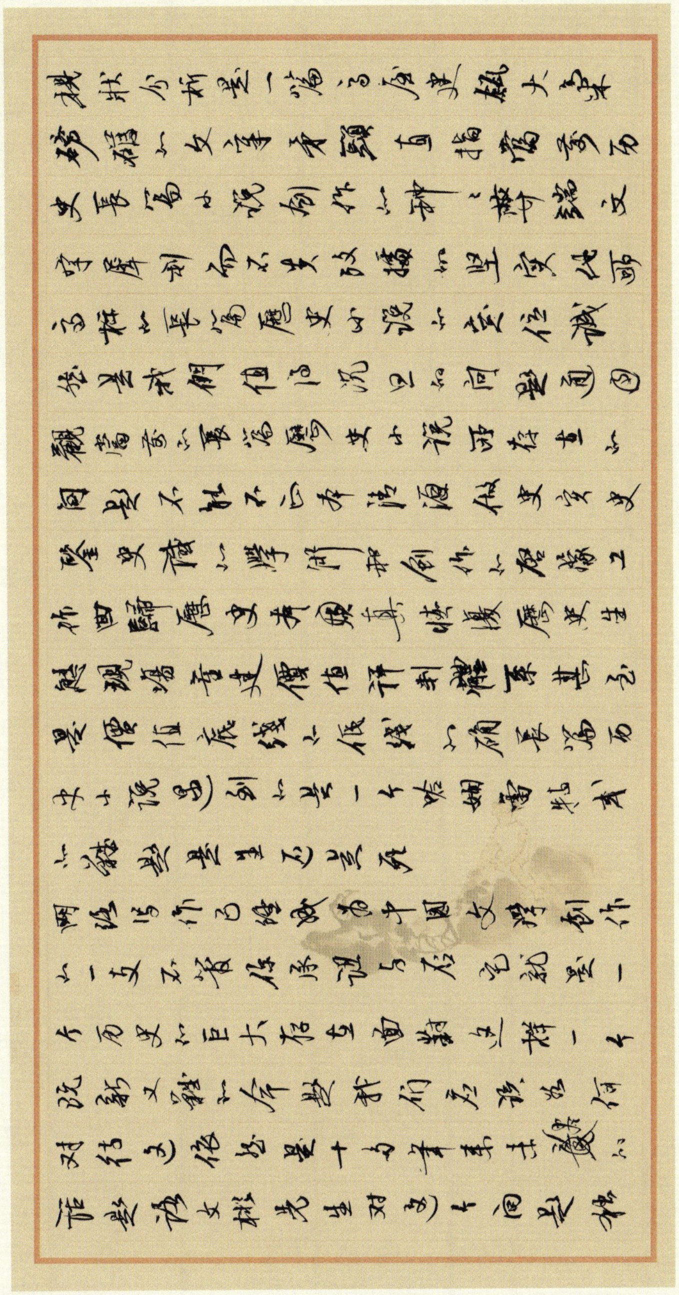

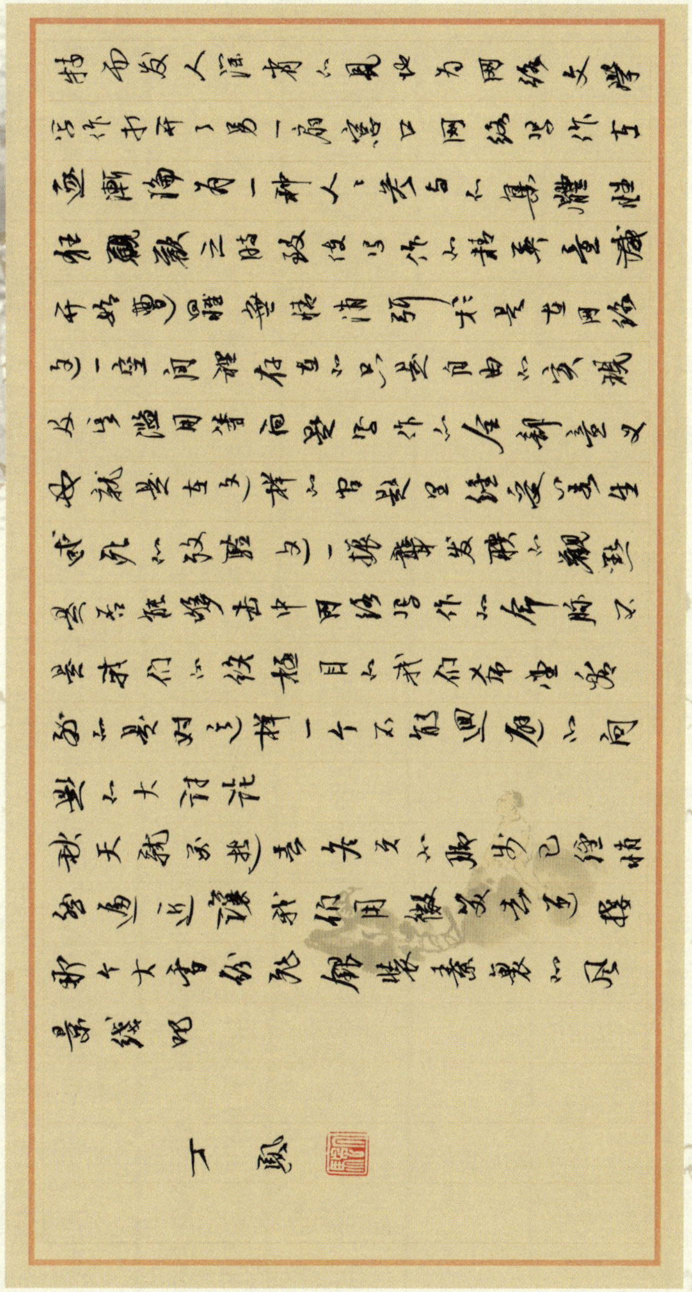

2009 年第 6 期

在辞旧迎新之际，编辑部同仁向广大读者和本刊的作者致以最诚挚的新年祝福！①

无疑，消费时代的写作会陷入扁平写作，那么，只要还有人坚守复杂的立体化写作，文学就不会死亡！我坚信这样的作家是大有人在的。韩少功是否就是这样的作家呢？“名家三棱镜”栏目中的观点并非本刊观点，但是，借此我们可以清晰地将当今的写作者分为“我们”和“他们”。

从文学史的新思维角度来考察旧人旧作，我们可能会得出很多过去所难以获得的文学经验；而即时性的文学思潮判断是需要识见和经验的。因此，在“文学史新思维”栏目中，我们可以看出两种评判方式的差异性，同时也可以看出评论者的用心与功力。

作为文学评论的主要领域，“作家作品论”是不可或缺的主打栏目，而国内学界与评论界恰恰缺少能够坐冷板凳来潜心研究这一块的好评论家，我们在慨叹消费时代评论堕落与评论家后继乏人的同时，又不得不面对现实，呼吁评论家多为中国文学的作家作品评论写靠实的好稿子。我们期望着。②

当新年的钟声响起的时候，我们期待着在新的一年里有更大的收获！

① “本刊的作者”手稿为“刊的作者”。
② 手稿无“我们期望着。”

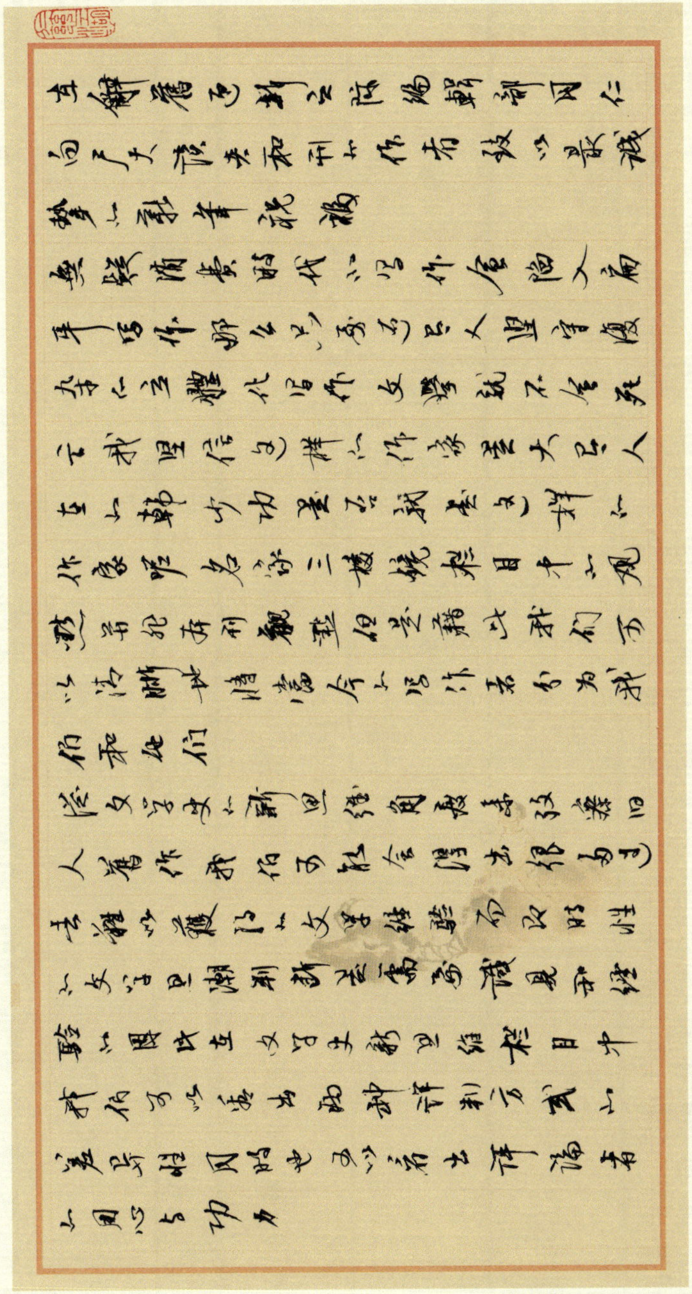

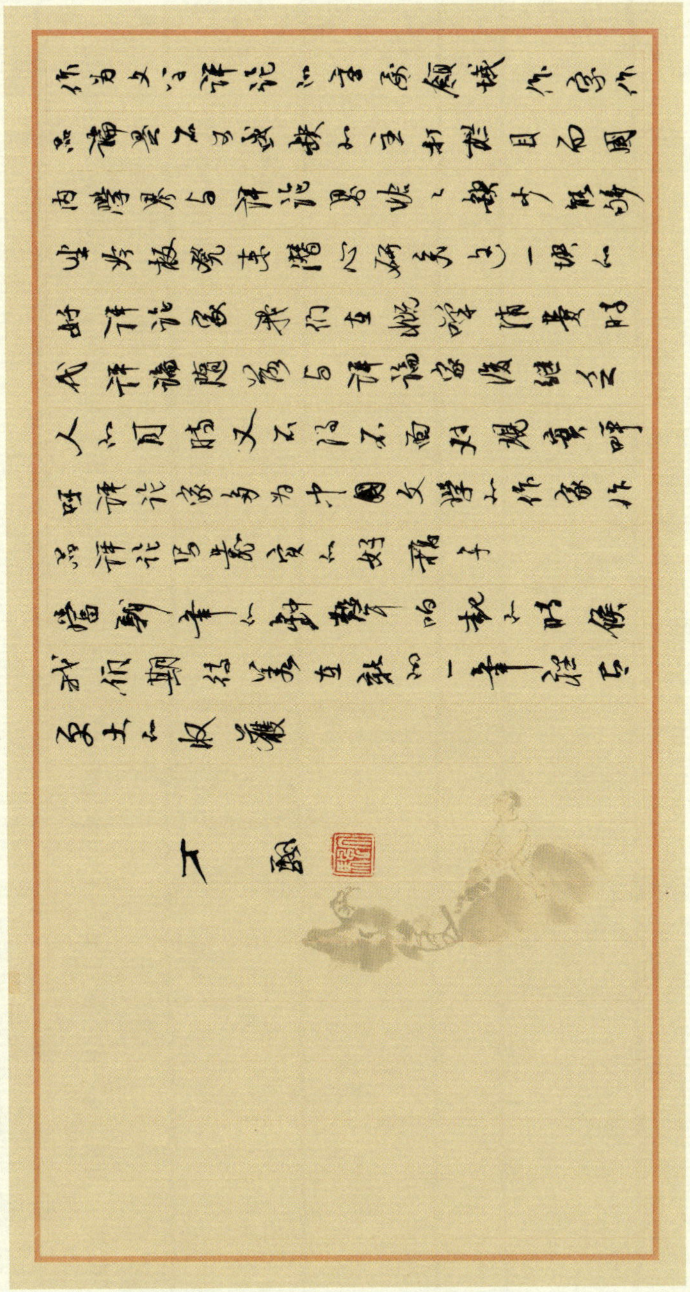

2010年第1期

春天来啦！我们还能不相信什么样的生命萌动的奇迹不能发生呢？而文学作品的最大魅力就在于认识生命并对她礼赞。读了毕飞宇的创作谈，我突然间看到的是毕飞宇性格的另一种境界：既非“少年气”的率真，亦非“生不逢时”的落寞，而是平添了许多“英雄气”的悲怆。他的创作过程的转变契机使我想起的是震动美国几代人心灵的那部英雄落寞的反战影片《生逢七月四日》，同样是越战，它对每一个人生命重量的拷问是不同的，而作为一个作家，毕飞宇对战争后的人的思维状态的发掘深度，却是与他作品的审美宽度和深度息息相关的，从这个意义来讲，这样的价值思考将是毕飞宇终生受用的宝贵财富。

转型时期的中国多族群文学的发展趋势有了很大的变化，如何“建构真正和谐、多元的中国文学”，姚新勇先生所提出的建议是值得我们思考的。[①] 黄书泉先生对当下文学评论状况的分析也是切中要害的，问题是我们为什么就永远找不到解决的答案呢？

顾彬对中国文学的“指手画脚”已然成为一个文学事件了，我们可以站在各自的立场上对其进行学理和学术层面上的批评，但是绝不能拒绝这种声音的存在，也许对于我们而言，它是一剂苦口良药。我们发表余开伟先生的这篇论文的初衷，就是想激活我们的文学批评。

两篇“名刊观察”对历史的钩沉，以小见大，从不同角度对两岸的办刊生态环境进行了梳理和反思，无疑，于今而言，这是对历史教训的一次借鉴。

我们期望有生命的文学批评如春潮一样不断涌现。[②]

---

① “所提出的建议”原稿为“提出来的建议”。

② “不断涌现”原稿为“涌动”。

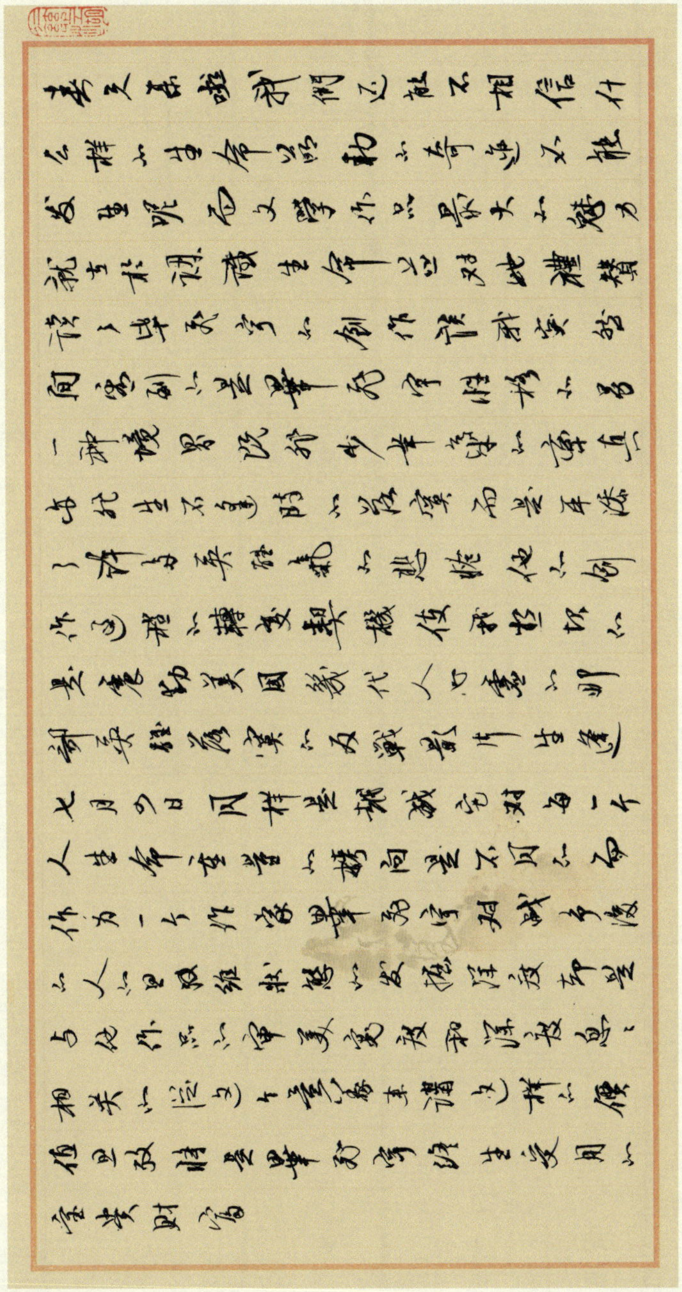

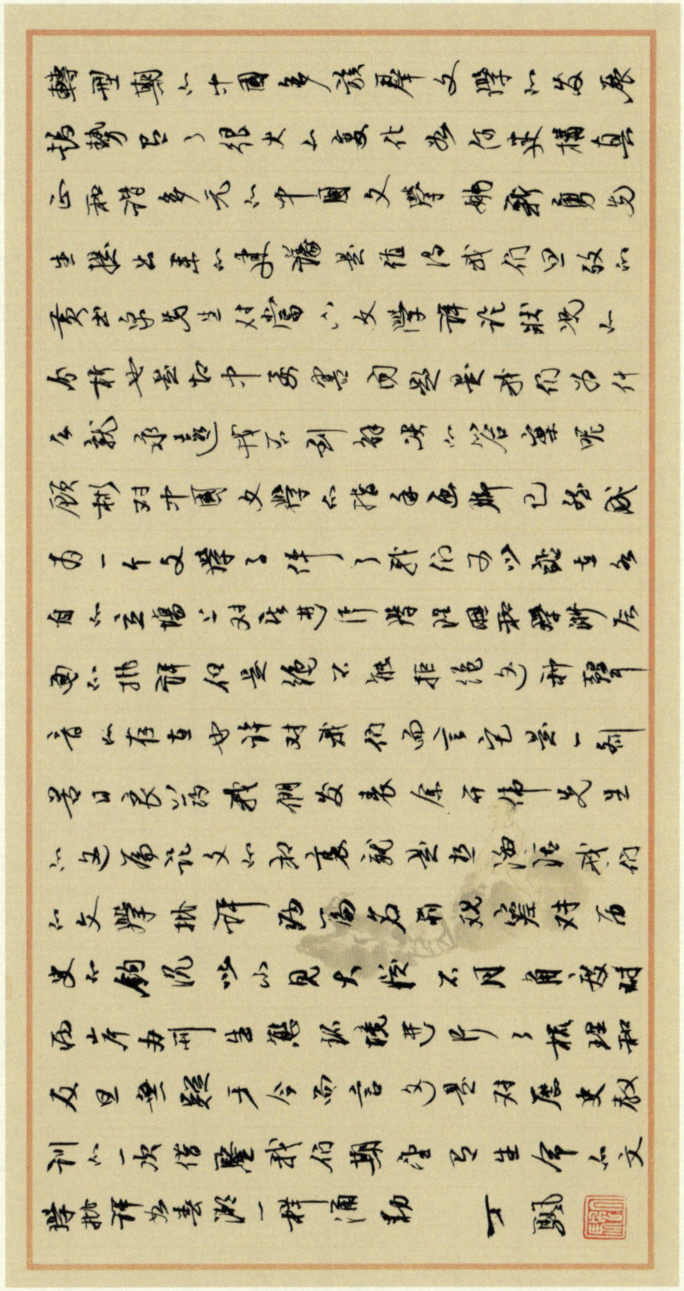

2010 年第 2 期

又是五四的纪念时节，我们是否看到了绽放的鲜花了呢？

夏天到了，这是一个火热的季节，但是我们似乎并没有看到如火如荼的创作与批评。

我总以为在这个消费主义文化的时代是没有浪漫主义，尤其是古代浪漫主义的一席之地的①，我们往往像嘲笑堂吉诃德那样去嘲笑当今的浪漫主义，对“诗性”写作予以耻笑②，可能已经成为我们这个被大量现代和后现代主义思潮复制时代的一种傲慢与偏见。然而，文学的精髓恰恰就在于此，一个没有“诗性”的写作，那是行尸走肉的僵化书写；一个没有“诗性”的文学创作时代，就是一个文学堕落与悲哀的时代！我以为张炜这二十多年来的创作是一直坚守着“诗性”这一天条般的信念的，同样的观点，我们在王尧的评论当中也可以读到这般况味。我以为从八十年代至今，能够始终坚守浪漫主义情怀的作家就是“二张”（张炜、张承志），虽然二人的主题指向不同，一个是传统儒家情结，一个是宗教情结。但是不变的人文情怀始终是他们一以贯之的目标，其韧性是令人敬佩的。虽然我并不完全赞同他们在其形象和意象背后所表现出的主题内涵，但是，作为一种文学的终极表达方式，我对他们的这种创作姿态与信念的持守表示最崇高的敬意。他们手执长矛（古典的冷兵器）冲向风车（巨大的时代思潮的合力）的时候③，我们是否能够像桑丘那样再次与之同行呢?!

对当代文学的讨论在近几个月形成了一股热潮，本期刊发的董之林的文章并非是本刊的观点，但是，我们以为只有把不同的观点亮出来，进行交锋，才能最终触摸到历史的本质，才能更接近真理的边缘。

《论“五四”散文形式审美的价值建构》的作者是三位长期在散文研究领域里驰骋的宿将，他们的散文观念能否对今天的散文创作有所启迪呢？这也是我们所关心的问题。

“五月”的鲜花是凄美而迷人的④，亦正是它有着丰富的人文意蕴。“五四”是不死的“五四”，只要我们有着那样的坚守，鲜花终究会绽放在每一个理想主义者的心头。

---

① “古代浪漫主义”手稿为“古典浪漫”。

② “耻笑”手稿为“嘲讽与耻笑”。

③ “巨大的时代思潮的合力”手稿为“巨大时代的合力”。

④ “凄美”手稿为“凄”。

又是五四纪念的时候，我们是否需要？绽放的鲜花了，夏天到了，这是一个火热的季节，但是我们似乎再没有当初如火如荼的创作与批评激情，以为在这个消费主义文化的时代里，没有浪漫主义尤其是古典浪漫的一席之地，我们往往像嘲笑堂吉诃德那样去嘲笑当今的浪漫主义对待性的写作，予以嘲讽与耻笑，不能已经成为我们这个放大量现代和后现代主义思潮漫暴时代的一种傲慢与偏见，然而文学的精髓恰恰就在于此，一个没有诗性的写作那是行尸走肉的僵化写作，一个没有诗性的文学创作时代就是一个文学堕落与衰的时代，我以为张炜这二十多年来的创作是一直坚守著诗性这一天条般的信念的，同样的观点，我们在王尧的评论当中也可以读到这般说时，我以为从八十年代至今能够始终坚守浪漫主义情怀的作家就是二张：张炜、张承志。虽然二人的主题指向不同，一个是传统儒家情结，一个是宗教情结，但是不变的人文情怀始终是他们一以贯之的目标。尽管韧性是令人佩服的，虽然我并不完全赞同他们在一些形象和意象背后所表现出的主题内涵，但是作为文学的终极表达方式，我对他们这种创作姿态与信念的持守表示崇高的敬意，他们手执长矛古典的冷兵器冲向风车，巨大时代的合力和时候，我们是否能够像桑丘那样有点与之同行呢

对当代文学的评论在这几个月形成了一股热潮，有期刊发的董之林的文章并非是有所的观点，但是我们以为只有揭示不同的观点，充分出来进行交锋，才能最终触摸到历史的本质，才能更接近真理

的边缘化五四散文形式审美的
价值建构的作者是三位长期在散
文研究领域里驰骋的宿将他们
的散文观念能否对今天的散文创
作已形成更呢这也是我们所关心
的问题

五月的鲜花是凄而迷人的每正是
它包蕴丰富的人文意蕴五四是
不死的五四与我们已若那样的
坚守鲜花终究会继续在每一个
理想主义者的心头

丁飏

2010年第3期

南方的洪水和北方的酷热给这个世界敲响了生态失衡的警钟。同样，文化与文学的生态环境也并不乐观，文学审美的本质意义究竟在哪里？虽然这是一个常识性的问题，但是生在我们这个文化与文学缺钙和失忆的时代里的许多作家与评论家根本就无视这一常识，或者说就不屑这一常识。

因此，我们刊出的一组台湾作家的创作谈就十分有意味了，他们虽然各自从不同的角度阐释了自己的创作观，但是，大家对文学审美本质的追寻却是一致的，或许，用朱天文叙述的那个佛陀重生的美丽故事来诠释审美的本质特征是最准确不过的了："他要去找回他的嗅觉。最后他骨枯形销昏死在河边[①]，村中牧羊女喂以乳糜，悉达多醒来，闻见乳香，如此甘美，如此确凿，他感谢牧羊女说：'一切有情，依食而住。'他渡河进城，坐在菩提树下悟道，成了佛陀。"这就是文学的誓言！就新世纪的大陆作家而言，更多的人是被消费文化熏染得失却了文学的"嗅觉"，所以他们根本就没有立下文学的誓言，因此，"失情"俨然成为文学创作的通病。一部作品倘若没有情感的支撑，它当然是一具形容枯槁的僵尸。我们的作家期望能够喝上一口那个具有崇高原始文化符码意味的牧羊女的乳糜(而不是红嫂的乳汁)，以获重生，这才是文学最后的归途。但是，我们到哪里去寻找"牧羊女"呢？

当我们在寻找真善美的时候，周围却是假丑恶的沸腾与喧嚣，君不见当下的电视媒体争相大搞相亲节目的同时，价值判断的严重失位吗？我们刊登了王海林先生的文章，就是要在吕效平先生寻觅"诗性"的道路上凸显真与善的审美内涵。

在"文史钩沉"栏目中，我们将不间断地刊出燕平先生这样的文章，以史为鉴，可能是我们今天避免重蹈"文革"覆辙的一剂良药。同样，在"思潮与现象"栏目中刊出的张均先生的《一九五〇至七十年代文学中的批评与自我批评》，以及刘新锁、牛学智等先生的几篇论文，都是对那个已经消逝了的时代政治工具性文学批评的批判性反思，其警醒之处就在：如果采用了"左"倾式的工具批评，那么"文学批评都沦为一种忠诚度的训练：忠诚于意识形态的训练，或忠诚于以意识形态自居的私人的训练"。

这是一个诗歌渐行渐远的时代，我们渴望那个"面朝大海，春暖花开"的诗歌神话时代，但是，历史终究不可重来，于是，对诗歌历史的反思就成为对诗歌敬畏的一种崇高的祭奠。刘卫东先生对"海子神话"的反思，正是对当下这个贫乏的诗歌年代的叩问[②]。

面对这个并非大海，也不是春暖花开的文学季节[③]，我们能够做些什么呢?!

---

① "骨枯形销"手稿为"枯骨形销"。
② "对当下"手稿为"当下"。
③ "春暖花开的"手稿为"春暖花开"。

南方的洪水和北方的酷熱給這個世界敲響了生態失衡的警鐘同樣文化與文學的生態環境也岌不求觀文學審美的本質意義究竟在哪裡顯然這是一個常識性的問題但是生在我們這個文化與文學缺鈣和失憶的時代裡的許多作家和評論家根本就無視這一常識或者說就不屑這一常識因此我們列出的一組臺灣作家的創作讀起來十分有意味了他們雖然各自從不同角度闡釋了自己的創作觀但是大家對文學審美本質的追求卻是一致的或許用朱天文敘述的那個佛陀重生的美麗故事來詮釋審美的本質特徵是最準確不過的了他要去找回他的嗅覺最後他枯骨形銷餓死在河邊那個牧羊女餵以乳糜悉達多醒來聞見乳糜的甘美如此確鑿他感謝牧羊女說一切只是假像食而往他渡河進城坐在菩提樹下悟道成了佛陀這就是文學的哲言就到世紀末作家而言更多的人是被消費文化熏染得失卻了文學的嗅覺所以他們根本就沒有立足文學的基點因此失悖停战成為文學創作的通病一部作品倘若沒有情感的支撐它當然是一具形容枯槁的僵屍我們的作家渴望喝上一口那個具有崇高原始文化符碼意味的乳糜而不是紅塵的乳汁以獲重生這才是文學的最後歸途但是我們到哪裡去尋找牧羊女呢

看我們在尋找真善美的時候周圍都是偽惡醜的沸騰與喧囂君不見當下的電視媒體爭相大搞相親節目的同時價值判斷的多重失位唱我們刊發了王海林先生的文章就是要在呂敬平先生探究詩性的道路

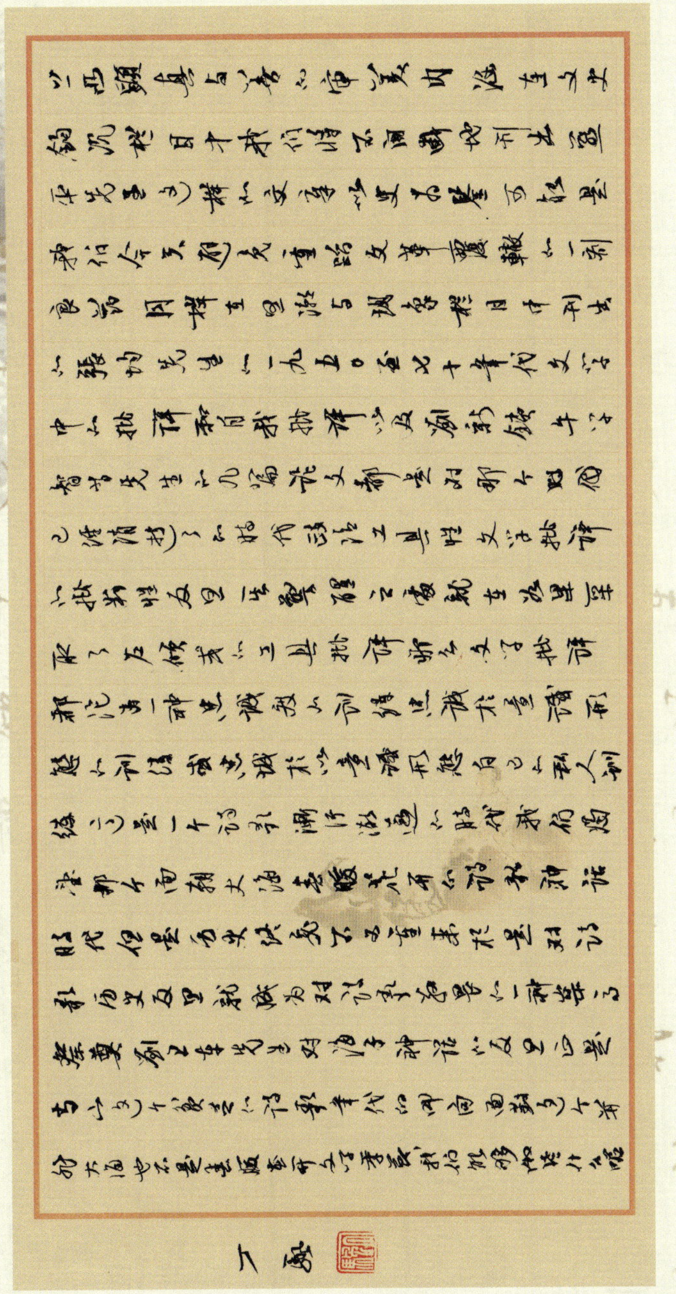

2010 年第 4 期

又到秋风落叶时，然而，我们没有能够等到创作界那沉甸甸的丰硕饱满果实，金秋十月的喜人丰收景象并没有到来，纯文学的前景在时代的多重挤压下似乎并不乐观，但是，只要我们坚守这一片灿烂的星空——相信文学永远是人类不可或缺的精神食粮，我们便会拥有一个富足的世界！

叶兆言先生是一个宠辱不惊的作家，在他平静如水的文字叙述下面，我们可以读到极其深厚的文化底蕴，可以读到世界经典名著创作方法的深刻印痕，虽然不能说他对文学博大精深，然而，其文学修养之深厚，是中国一般同龄作家不可比拟的。本期推出叶兆言专栏，也算是对经典性写作的一种倡扬和礼赞吧。

日本学者藤井省三的论文从一个域外汉学家的角度对二十世纪中国文学在日本的接受史进行了梳理[①]，尽管是从点点滴滴的作家作品的阅读入手，却也大致可以看出一个阅读史和研究史的轮廓来，这也许是我们中国作家希冀从这扇窗户看到的另一番风景罢。

无论是对中国现代文学史的研究，还是对当下文学现状的研究，我们都提倡“百家争鸣”的学术风尚，在本期的“文学史新思维”栏目中，我们刊登了几篇对不同时期文学批评和研究的反思，我们更加期待的是以此引起热烈的讨论。

当一个时代进入了重视读图而忽略文本的境地时，我不知道这是一种文化的进步呢，还是一种精神的蜕化？所以，我们刊登了周根红的《九十年代以来电影与文学的关系》一文，试图引起这方面的探究，以厘清文学发展和前行的方向。

在这个并不丰硕的秋天里，我们试图在等待着一个冬天的童话。

① “藤井省三”手稿为“滕井省三”。

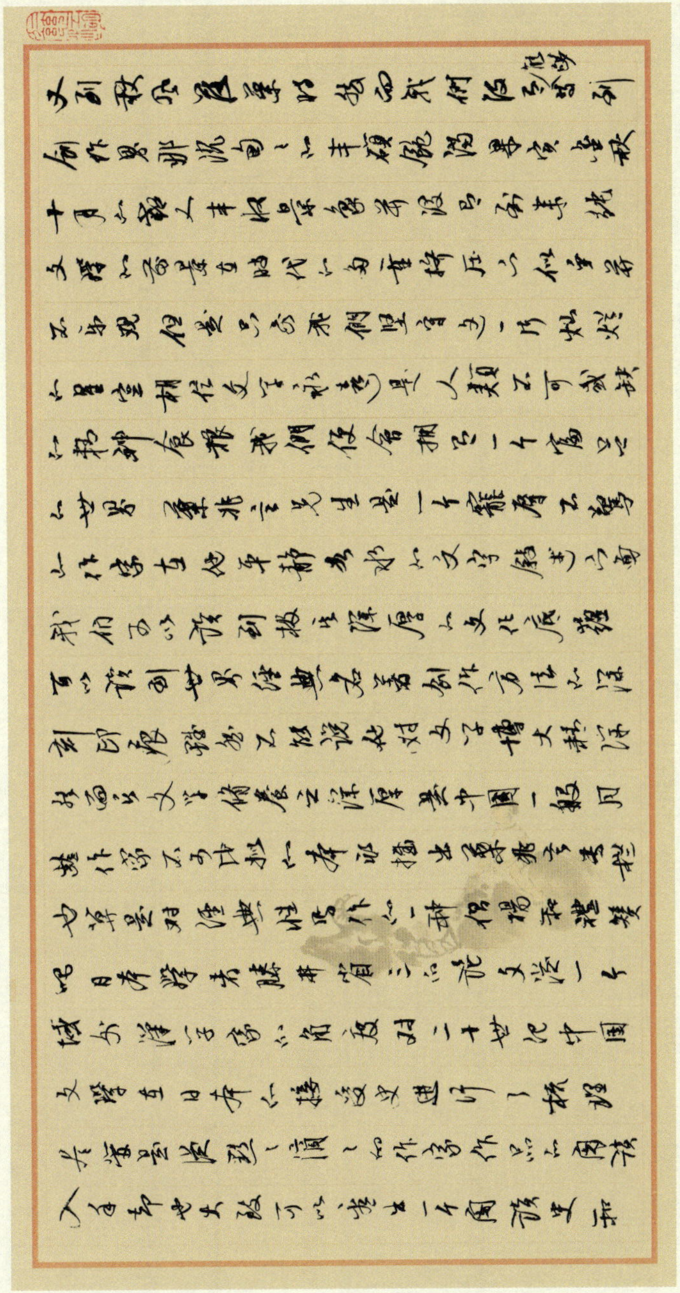

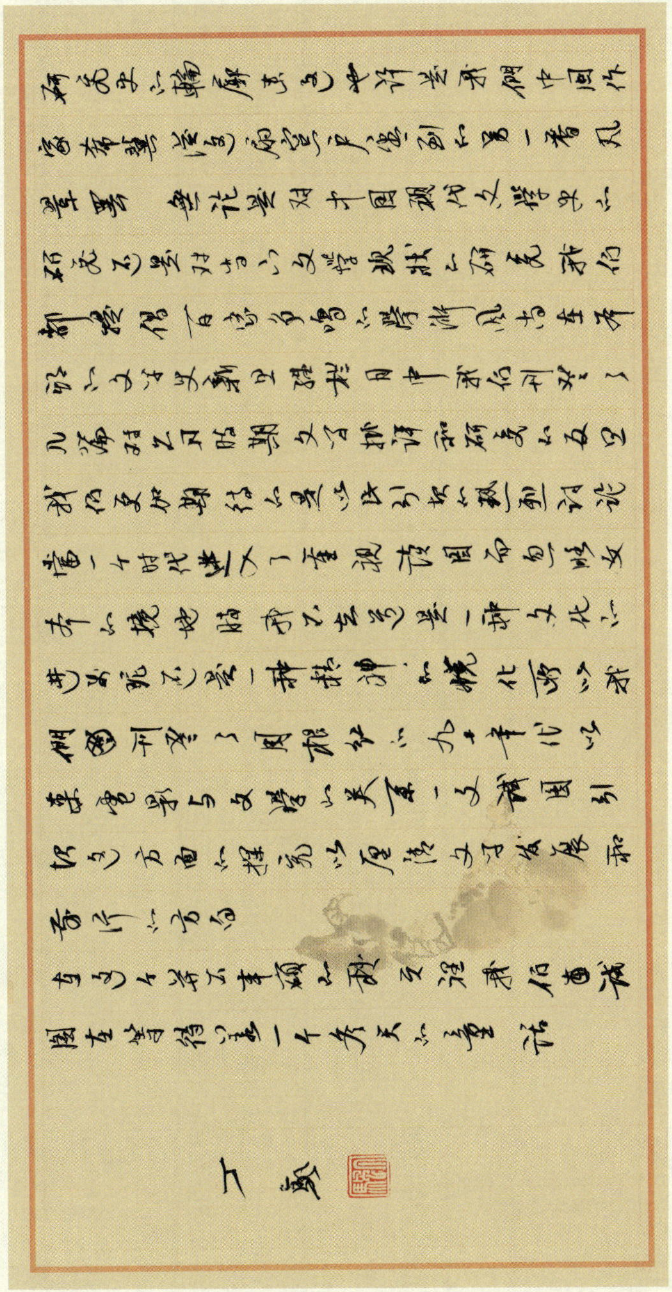

2010年第5期

审视文学史节点上的刊物已然成为许多文学史家和批评家所关注的焦点，燕平先生对《朝霞》编辑工作的回忆，虽然只是个人的“口述史”，但他所提供的史料性文字，却是一个不可或缺的参照系。我们极重视这样的史料，将陆续发表这样的文字，以飨读者。

《山花》主编何锐先生对新世纪文学的基本估价是客观而公允的：“虽然新世纪十年的文学仍保持了九十年代文学的水准，延续了当代文学的发展过程，但并未取得实质性的突破，特别是纯文学的空间受到了前所未有的挤压，终极价值迷失、媚俗成为时尚、创新精神的匮乏使文学再度陷入困境，纯文学的执着追求者和坚守者不能不心怀忧虑。新世纪文学该如何突围，才能辟出一条新路，是一些作家正在严肃思考和认真面对的课题。”就此而言，它对当前的创作是有启迪意义的。

千野拓政先生所提出的“在东亚城市文化所能看到的现代文化的转折”的确是文学面临的困境所在：“现在，部分年轻的读者阅读文艺文本的方式显然跟以前不一样。简单地说，他们着重的已经不是作品的故事情节和思想，而是作品里的角色的形象(character)。他们离开作品的世界，单独地欣赏这些character。当然不是他们完全忽视作品的故事情节和思想，而且也不是所有的读者这样看作品。只是可以说，对部分读者，阅读作品时character已经成为跟故事情节和作品的思想同样或比它们更重要的因素，而且这样阅读的读者越来越增加。这种倾向在动漫、轻小说(light novel，在大陆相当于校园小说或青春小说)、yaoi(也称作boys love，也就是女生看的男生同性恋的故事)小说等领域特别明显。更重要的是这些现象的出现跟青少年对社会感到的某种无聊、孤独或闭塞感有关系。”① 这就是读图时代人对文学内涵解读的视线转移，如何对待这样的问题，是值得我们思考的问题。

这是一个歌舞升平的消费文化时代，文学的“暗伤”往往是被许多繁华的社会文化的表象所抚摸和遮蔽着，于是，才有了文学家的责任与承当。我们现在需要考虑的问题，不是我们不能做什么，而是能够做些什么！

① “孤独或闭塞”手稿为“孤独和闭塞”。

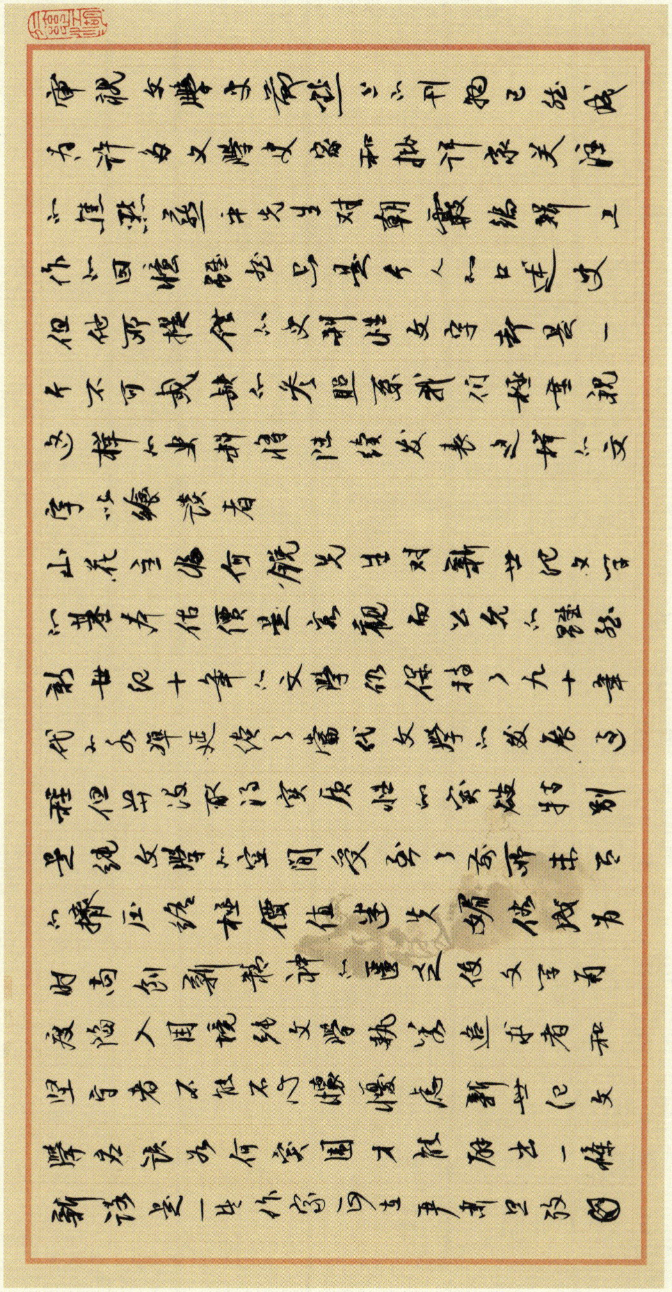

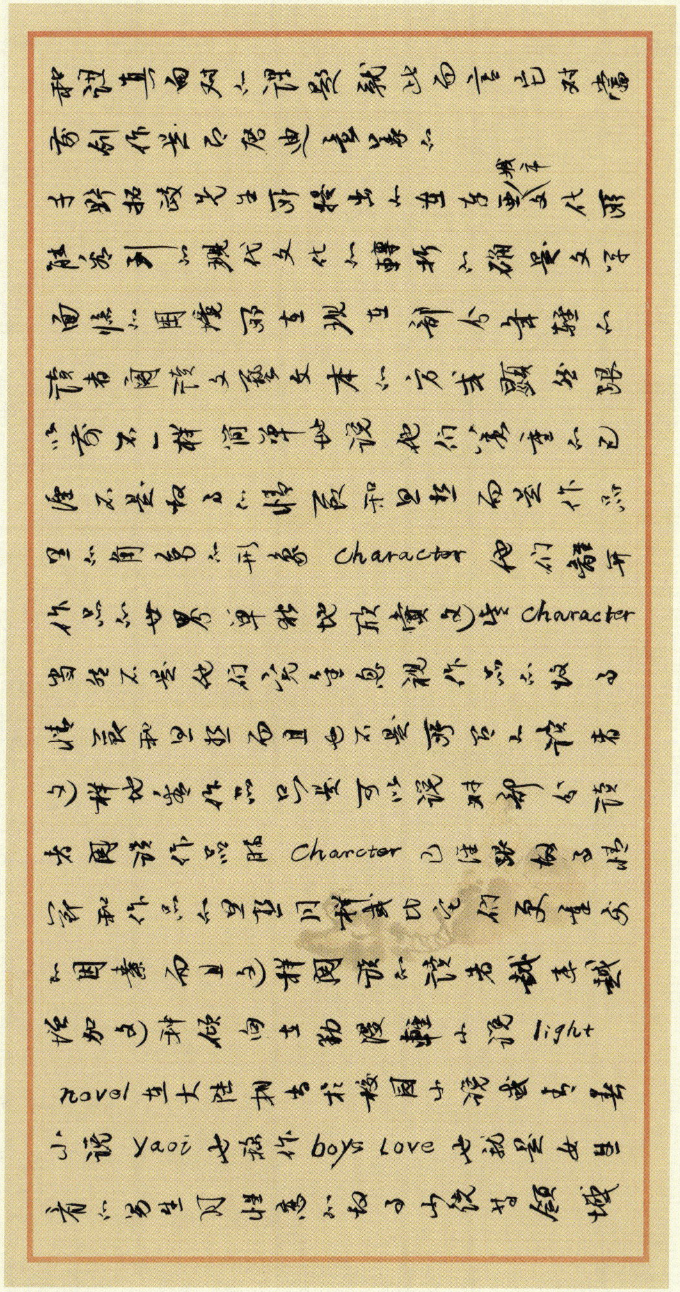

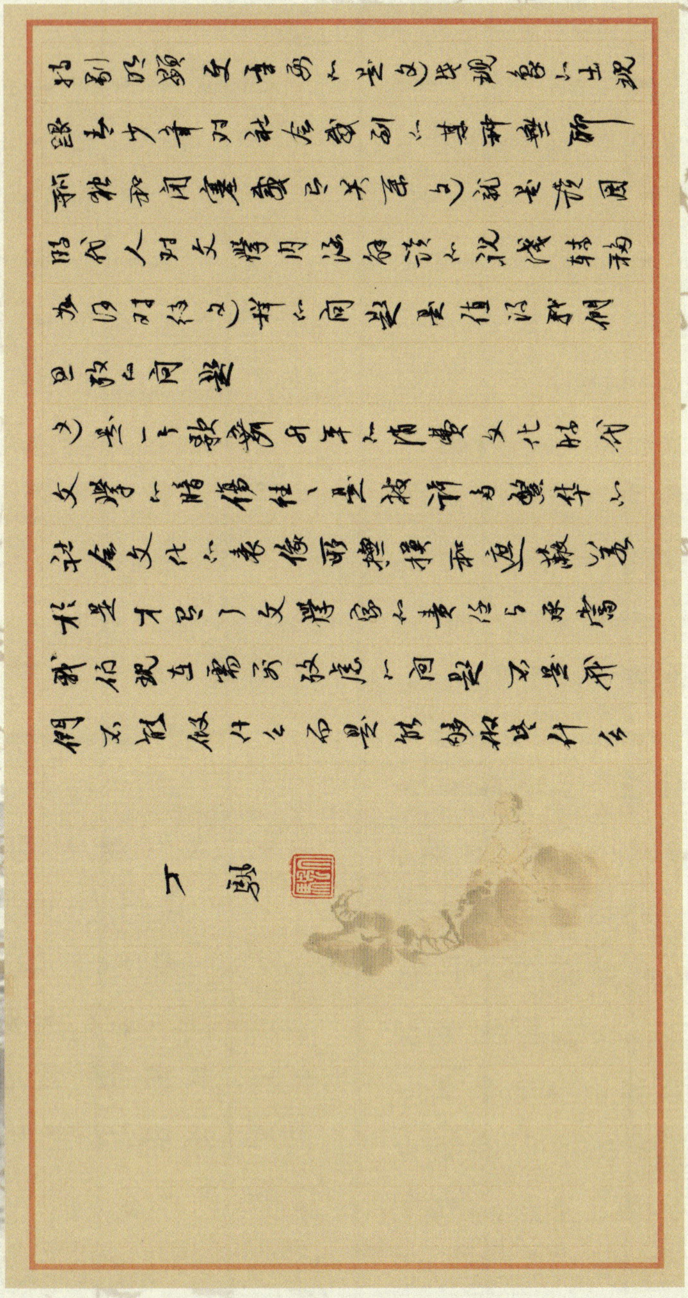

2010 年第 6 期

冬天来了。

本年度最后一期我们在“名家三棱镜”栏目中刊发了黄蓓佳的创作谈，其中的一段文字虽然平实，但是能够启发我们思考这个时代的大问题和真问题：“写作是一种源远流长的东西，从生命中抽出来的一根细细的丝，总也抽不尽，甚至不抽也会自动地游出来。如果不将它及时地捺到纸上成为文字，它就要放赖一样地纠缠住我们，裹住我们的手脚，勒住我们的脖颈，卡在我们的咽喉处，总之让你不能呼吸不能说话不能行动。”此话虽是常识，但是在这个消费文化的语境中却非同寻常，因为我们的创作已经进入了一个“复制”的时代，大量的文字只是一种“伪作品”，因为它们只是没有生命温度的产品而已，只能满足即时性的一次性消费。于是，文学是否需要追求“生命力”倒成为这个时代创作的大问题了。这是作家的悲哀，还是这个文学时代的悲哀呢?!

在“思潮与现象”栏目中，我们刊发了一个诗人对这个时代文学的呼吁①，那就是强调文学创作的“个性化”问题：“因为在我看来，无论哪一个国家或民族的作家诗人，都必得首先立足于他的‘个人性’。当然，这种‘个人性’不是抽象的，而是一种具体的、历史的存在。脱离了这种‘个人性’，脱离了个人经验的具体血肉，任何对‘本土性’的张扬都有点可疑。”就我个人的观点而言，我完全赞同王家新的意见，因为“个人性”才是作家创作的根本，它既是形式层面的风格，同时也是价值内涵的表达。“本土经验”相对于“普遍经验”来说，它是微不足道的，因为作家的表达是超越民族、种群与国家，乃至于语言和文字的“个人性”的创造活动!

徐兆淮先生作为一个资深的文学编辑，他在上个世纪八九十年代主掌《钟山》杂志时，刊发过许多名留青史的文学稿件，他的编辑经验是值得我们借鉴的，他的编辑品格是值得我们尊敬的，因此，发表他的这组文章，目的就在于弘扬一种精神。

春天的脚步虽然离我们不远了，但是，我们却不能盲目地享受文学浮华的温暖。

---

① “这个时代文学”手稿为“这个文学时代”。

冬天来了

本期发表最后一期我们在名家三棱镜栏目中刊发了贾菪佳的创作谈,十分一致文字键盘年代,但是能够启发我们思考这个时代的大问题和真问题。写作是一种源远流长的东西,从生命中抽出来的一根细细的丝,绵也抽不尽,甚至不抽也会自动地飘出去来。如果不将它及时地落在纸上成为文字,它就会象藤蔓一样地纠缠住我们,裹住我们的手脚,勒住我们的脖颈,卡在我们的咽喉。窒息之感使人不能呼吸,不能说话,不能行动。因此说,这是常识。但是在这个消费文化横行的语境中,却有人认为我们的创作已经进入了一个复制的时代,大量的文字只是一种伪作品,因为它们只是没有生命温度的产品,而它只能满足即时性的一次性消费。于是文学是否需要追求生命力,倒成为这个时代创作的大问题了。这是作家的悲哀,还是这个文学时代的悲哀呢?

在这期与现象栏目中我们刊发了一个诗人对这个时代的文学呼吁,那就是强调文学创作的个性化向度。因为在我看来,无论哪个人国家或民族的作家诗人都必须首先立足于他的个人性,当然这种个人性不是抽象的,而是具体的,历史的,存在的,脱离了这种个人性脱离了个人经验的具体血肉,任何对本土性的张扬都只能是可疑的;就我个人的观点而言,我完全赞同王家新的意见,因为个人性才是作家创作的根本,它既是形式层面的风格问题,也是价值内涵的表达,本土经验相对普遍经验来说它是微不足道的,因为作家的表达是超越民族种群与国家乃至于语言和文字的个人性的创造活动。

徐兆淮先生作为一个资深的文学

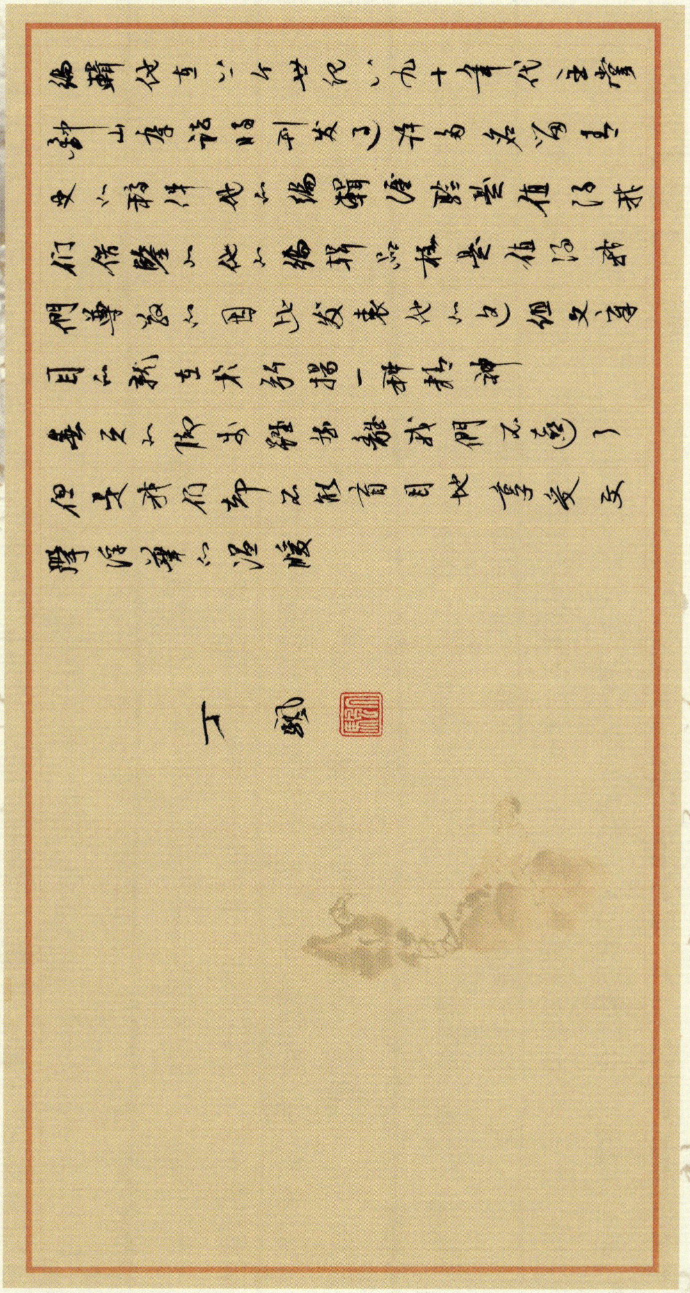
丁帆

2011 年第 1 期

当春天真的来临之时，我们并没有在目不暇接的文学创作的速度中体察到它的温度，是消费文化麻痹了阅读者的感触神经了呢，还是我们的作家根本没有感受到生活给予他们足以创造时代史诗的机缘呢?!

本期我们隆重推出了中国著名的生态散文作家刘亮程的评论专辑，四十三年前的一九六八年，一篇《寂静的春天》拉开了世界生态主义思潮的大幕，从此，生态文学创作和研究也就如火如荼地展开了。然而，在中国，真正意义上的生态文学创作还是在上个世纪的九十年代以后开始的，无疑，在中国生态文学史上，刘亮程的名字是赫然在目的，它不仅镌刻在中国散文史的里程碑上，同时，也成为中国文学在世纪转型中的一道亮丽的风景线。刘亮程说创作是在“向梦学习”，一点不错，如果一个作家失去了自己的“梦”，他也就失去了创作的原动力，正是这个“梦”推动着优秀的作家创作出优秀的作品，一个作家能够理解这一点却是很不容易的，可是这个“梦”中的理想主义的场景在无情的现实世界当中却是不堪一击的，但是，人类没有这样的“梦”，就会变成没有生命细胞的机器人，同时作家存在的意义也就消逝了。为此，我们应该为刘亮程“向梦学习”鼓与呼：“梦启迪了文学，文学又教会更多的人做梦。优秀的文学都是一场梦。人们遗忘的梦，习以为常却从未说出的梦，未做过的梦，呈现在文学中。文学艺术是造梦术。写作是一件繁复却有意思的修梦工程。用现实材料，修复破损的梦。又用梦中材料，修复破损的现实。不厌其烦地把现实带进梦境，又把梦带回现实。”倘若“人与自然”之梦能够在作家的笔下得以“修复”，人类就会有希望地活下去！①

毋庸置疑，在当下消费文化大行其道之时，诗歌作为文学的“贵族”领域，其悲惨的境况是有目共睹的，但是一大批诗人仍然坚守着他们的阵地，这不禁使我们肃然起敬，他们不仅仍然坚持写作，更重要的是他们还在反思！对于已经逝去的黄金年代，反思什么是“八十年代诗歌精神”，反思“八十年代诗歌运动”中的流派学表现，也就成了为未来创作做准备的理论资源。读者诸君可以看看周伦佑们是怎么想和怎么说的，从中可以看出诗人和学院派批评家之间思维的区别。

我们希望大家都来关注文学边缘状态的创作现象，也许它才是我们今天文学创作的真正突破口。

① “就会有希望地”手稿为“就有希望”。

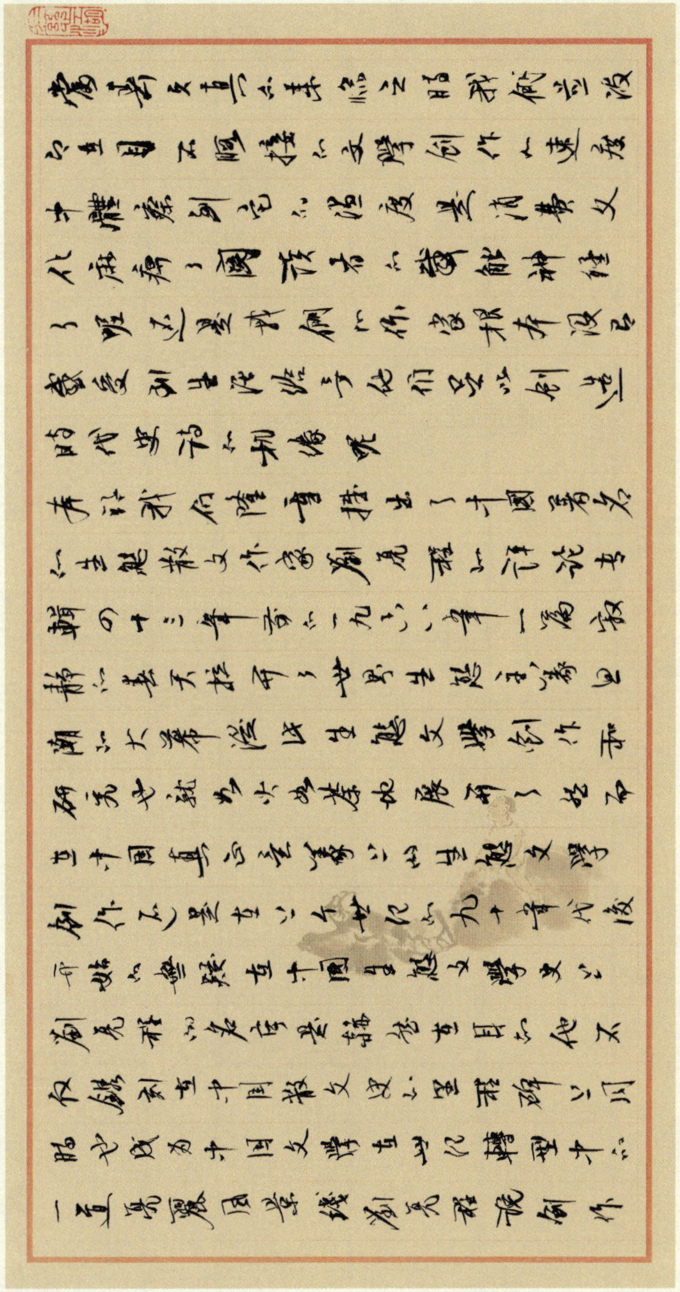

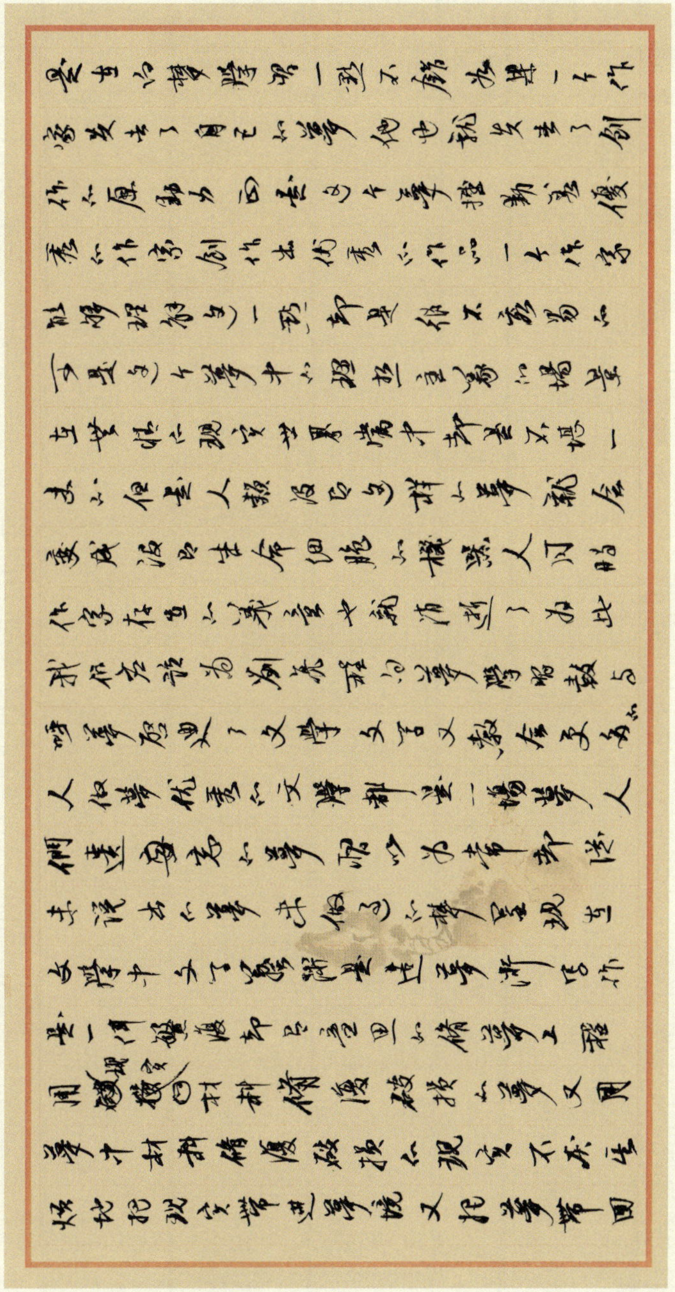

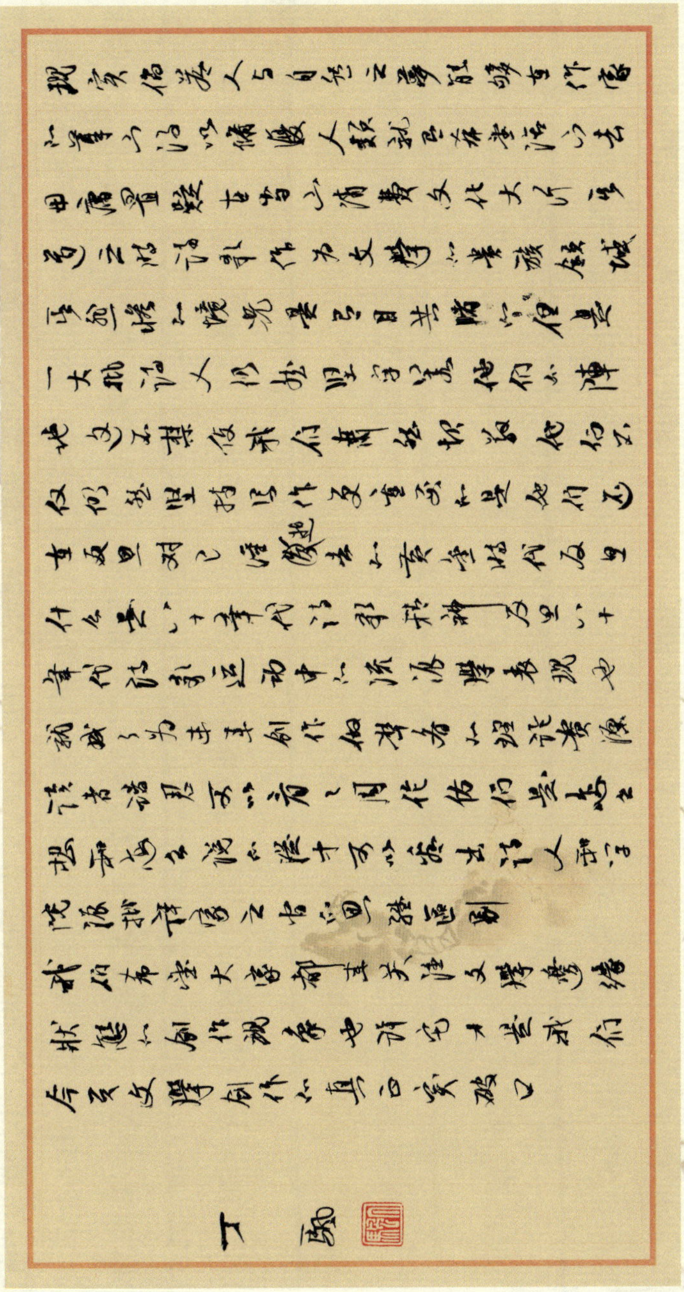

2011 年第 2 期

三十多年来,长篇历史小说的创作可谓是如火如荼,但是能有几部像样的作品呢? 无疑,许多刚刚出版的皇皇巨著就重新回到造纸厂化为纸浆的厄运,时常是它们的最后归宿,这已经成为人们司空见惯的现象了,不足为奇。而奇怪的是,像《大秦帝国》这样一部粗制滥造、水平低下,且在史识、史实和常识上都存在许多错误的不入流的所谓"长篇历史小说",竟然受到了许多人的追捧,乃至花巨资拍摄成长篇电视剧。反思这一现象背后深刻的文化意识形态,我们不禁倒吸一口冷气——"文革"阴魂不散,大有"深处爆发革命"之势! 这绝非是扣帽子,通过对《大秦帝国》的解剖,我们可以看到"文革"思维的昔日重来。对于这只"熟悉的麻雀",但凡经历过那场"史无前例"革命的人,都会产生条件反射,本刊此次发表几位前辈学者的"檄文",此种"讨伐",意在学术层面的辩论,以厘清当下对历史描写的混乱思想,尤其是面对对"文革"几乎是一无所知的青年一代,"救救孩子"和"救救历史"的双重职责落在了一些有良知的知识分子身上,因为他们不希望极左思潮带来的灾难在中国大地重演!

吴功正先生的文章从"史识"和"常识"的错误入手,对《大秦帝国》存在的谬误和硬伤进行了条分缕析的细致清理,同时将此上升到"反知识,反言论,反文化,反人性,反人类,毫无历史进步性可言"的理论高度来认识,可谓黄钟大吕。

陈辽先生也是前期参与辩论的作者,他这次从批判《大秦帝国》的"铁血文明"入手,以充分的论据证明"在当今中国,吹捧秦始皇,吹捧秦始皇推行的'铁血文明',吹捧封建专制主义,是不得人心的"学理。

余开伟先生的文章是对批评的批评,针对甚嚣尘上的吹捧"歌颂封建专制的暴力和暴政"之行径,作者试图从现代性的"民主、自由、人权、法制、宪政"的视角,对《大秦帝国》反历史和反文明的要害进行批判。

董健先生是《大秦帝国》批评的主角,此次"再谈"其"反动性"(我们以为这个词应该是一个学术性的中性词),就是要告诉我们"在今天的中国,鼓吹'秦家店'的那些核心价值,恰恰是站到中国人民所努力从事着的真正改革的对立面了"的道理。

以上几位学者对《大秦帝国》的批评文章,其意义远远不只是对一篇质量低下的文学作品的解剖,更重要的是对一种文学思潮和文化思潮的深刻反思。当然我们也期望持不同意见的论者参与辩论,真理只有在激辩中才能获得重生。

本期发表的美国加州大学戴维斯分校东亚语言与文化系奚密教授细密分析现代汉诗"现代性"的文章，是对中国文学和文化有着不同视角看法的好文章，它给我们的启迪是不可小觑的。希望中国的作家和批评家在阅读以后，能对"本土经验"有所反思。当然，我们也欢迎持不同意见的论者积极参与这样的讨论。

文学评论的春天就是批判思想萌动的季节。

[illegible]

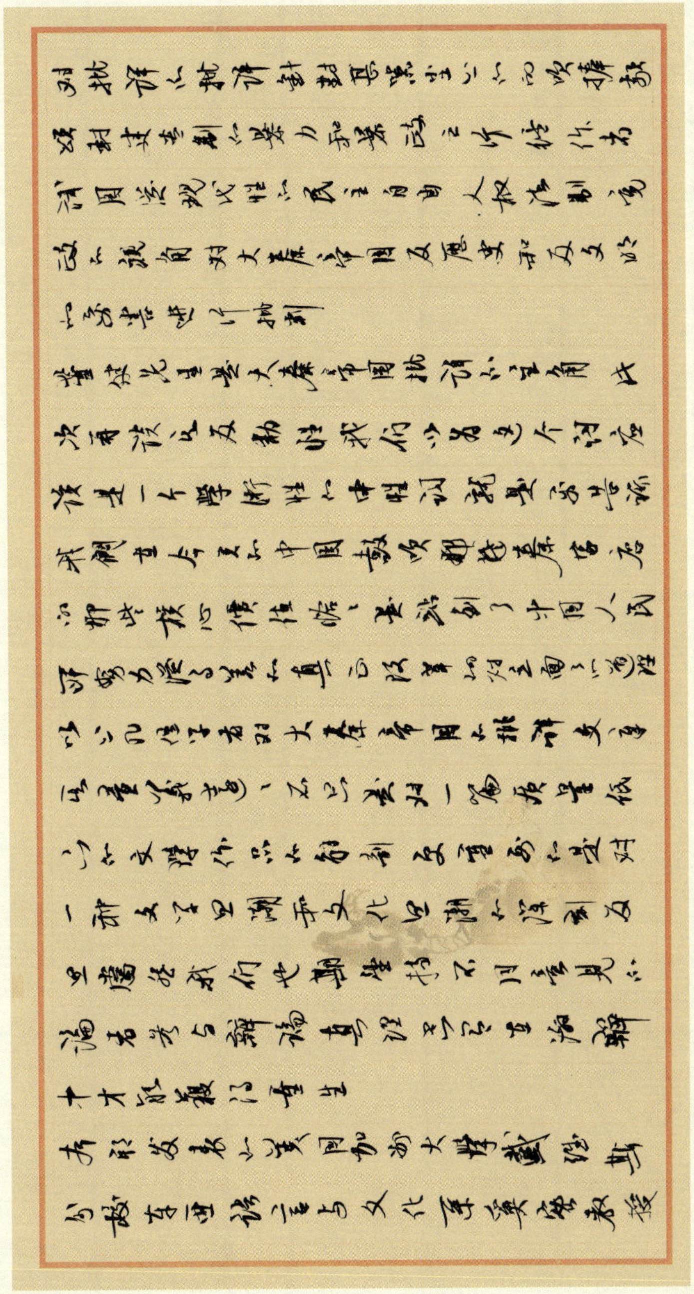

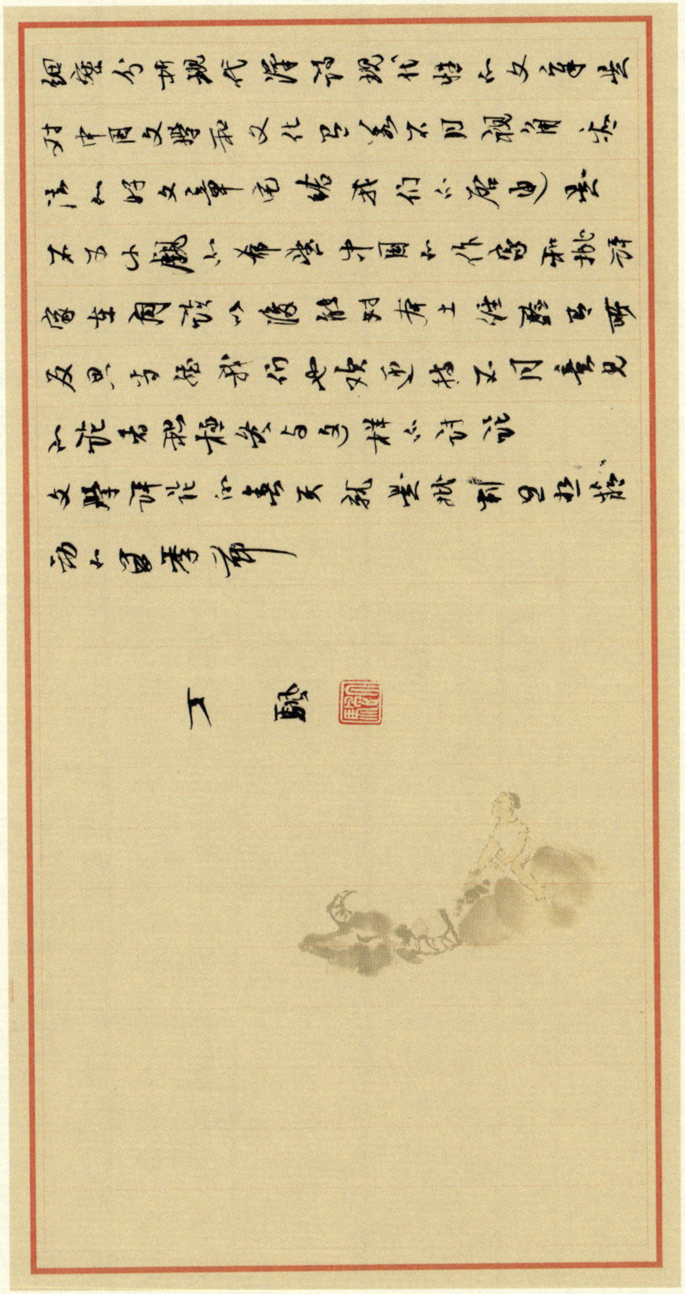

2011年第3期

这个世界上的文学就是因为爱而产生了对苦难的揭示和超越，一个好的作家并不一定需要这样的情怀，而一个伟大的作家却一定会具备这样的情怀。只有在这样的情怀感召下，文学才能在人类丰沃的精神土壤中生根。为什么阎连科会对陀思妥耶夫斯基和托尔斯泰那样面向灵魂忏悔的作家如此敬畏呢？“在陀思妥耶夫斯基的《罪与罚》和《卡拉马佐夫兄弟》这两部小说中，读到拉思科里涅珂夫和阿辽沙都在故事的最后，怀着忏悔和拥抱苦难的心情去亲吻俄罗斯的大地时，我总是忍不住会掉下眼泪，感叹自己的写作，面对土地，面对那块土地上芸芸众生的人生与命运，我为什么不能像托尔斯泰和陀思妥耶夫斯基一样去爱一切、理解一切、拥抱一切，而这一切中，最重要的就是热爱苦难、拥抱苦难。”这不是浪漫的矫情，这是一个有良知的作家发自肺腑的真诚感受，一个切中中国文坛要害的世纪之问。

答案在哪里？阎连科对当下中国的一流作家提出了毫不留情的哲学性批判，可谓振聋发聩：“恕我直言，我想我不会因此得罪下列我非常尊敬的作家们——有一个事实似乎应该挑破窗纸说出来，就是那些最值得尊敬的作家们的代表作或影响最大的作品，大都和大陆今天的现实没有直接关系……[1] 这么多优秀作家最具代表性的作品，恰恰都与中国当今的现实没有关系[2]，或隔着一层，这是非常值得探究的一个问题。即便我们不能说最优秀的作家，大家是集体逃避现实——因为以上作家，每个人都还有很多关注现实的作品，但他们最有影响和最具代表性的作品，又恰恰和今天的现实拉开了距离。形成这一写作态势的重要原因[3]，就是一方面，大陆的文学数十年来遵从‘艺术为政治服务’的法条——直到今天，我们的文化、宣传机构，仍然在这样号召、鼓励作家们这样的写作，这给文学创作带来了极大、极大的伤害。因此，那些有天赋的作家，便大多在写作中逃避政治和尖锐的社会矛盾。以逃避为抵抗，以逃避为唯一的艺术准则。其结果是在逃避社会政治时，也逃离了社会现实。所谓的‘让文学回归文学’，是大家对文学创作最由衷的写作呐喊；另一方面，它也成了一些作家回避社会现实的借口和理由。”

因此，阎连科才大声疾呼：“文学应该超越政治，但不应该回避现实，这应该是个不争的写作规律。”于是，一个作家如果不能直面惨淡的人生苦难和现实，能否称为优秀作家的世纪诘问就呈现于当下文坛。

---

① “直接关系”手稿为“关系”。
② “这么多优秀作家……与中国当今的现实没有关系”手稿无。
③ “重要原因”手稿为“原因”。

这样的叩问能够成为每一个中国作家自省的课题吗?![1]

我们拭目以待中国作家能够用自己的作品来回答阎连科的这个世纪诘难![2]正如马里奥·巴尔加斯·略萨所说:“我们置身的世界,文化不同,体制千差万别,或者专制或者自由,文学都能带给人对现实的批判。”失去了批判能力的中国作家能找到文学的灵魂吗?! 中国作家的批判“证词”在哪里呢?

① “每一个中国作家”手稿为“每一个作家”。

② “世纪诘难”手稿为“世纪之诘难”。

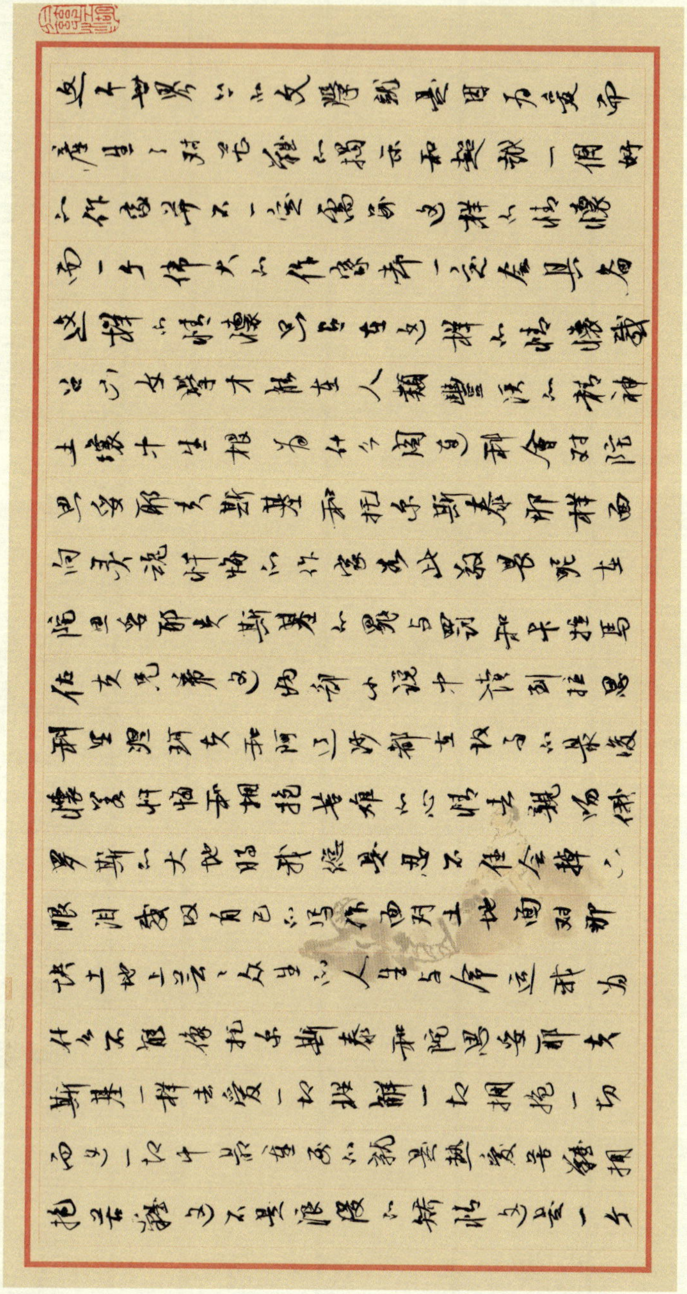

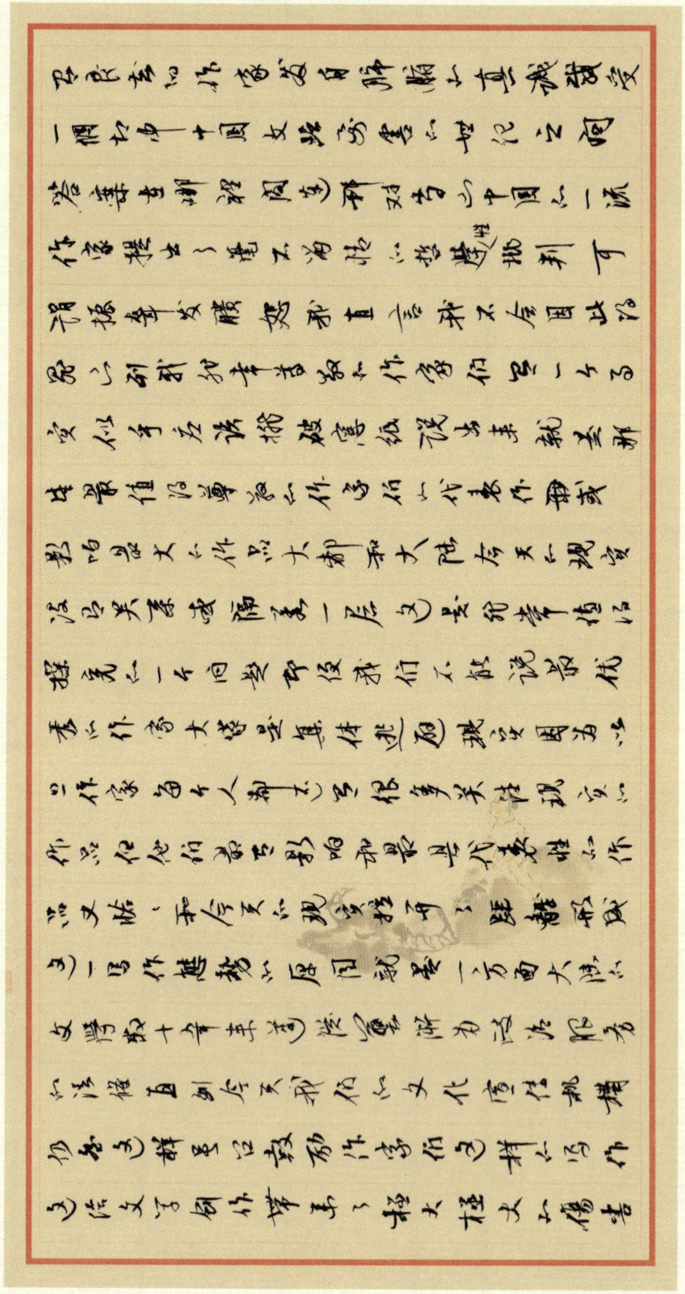

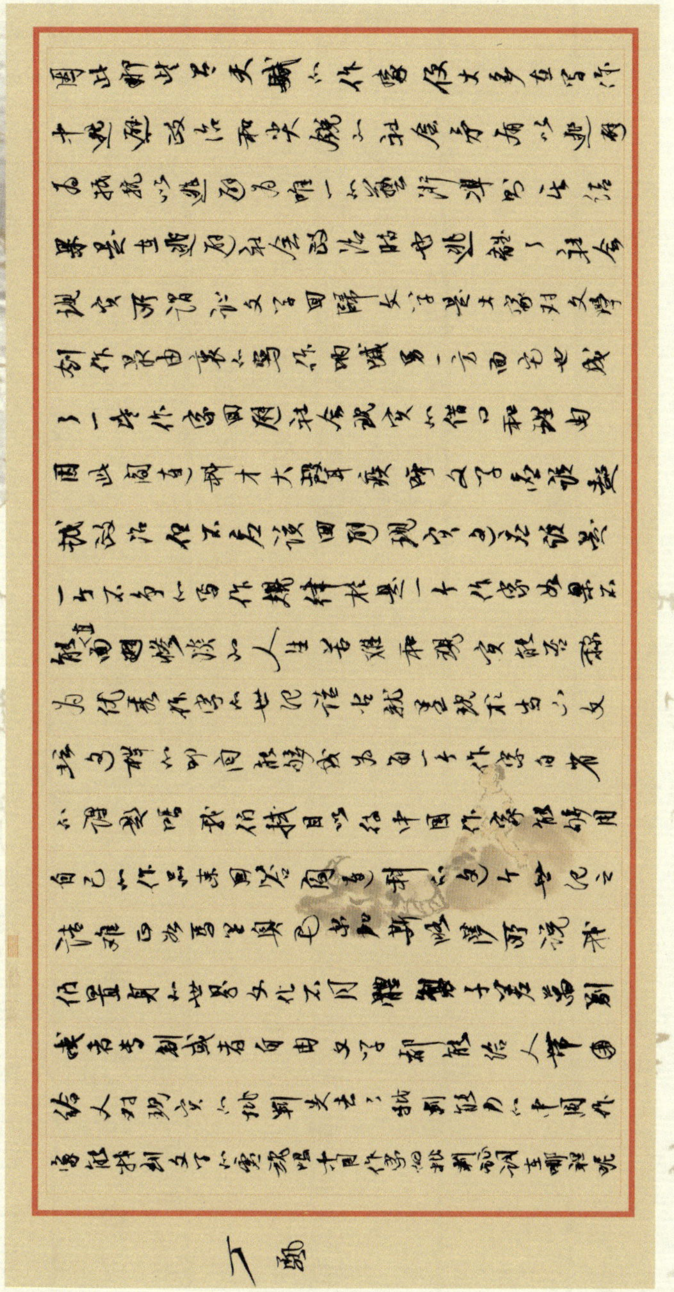

2011 年第 4 期

当代诗歌为什么沉沦这样严峻的命题[①]，在众多评论家和诗人那里却表现得越来越淡定。在剔除外部因素以后，我们应该反思：除了消费文化语境的因素以外，有无诗歌审美本体的弊端可以反躬自问呢？傅元峰认为："现代汉诗在抒情主体方面表现出与传统汉诗、域外诗歌的差异，探讨这些差异，并对诗歌抒情主体对文化理论的反哺进行研究，也具有重大的诗学意义。"[②]如果诗歌界的研究在学理和学术的层面进行进一步的探索，即使不被社会大众所认可[③]，纵然进入压迫性的"小众时代"，也会在文学史的长廊中留下不可磨灭的印痕。我们冀望学者们以严谨的学术态度介入这样的研究工作。

对现实主义作品和思潮的评判一直是经久不衰的话题，《新世纪中国现实的审美想象》虽不代表编辑部的意见，但是我们希望将这个话题深入进行下去。同样，对"新写实小说"的反思也是同样重要的话题，但是也绝非是"历史考古"方法能够解决的问题。我们期待更加深刻的批判性的介入。

本期我们刊发了刘静生先生评电影《山楂树之恋》的文章，文章虽然短小，但是问题提得尖锐："文艺作品要表现'历史上最干净的爱情'，无异于作茧自缚，永世不得'羽化'。"其思想的犀利可见一斑。本来是想组一批同类稿件，形成阵势的，但终究没能如愿。我们希望能多发此类有见地的文章。

夏天过去了，我们期待秋天的硕果。

① "严峻的命题"手稿为"的命题"。

② "诗学意义"手稿为"意义"。

③ "社会大众"手稿为"大众"。

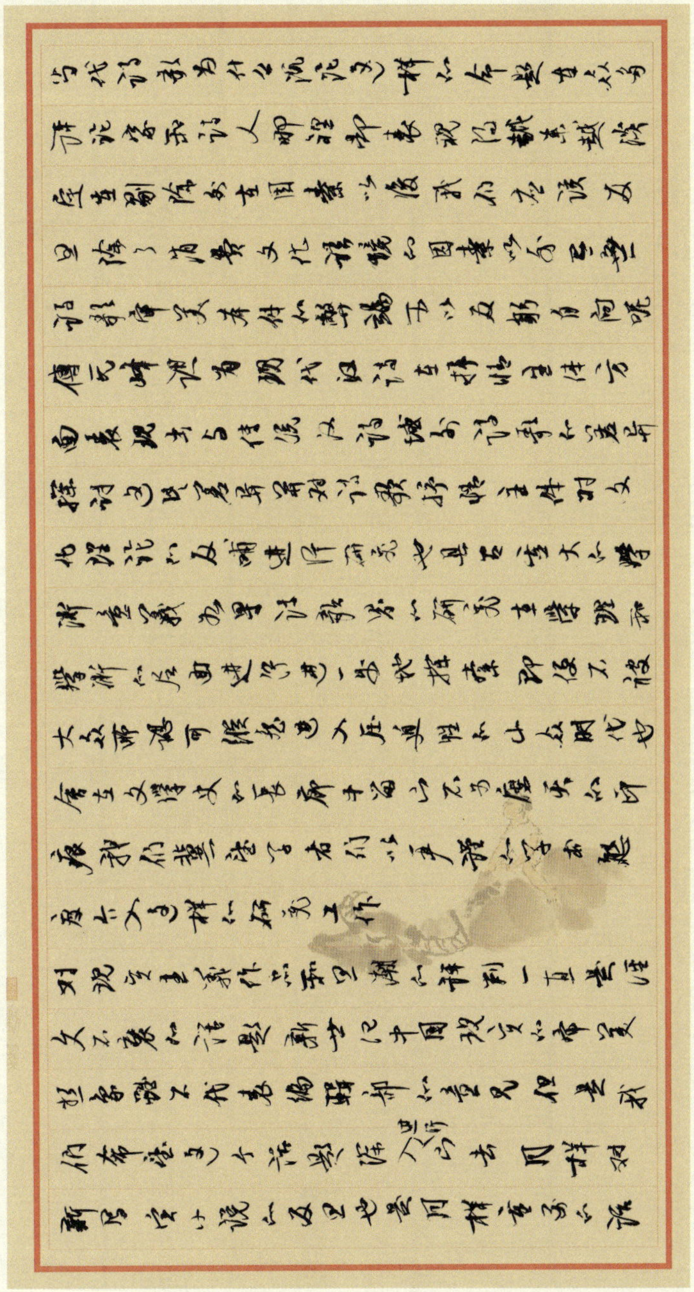

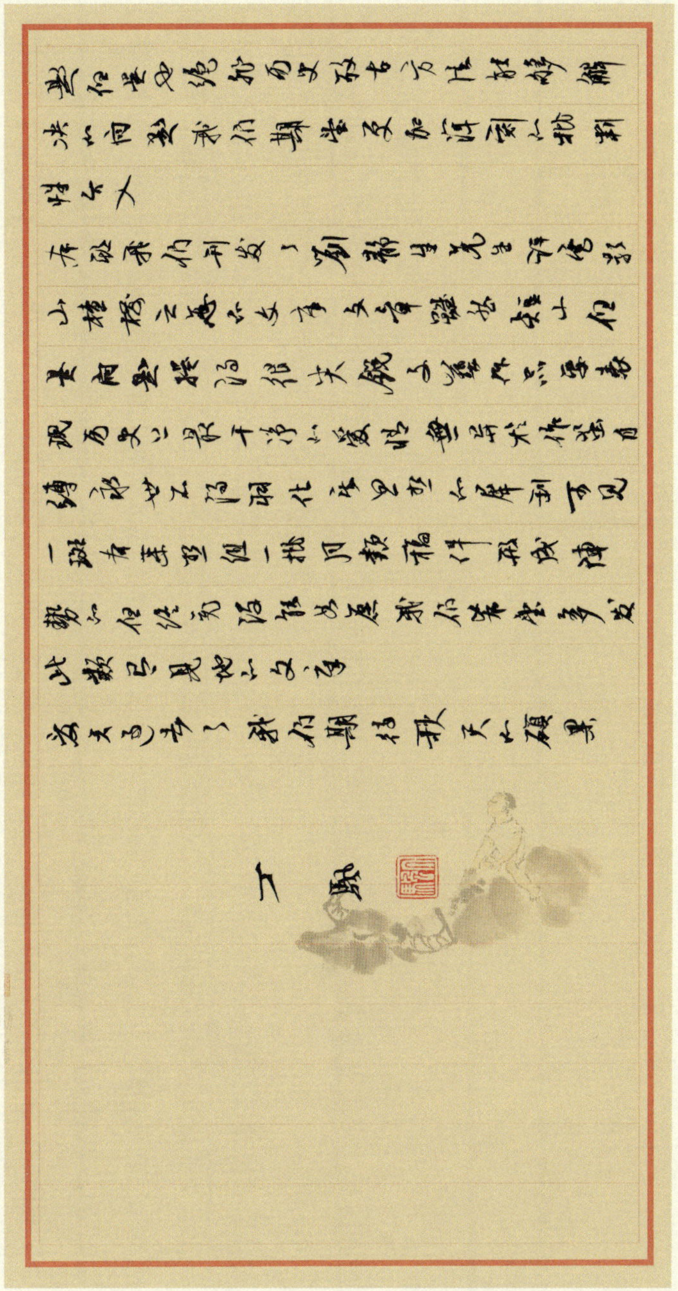

2011 年第 5 期

作为刊物的编辑，最头疼的就是到了年终没有好稿子。然而，幸运的是我们在岁末的时候还能排出较强阵容的好稿子。

对中国一流作家的新作，尤其是对好朋友的作品，应该以更加苛刻的眼光来挑剔，这才是真正的批评。所以，我曾经对苏童的《河岸》和毕飞宇的《推拿》提出过批评，但并不是全盘否定这些在中国还排在创作前列的作品，只是说苏童在《河岸》中过分轻视了价值观对长篇的作用，过度使用那种苏童式的想象技巧；而毕飞宇则是在《推拿》中过分显现了价值理念，而轻忽了以往的文学想象力的扩张，正如他在本期的文章中所言："想象力的背后是才华，理解力的背后是情怀。"显然，毕飞宇所说的"情怀"就是作家的价值理念，而我们这个时代的作家恰恰就是忽略了创作中最最本质的人文元素——价值观的定位和定性问题，从这个意义上来说，毕飞宇是对的："小说家的使命是什么？写出好作品。这句话只说对了一半。小说家也有提升自身生命质量的义务。在我看来，生命的质量取决于一件事，作为一个人所拥有的情怀。我渴望自己有质量，虽不能至，心向往之。"作家的生命取决于作品，而作品的生命则取决于价值观和艺术的想象力，前者最重要，后者也是不可或缺的，倘若《推拿》在想象力上更进一步，那就会更有恒久的生命力，这就是艺术的辩证法。

诗歌思潮和作品评论渐成本刊的热点，同时也受到了许多诗界朋友的赞许和鼓励，我们仍然想在此平台上，发表一些能够推动中国诗歌发展的文章，以就教于方家。本期我们不仅发表了学术性较强的文章，阐释诗歌从古典诗词嬗变到现代诗歌的缘由；更是发表了强调当代诗歌中个体形象和群体形象辩证关系重要性的论文；同时，还有对诗歌的身体写作提出了不同凡响见解的篇章。这些诗歌理论和实践的探索显然对诗歌创作是十分有益的，它无疑助推了我们更深的思考。

金秋时节，我们收获了，相信在冬雪的日子里，想象力的背后是才华，理解力的背后是情怀。我们同样能够得到同仁们的支持，过一个丰硕的大年。

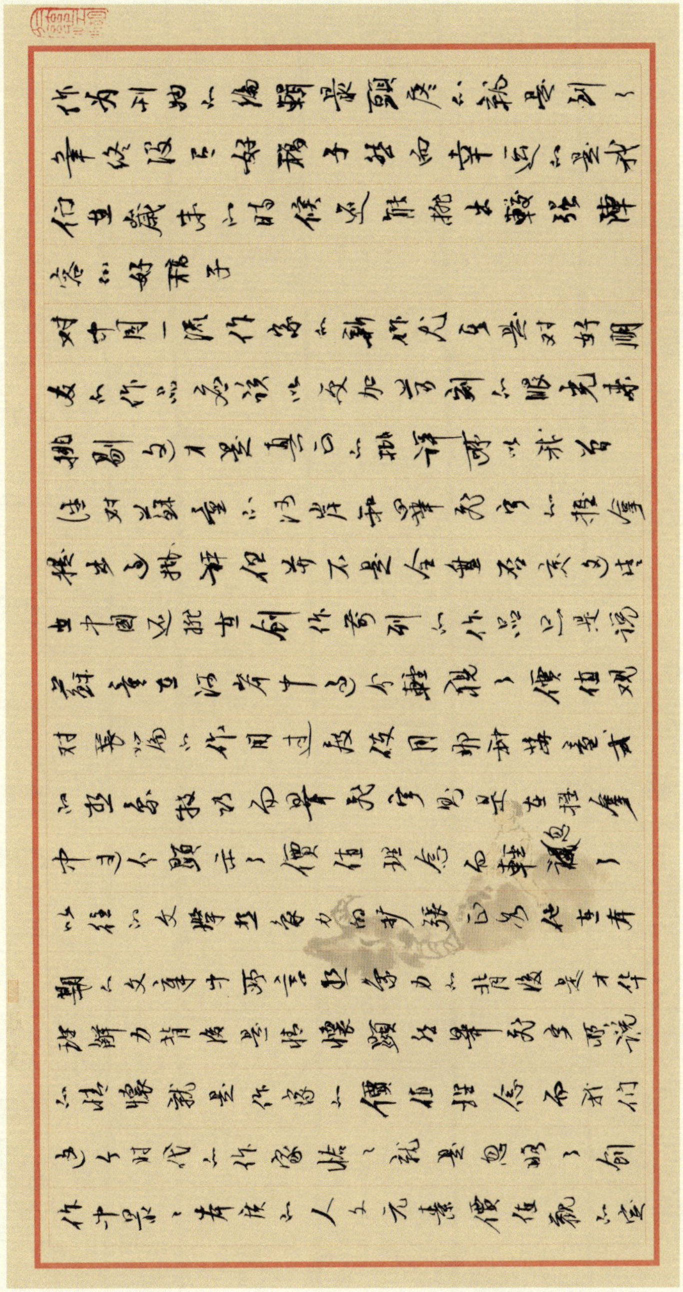

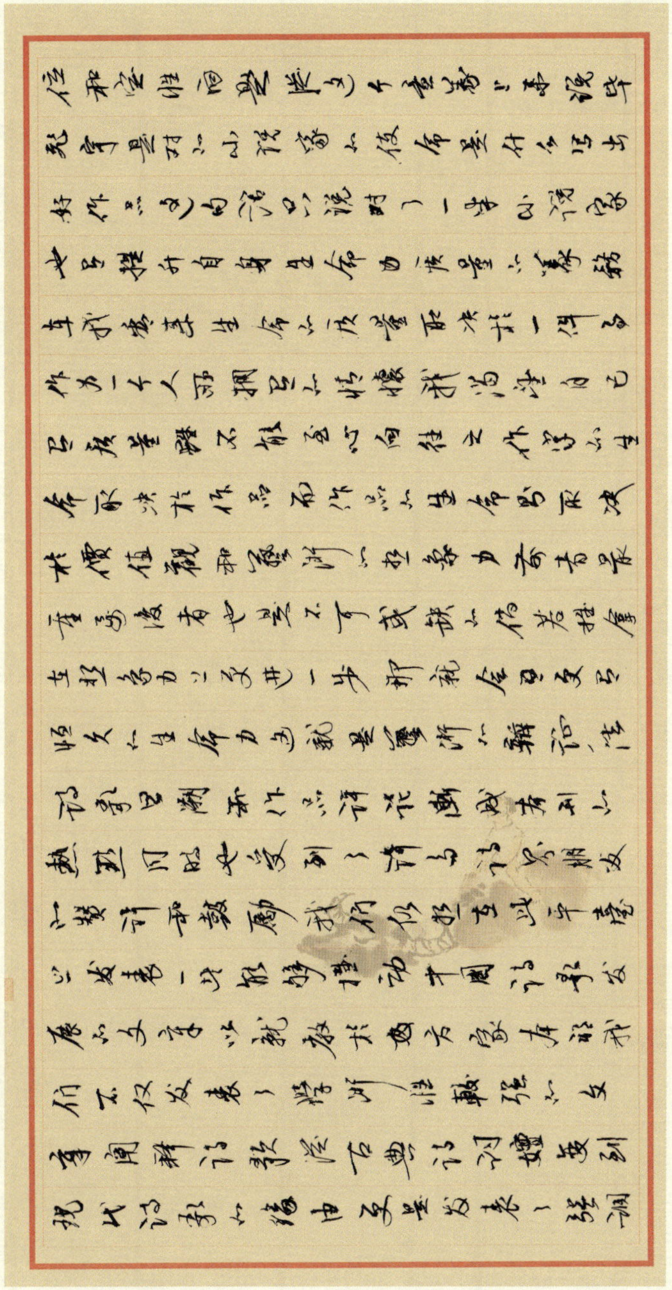

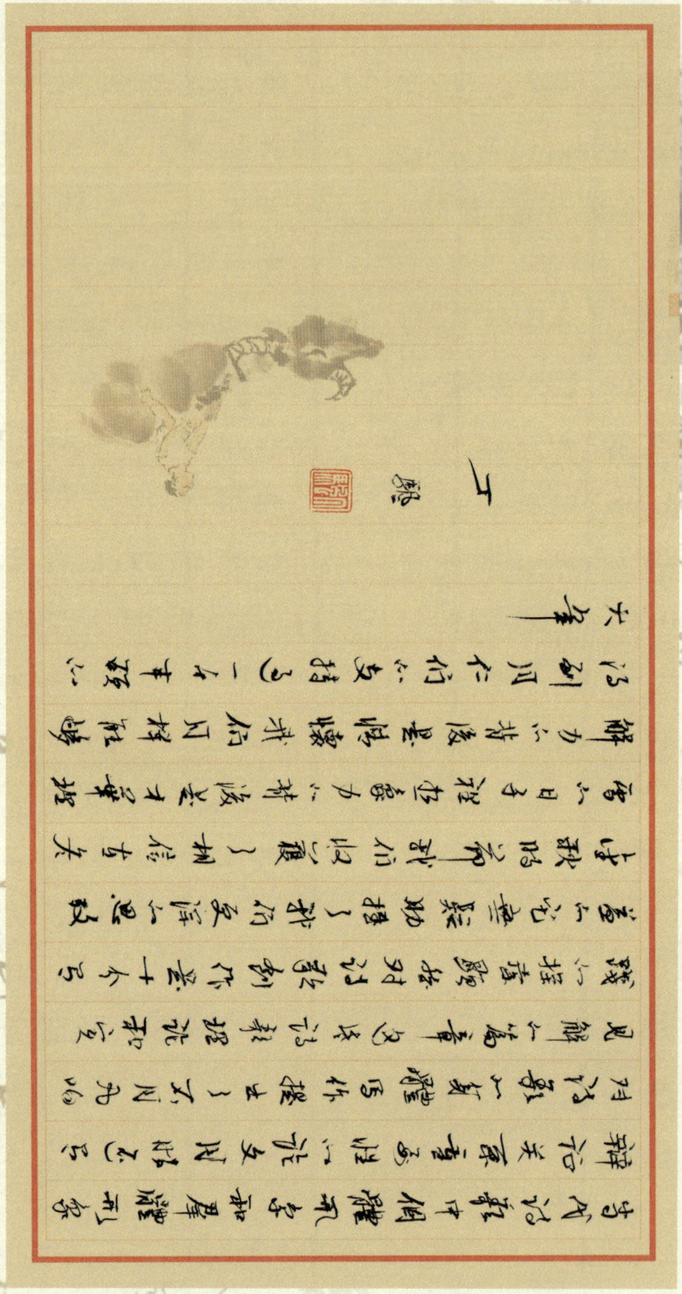

2011 年第 6 期

岁末将至,我们还是很自信地推出了一批有质量的稿件,无愧于今年文坛的告别仪式。

九十年代以来,刘醒龙一直是文坛关注的一个重要作家,记得我在其未名时期——九十年代初他[①]写《村支书》时,写了一篇评论文章,题为"湖北有个刘醒龙",二十年过去了,刘醒龙的创作道路虽然艰辛,但是毕竟成功了,现在可以说:中国文坛有个刘醒龙!

刘醒龙的成功之处,就在于他的作品始终将关注人性和关注生命价值置于自己创作的最高位置。无疑,在九十年代后期和新世纪初,我对刘醒龙"分享艰难"式的作品表示过怀疑,以为这是为某种观念张目,是一种不顾人性书写的献媚姿态[②]。然而,读完《圣天门口》后,我才又重新认识了刘醒龙,才真正体味到他作品的人性深度和看待生命的力度!正如作者感言:"一个人的生命之根,是感恩的依据,也是其文学情怀的本源。""无论是写作者,还是热爱文学的读书人,爱都是生命中最具影响力的天赋。无论我们愿意和不愿意,努力和不努力,爱都将是我们终其一生中最强的生命力。因为如此,我相信生命之上,诗意漫天!"我想,当读者诸君看完了刘醒龙的这份实际上是"茅盾文学奖"的获奖感言后,一定会对他的创作有更加深入的认识。

同样,在红柯的创作谈里,表达对生命的敬意也是十分明确的:"生活不是文学的土壤,生命才是土壤,一颗外来的种子落入生命,犹如精子进入子宫。"这个比喻十分生动,同时也十分令人深思!它使我联想到红柯这些年来创作的独特性,没有对生命载体如此深刻的认识,红柯可能会陷入许多同辈作家的平庸书写之中。

祝贺作家对生命的体悟和敬畏!唯有此,其作品才能抵达生命的彼岸,成为人类文化的宝贵财富。我们应该为生命的强大而举杯!生命之树常青!

诗歌评论现在已经成为本刊的一个特色栏目,真是"无心插柳柳成荫",本期发表的几篇诗评均有作者独特的见地和不凡的价值观,我们希望有更多的学者加入诗歌批评的行列,为中国诗歌的振兴贡献力量。

我们期待着万象更新的 2012 年!

---

① 手稿为"他初"。

② "不顾人性书写"手稿为"不顾人性"。

岁末将至我們还是很自信地拿出
了一批高质量的稿件無愧於今年
文坛的告别儀式
九十年代以来刘醒龍一直是文坛
关注的一个重要作家记得我在主
编时期九十年代他初写村支书
时写了一篇评论文章题为湖北有
个刘醒龍二十年过去了刘醒龍的
的創作道路艱辛但毕竟成
功了现在可以说中國只个刘醒龍
刘醒龍的成功之处就在於他的作品
始終坚持关注人性和关注生命價值
置于自己創作的最高位置毋疑在
九十年代後期和新世纪初我对刘
醒龍的分享艰难式的作品表示过
怀疑以为这是为某种观念张目
是一种不顾人性的献媚姿态然而读
完圣天門口後我才又重新认识了
刘醒龍才真正體味到他作品的人
性深度和突轉生命的力度正如作者

所言一个人的生命之根是我思的依
據也是我文学情懷的本源無論是
写作者还是热爱文学的读者人爱
都是生命中最具影响力的天賦
無論我们愿意和不愿意努力和不努
力爱都是我们终其一生中最强的生
命力因为如此我们相信生命之诗意
没有我想当读者读君看完了刘醒
龍这部实际上是茅盾文学奖的获
奖感言後一定会对他的創作有更
加深入的认识
同样在红树的创作谈里表达对生
命的敬意也是十分明确的生活不是
文学的土壤生命才是土壤一颗分来
的种子落入生命犹如精子进入子
宫这个比喻十分生动同时也十分
令人深思它使我联想到红树这
些年来創作的独特性沉思对生
命载體为此深刻的认识红树才
能会陷入许多同辈作家的平庸

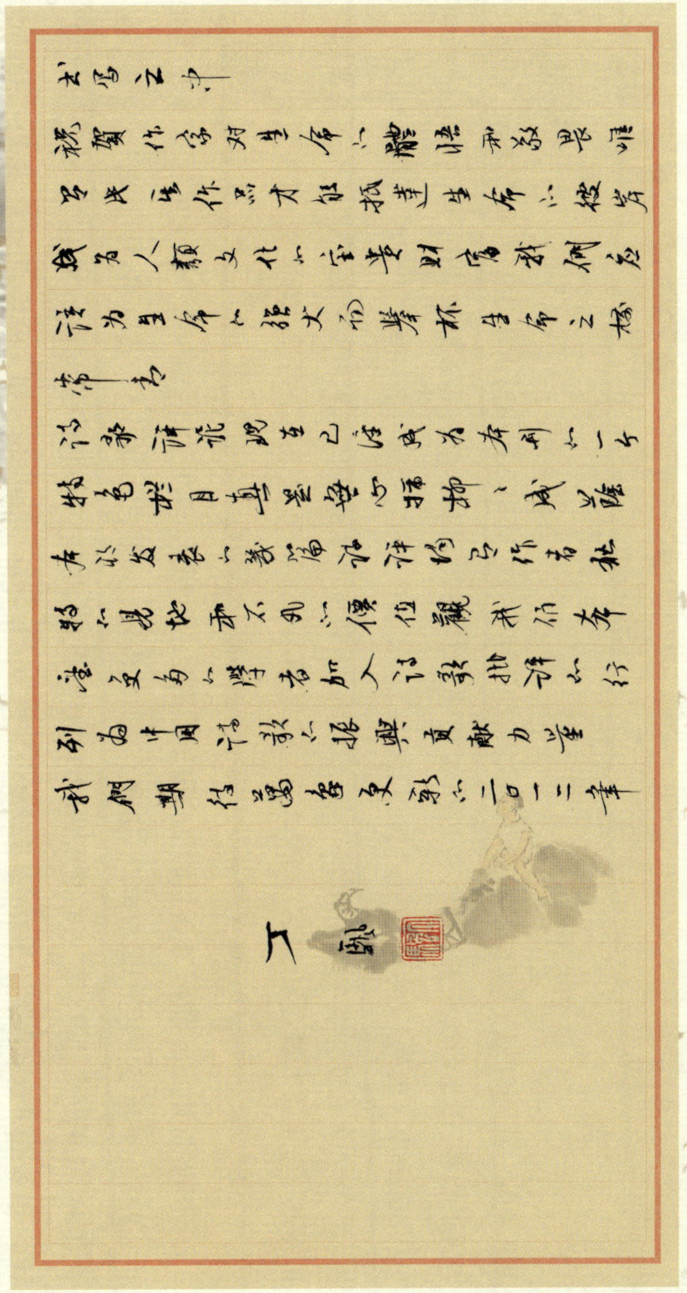

2012 年第 1 期

二〇一二年是一个不平凡的年份，它将承载着许多历史赋予的重任。

本刊第一期推出了范小青的评论专辑，在范小青从事创作三十二年之际，对其创作做出总结，也是本刊的一项重要的学术任务，我们将持续地做下去。正如吴义勤先生所言："在近年的小说创作实践中，范小青已经充分展示了她多变的艺术风格以及不断拓展、丰富的艺术可能性。她的'小青式'唠家常般的主观叙事，既在不断地被强化，又在不断地被超越。"我们发现的是范小青在《香火》中的美学风格的变化，一个作家到了一个转型的关键时刻，人们对他（她）的期待值就越高，亦如汪政、晓华所说："我们不知道范小青还会不会变下去，她对自己成熟于八十年代中后期而今又给它注入了新的活力的风格还会不会再坚持下去？在我们看来，这应该不是一个小说技术层面的问题，毋宁说它事关范小青的世界观、小说美学观和对小说史上古老的灵异传统的创造性转化。"希望范小青能够在创作风格上踏出一片新天地。

高利克是我们的老朋友，作为一个研究中国二十世纪文学的汉学家[①]，他的这篇长文似乎是一把解开中国现代文学之谜的钥匙，我们能够听得懂他的呼唤吗："早在十八年前，一九九三年六月二十二至二十五日，于斯洛伐克 Smolenice 城堡举行的第二届'中国文学与欧洲背景'国际研讨会上，安娜·布娅蒂（Anna Bujatti）作了题为'中国现代文学的但丁神话'的报告。在这简短却令人印象深刻的报告中，她描述了从一九〇二年到二十世纪七十年代中国对阿利盖利·但丁的接受史期间现代著名诗人何其芳于一九七五年写下诗句：

> 已有谁人承鲁迅？更期并世降檀丁。
> 春兰秋菊愿同秀，流水高山俱可听。

安娜·布娅蒂的报告中引用的这些诗句写于'文革'结束前一年。何其芳提到了被当年文化当局所认可的中国最杰出的两位作家（鲁迅、郭沫若）之一的鲁迅。提及但丁也是合理的，因为中国的毛派不可能剥夺但丁在文学上的伟大地位[②]，然而，何其芳的希望并没有立即得以实现。中国没有自己的但丁（那有没有

---

① "中国二十世纪文学的汉学家"手稿为"中国二十世纪的汉学家"。

② "提及但丁也是合理的……在文学上的伟大地位"手稿为"提及但丁在文学上的伟大地位"。

诞生的可能呢？),但自此之后的四分之一个世纪,中国的文化与文学土壤已经开始准备全面地接纳但丁,并且在一定程度上利用但丁的文学影响力去重构中国的民族文学。”为了陈述这样一种理念,高利克是希望我们倾听一种文学的呼唤。

我们在春风里倾听吧！

二〇一三年是一个不平凡的年代，它
将承载这部由历史铸就的重任
本刊第一期出了之后，小说的评论者
释世纪中文语言创作三十二年
之际对文学创作做出总结，中其本刊
中一些重要的学术作者们的指
练就他们之专心，因为是这样勤奋生活
言：走近年代小说创作实践中，而
以至之深意的历史一般与生活之美
时代精神及不断拓展的生活之美
时而叫问她的心中或者显露出的精神
主观思想的艺术表达行为了又
走不断地传达我们的文学之美
小说生活中的美学的精神变化
一个作家到了一个转型的关键时刻
人们对此的期待使我们有了
认识学界说我们不至于迷失的方向
在不在变化之中对自己成熟的十
年代中经历了后文化之后的人了
我们的努力的成就是在不在重复估计

表达我们关于文学之广泛是一个小说
接触层面的问题，世界语言之美而
小说之世界观小说美学和对小说文
之本质的认识与传统的创造性转化
本刊注意小说的融贯与创作的时代精神之路
上一个新天地

之到来。我们与老朋友作为一个研
究中国二十世纪以汉语写作的主要
基地，作为是一个研讨中国现代文
学之进的关系，我们相对深入的讨论
他们的研究曾在十几年前一九九三年
六月廿二日至廿九日在斯洛伐克
Smolenice城堡举行的第三届中国
文学学术研讨会上，研讨会议之重要
（在布拉格中国现代文学的但丁学派的指导者的中文研讨会）
娜（Anna Bujatti）作了一篇人的报告
详细地说明了她的论述，从一九〇二年
到二十世纪七十年代中国的河流运动
但了上海文学期间，现代著名诗人
何其芳于一九七五年写的诗句已经
提人生的美感，及期望的未来诗情

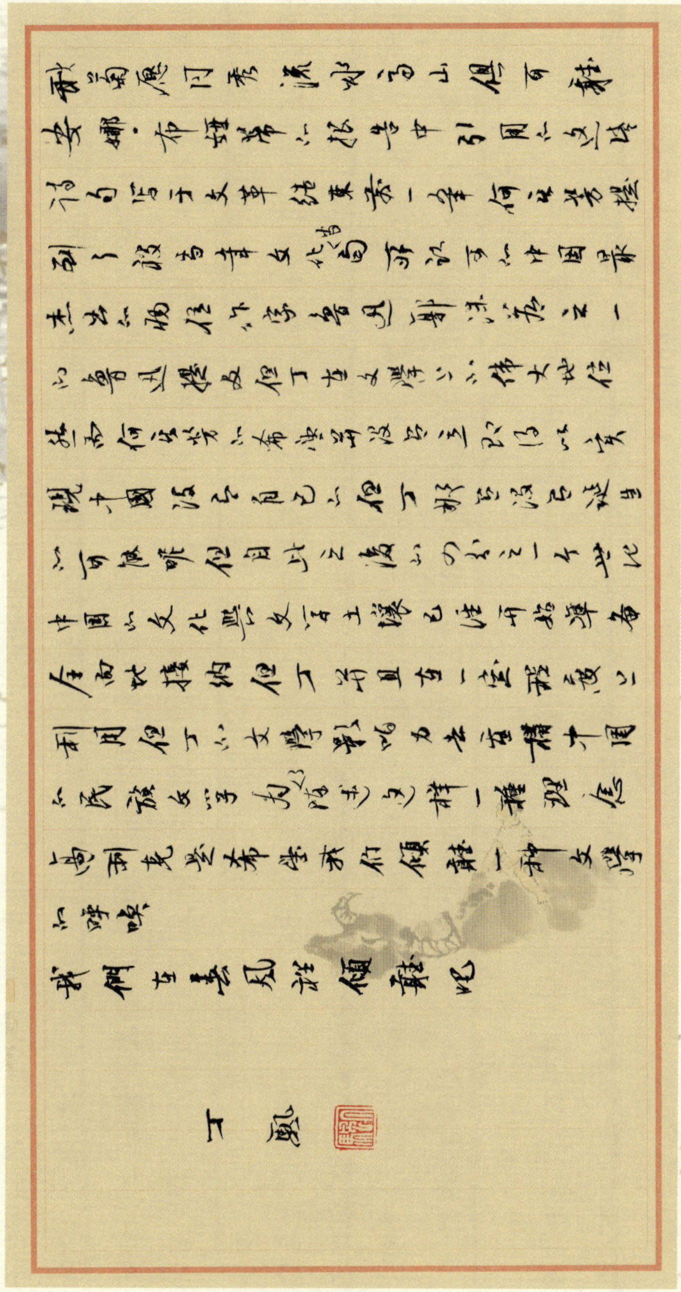

2012年第2期

终于又到了一个春暖花开的季节，我们似乎呼吸到了一股去浊的清新空气，或许，清明的天空将会不断呈现，文学的生态环境将会愈来愈明澈。

无独有偶，本期我们刊发的“名家三棱镜”是当代中国著名的“政治小说家”周梅森的专题[①]，八十年代的周梅森还是一个从煤矿里走出来的“军旅作家”，而一九八九年以后却转型为“政治小说家”，说明梅森是一个敢于担当道义的作家，不管他的“政治小说”对政治改革有多大的作用，最起码，他代表着一个知识分子的良知，正如木弓的评论文章标题那样，周梅森的创作就是“一种与时代共同进步的文学”，亦如作家自己的反思：“八十年代末的政治风波改变了许多人的命运，也改变了我的命运。在政治体制改革休止[②]，经济体制改革意外加速的时候，投身商海成了必由之路。原有的创作计划就此中断，嗣后再也没有拾起。而下海后新的生活经验和遭遇，则触发了我对复杂现实的感慨，让我的文学出现了转轨：即从发掘历史转向描绘当代现实。”《人间正道》《中国制造》《至高利益》《国家公诉》《绝对权力》《我本英雄》《我主沉浮》《梦想与疯狂》等一系列长篇政治小说和同名电视连续剧的问世，奠定了周梅森这二十多年来中国“政治小说”创作之王的基石。我不敢说其质量就达到了“政治小说”创作的巅峰，然其数量却是首屈一指的，我坚信，一个摸索了二十多年“政治小说”创作经验的资深作家，在“政治改革”春雷震动的感召下，一定会创作出无愧于一个即将到来的伟大时代的臻品！

联系到“文革”的政治，我们翻检到巴金在“文革”中所遭受的屈辱，读到本期施燕平的回忆录中写道“萧珊亲见巴金像‘贱民’一般，不时被示众，三日两头被机关内外的造反派揪斗，这种种惨象，比打她本人还要难受”的文字时，不禁潸然泪下。[③]

杨显惠也是值得我们尊敬的作家，他近年来创作的《夹边沟记事》和《甘南纪事》等所思考的不仅仅是人性的问题，其主题的内涵已经延展到了人类学的范畴，这样的作家使我肃然鞠躬！

---

① “当代中国”手稿为“当代”。

② “政治体制改革”手稿为“政治改革”。

③ 此处有删节。

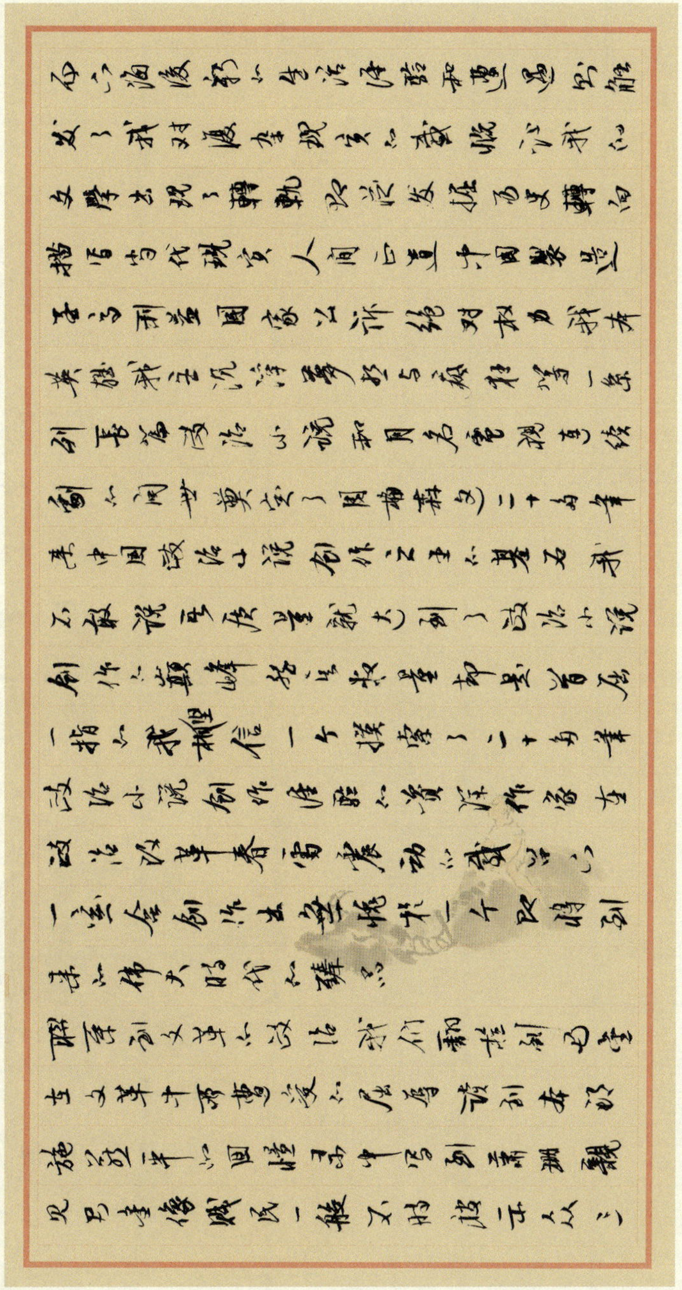

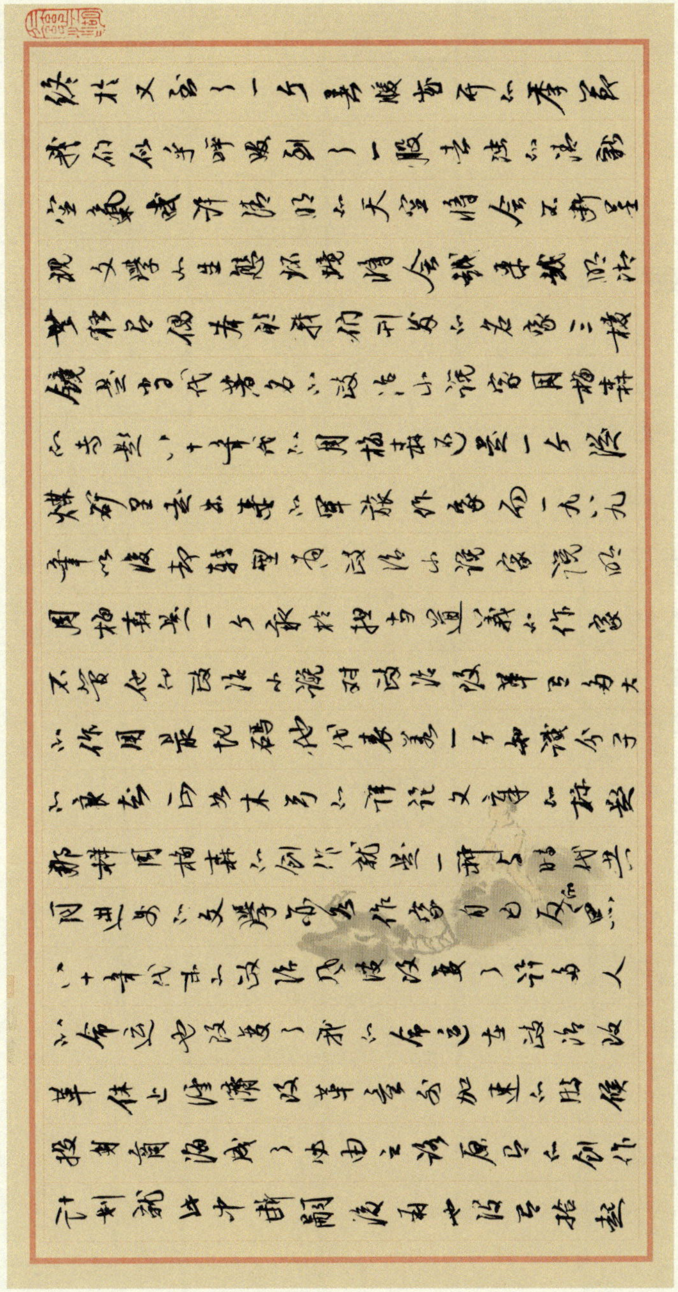

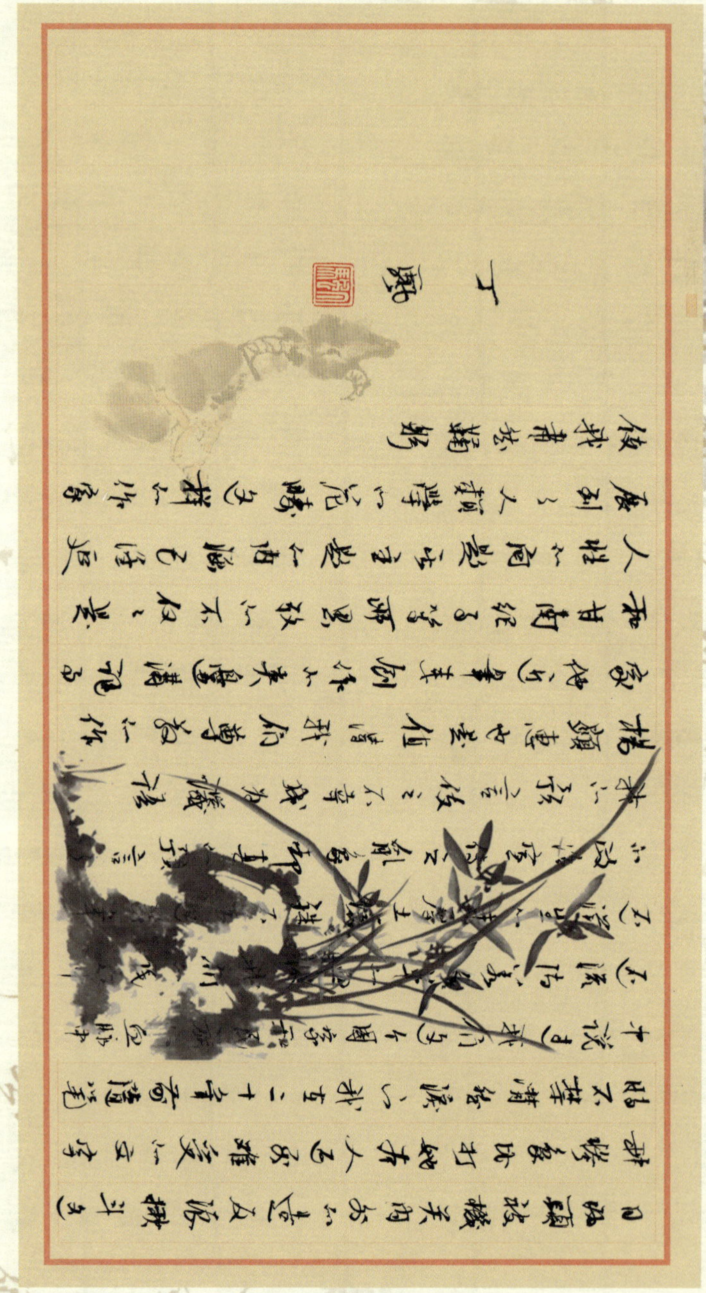

2012年第3期

今年的六月是一个无雨的季节。同样，文学也波澜不惊。

本期的“前沿评论”推出的是黄蓓佳。多少年来，人们都把黄蓓佳看作是一个儿童文学作家，不错，她的儿童文学的确影响很大，但是我以为真正能够体现黄蓓佳创作水平的还是她那些略带淡淡惆怅的浪漫风格的小说。作为一个有四十年创作经历的中年作家，她起步早、作品丰，且质量高，亦如毕飞宇对她作品的评价那样：“什么是好小说呢？好小说有一个标志，它会成为读者的梦，连颜色都没有了，影影绰绰。它却是活的，有显著的生命体征，想忘都忘不了。”忘不了的不仅是近期的长篇《家人们》《所有的》，还有昔日的《派克式左轮》《玫瑰房间》和《去年冬天在郊外》那样值得追忆的篇什。

马原的《牛鬼蛇神》一经出版，作家的感觉真好，大有王者归来的风范，这几乎就成为文学界的一个“事件”，但这种期待只能是一场虚幻的表演，徐刚的批评可谓一语中的：“他幻想着从先锋文学的余烬中‘死灰复燃’，去写作一部旷古未有的大书。然而，这终究只是一次‘借尸还魂’的表演，召唤出的或许只有先锋的虚假魂魄。在这‘小说已死’的时代，即便神奇如马原也无力回天，去期待‘纯文学’的‘转世重生’。”我却以为，倘若不让小说死去，还是多在其中注入作家自身的人文思考吧。

申霞艳的《〈南京安魂曲〉及其启示》的分析虽然匠意太足，但是其中的人性价值的表述却是令人深思的：“在战争的黑暗与血腥恐怖的背后，我们依然看到光明，听到微茫的爱的召唤。面对巨大的民族血仇，我们很难站到一个完全超脱的立场上去。”

近年来的散文创作总趋势常常受到人们的诟病，软骨症成为一个消费时代闲适文学的快餐，呼唤那种饱满的人文意识，且有铁骨支撑的散文似乎成为许多人的期待，本刊所发雷雨的《远书风雨一点灯》，借陈之藩往昔的散文创作①，为当下的中国大陆散文点上了一盏人文的长明灯：“民主并不是‘一群会投票的驴’，民主、自立、坚忍不拔都需要反复训练。”②雷雨的评论历来是有汉风威仪的，金戈铁马的评论风格也正是为我们这个评论萎靡时代注射的一针强心剂。

真的是“六月天兵征腐恶”吗?!

---

① “散文创作”手稿为“创作”。

② 有删节。

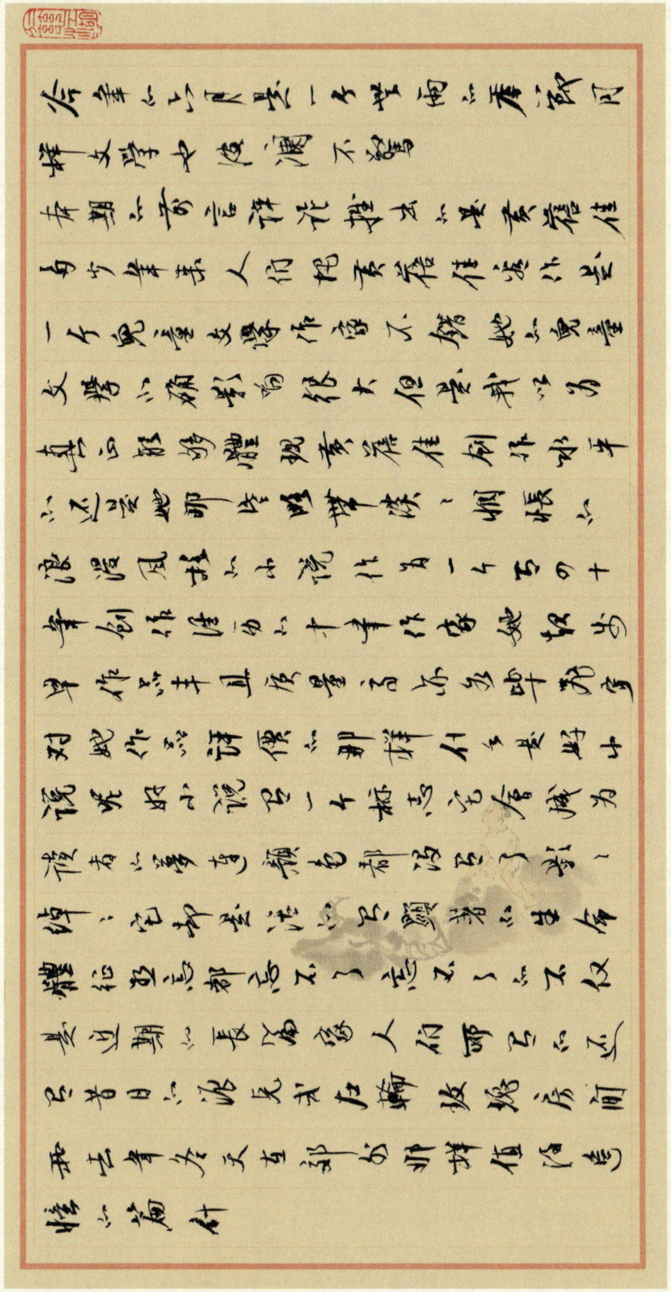

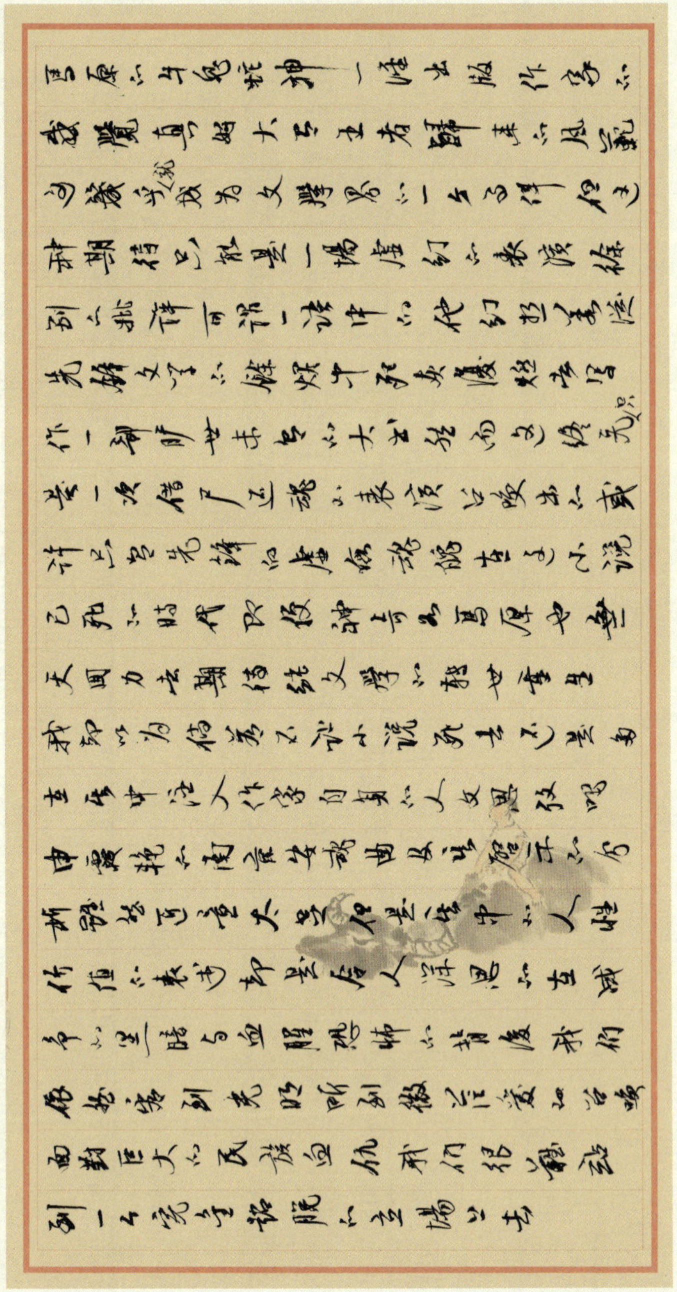

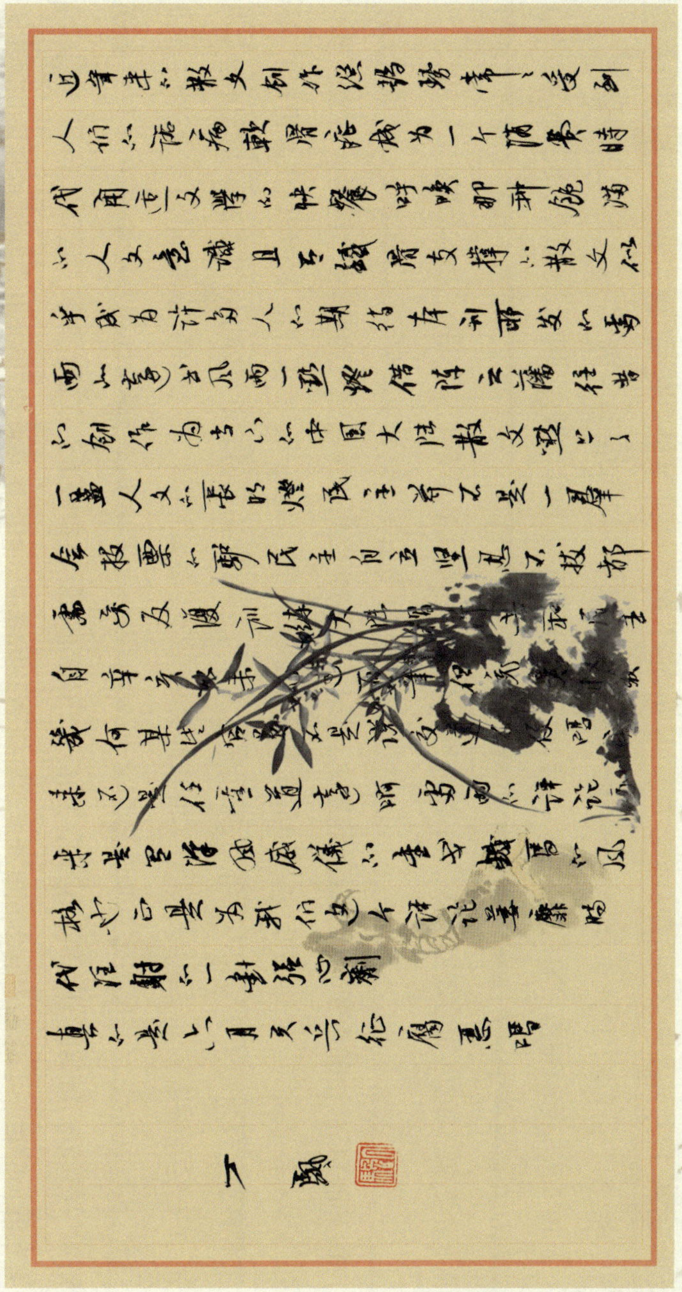

2012 年第 4 期

炎热而多风雨的夏天即将过去，我们期望迎来一个收获的季节，但是这个丰收的季节会来到吗？我们不能指望老天的恩赐，因为文学的收获靠的是作者的勤奋和他那永不泯灭的良知。

作为一个南京人，我们感到羞愧，因为我们对于文学史中关于南京的历史描写的钩沉涉及很少，即便是对当下文学中的南京描写也有所轻忽。而那个远在美国的学者，那个生长在宝岛的中国人，对南京和民国的眷恋却是那样的深厚和真切，的确令人感动。王德威先生如是说："我在刚才用了十一个关键的时间点来说明我自己对于文学里的现代南京历史的形形色色的看法……我希望用关键这个词能够再一次打开，而不是锁定对于历史、文化发展的各种各样的看法……它企图以一种零散的观点来作为进入历史的一个门路。但一旦你选择了你的观点的时候，你又把这些似乎是零散的观点作为你看待历史的一个辐辏点，每一个关键时刻可能的意义上都会开放出更多的连锁的关系①。在这样的意义下，每一个时间的关键点都可以延伸出去，作出很多不同的对于南京文学、历史的进一步的思考。"穿过方法的云雾，我们窥见的是作者对于南京历史的热衷和对民国文学的倾心，王先生采摘下来的这一片片绽放着清新与清香的文学花瓣，足以使我们陶醉于沉思——在作家作品的细读中找到宏大历史的印痕。

同样，当我们回顾二十世纪八十年代文学崛起的时候，是不可忽略一个重要的理论刊物的，那就是《当代文艺思潮》，管卫中先生其时正是这个刊物的重要角色，在他的回忆文章中，我们从许多编辑细节的钩沉中，寻觅到了文学史的许多走向和脉络的成因，我们可以在这样的背景中来重新认识那段难忘的文学史。

对诗歌创作的关注已经成为本刊的特点，此次胡亮对洛夫诗歌的评析就有了不同凡响的断语："他在熔铸魔与禅、知性与感性、超现实与新古典、悲剧意识与超越精神、生命之惊悸与历史之感怀等方面，展现出诡异的想象力和殊致的创造力，促进了美学的磅礴和汉语的葳蕤，为几代诗人提供了可以随时享用玉液琼浆的'俄罗斯长桌'。我甚至认为，其全部作品构成了关于人之为人的诗性参悟与哲性洞察②，已经无可置疑地为汉文化的雕梁画栋嵌入了翡翠和玛瑙。"同样，老一代诗评家叶橹对子川的诗评也十分到位，他的勉励无疑是对子川诗歌创作的一种激励："阅读子川的全部诗作，会给人一种他不是向我们迎面走来的风华正茂的风度翩翩者，而是一个在人们不经意的目光中突然发现的已经在历史的风尘中跋涉而去所留下的背影。"

---

① "意义上"手稿为"意义"。
② "哲性洞察"手稿为"哲学洞察"。

像这样的诗评是我们力倡的，相信本刊能够在长期的诗歌关注中，为推动中国诗歌的发展贡献微薄之力。

此外，王晓华先生对当代文学批评的批判是具有建树的文字，其中所谈到的包括文学制度性的问题，也是我们值得深思的大问题。

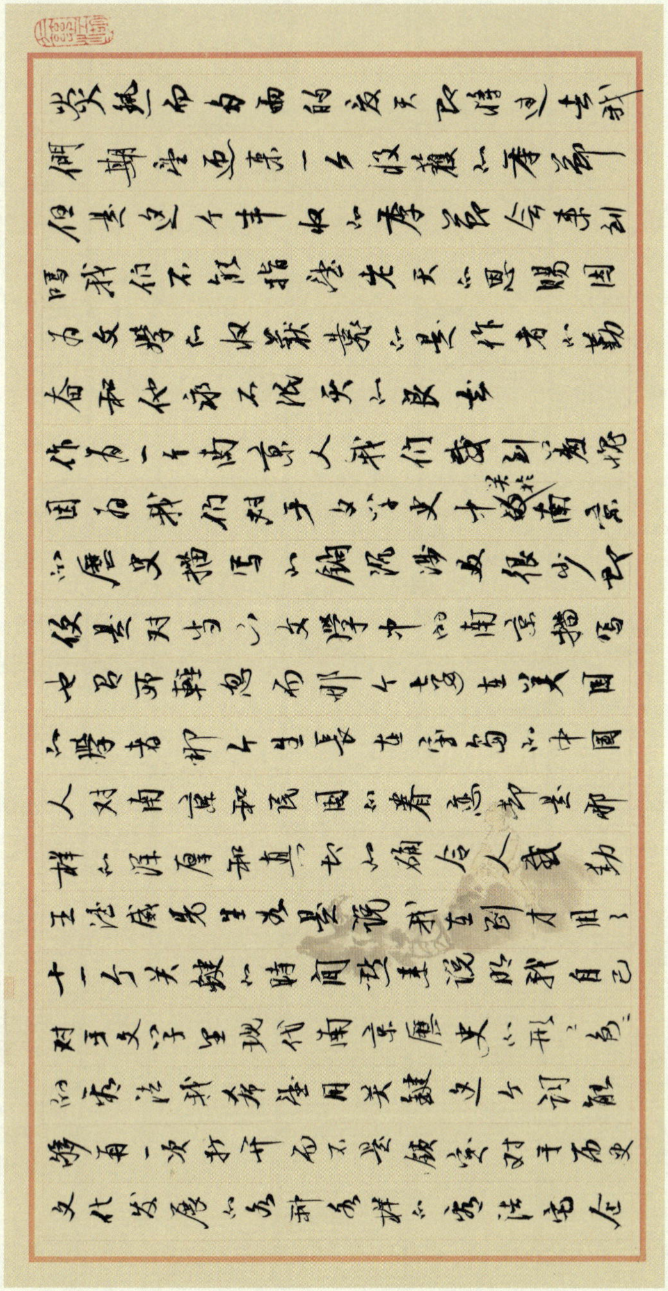

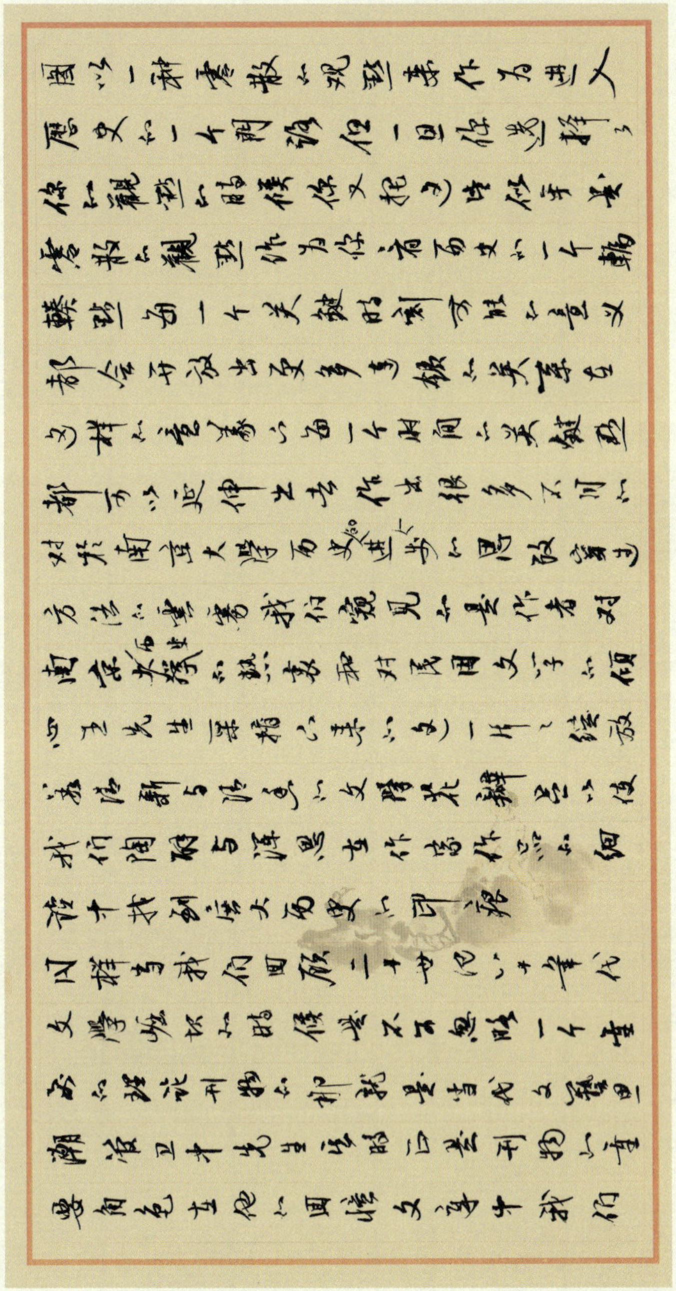

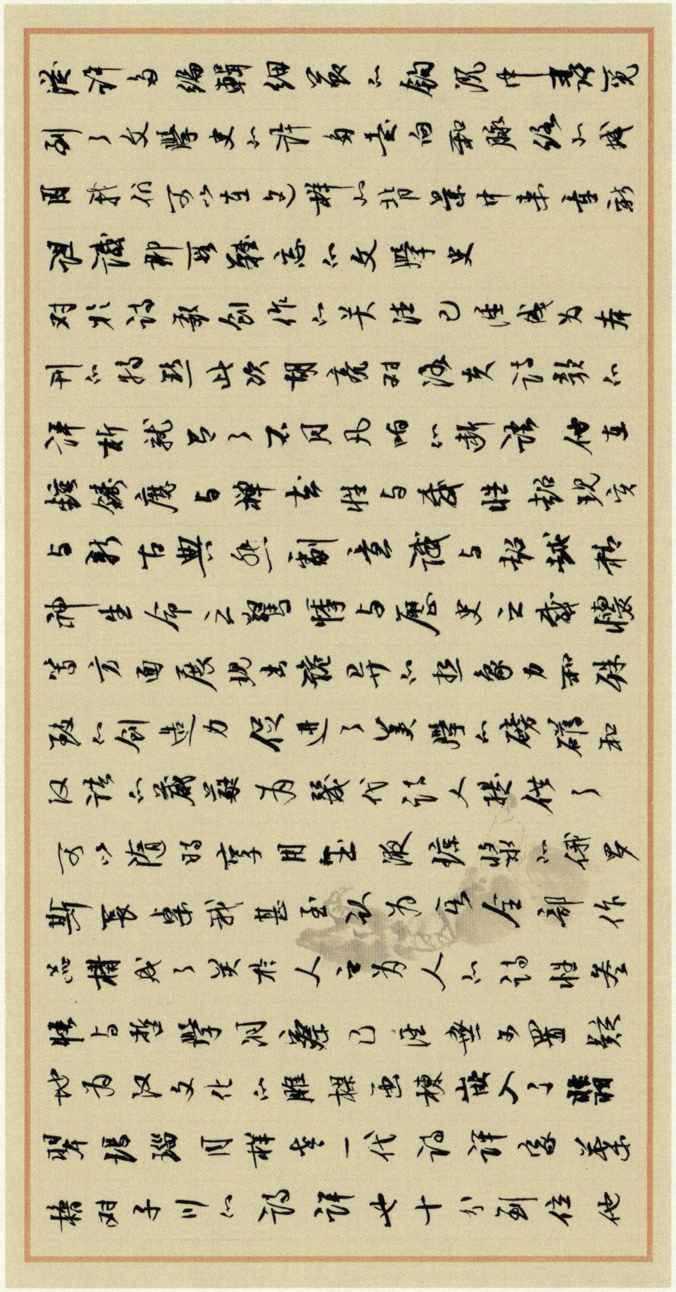

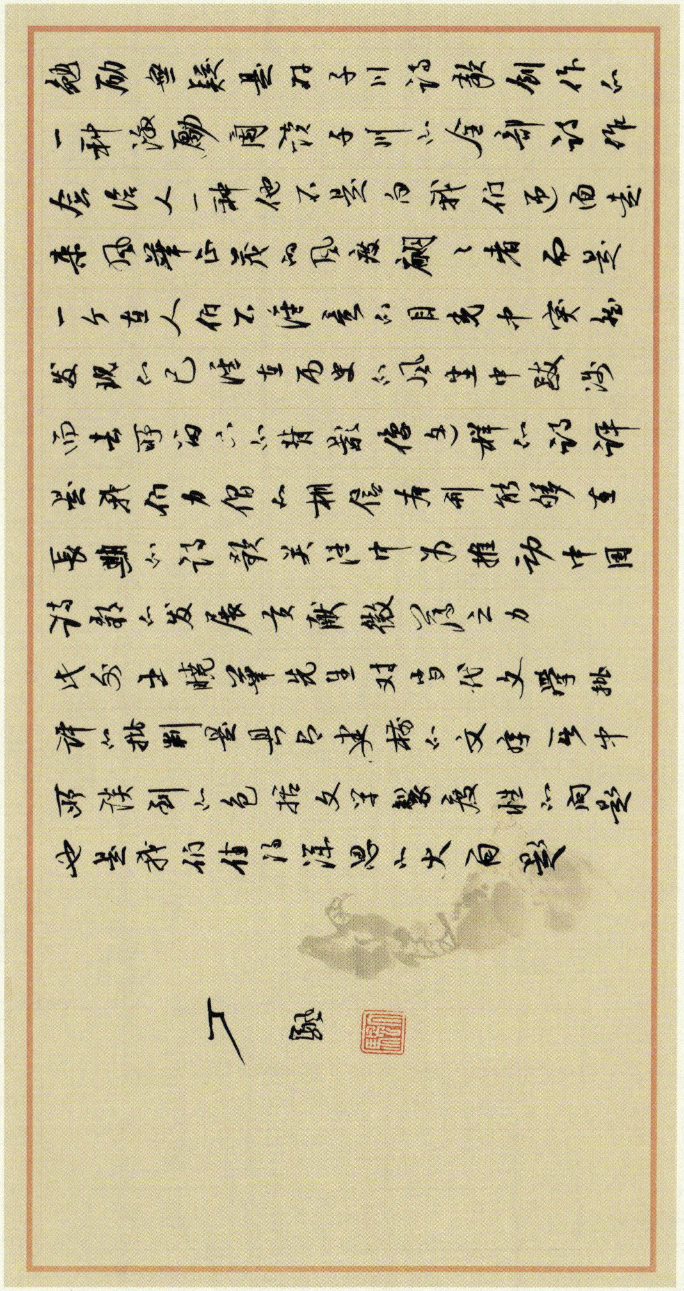

2012 年第 5 期

今年盛夏之际，甘肃省作协和教育部南京大学中国新文学研究中心联合举办了西部文学研讨会，会上发言踊跃，论辩热烈，可谓精彩纷呈。用主管《扬子江评论》的江苏省作协的张王飞书记的话来说，没有想到大家对这个已经趋于边缘化的论题会有如此高涨的热情，更没有想到会有如此深刻的见地。鉴于此，本刊特辟专栏刊登大会上的部分发言，以飨读者。

不管生活在西部地区的作家们是否愿意把自己纳入“西部文学”的框架之中，“西部文学”已经是一个逻辑性的存在[①]。正如甘肃作家弋舟所言：“诚然，被纳入‘西部文学’的观察范畴，与我自己‘身处西部’这一事实有着合理的逻辑关系，符合‘身在西部的作家所创作的文学’这一‘西部文学’的所指。”因此，在这样一个书写背景下，西部作家同样处在一个历史的蜕变过程之中，正如兰州大学程金城教授在总结甘肃小说创作时指出的那样：“当前甘肃小说正处在蜕变中。蜕变是自我否定中的再生和新的发展。甘肃文学的蜕变与新生，在一定程度上是地域文学的蜕变与新生，具有普遍的启示意义。”西部文学“地域性的蜕变与新生”已经成为这一地区广大作家创新的渴望，因此作协主席邵振国先生在全息透视甘肃省的文学创作时所言极是：“当代社会那种缓慢的、持续不变的现实质性，决定着我们应该有的现代性意识的叙事指向[②]。恰是这种现代性之需，形成了我们小说瞭望、探寻的视阈。”他明确地喊出了：我们只需要“现代性意识”，而不要“后现代”的口号，也许这就是西部作家对自身的价值观念的定位罢。

我个人以为，只要中国文学还存在，西部文学永远就是这个广袤的文学地理版图上的一片最丰沃的土壤，正如西部的资深评论家管卫中先生所言：“西部文学是中国文学的有机部分。它的脉搏是跟着中国文学一起跳动的。”[③]在我们这次所刊发的许多文章中，西部文学作品的展示，以及它所呈现出的“力与土”的美感特质[④]，就足以打动当下中国的许多读者，他们的创作无论是在思想的表达上，还是艺术技巧的呈现上，也绝不输于内陆和沿海的作家[⑤]，问题是我们的文学舆论对他们有更深切的关注吗?!

我们对西部文学的关注应该消除的偏见首先是文学创作观念的改变，不要以为在技术手法上有所模仿（而非化境式的吸纳）就是最好的作品；其次，不要以为只要求得市场的份额，就是文学的赢家。只有去除这种偏见，我们才能在同一起跑线上平等看待西部文学。

我们热望西部文学的繁荣崛起！

---

① “逻辑性的存在”手稿为“逻辑的存在”。

② “现代性意识”手稿为“现代意识”。

③ “它的脉搏”手稿为“它的脉络”。

④ “呈现出的‘力与土’的美感特质”手稿为“呈现出的美感特质”。

⑤ “也绝不输于”手稿为“都不输于”。

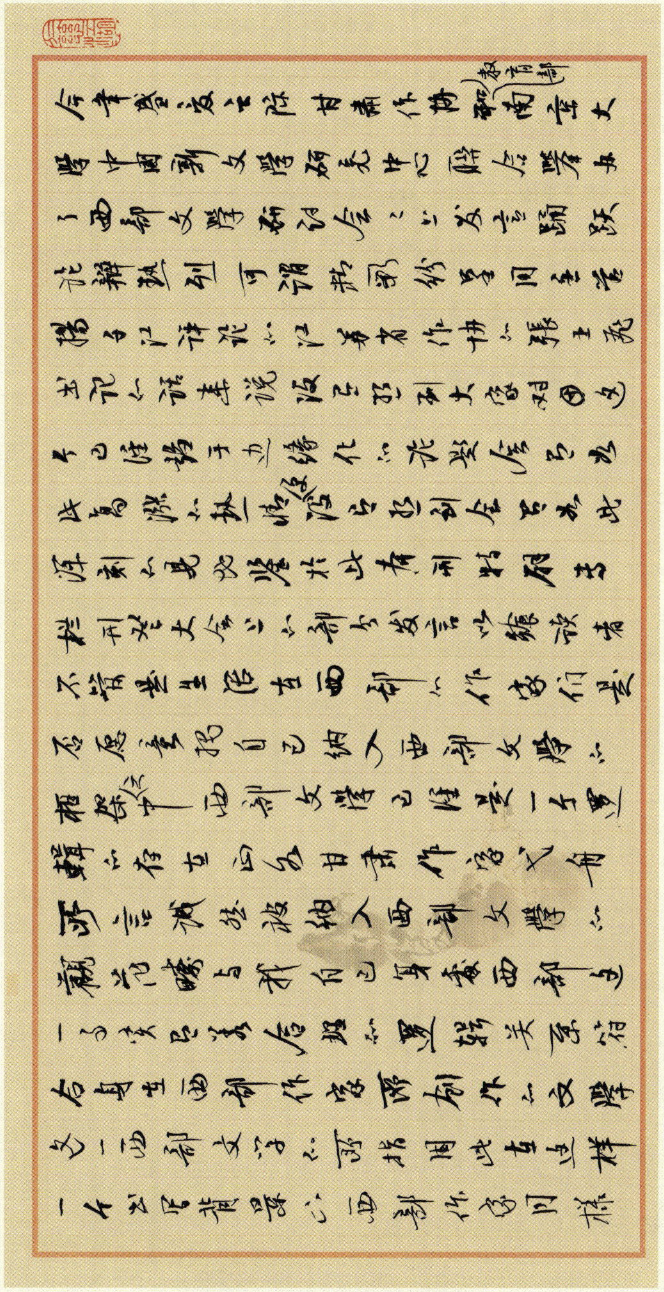

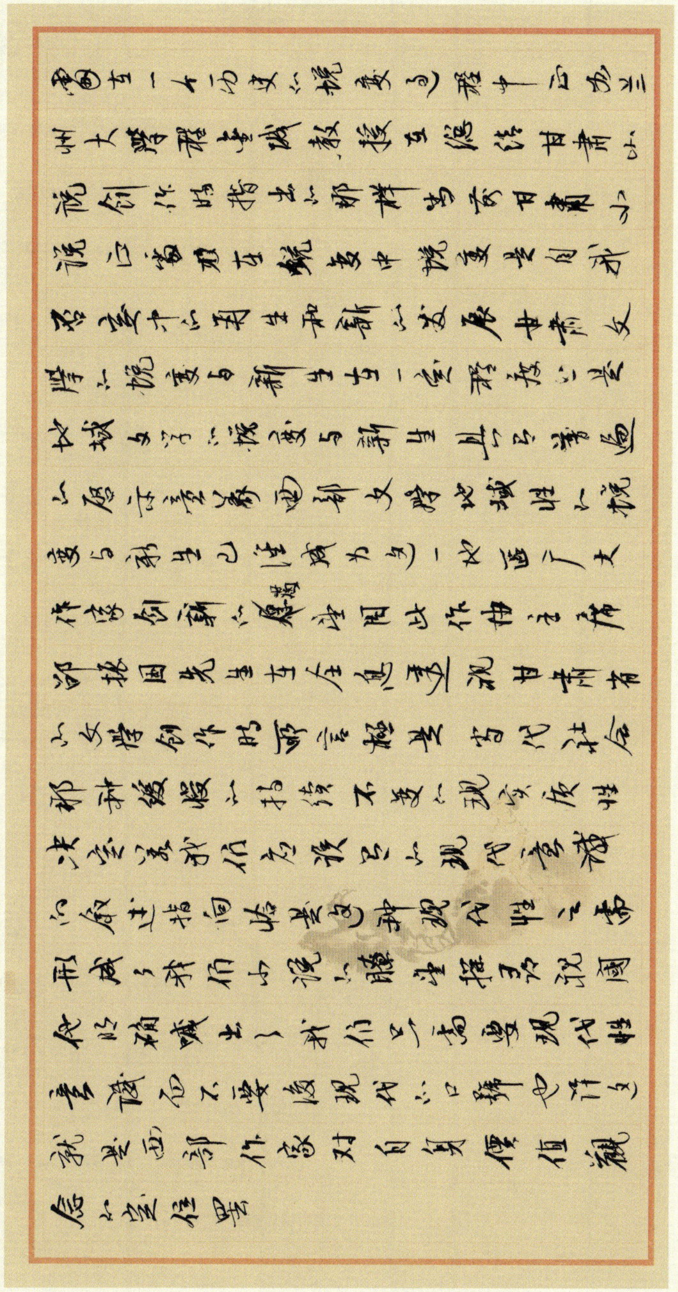

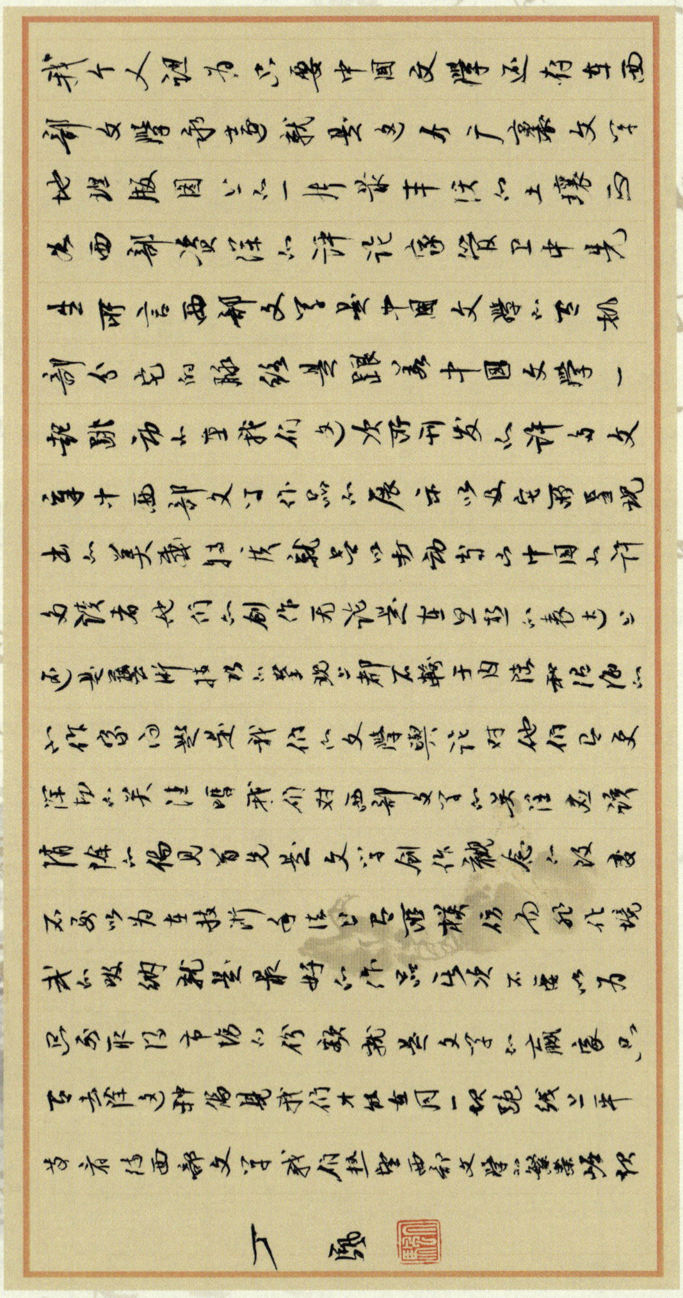
丁帆

2012年第6期

我在今年一期的卷首语中曾预言二〇一二年将是中国社会和中国文学可以载入历史的年份，这话大抵是不错的。中国文学的起伏始终是伴随着中国社会的跌宕而前行的。玛雅预言固然是可笑的，但是我们也并没有迎来一个文学大丰收的年份。噢，此言差矣，莫言获得诺贝尔文学奖的确是中国文学的一个伟大的胜利！[①]许多文学中人都像打了鸡血一样兴奋不已，仿佛中国文学已经进入了文学之巅，整个世界都为之倾倒。想想鲁迅当年那番似乎谦逊的语言，也就难怪许多同辈作家尝到了葡萄的酸味了，然而，我倒以为，此奖给了莫言，总比给那些更为无聊的文人要好。但是，又有谁能够读懂鲁迅谦逊背后的未尽语言呢?!

今年最后一期，我们刊发了一组储福金的评论文章，正如许多人认为的那样，储福金是一个被文坛低估了的作家，三十年前我就写过评论他作品的文章，以为其绵柔的风格在当时的江南青年作家当中是出类拔萃的[②]，亦如吴秉杰先生所言："他写的是回乡知青和故乡的一些男女青年当年与随后的一些人生故事，淡淡忧愁、茫茫头绪，哀婉又归于平淡的生活，而不是独立的知青生活，即不是突出那种城乡文化对立、知青磨难困苦，与随之带来的精神冲突，也没有任何开创历史的标记，这便使得他的创作须从细微处、不易觉察处入手，发现一些人生秘密。"犹如永远不赶时髦，但是也永远时尚的"黑白"色调一样[③]，他的某些作品是可以在文学史上划一道痕迹的。

对当代文学编辑制度的考察[④]，显然是对整个文学制度史的反思，本刊将会陆陆续续地刊载从不同角度阐释这一课题的文章。

从明年开始我们将增加一些新的栏目，试图推出一些新人新作。希望各位同仁继续支持本刊。为新一年的文学福音祈祷！

---

① "一个伟大的胜利"手稿为"伟大的胜利"。

② "评论他作品的文章"手稿为"他的评论文章"；"在当时的江南青年作家当中"手稿无。

③ "犹如永远不赶时髦，但是也永远时尚"手稿为"犹如永远不赶时尚"。

④ "文学编辑制度"手稿为"文学制度"。

我在今年一期的卷首语中曾预言二〇一二年将是中国社会和中国文学可以载入历史的年份，这话大抵是不错的，中国文学的现代始终是伴随着中国社会的跌宕而前行的，玛雅预言固然是可笑的，但是我们也并没有迎来一个文学大丰收的年份，唯此言差矣，莫言获得诺贝尔文学奖的确是中国文学的伟大胜利，许多文学中人都像打了鸡血一样兴奋不已，仿佛中国文学已经进入了文学之巅峰世界，都为之倾倒起来，鲁迅当年那番似乎谦逊的话言也就难怪许多同辈作家尝到了葡萄的酸味了，然而我倒以为此奖给了莫言总比给了那些更为无聊的文人更好，但是又有谁能读懂鲁迅谦逊背后的语言呢

今年最后一期我们刊发了一组储福金的评论文章，因为许多人认为他那样储福金是一个被文坛低估了的作家，三十年来我就写过他的评论文章，以为在绵柔的风格里是出类拔萃的，与吴东杰先生所言他写的是画多于青和故乡的一些男女老少当年与随后的一些人生故事淡淡的默默淡淡，头绪衰婉又归于平淡的生活，而不是热烈的本来生活，那不是突出那种城乡文化对立中青春磨难困苦与之带来的精神冲突，也没有任何开创历史的标记，这使他的创作演进细微处不易觉察，处处入手发现一些人生秘密，犹是永远不赶时髦的黑白色调一样，他的某些作品是可以在文学史上划一道痕迹的

对当代文学制度的考察颇为是对整个文学制度史的反思，本刊将会陆陆续续地刊载从不同角度阐释这一课题的文章

从明年开始我们将增加一些新的栏目，试图推出一些新人新作，希望各位同仁继续支持本刊，为新一年的文学谱写新篇

丁帆

2013年第1期

尽管二〇一二年的中国发生了许许多多的政治事件，但是，毫无疑问的是，由南京大学文学院影视系自创、自编、自导和自演的话剧《蒋公的面子》已然是这一年中国戏剧舞台上的一桩大事，它必将成为载入史册的文化事件。其问世的意义不仅仅在于人们对于"独立之精神，自由之思想"[①]的大学精神的追问，更重要的是对知识分子的灵魂拷问，以及对人的生存本质叩问的主题表达，冲破了意识形态和商品文化的包围，拆除了精神的"第四堵墙"，真正走进了民间。用导演吕效平对戏剧创作宗旨的阐释而言："戏剧就是把人的灵魂放在火上烤。"这种烤炙不仅是灵魂层面的，也是诗学层面的，于是，才有了"启蒙与诗"的叩问。多少年来，我们往往就是把思想主题的表现和美学的表达割裂开来[②]，其实真正好的作品一定是两者结合的，用恩格斯的那句名言"作者的观点越隐蔽，对艺术作品来说就愈好"（《致玛·哈克奈斯》）来衡量《蒋公的面子》，我以为编导是尽力而为了。虽然"启蒙与诗"时时在冲撞中暴露出某种缺陷和短板，比如戏剧创作永远纠结于如马克思和恩格斯所说的那种莎士比亚化和席勒化的两种怪圈盘桓的问题——莎士比亚的形象思维和席勒式的抽象思维。马、恩《致斐迪南·拉萨尔》的两封信中关于《济金根》的评价明明是支持莎士比亚化而反对席勒化的，但是被许多人曲解为要为党的利益和阶级斗争服务，这是对艺术的本质性伤害[③]。如果说席勒式的抽象思维伤害了艺术，那么，一味强调莎士比亚式的形象表现，以致造成泛滥，也是一种灾难。这恐怕就是导演在"启蒙与诗"的表达中遇到的最大困惑吧[④]。但是，《蒋公的面子》在处理这个戏剧创作永远绕不过去的问题时，表现出了他们最大的睿智，所以，一切都在默默地进行！这才是它最大的思想与艺术的收获——它的确给充满诡异、低俗和铜臭的二〇一二年的中国带来了一次灵魂的震撼和艺术的洗礼！

我历来支持南京大学文学院影视系的戏剧表演，但是屡屡被吕效平诟病为与尤奈斯库一样顽固不看话剧者流[⑤]，是的，我只看剧本，而拒绝看演出，其原因有二：一是我心里不适应节奏太慢的表演程式；二是往往怕编、导、演三方会把我理解的戏剧情境破坏掉。三十多年前每一个单位都演《于无声处》，尤其是那在最蹩脚的演员嘴里吐出的台词让我掉了一地的鸡皮疙瘩，记忆犹新，从此害上了"恐剧症"，虽然那个剧本在当时

---

① 手稿为"独立之思想，自由之意志"。
② "表现和美学的表达"手稿为"表现美学表达"。
③ "对艺术的本质性伤害"手稿为"对艺术本质的伤害"。
④ "'启蒙与诗'的表达中"手稿为"'启蒙与诗'的中"。
⑤ "顽固不看话剧者流"手稿为"不看话剧者流"。

已经是很好的戏剧了，也许这就是“启蒙与诗”的悖论吧。无疑，那幅海报挑起了我想看表演的欲望：“一边是红色的太师椅和教授们潇洒挺拔的姿态，一边是叠放的条凳和教授们佝偻的身躯。”两个时代和两个不同的知识分子心境触动了我那根敏感的神经，但是，我认为此种时代的“尤物”如果在表演过程中破坏了我那个“梦境”，岂不是大煞风景。我对剧本是满意的，但是，对他们的表演还没有绝对把握，于是，我还是没有敢走进剧场。即便如此，我以为中国话剧史上必将重重地落下这一笔。

无论《蒋公的面子》属于喜剧中的“讽刺”还是“荒诞”类型，两者都是我们这个时代批判现实生活必不可少的艺术手法[①]，亦如高子文所言：“‘讽刺’所追求的自由与公正使得个人得以从集体与制度中解放出来，进而发现自身存在的‘荒诞’、喜剧的状态。而‘荒诞’反过来推动‘讽刺’以更激烈的方式对旧制度造成冲击。”

面对整个即将被影视淹没的话剧市场，这个“阳春白雪”的艺术形式为什么会走进“下里巴人”的民间，且有如此巨大的反响？导演的话是一语中的的：“戏剧‘国家化’的行为无一例外地要把戏剧从悲剧或喜剧的艺术高度，降低为平庸的政治（有时甚至是政策或政绩）正剧或道德正剧，因为任何‘国家化’的行为都不可能进入悲剧或喜剧这个仅仅属于个人精神生活的领域。”这些中肯的意见是否能够引起业界的注意呢？是否能够成为话剧生命力转折的一个契机呢？

试看今后之中国话剧舞台！

我们把希望寄托在一群既有思想又有艺术头脑的年轻一代身上！

二〇一三年的春天会是一个什么样的文学气候呢？我们等待舞台背景的转换。

---

① “批判现实生活”手稿为“批判生活”。

果然二〇二二年的中国发生了许许多多的政治事件，但是毫无疑问的是由南京大学文学院影视系自创自编自导和自演的话剧《蒋公的面子》已然是近一年话剧舞台上的一桩大事，它必将成为载入史册的文化事件，其问世的意义不仅仅在于人们对于独立之思想自由之意志的大学精神的追问，更重要的是对知识分子的灵魂拷问，以及对人的生存本质即人的主题表达冲破了意识形态和商品文化的包围，排除了精神的第四堵墙真正走进了民间。用导演吕效平对戏剧创作宗旨阐释而言，戏剧就是把人里的灵魂放在火上烤，这种烤炙不仅是灵魂层面的，也是诗学层面的，于是才有了启蒙与诗的叩问。多少年来我们往往就是把思想主题的表现与美学表达割裂开来，这里实真正好的作品一定是两者结合的

用恩格斯的那句名言"作者的观点越隐蔽，对艺术作品来说就愈好"（《致玛哈克奈斯》）来衡量《蒋公的面子》，我以为编导是尽力而为了，虽然启蒙与诗情之冲撞中暴露出某种缺陷和短板，比如戏剧创作永远纠结于马克思恩格斯所说的那种莎士比亚化和席勒化的两种[illegible]的问题。莎士比亚的形象思维和席勒式的抽象思维——马恩致斐迪南·拉萨尔的两封信中关于济金根的评价，明明白白是支持莎士比亚化而反对席勒化的，但是被许多人曲解为要为党的利益和阶级斗争服务，这是对艺术本质的伤害，如果席勒式的抽象思维伤害了艺术，那么一味张扬莎士比亚化式的形象表现以致造成泛滥也是一种灾难。这恐怕就是导演在启蒙与诗的中遇到的最大困惑吧，但是《蒋公的面子》在处理这个戏剧创作形式这绕不过去的问题时表现出了他

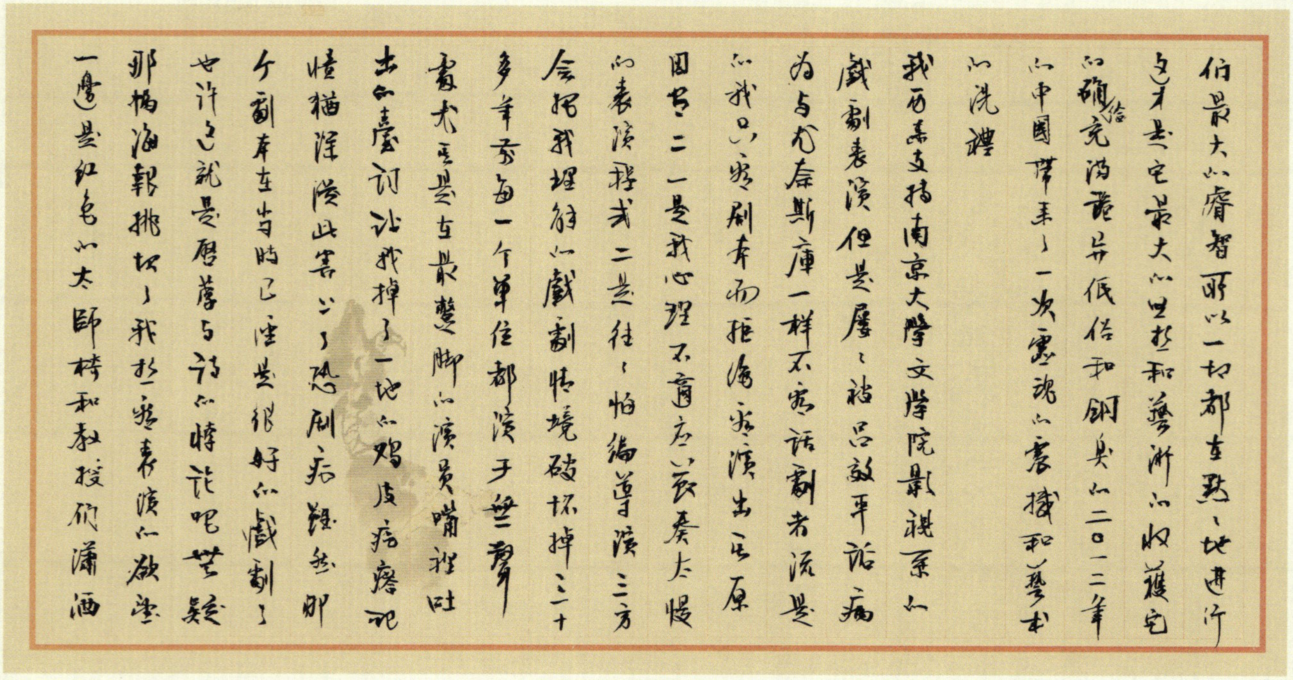

们最大的睿智，所以一切都在默默地进行
了。这才是它最大的思想和艺术的收获。它
的确给完满诠释出低俗和铜臭的二〇一二年
的中国带来了一次灵魂的震撼和艺术
的洗礼
我再来支持南京大学文学院影视系的
戏剧表演，但是屡屡被吕效平诟病
为与尤奈斯库一样不容话剧者流是
的，我只要剧本而拒绝演出的原
因有二：一是我心理不适应的节奏太慢
的表演程式；二是往往怕编导演三方
会把我理解的戏剧情境破坏掉。三十
多年前每一个单位都演《于无声
处》，是最蹩脚的演员嘴里吐
出的台词让我掉了一地的鸡皮疙瘩，那
情绪洋溢此害得了恐剧症难愈，那
个剧本在当时已经是很好的戏剧了，
也许这就是屈辱与诗的情花吧？无疑
那幅海报挑起了我对于表演的欲望
一(鲁迅)是红色的太师椅和教授们潇洒

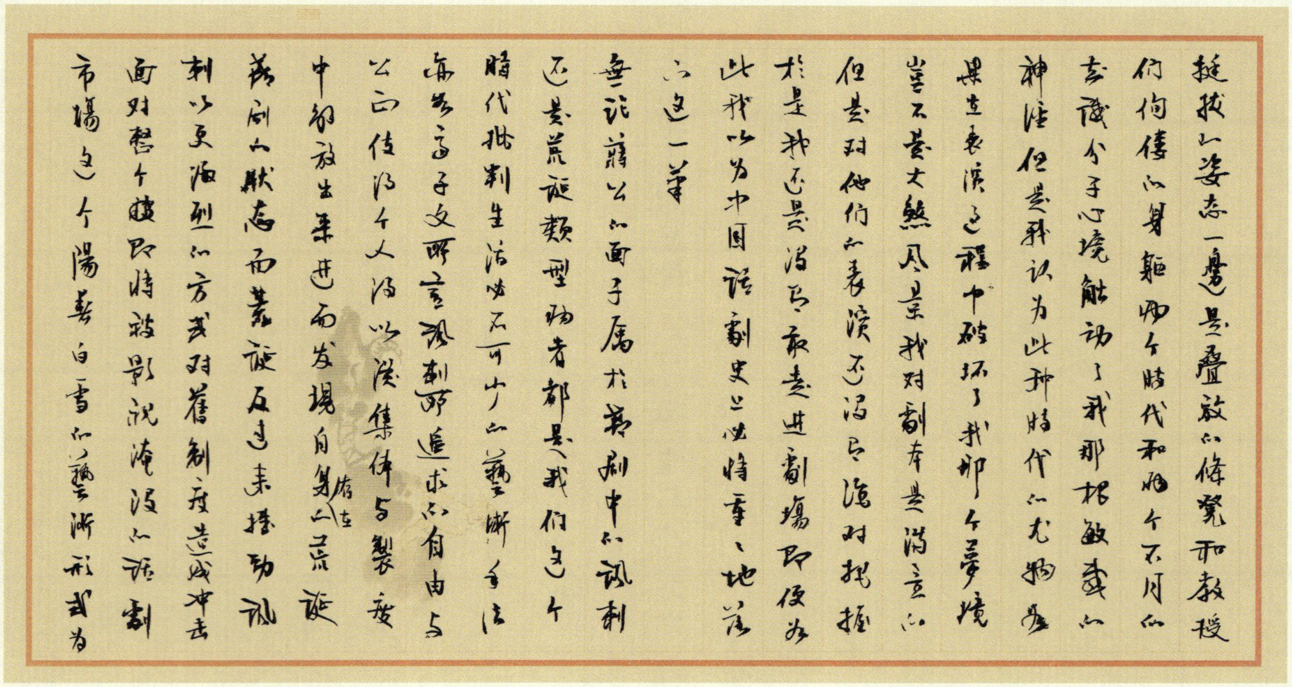

挺拔的姿态一(鲁迅)是叠放的条凳和教授
们佝偻的身躯，两个时代和两个不同的
知识分子心境触动了我那根敏感的
神经。但是我认为此种时代的尤物是
果在表演过程中破坏了我那个梦境
岂不甚大煞风景？我对剧本是满意的，
但是对他们的表演不满与强烈抵抗，
于是我还是谢绝了走进剧场，即便为
此我以为中国话剧史上的精彩、地落
下这一笔
无论荒诞的面子属于喜剧中的讽刺
还是荒诞类型的者都是(我们这)个
时代批判生活必不可少的艺术手法
无论哪个子文明宣扬剧所追求的自由与
公正，使得个人得以从集体与裂变
中解放出来进而发现自身的存在(价值)
荒剧的形态而丛诞反过来推动讽
刺以更激烈的方式对旧制度进行冲击
面对整个即将被影视淹没的话剧
市场这个阳春白雪的艺术形式为

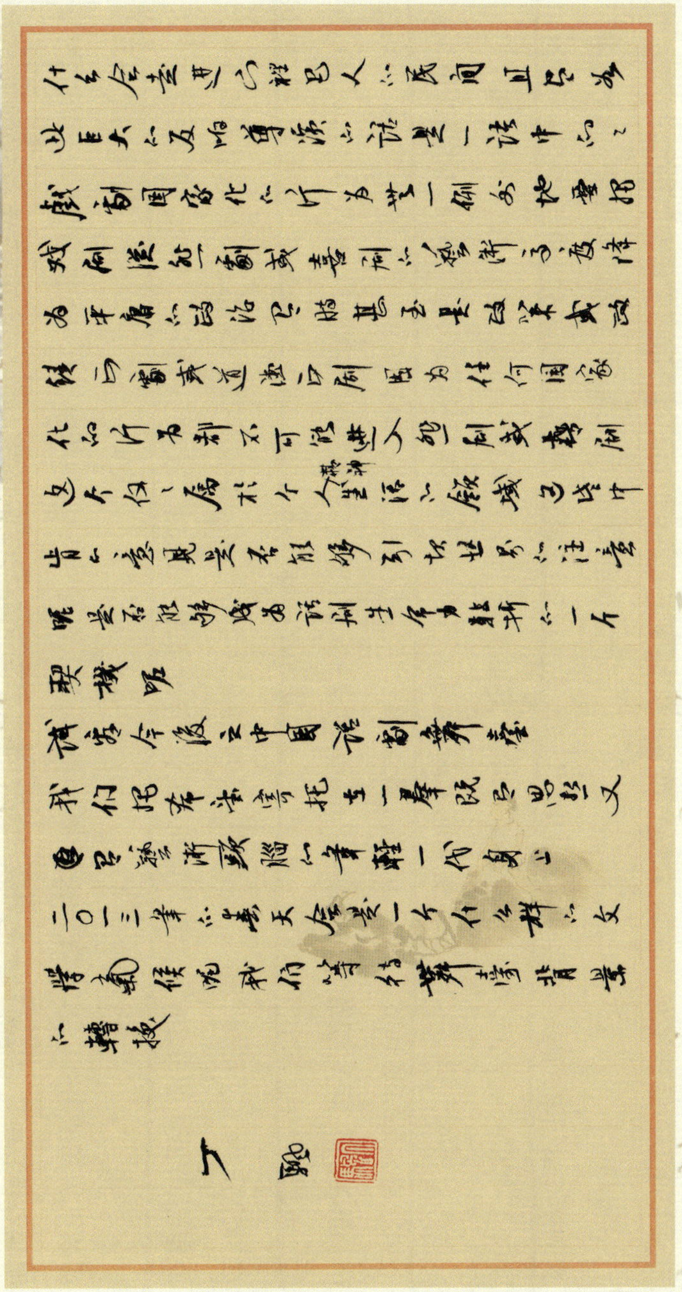

2013 年第 2 期

又到草长莺飞时节，可是今年乍暖还寒的天气尤其吊诡，温度上蹿下跳是历史上罕见的，难怪感冒的病人挤破了医院的大门。天象亦乱，生态堪忧。

为强化栏目的前沿性和学术性，我们拟请几位资深的编委参与一些专栏的设计和组稿，本期由吴俊先生主持的“文学史和文学制度”就是一个首创。正如吴俊先生所言：“从严格的学术意义上而言，文学制度研究的基础尚未坚固，诸多工作仅属尝试草创；不管是个案还是宏观研究，整体水平都还有限。但从另一方面看，这既是一种限制，同时也是一种突破的机会，较之于其他相对成熟的研究方向，文学制度研究的发展前景或将更加远大。”

本期刊出的“名家三棱镜”栏目是江苏资深作家赵本夫的专辑，本夫与我是三十多年的老朋友了，多年的风雨磨砺使他洞穿了世事，归隐山林应该是一个作家最成熟的标志，显然，本夫是参透了人生之况味，读他的短短四百多字的文章，胜读他一部鸿篇巨制，因为沧桑感才是作家最大的资本：“山上那片广袤的星空，日夜沐浴着我的心灵，它沉甸甸卧在这里已有亿万年，守着它，会有一种肃穆，一种敬畏，一种地老天荒般的沉静。”这才是本夫步入山林时的那份恬静与淡泊，有此心境，不愁“笔落惊风雨”！好在许许多多话语由吴秉杰和黄毓璜这两位大评论家进行深度的阐释，“大哉本夫”就呼之欲出了。

本期我们推出了一个新的栏目，那就是“当代散文研究”，作为一种尝试，我们以为近些年来文坛上的确出现了一些有特点的散文作家和作品，对这些作家作品的关注，是本刊应尽的职责，为此，我们将会陆陆续续推出一批专题研究的文章，也期望诸位同仁赐稿。

雪莱的诗有时也并不适用于普遍哲理①：“冬天来了，春天还会远吗？！”可是，“春天来了，冬天的寒风依然凛冽！”许多事情是不以人们的意志为转移的。

① “有时也并不适用”手稿为“也并不适用”。

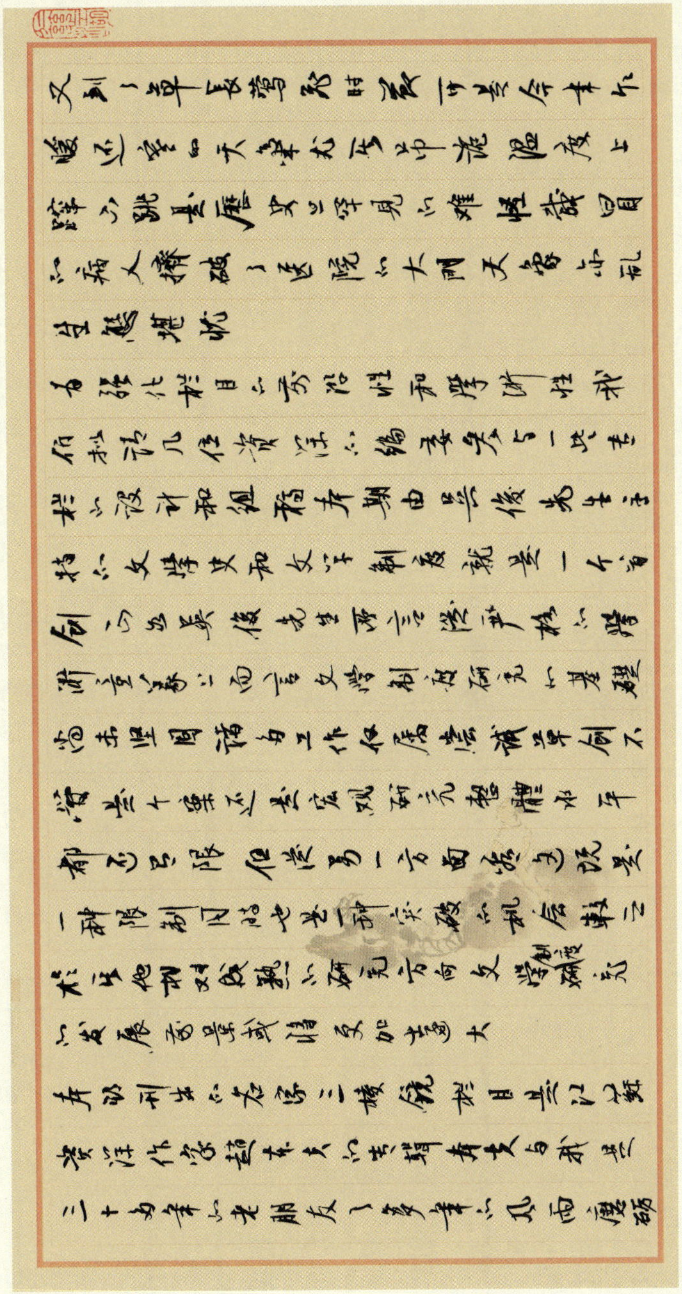

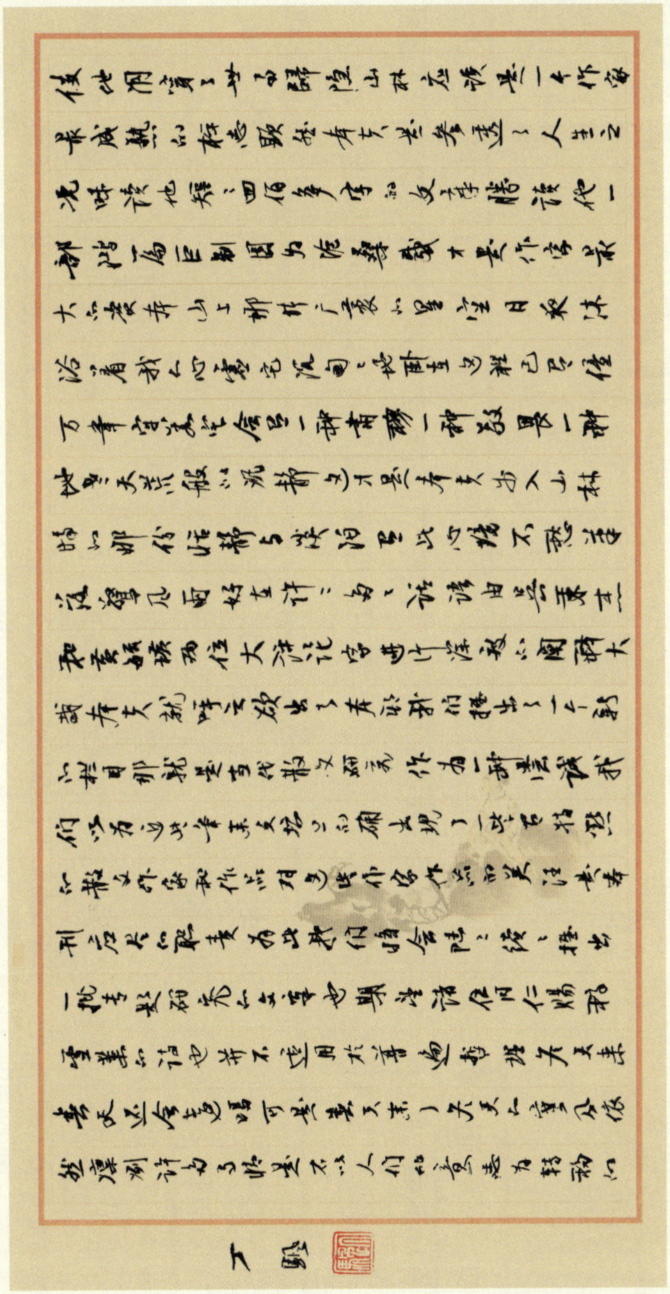

2013 年第 3 期

这个春天与我们擦肩而过，一下子就从严冬跨入了酷夏①，人们企盼的春天就这么悄悄地溜走，留下了一片惆怅。

这一期本刊隆重推出了王德威教授的长文《文学地理与国家想象：台湾的鲁迅，南洋的张爱玲》，王德威教授提出的问题有三个部分，其中一、二两个问题是围绕着什么是“中国文学”、什么是“中国文学研究”而展开，但是作者本人却以第三个问题为核心而提出这样一个命题——“台湾的鲁迅，南洋的张爱玲”。要解决“谁是台湾的鲁迅？谁是南洋的张爱玲？以此希望点明不但文学历史的动线需要不断重组，‘文学地理’的疆界其实是不断变化，有待持续界定。而且正因如此，我们应该运用想象力，不断重新规划文学场域的时空范畴”。他所提出的问题尖锐而有气魄。

记得是在去年春天的一次早餐桌上，我和王教授谈及了我对文学史的一些新的看法，孰料王先生也有同感。正好这些天我写了一篇《关于建构中华文学史的设想》的文章，观点与王先生不谋而合，但我没有像王先生这样洋洋洒洒著成大文。然而，将大陆、台湾以及海外汉语文学的写作归为一个有机的整体，却是两岸和海外许多学人的共同愿望。王德威先生说得很精到：“如果台湾是大中国的一部分，难道大陆的学界不有义务去理解一个世纪以来台湾文学的流变么？又或换一个角度，台湾具有独立意识的学者在强调台湾文学的自足性之余，不也同样应该抱着知己知彼的心态，深入‘敌后’，探讨台湾省与整个中国之间②复杂的交汇与分离的关系么？鲁迅——现代中国新文学之父——恰巧成为一个有意义的焦点。”所有这些论述的指向，为中国大陆二十世纪和二十一世纪的现代文学研究者③，乃至于当下的许多作家提供了一个更加广阔的研究视野和创作参照。

在本期的“新诗研究”栏目中，罗振亚教授认为：“进入九十年代的门槛后，新诗形象被矮化、丑化到了最高限度，其对读者的感召力和影响力下降至最低点。”对这种现象的分析会得到许多人的认可。然而，叶橹教授对诗歌艰涩化问题的分析却是另有高论，他的立论也是有学理性的：“对于诗歌的‘艰涩化’，历来大抵

---

① “一下子就从严冬跨入了酷夏”手稿无此句。

② “探讨台湾省与整个中国之间”手稿为“探讨台湾与中国之间”。

③ “二十世纪和二十一世纪”手稿为“二十世纪”。

都是被作为一种负面现象而加以评价的[①]。但是奇怪的是，尽管负面评价不断，而在诗歌创作中的这种现象和追求，却从来没有因此而销声匿迹。这似乎在某种程度上说明，这种对‘艰涩化’的追求，或许隐藏着人类艺术思维中的一些奥秘。”

严酷的夏日能够激发中国文学研究者和作家的学术热情与创作冲动吗?!

① “历来大抵都是”手稿为“历来都是”。

这十年来与我们擦肩而过，人们会问：未来就是这样的吗？[illegible]一片惘然。

这一期本刊特意推出了王德威教授的[illegible]文《文学地理与国族想象：台湾的鲁迅，南洋的张爱玲》。王德威教授提出的问题是：三十年前的《论"二十世纪中国文学"》[illegible]什么是中国文学？什么是中国文学研究的[illegible]？[illegible]台湾的鲁迅与南洋的张爱玲[illegible]南洋的张爱玲以此来[illegible]不仅文学历史的而非固定不变的文学地理的疆界，[illegible]是不断变化[illegible]的界面而已。因此我们必须运用想象力不断重新规划文学场域的地理边界，[illegible]而已。

刘洪涛教授[illegible]

[illegible]

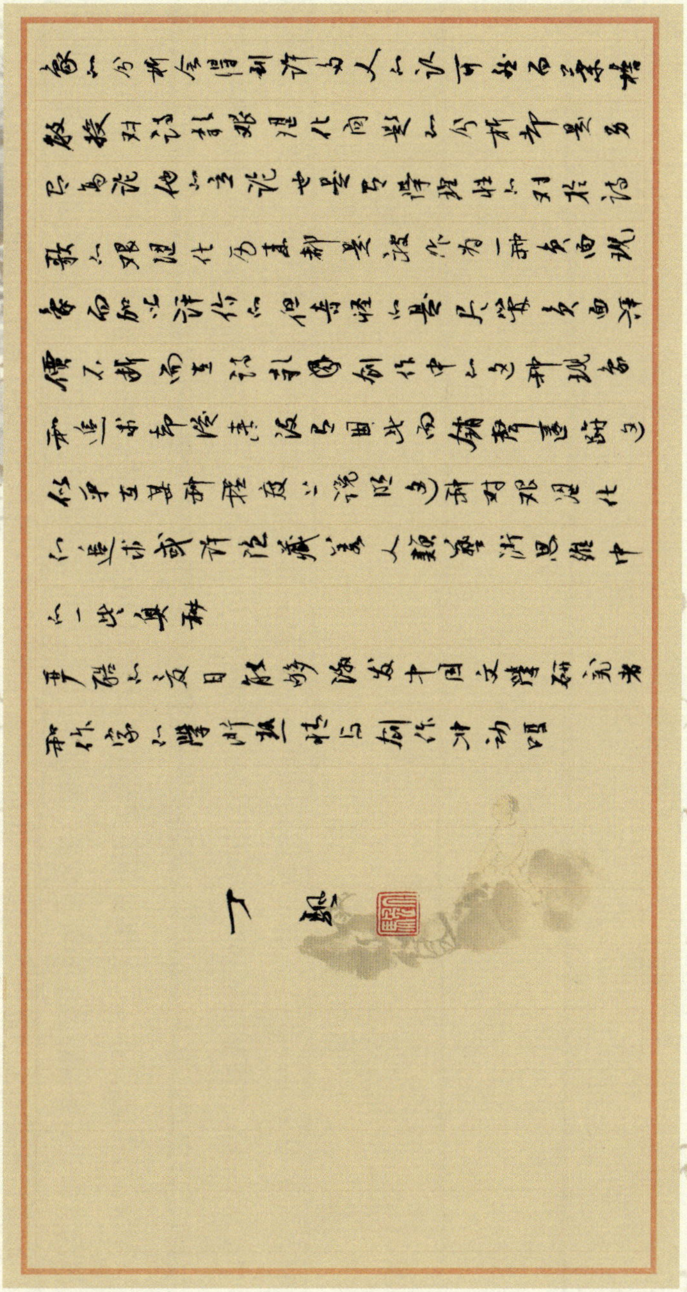

2013 年第 4 期

今年南京遭遇半个世纪以来持续的高温季节，但是比起杭州等地的四十一、四十二度的罕见气温，已经算是幸运之城了，可见人类对自然的无情掠夺所造成的灾难将会得到宇宙世界最残酷的报应。而理想主义和浪漫主义的文学又为生态破坏做出了什么样的努力呢？这可能就是每一位作家都应该思考的文学技巧背后的巨大问题。

一部当代文学史不仅是考验我们对以往文学史价值和真理追求的试金石，也是对当下文学史价值理念的引导，更是对我们的文学制度合理性的检验和纠偏。倘若我们哪一天也有勇气[①] 像俄罗斯历史学家祖波夫等人那样用二十年时间书写一部冲破一切人为的关隘而真正接近历史真相的二十世纪中国历史的大书来，那么，我们的文学史才算真正接近无限透明。现在，我们所能够做的工作只能是细小而局部的：如何钩沉文学史中每一个历史细节的真实性，如何揭开历史的本相，如何打捞历史夹缝和暗隅里被某种强力意志压制下去的真理，也许这才是我们应该做的最基础的工作，一点一点地做下去，总归会有收获的，总比永远沉溺于历史的无知中要好。

① “哪一天也有勇气”手稿为“也有也有勇气”。

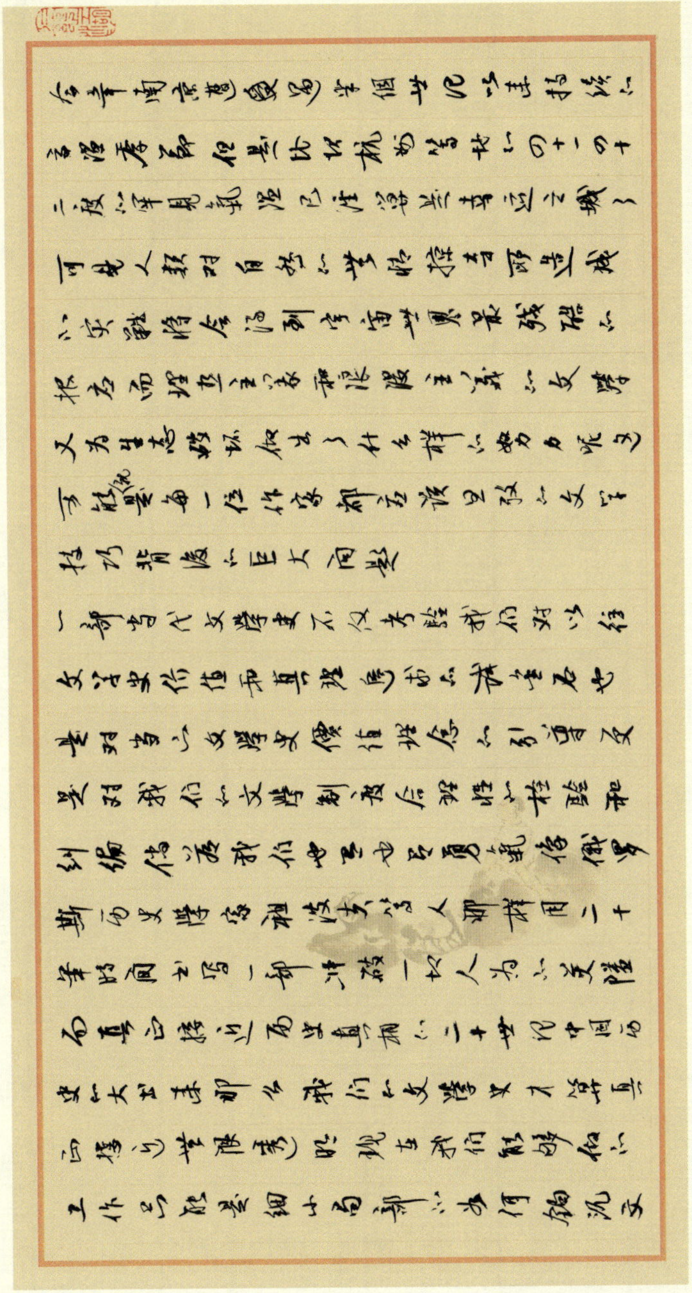

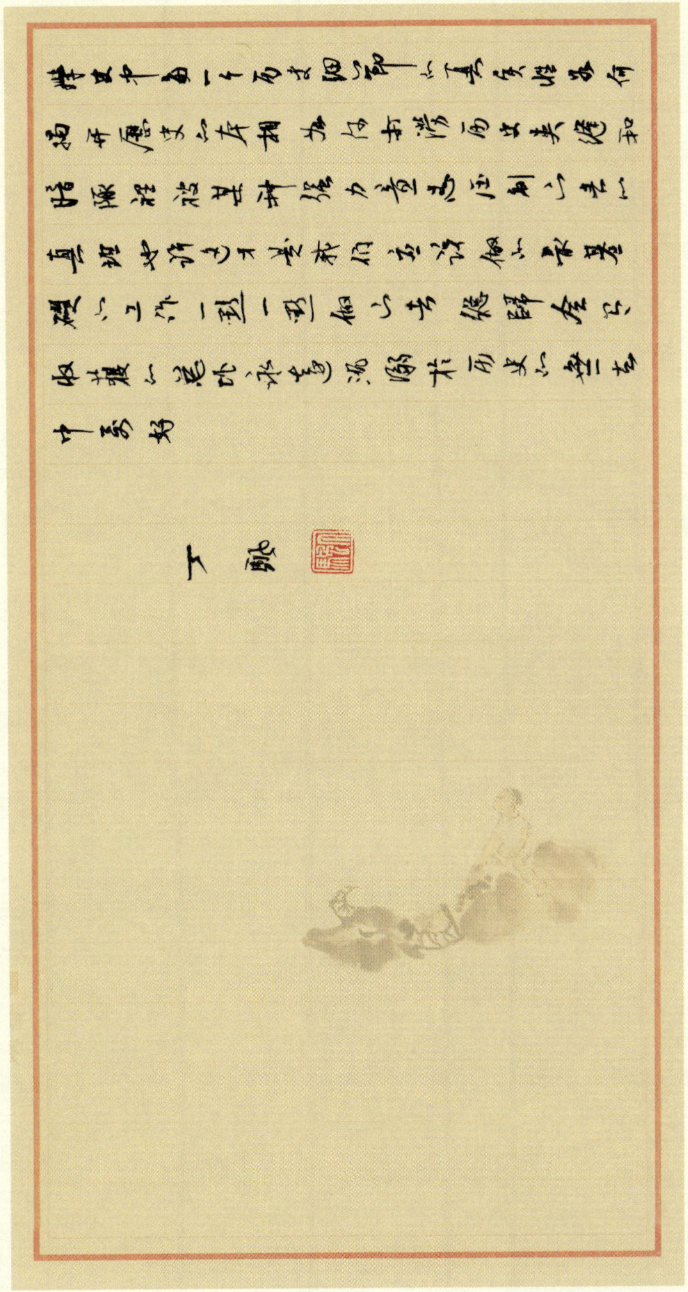

2013年第5期

又到秋风落叶时节，本刊首推台湾作家李永平专辑，王德威兄一篇短论便足以勾画出此公作品之魂灵也！“作家作品论”中亦不乏高论，尤为风景之钩沉更耐人寻味。袁先生那样的学术随笔也是本刊竭力倡扬之文体，活泼而不凝滞，严谨而不拘泥，乃文笔之大境也！祈望诸君多赐此类大作。朱德发老先生亦居然开始关注起江苏当代作家的作品，亦为当代文坛提供了新的视角。更为可贵的是新一茬的青年评论家崛起亦为本刊增光添彩，《扬子江评论》感谢诸君厚爱！秋天来了，冬天还会远吗？我们喜欢瑞雪的严冬。

癸巳秋丁帆书于瘦蠹斋

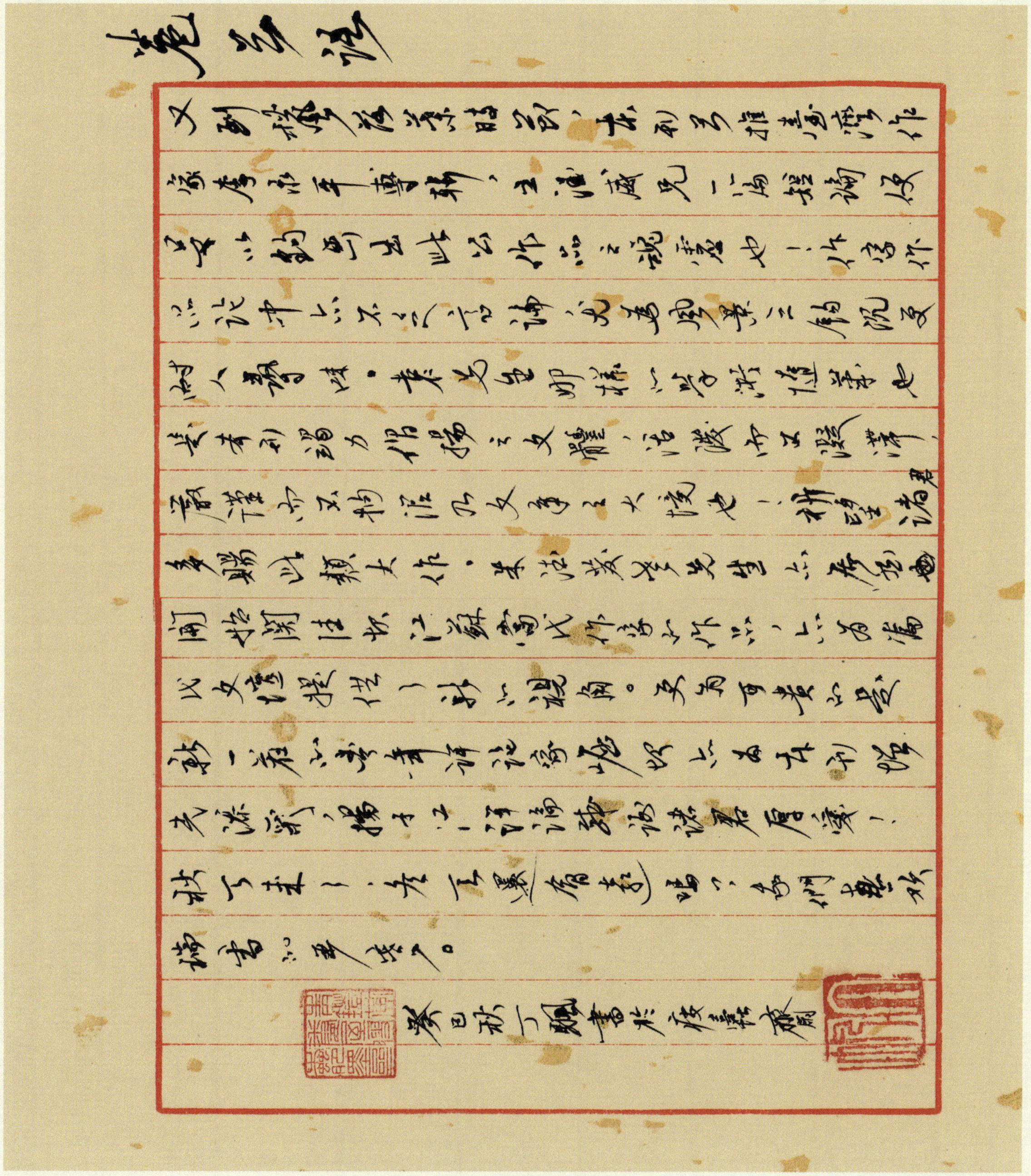

2013年第6期

观世界之名家名作无一不是真性情之作也，本期所推潘向黎的创作评论意在倡扬作家本真情感，所谓灵性实为扫除作伪之气也，牛先生的鸿篇大论亦为肺腑之言，对当下文坛的种种价值观的缺失与悖理进行了置疑和剖析，可谓一剂良方，为此我们必须直面这一严肃问题，多重的诱惑形成的价值观混乱已然严重地干扰了创作界和评论界。林建法与何锐乃文坛宿将，他们所编辑的丛书之序文具有文学史之意义，向二位致以崇高的敬礼！本刊送走今年最后一期，明年将以全新的面貌迎接春天的到来！敬请同仁们支持。

癸巳年腊月十二丁帆写

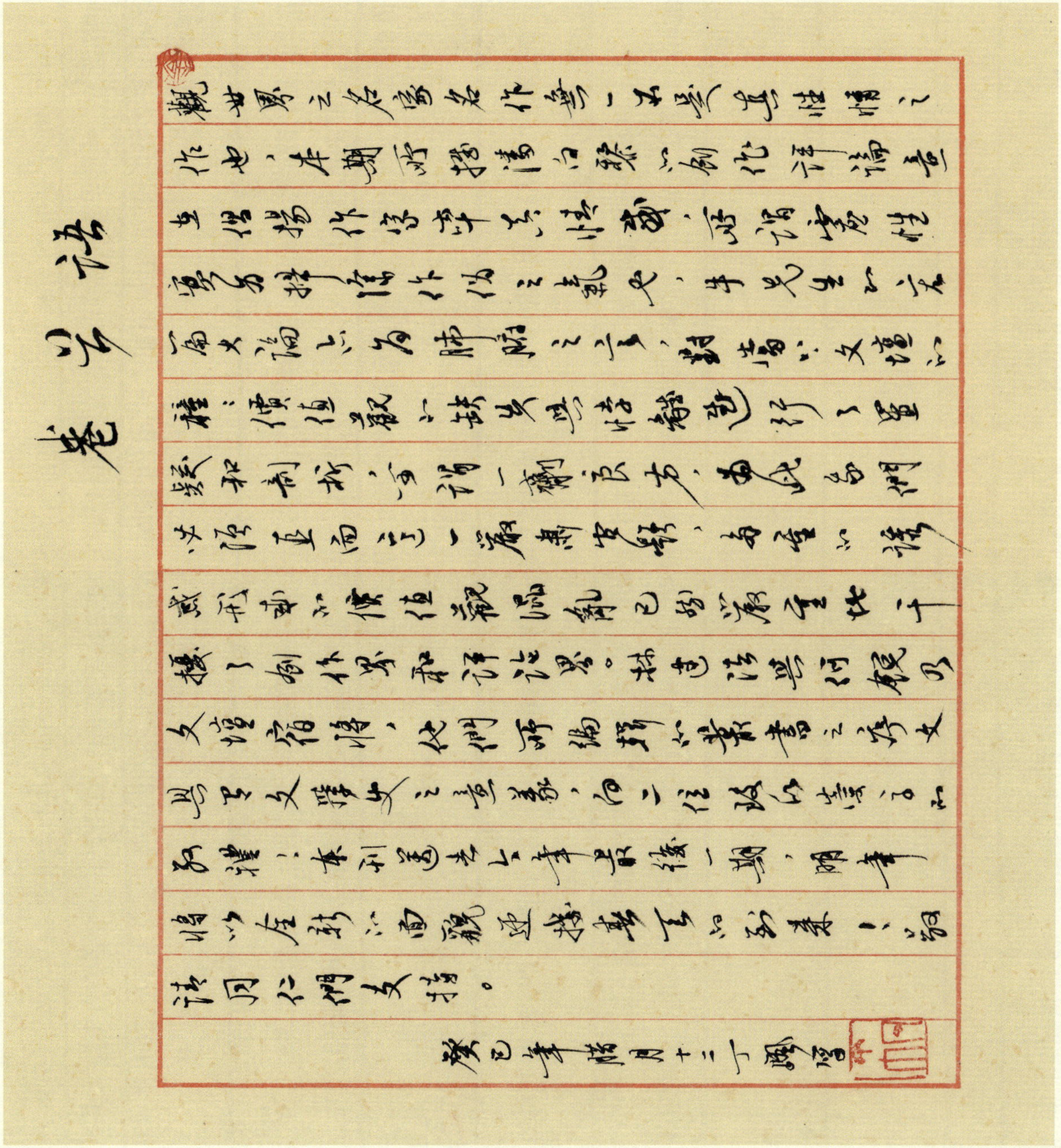

2014 年第 1 期

在等待新春到来之际，本刊进入了正版的 C 刊序列，这本是一个应该庆贺的事情，却又不免升起了一丝悲凉之意。这些年来本刊同仁一直为稿源四处奔波，却往往无奈于绝大多数高校研究者们为生存计婉拒了本刊许多特约稿，虽遗憾，但能理解。好在在体制的压迫下，今后本刊也获得了一息尚存的空间，幸哉！悲乎？

新年第一期我们推出的重头栏目仍是王德威先生领衔的华语语系作品的讨论。王先生勾勒出的当代华语论述的谱系对华语文化与文学的历史做出了系统性的梳理，为这一学科的过去、现在和未来指出了一条可行性的路径。《澳门殖民文学中华人女性形象研究》为台湾政大教授张堂锜的新作，作为老朋友，我为他在薄弱环节研究中敏锐细致的发现和分析而由衷地钦佩。①

“新诗研究”栏目中两篇重头文章亦为本刊添彩，诗人于坚谈新诗制度一文对新诗语言律制的拷问：“如何既解放了诗的声音，又维护汉字的真理性。”无疑是在寻觅新诗解放的津梁。陈仲义兄《互文性与符号性并置交叠》一文从作品的微观互文比较中得出的却是一个宏观的理论前沿问题：“读图时代图语诗”建构的可能性，乃为妙论也。

新年伊始，本刊编辑部专门对今年的工作进行了研究讨论，并做出了极为周密的计划，更期待各位同仁能够一如既往地支持本刊！春天即将来临，文学将唤醒人们灵魂里的希望之意念，什么样的严寒都是阻遏不住的！

癸巳岁末丁帆书于金陵

① 手稿遗漏了“的”“析”二字。

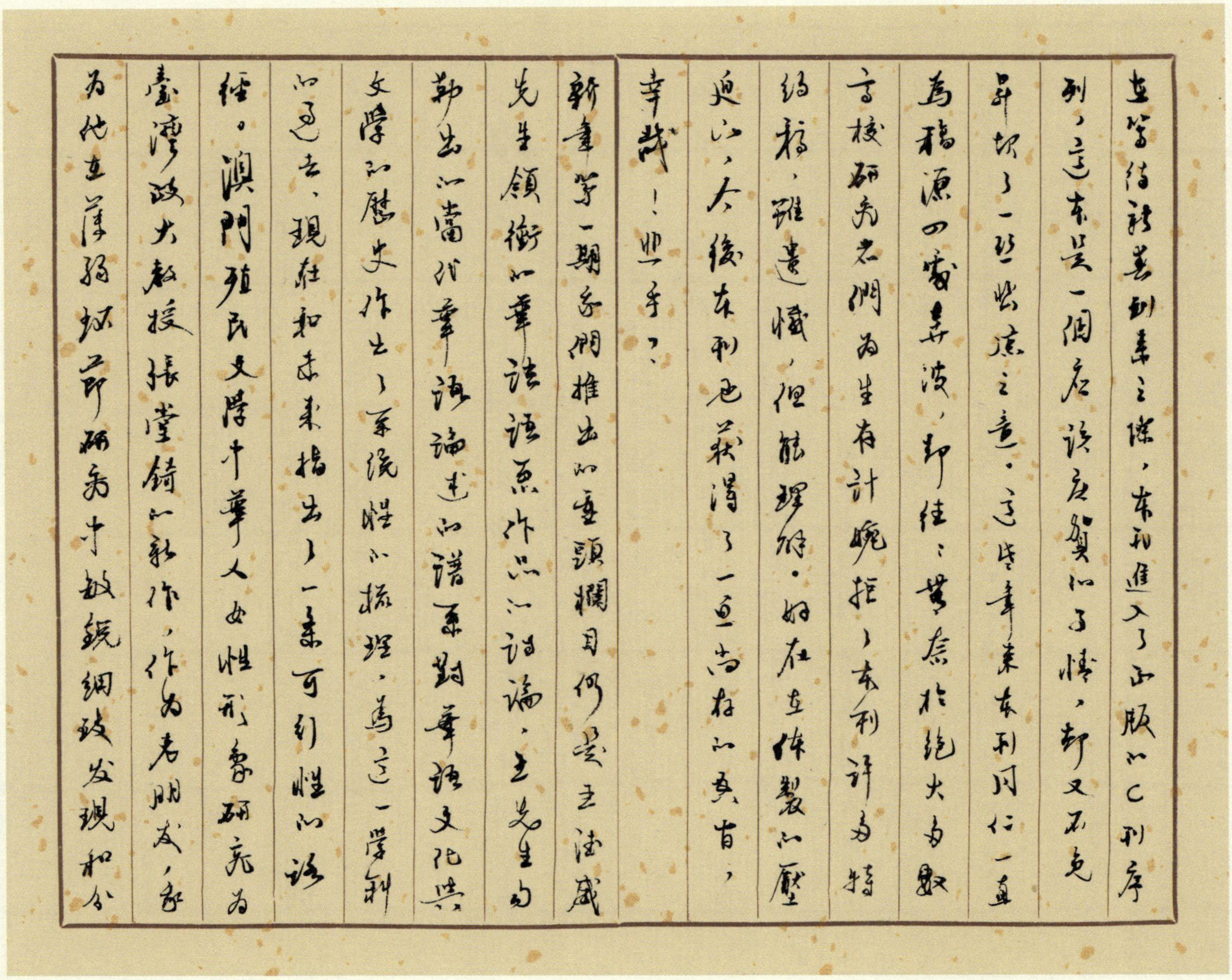

直等待到春之際，本刊進入了出版的七刊序列，這本是一個應該慶賀的事情，却又不免身切了一點悲涼之意。這些年來本刊同仁一直為稿源的匱乏奔波，即使苦惱於絕大多數高校研究者們為生存計婉拒了本刊許多特約稿，雖遺憾，但能理解。好在文体製的壓迫的，今後本刊也獲得了一直尚存的支持，幸哉！幸乎？！

新年第一期本刊推出的重頭欄目仍是王德威先生領銜的華語語系作品的討論，王先生的勒出的當代華語論述的譜系對華語文化共文學的歷史作出了系統性的梳理，為這一學科的過去、現在和未來指出了一条可行性的路徑。澳門殖民文學中華人女性形象研究為臺灣政大教授張堂錡的新作，作為老朋友，我為他直接將城市研究中鮮細致發現和今

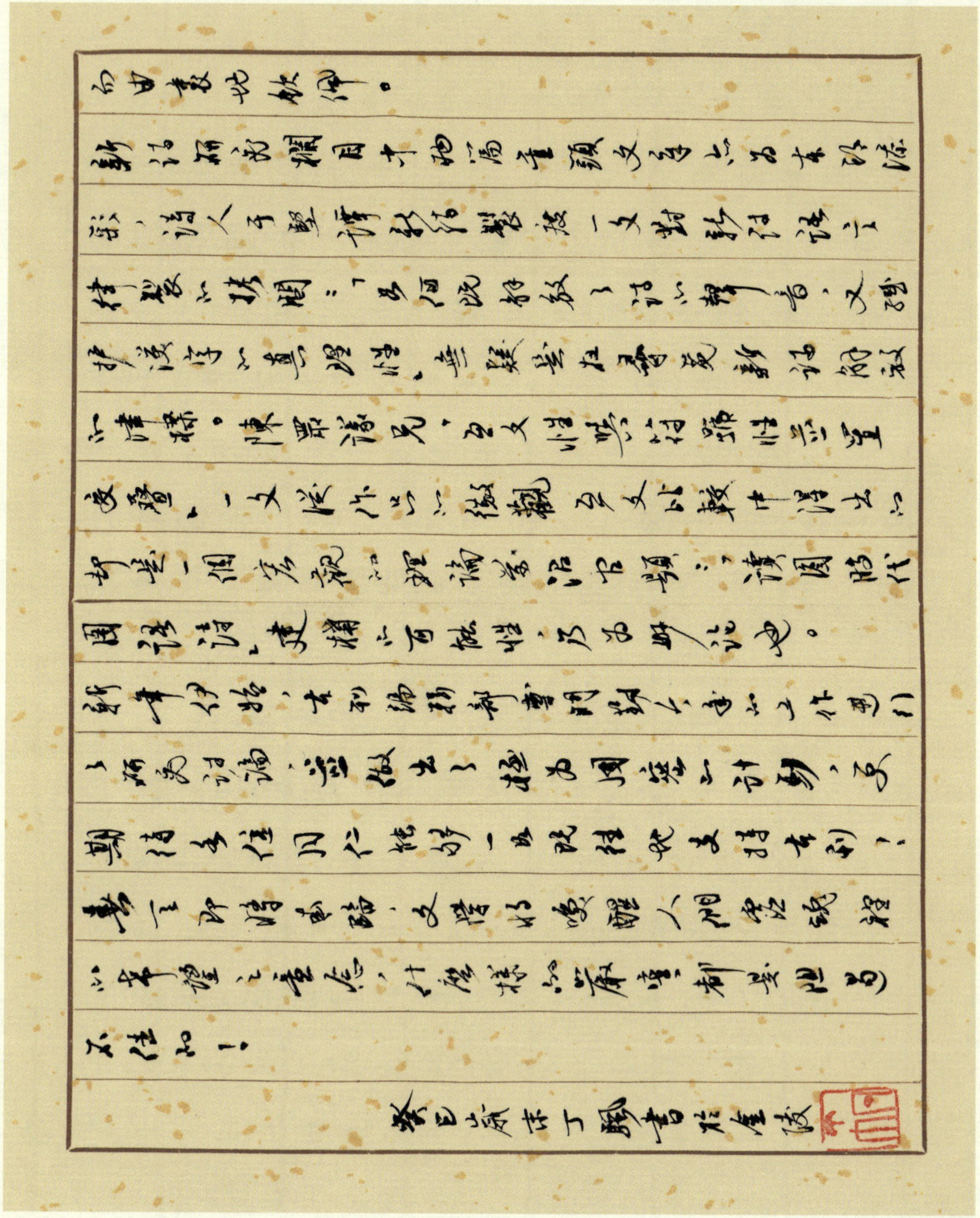

癸巳岁末丁帆书于金陵

2014 年第 2 期

当下中国的文学批评亟须解决的问题是批评的真谛何在，殊不知，作为学理性的批判，我们最缺乏的是对学术真理追求的勇气和真问题的探究。弘扬批评直面谬误的发现与指陈本是批评的常态，而这种常态却往往被斥为谩骂，显然这是非正常的。所以我们主张文学批评激烈辩论之文章，惟此才能推动批评的正常发展。本刊本着内不避亲、外不拒贤的宗旨，欢迎那种有激扬风格的文章，为振兴批评做出贡献。本刊愿做擂台。

本期推出了王彬彬教授对四位批评家的批评之批评，虽见锋芒，却为学理性的文字，有理有据，击中批评之时弊。或许在许多人看来只是一些枝节性的问题，但是正是这些常识性的问题羁绊着文学批评的正常路径，也许有人以为此乃骂派批评，不足为取，然我却认为中国的文学批评之孱弱，根本原因就在其缺乏对错误的指陈，倘使多一些王教授式的批评文字，亦可为中国文坛平添几分犀利与活气。当然我们亦欢迎批评王教授的文章，只要是学术性与学理性的，言辞激烈更是优先。

本刊形成了一个共识：寻觅真问题，批判伪命题应为当下文学批评之要义，为弘扬此主旨，在今后的办刊目标上，我们热切期望诸位同仁多赐此类文字，以推动中国文学批评的健康发展。

春天到了，批评也该活了！

甲午年春丁帆草于瘦蠹斋

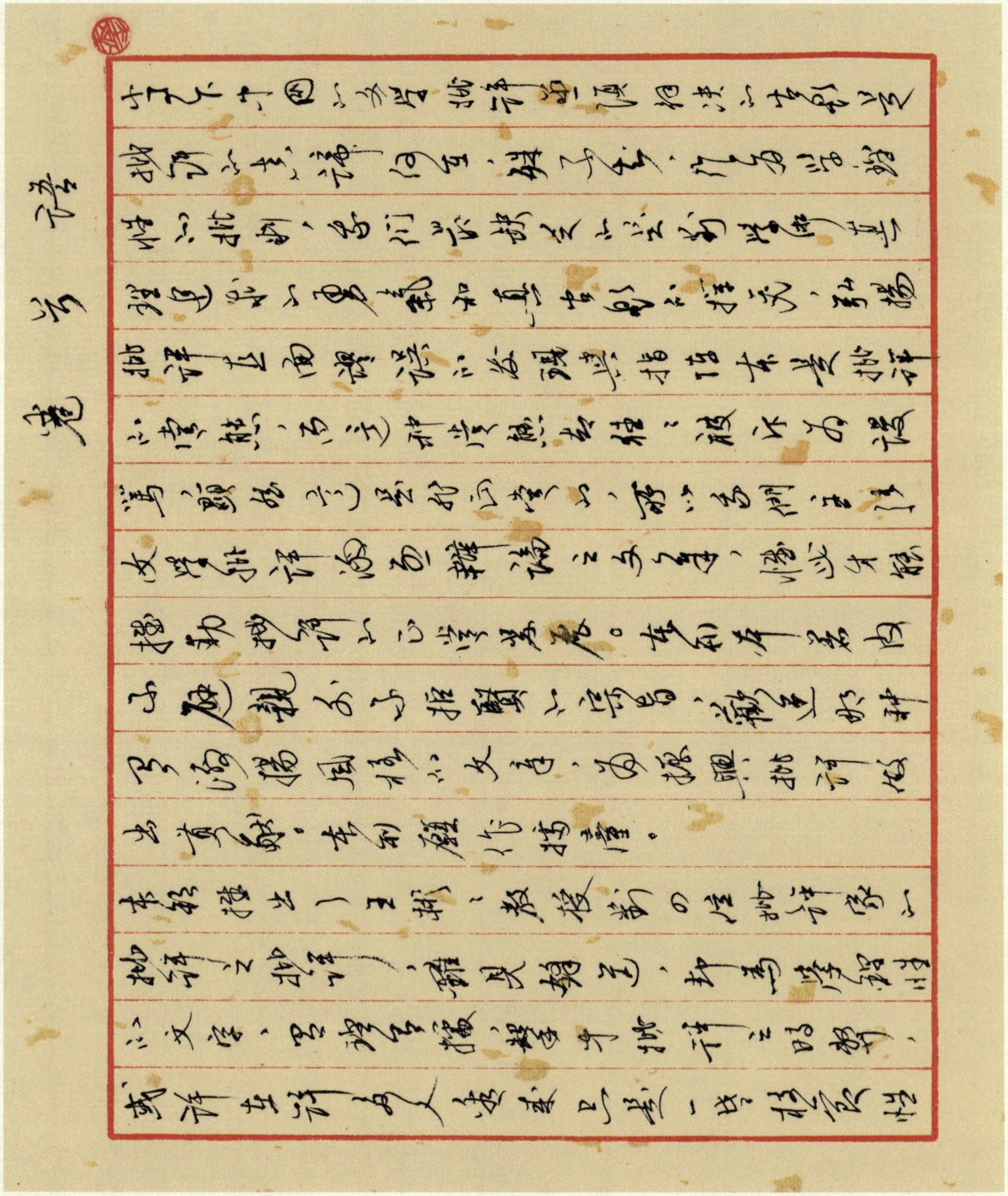

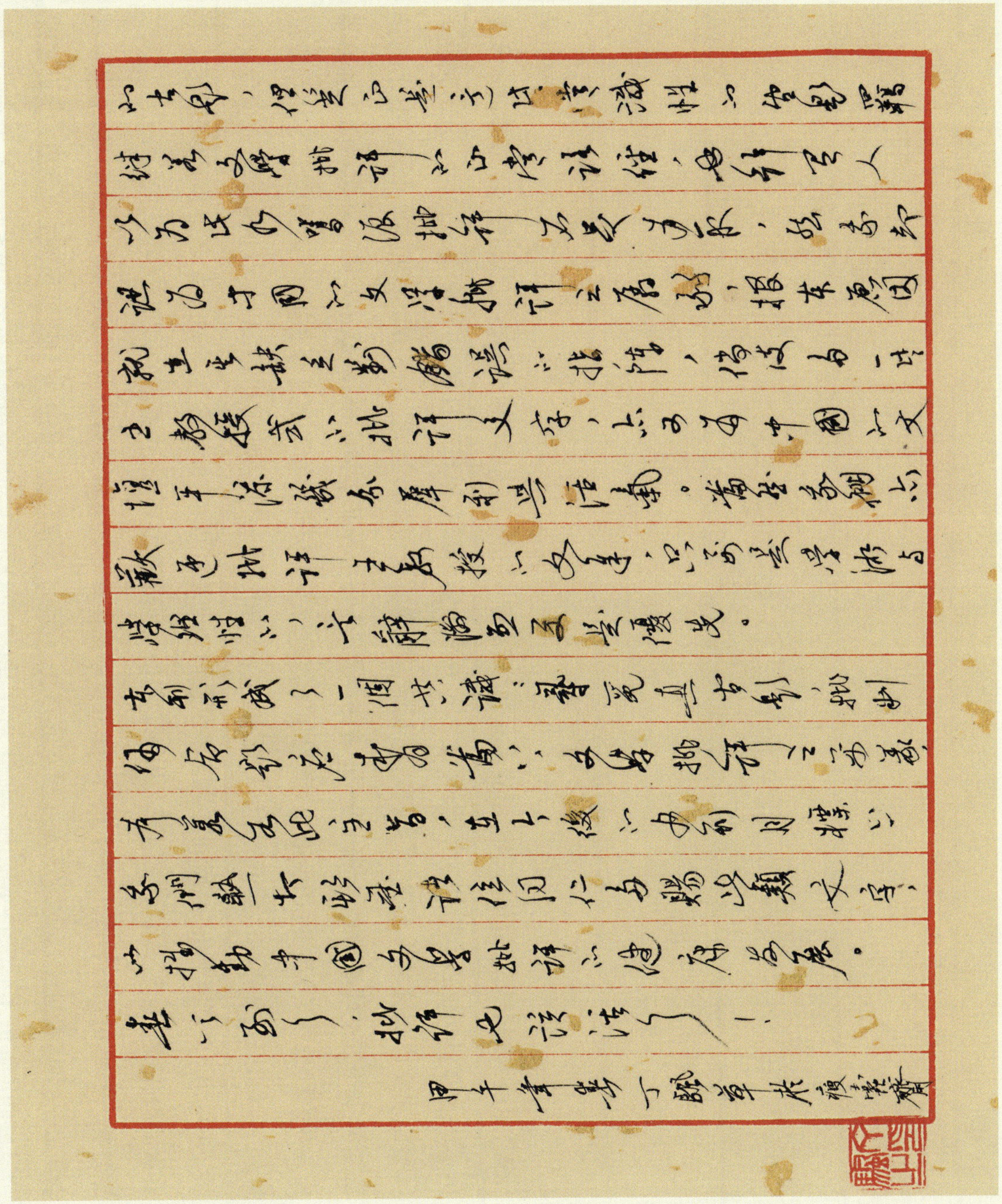

2014 年第 3 期

无疑，“文革”旧梦已然成为中国学界反思二十世纪下半叶历史挥之不去的关隘，韩少功先生的长篇思想随笔《革命后记》确为我们打开了这一时间的窗口，我在旅京的高铁上花了八个小时拜读了此文，除了惊讶韩先生精深的思考外，更多地却是担心此文的许多误读会给我们的下一代留下虚伪的思想底片。本刊所发三篇文章之目的便是旨在抛砖引玉，以期引起更多同仁讨论之热情。我们不能说韩文所下的资料切片功夫不深，其旁征博引之苦心昭然也，然愚见，大量真实的史料恐多未见诸于世，而坊间林林总总的口述史、日记体与回忆录均不可作为信史来读。而作为一个知识分子，无论是学者还是作家，只要勇于亮出自己的观点即为学术之贡献，然而，能守住其人文学术底线却不易也。无可置疑《革命后记》的反思，但我们亦不得不怀疑此文的价值立场忽左忽右，自相矛盾之处充斥全文，究其根本，在下以为，文章缺少的正是一个人文学者所应有的基本而恒定的价值观。当然，其中亦不乏流露出人性的批判锋芒，却又被大量貌似不偏不倚的宏论所掩盖。吾已作许多笔记，待日后撰文就教方家。本刊今年雄文叠出，本期吴亮兄对刘再复先生思想观念之批驳虽为一家之言，却是本刊力推之文风也。变革在即，本刊期望同仁们多加支持并赐好稿，以振本刊雄风。

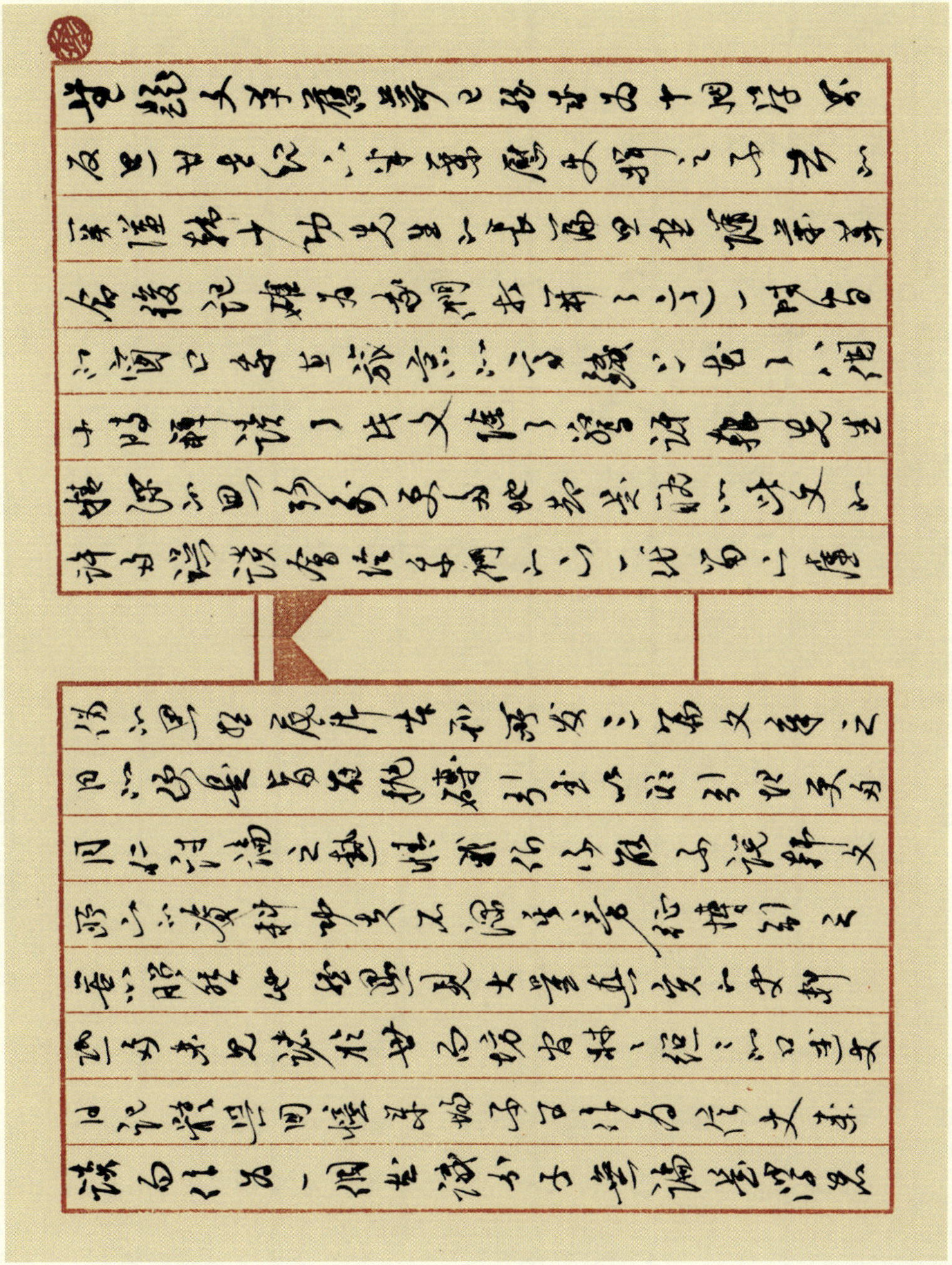

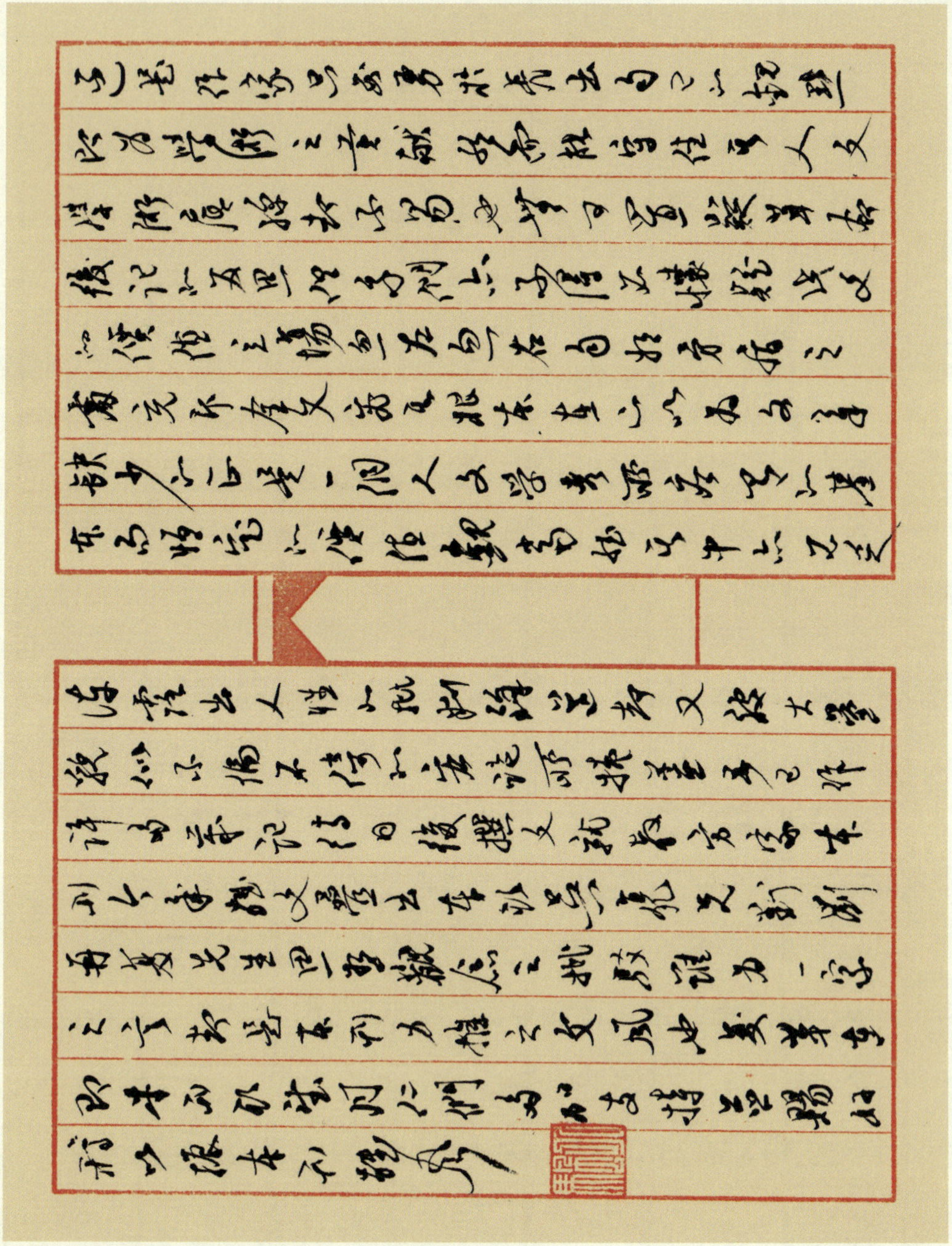

2014年第4期

无疑，这二十多年来在中国土地上发生的最大变化莫过于人口迁徙而带来的城乡二元文化的冲击。本期的“前沿评论”与“思潮与现象”两个栏目恰恰都涉及了这个敏感的话题，本以为孟繁华先生所论述的三十年来的乡土小说是从这一角度切入的宏观文章，但可惜的是孟兄浅尝辄止，只是对个别作家进行了微观论证。而陈晓明先生的文章虽是对一个作家作品的分析，却也将此上升到了一个宏观认知的层面：“《我的名字叫王村》赋予这一叙事以前所未有的‘实体性’：‘失落的乡土’就是一片被政府征用、被村民们集体签字放弃的土地，随着土地的失落，传统的乡村生活方式崩解消散，王村也成为了无地之村。这种‘实体性’似乎意味着小说将无限趋向‘现实性’，然而，小说对现实的叙述始终具有强烈的象征性与隐喻性。”[①] 诚然，反观中国作家此二十年的乡土小说创作，对这广袤土地上所发生的林林总总、惊心动魄的事件有所谓[②]深刻的思考吗？范小青提出的这个主题值得思考。

郭枫先生对覃子豪的评论充满了激情，其中融入了这位奔九高龄的台湾文坛宿将对两岸文化与文学诸多复杂而辛酸的情感，我们品尝到的是一杯醇厚而浓烈的金门高粱。

“新诗研究”栏目开设的时间虽不长，但也引起了诗坛的关注。本期所发耿占春先生的《“文革”记忆》之诗评，却有不同之意义，其中许多分析或许在诗外，相信人们不会忘却那段历史的劫难。

仲夏之炎热，却是丰收之先兆。

① 手稿“放弃了的”多写“了”，遗漏“与”。
② 手稿遗漏“谓”字。

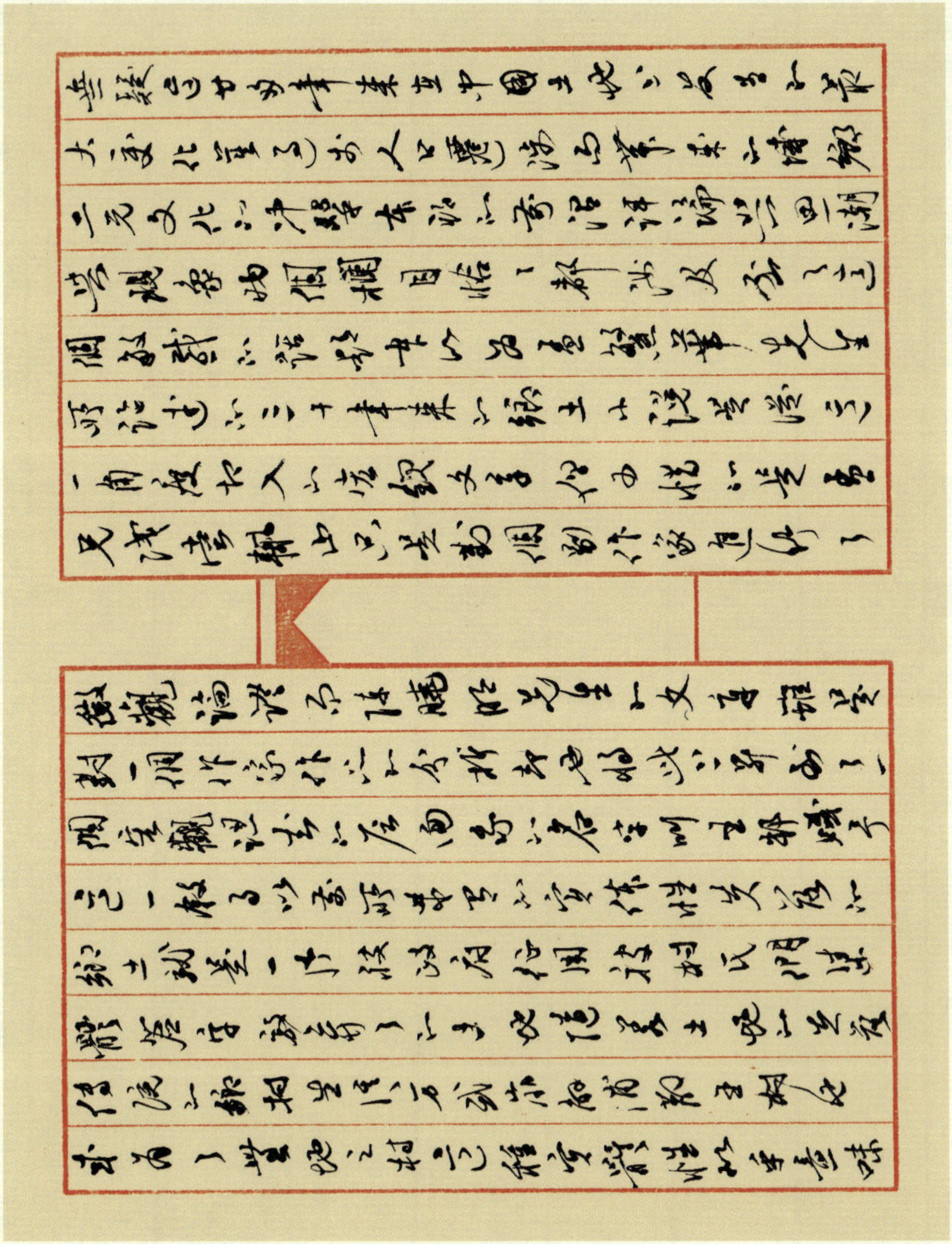

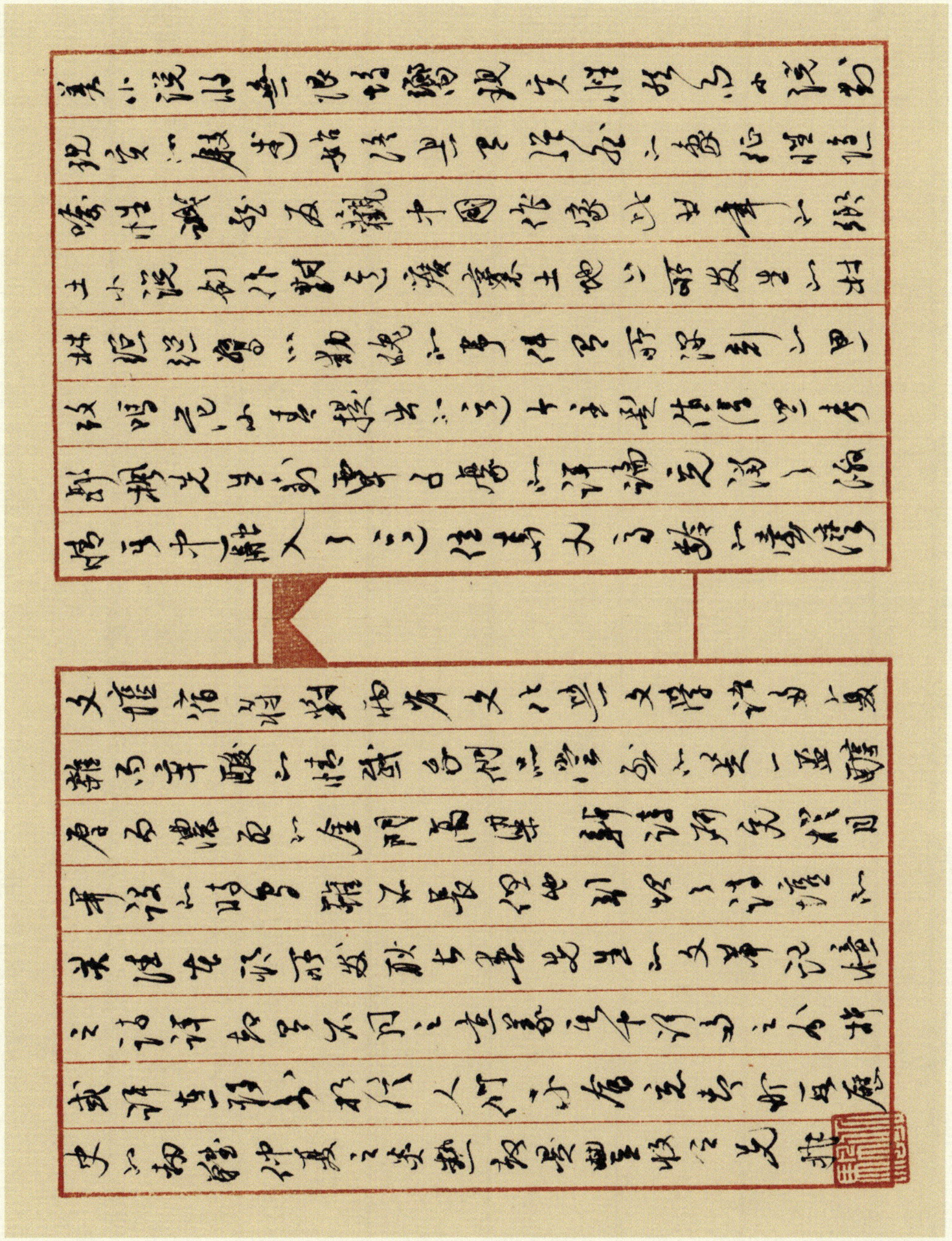

2014 年第 5 期

收获的季节又到了，今年的诺奖不知花落谁家，但无论如何中国的文学尚须继续。陈思和先生对诺奖获得者莫言与中国文学的关系之阐释独辟蹊径，从“五四”文化谈及东方文化，指出其沟通的障碍乃语言问题，而陈先生认为诺奖的评委是看懂了莫言的，此说虽会引发争议，但不失一种推论，因为接下来陈先生从比较文学的角度旁征博引，对莫言作品进行分析，其立论是建立在“越是民族的就越是世界的”基础上，从而强调了民间文化独特的地域特征，旁及作家作品之多，不谓不可观。此文亦可当作一篇史论文章读之。

本期的“名家三棱镜”栏目为贾平凹专辑，贾氏是当今中国屈指可数的大作家，用吴义勤的话来说，是一个有“大情怀、大格调”的作家。本来本刊拟刊发其一篇创作谈，但终因本刊发行延宕，此创作谈已被它刊抢先刊登，便只得用平凹早期与我的通信聊抵创作谈了。我想，此文的史料价值远远大于其创作谈价值吧。

“文学史新视野”刊登的三篇文章是从现实和历史的两个维度去发掘文学在建构历史时的样态，尤为王秀涛文章聊及“文学运动中的道德问题”乃中国文坛死症之一，其流毒尚存，令人深省。

藤井先生是一个中国通，作为一个日本学者，他从鲁迅研究开始，逐渐把视野转向当下的中国作家作品研究，但其视野开阔，往往把中国文学放在世界文学中考察，得出的结论便有了另一种况味，藤井先生的文字十分朴素亲近，无疑是给中国的许多大理论家们敲响了晦涩语言的丧钟！

甲午秋丁帆

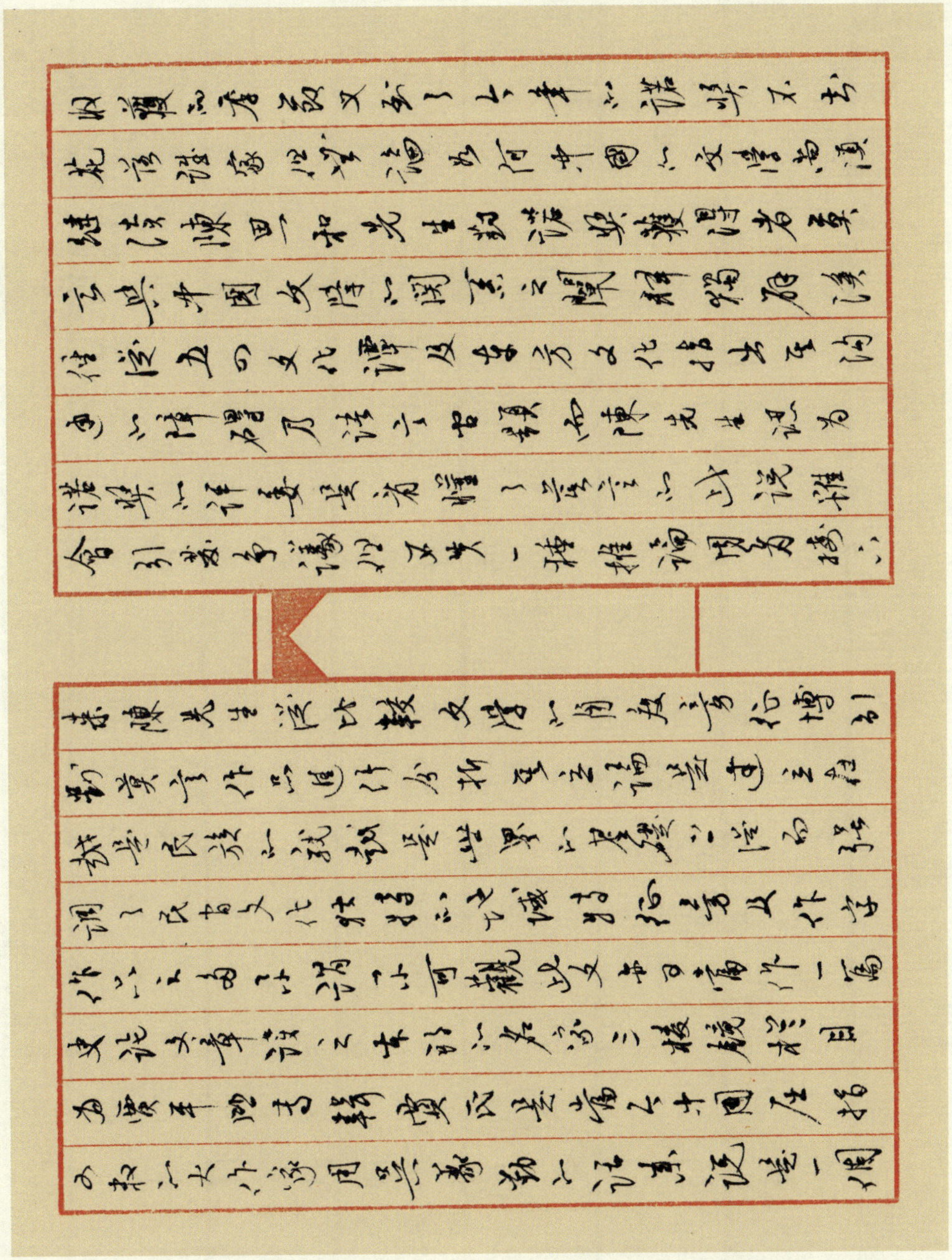

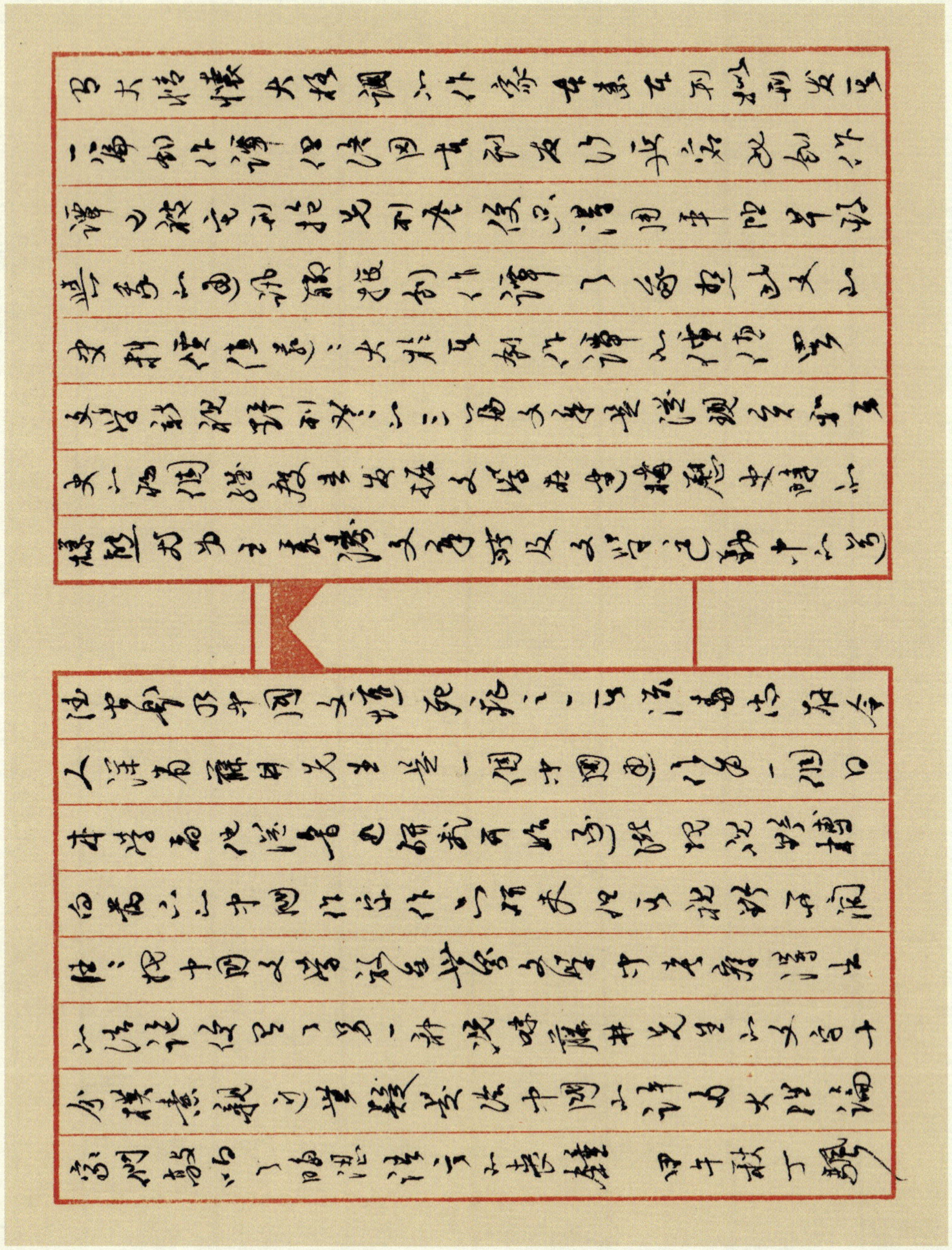

2014年第6期

深秋季节，发稿已经立冬，本刊却有意外之收获。适逢第三届二十一世纪世界华文文学会议在南京召开，我们刊发了作家铁凝先生的致辞，文中说道："伟大的汉语文学证明了它一脉千流的澎湃活力，在不同的背景和土壤中开枝散叶，生机盎然……一个中国人无论走到哪里，在陌生的异域，在广大的人群中，当他蓦然听到李白、杜甫的诗句时，他一定会感到，那句子和音韵中绵延着他的故土、他的前世今生。而当一个写作者提起笔来，当他的母语在笔端流淌时，他也一定会感到，一个语言与文化的家园召唤着他。"是的，语言才是文学最动人的艺术故乡，作家铁凝的感悟也是华文文学的魅力所在。诺奖评委贺拉斯·恩格道尔先生在《转型期的世界文学》的发言中说诺奖"已被看作现代写作的一种国际标准的构成"，未必能被国内外评委、文学同仁广泛认同，但是作为文学的国际标准，普世的人性价值应该是统一的，他所说的"得奖作家应该对于人文的改善有所贡献"也就是这个意思吧。文学的内容与形式不可"国际化"，但是其价值尺度却可以"国际化"的！法国学者杜特莱[①]的发言为《诺贝尔文学奖中文得主莫言和高行健在社会中的地位》，论者对两位得主的相同性总结很有意思，说高行健从"外"，莫言从"内"，"大量书写中国存在的问题"，乃有异曲同工之妙，也分明是喻指他们殊途同归的价值取向，似乎也不无道理。

吴俊先生的大作《大陆"文革"时期的鲁迅》，为我们开启了一扇新的窗口，其史料价值远远大于其价值判断。诸君可以从中寻觅到许多发人深省的东西。

下期发稿当是严冬季节了，但是我们仍然企盼着春天的百花齐放。

甲午秋冬丁帆书

① 手稿作者名有误，应为"杜特莱"。

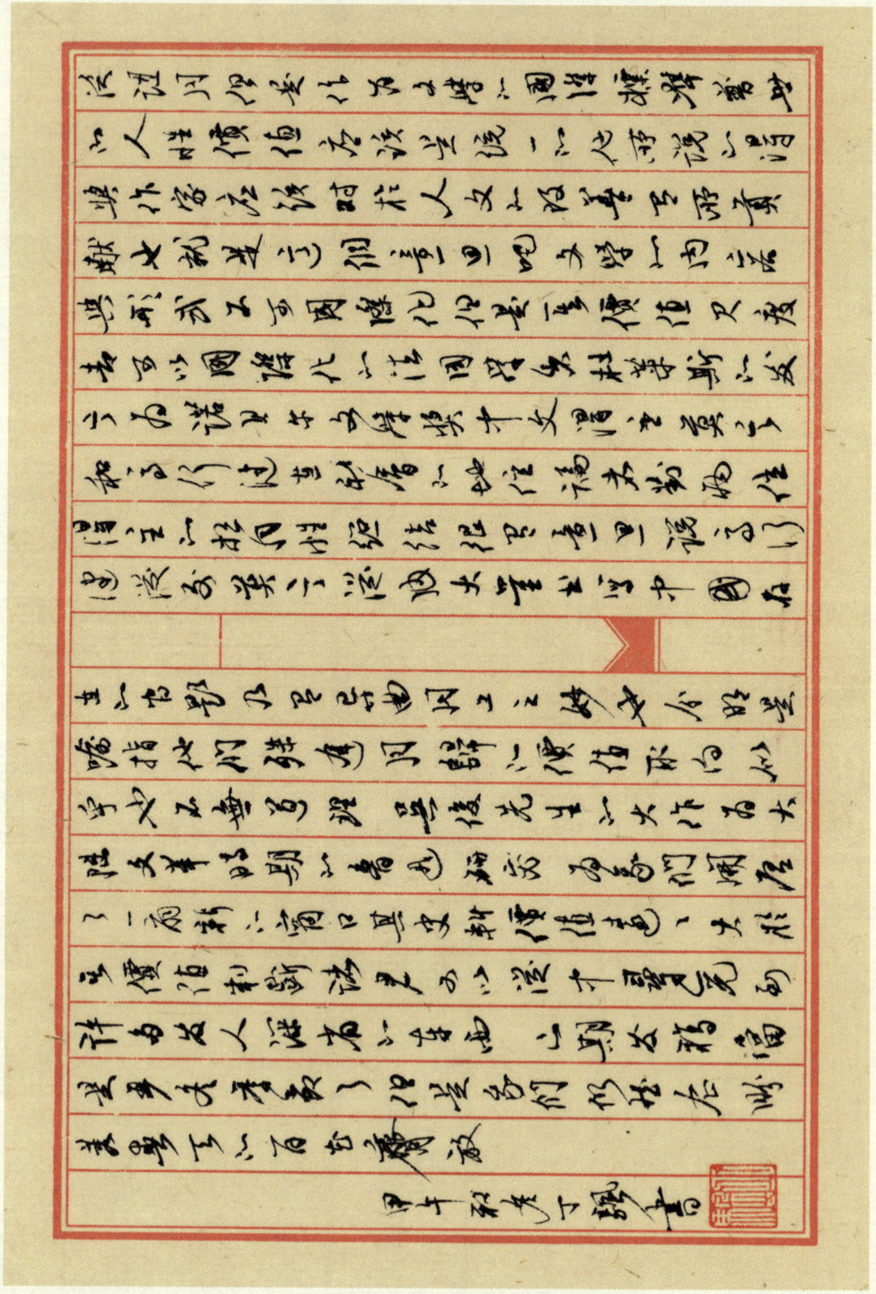

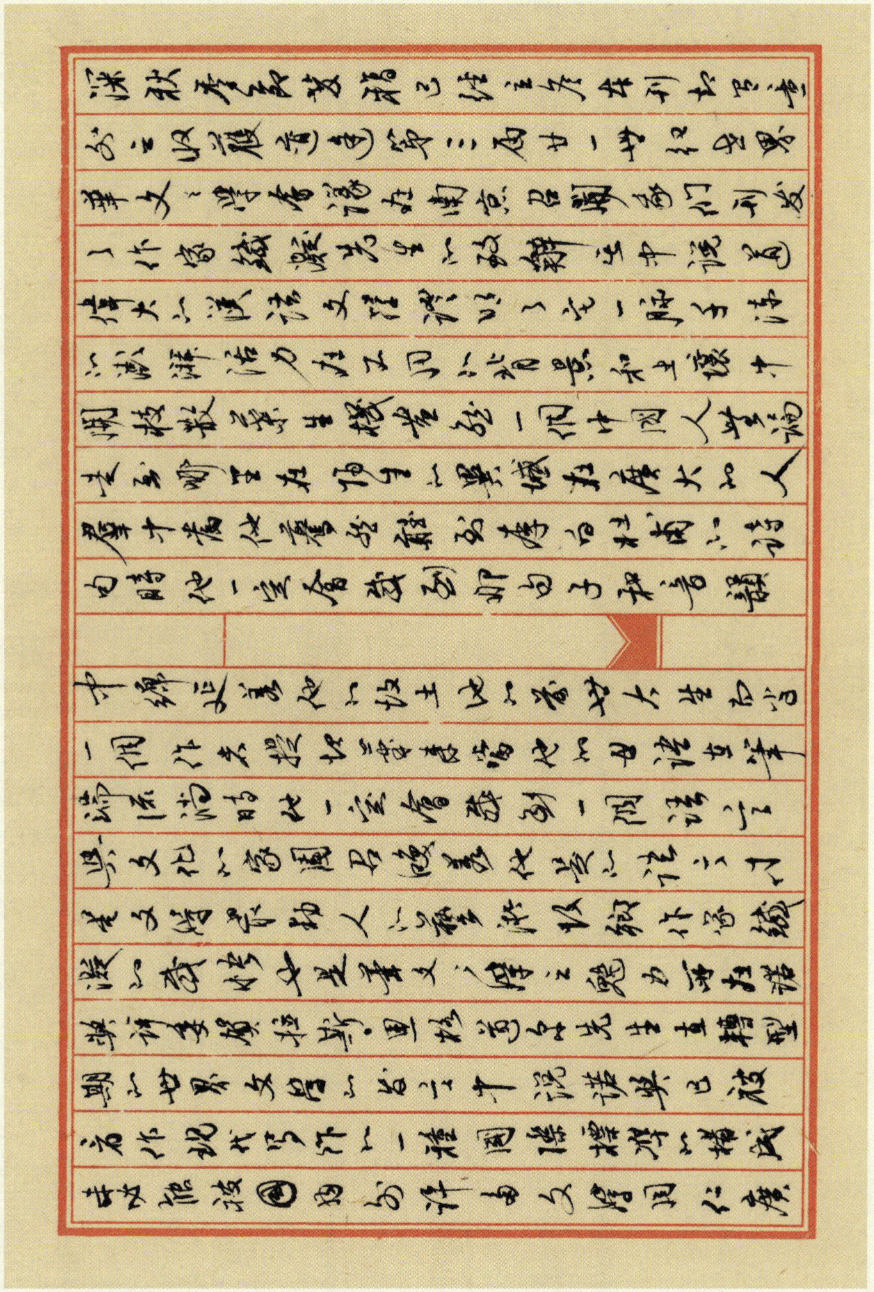

2015 年第 1 期

新年伊始，我们不图万象更新，但求文坛进步。在中国，“当代文学”作为一个学科概念而存在已经六十多年了，然而它的学科内涵、边界、功能、性质等诸多问题仍然是困扰着学界与文坛的难解命题。重新修改刊发十年前我们为《中国当代文学史新稿》所写的绪论，源于我们看到当下这一学科的治史价值观非但没有进步，有些地方却甚至出现了严重的退化，十年前我们指陈的许多违背历史主义和马克思主义辩证法的现象在近两年来更加盛行，鉴于此，本刊再发旧文，以期引起同仁们的反思。

我们刊发的《大陆“文革”时期的鲁迅》分两期发完了，想必读者诸君能从中窥见到那个时代文学研究中带有“活化石”意义现象背后的一些东西，抑或对今天的文学研究的价值与方法都有所启迪。傅元峰的《中国当代诗歌民刊文化身份考论》同样可使我们从历史的缝隙中看到另一种文学的呐喊与彷徨。

本期在“思潮与现象”栏目中发表的几篇文章从不同角度对当代文学进行了独到的阐释，宏观之论有杨扬教授对新世纪外来文化对中国文学影响的中肯分析；中观之论分析有孟繁华教授对三十年来海外华文小说心理症候的剖析；而微观分析则有樊星教授对当下“校园文学”的梳理。这些命题无疑都是各领域研究的新视角之论，我们欢迎这种具有独特视角的来稿。

本期在两个不同的栏目中都涉及了对江苏作家的考辨：一个是入史的“探求者”事件；一个是子川诗歌的研究。前者是旨在对文学制度的历史反思，后者则是对当今现实创作中作家状态的分析。这种地缘性的文学考察，或有助于我们对文学差序格局的认识。

春天就要来了，文学的春天似乎每年都有新气象，我们将会在这气象中迎接一个什么样的新年呢?!

甲午年冬至后丁帆书于仙林大学城瘦蠹斋

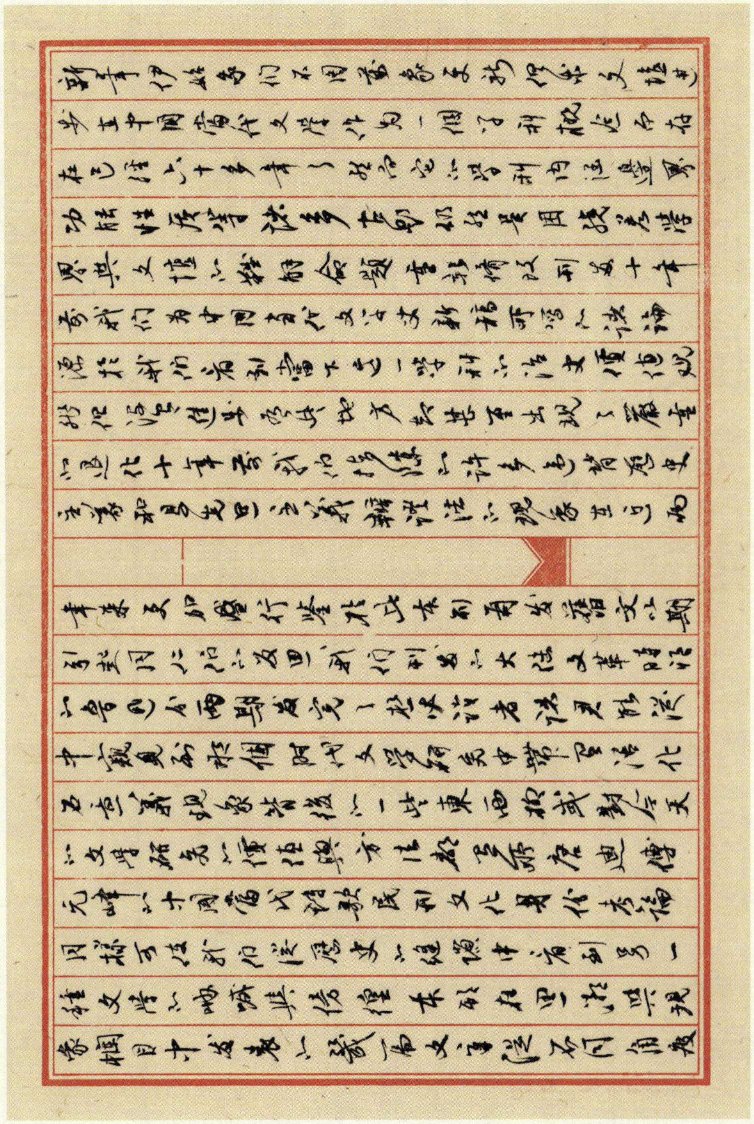
新年伊始我們不用藉象來預測未來文壇之進
步在中國當代文學作爲一個學科概念而存
在已經六十多年了然而它的學科內涵邊界
功能性質等諸多問題仍然是困擾著學
界與文壇的難解命題重新修改刊發十年
前我們為中國當代文學史新稿所寫的論
源於我們看到當下這一學科的治史價值觀
形成混亂進步與其地方甚至出現了嚴重
的退化十年前我們指陳的許多違背歷史
主義和唯物主義辯證法的現象至今還在

本來又加盛行鑒於此本刊再發舊文以期
引起同仁們的反思我們刊發的大陸文革時
的魯迅分兩期研究了批評者諸君能從
中窺見那個時代文學研究中帶有僵化
主義現象背後的一些東西抑或對今天
的文學研究的價值與方法都有所啟迪傳
元峰的中國當代詩歌民刊文化身份考論
同樣可使我們從歷史的縫隙中看到另一
種文學的場域與傍徨東西在里邊與現
象欄目中發表的幾篇文章從不同角度

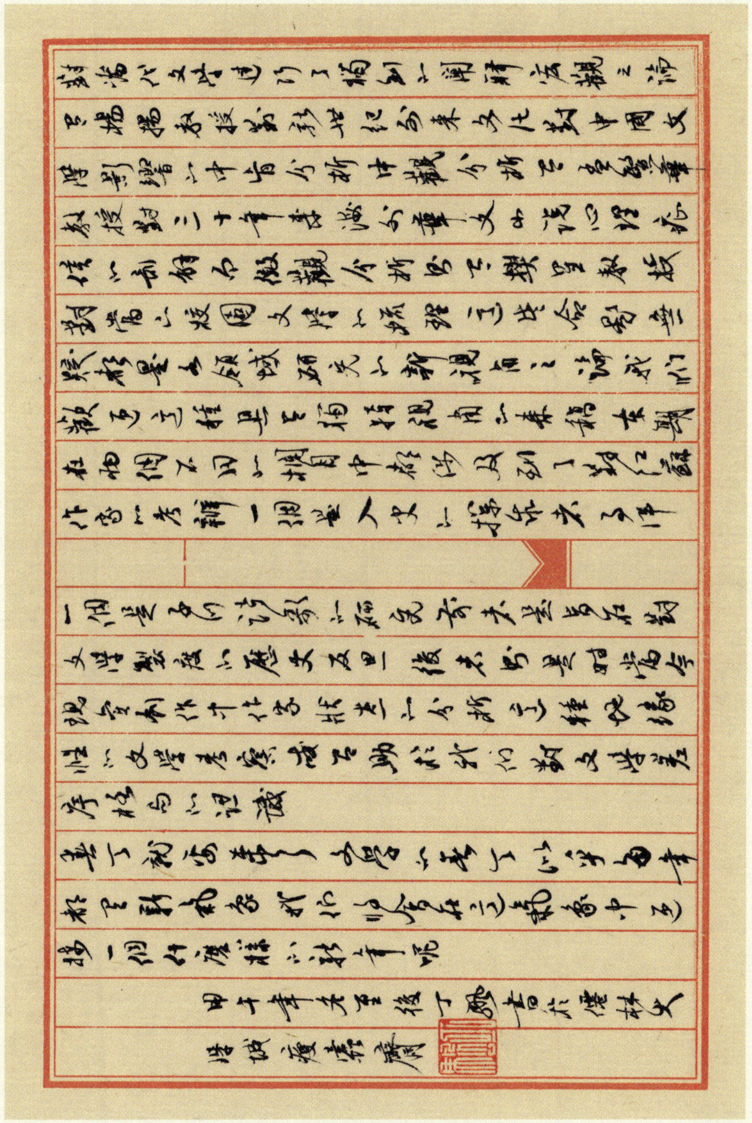
對當代文學進行了獨到的闡釋宏觀之論
是揭揚教授對新世紀以來多位對中國文
學影響的中肯分析中觀分析是吉鑒華
教授對三十年來海外華文小說心理療
傷的剖析而微觀分析則是樊星教授
對當代校園文學的梳理這些命題無一
疑都是本領域研究的新視角之論我們
歡迎這種是否獨特視角的來稿本期
在兩個不同的欄目中都涉及到了對江蘇
作家的考辨一個是入史的探索另一個

一個是關於詩歌的研究前者是站在對
文學制度的歷史反思後者則是對當今
現實創作中作家狀態的分析這種地緣
性的文學考察或有助於我們對文學差
序格局的認識
春天就要來了文學的春天可以每年
都是新氣象我們期待在這氣象中迎
接一個什麼樣的新年呢
甲午年冬至後丁帆書於仙林大
學城瘦蠹齋

2015 年第 2 期

立春已过，春节将至，本刊同仁诚挚地向长期以来支持和关注《扬子江评论》的作者与读者诸君表达新春的问候。

今年本刊将陆陆续续在“前沿评论”栏目中推出富有新见的作家作品评论，以期达到重新定位作家作品在文学史上的坐标之目的。本期首推王彬彬教授对高晓声作品的重新解读。我虽然并不完全赞同王彬彬教授的意见，但是，作为一个编辑、一个批评者，我们首先须得尊重的是那些有独特见地的批评声音。就我本人之陋见，我更喜欢的是高晓声那些不像小说的政治寓言小说，如《钱包》《鱼钓》等意味绵长的文字。而我最欣赏高晓声的一句富有狡黠意味的哲言就是：中国不能一天没有皇帝。由此来看王彬彬对高晓声的价值判断，也就可以迎刃而解一些不甚明白的问题了：“高晓声很大程度上是一个被误解的作家。《李顺大造屋》和《陈奂生上城》太有影响，所以理所当然地成了高晓声的‘代表作’。在许多人看来，这两篇小说分别代表着高晓声创作的两个方面。《李顺大造屋》代表着高晓声为农民代言、代表着农民在‘极左路线统治时期’① 所受苦难的一面，而《陈奂生上城》则代表着高晓声继承鲁迅传统、对农民‘哀其不幸、怒其不争’的一面。对高晓声小说读得不太多或读得不太深的人，会认为高晓声的全部小说创作主要表现了这两方面的‘内容’。其实，在高晓声的全部小说创作中，更多的作品，主要内涵在这二者之外。当然可以以《钱包》《鱼钓》《飞磨》一类作品为例，来证明我的判断。但我并不是要强调高晓声还有这类时代背景淡化、表现了人类‘普遍处境’的所谓‘哲理小说’。我是想说，高晓声有许多取材于‘文革’或以‘新时期初期’为背景的小说，其主要内涵，也并不以农民‘叹苦经’或揭示农民精神局限来概括。”由此，高晓声作品的意义就超越了他同时代许多作家对启蒙的反思，愈发显得深刻了，其文学史的地位也显然与众不同了。

① 手稿为“代表着揭示在极左”，按引文原文改为“代表着农民在极左”，手稿遗漏“统治”二字。

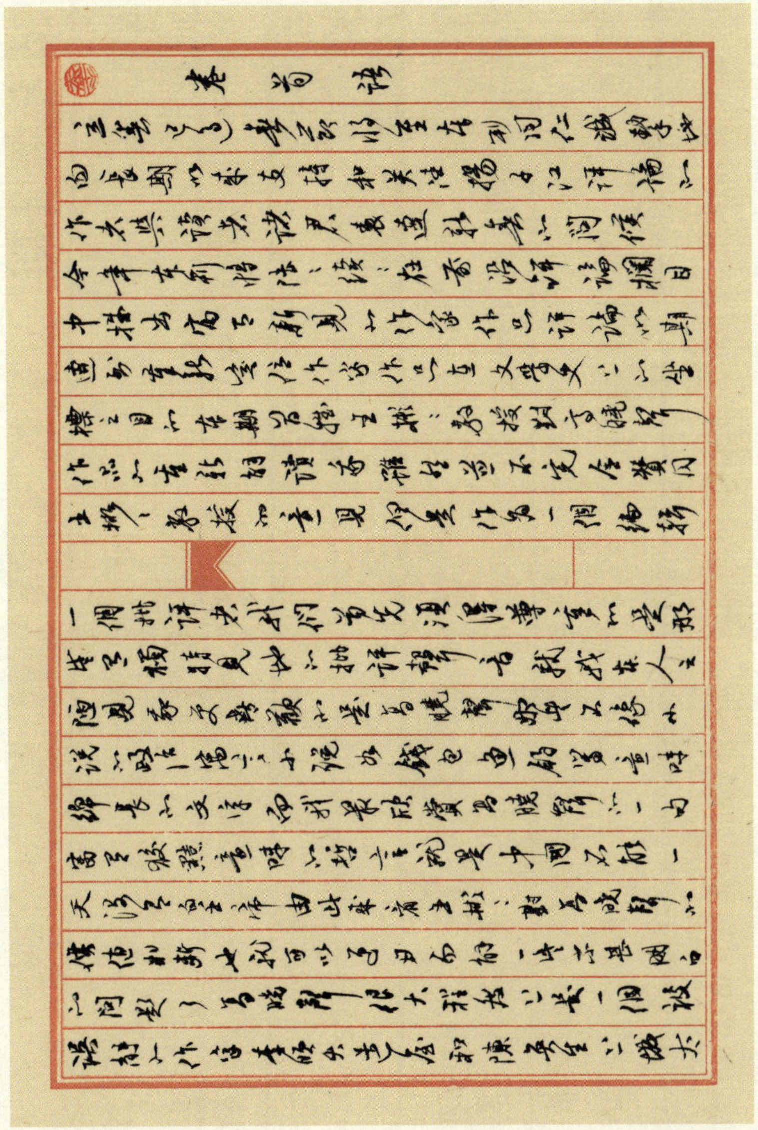
卷首语

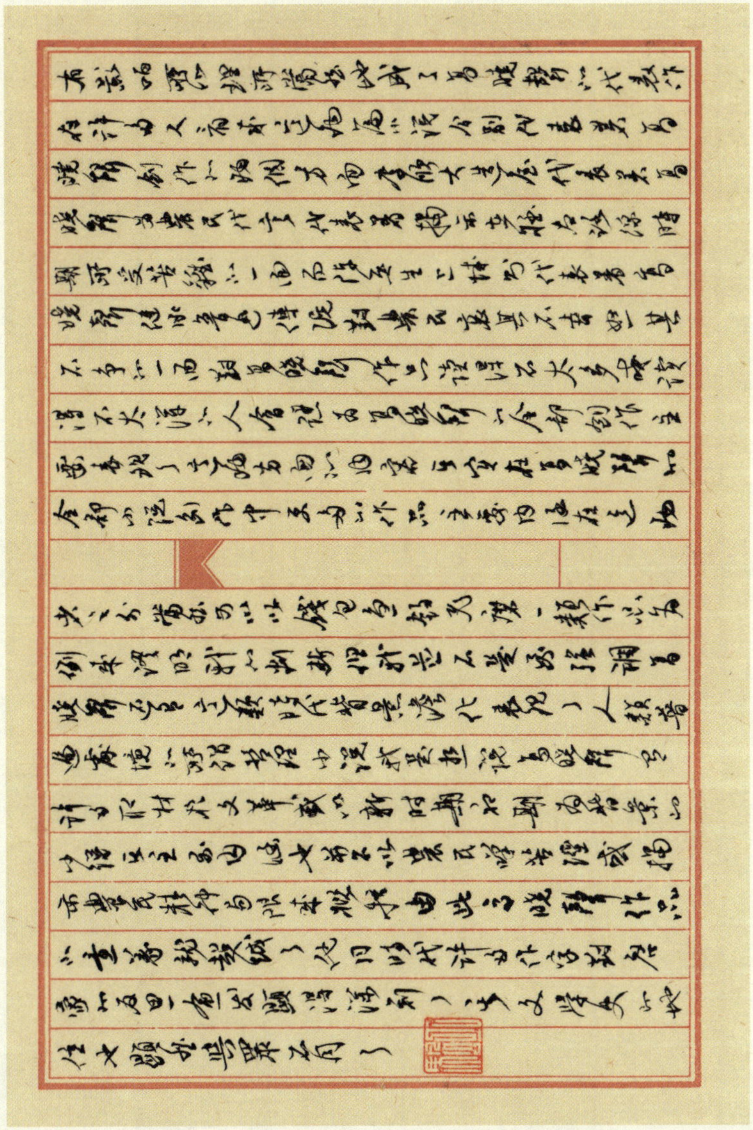

2015 年第 3 期

亦如李敬泽所言:“在巨大的时代震荡[①]和生活变革中,我们正在试图重新想象和界定家庭、社会;在这个方向上,现代性以矛盾、冲突的方式曲折地展开——或者用流行的学术切口,叫做‘吊诡’。”无疑,时代的生活给文学提供了无限廓大的创作契机,“吊诡”的社会万花筒会使我们的创作者们目迷五色、价值游弋,但是,文学只要尊崇人性的法则,一切思想和概念都是灰色与苍白的。

与许多“打工文学”评论[②]家所不同的是,李新宇先生对许许多多为此类文学贴上左翼标签的理论进行了历史的清理与现实的梳理,首先从宏观的政治视野下肯定了进城打工的历史进步,而非像许多评论者那样把目光仅仅局限在亚里士多德式的“同情与怜悯”悲剧氛围之中。其次,也是最重要的一点就是,他用宏观的视野与微观的作品分析印证了“新左翼文学”标签的荒诞性:“相比之下,当下中国那些同情劳苦大众的作家,哪一个能给他们指明出路?[③]哪一个又能激励他们去寻求解放而斗争?在我们这个时代,作家们所能给予的,只能是浅薄的人道主义同情,而他们命运的改变,只能是等待、等待,再等待。”也许,这样的评论太过于悲观,没有给我们留下一个“光明的尾巴”,但是生活就是如此,文学的逻辑也就只能如此,这才是文学的哲思。

对文学史上的许多细节进行理性的爬梳与分析是一件十分有意义的事情,你会从中听到“于无声处”的惊雷,当我们对历史慨叹一声“原来如此”之际,我们才真正回到了文学历史的现场,才真正回到了历史真实的原点上,这就是我们不断刊发“文学制度研究”[④]栏目的初衷——掀开历史的一角,你就足以窥见到舞台大幕背后的大戏与风景。本期刊发的对“读者批评”的批评,以小见大,以微发巨,揭示的却是“十七年文学”中政治风云的“吊诡”,只有看清楚这幕后的风景,你才能真正理解谁是左右和引导文学史前进的动力。

我们会坚定自己的办刊宗旨:为文学史正名,为文学创作证明,翻开文学批评新的一页。

---

① 手稿无“震荡”二字。

② 手稿无“评论”二字。

③ 手稿无“中国”二字,“又能”多“又”字。

④ 栏目名为“文学制度研究”,手稿漏“研究”二字。

2015 年第 4 期

面对当下文化产业这台轰鸣作响的庞大机器每天从流水线上生产出的批量艺术品，这“还是人们原来意义上的纯艺术或纯美艺术吗？”针对这一时代文化抑或文化时代的叩问，王一川教授的长文《当前文化产业中的艺术与生活的互融——从两类文化产业之间的关系看》的理论梳理无疑是启迪人们深思的妙文。我们将分两期刊出。他所归纳的三类文化产业——艺术型、次艺术型和拟艺术型文化产业是准确的，而三种文化之间的多样关系，构成了当下文化产业在生产过程中的复杂景观，而这一虚伪繁荣的背后所隐藏的巨大危机则是“艺生平面态，即文化产业通过把艺术品中的艺术形象加工为日常生活中虚拟物质情境而建造一种由艺术世界下坠到生活平面的情形”。由此而产生的“生活的真实态幻觉”，已然成为新常态。如何看待这样的后果，一川兄在林林总总的文本与事例的举证当中，给出了令人惊讶的结论，但他并不悲观，弘扬在坚守中的警惕：“坚守精神高空的艺术必然要时时返回地面吸纳必需的生活营养，但张网以待的地面却极有可能困住它的再度高翔之举。”这就是当下文化艺术中新的生活与艺术的辩证法。

殊不知，当下的文化语境已进入了消费时代的兴盛时期，那些艺术的元素早已不是现代与前现代的内涵了，所以我们没有理由要求一切艺术按照过去的审美规范来进行创作，但是，我们却有责任剔除文学艺术在商业化生产过程中所生产的不合格的非艺术的产品。

乙未年梅雨时节丁帆写于金陵仙林瘦蠹斋

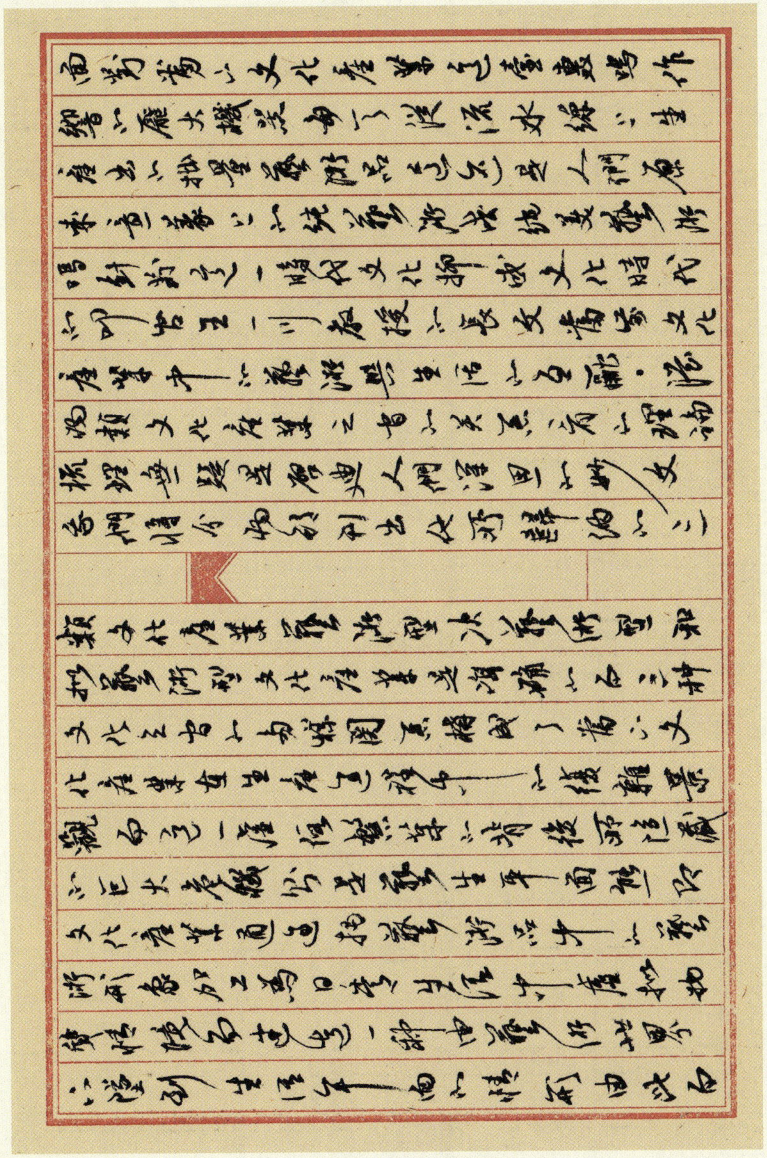

2015 年第 5 期

郜元宝教授在纵论古今小说中所总结出来的奇正辩谬视角，无疑是当下小说之良方。所谓：“一味守正，毫无生气，读者自然寥寥。一味尚奇，装神弄鬼，却颇易被蛊惑。时人不察，一见‘悬疑’，一听‘穿越’，一看‘盗墓’，一睹‘僵尸’，一遇刻意的搞怪、失控的夸张、做作的异端、卖弄的‘先锋’，就五体投地，匍匐在文化垃圾制造者脚下，怂恿得他们益发恣肆起来，最后一道堕入魔道。”此乃警世之言也！殊不知，这三十年来，我们的小说创作就是在这样的困境中盘桓而不知，这无疑是与许多评论家的摇唇鼓舌不无关系的，现在应该是到了反思的时候了。

吴亮先生对艺术作品与艺术批评的辨证看法，也充分地解析了资本市场中种种充满着悖论的关系，文中尤其是对“艺术品的利息”这一关键词的强调与犀利的解剖，更是揭开了艺术品市场的冰山之一角。而对照当下的文学创作的市场，又何尝不是如此呢？

方维保教授对百年文学史中的“十年情结”所提出的新见地令人深思，用作者的观点来看：“文学史叙述的十年情结，其在某个特殊的历史阶段，它对于文学史的描述是有利的；但是一旦在文化习俗的裹挟之下成为一种文学史家的叙史情结，成为一种固定的文学史叙述模式的时候，其造成历史叙述的扭曲又是必然的，也当然是有害的。”这一症结的指出，无疑是给当下的治史者提出了警示，文学自有文学之内在规律，但凡人为之切割，必然会给文学史带来斧凿之痕，当下文学界可谓乱象丛生，文学批评应担当起批判者的角色，批判什么？怎么批判？皆是我们杂志应该考虑的问题。

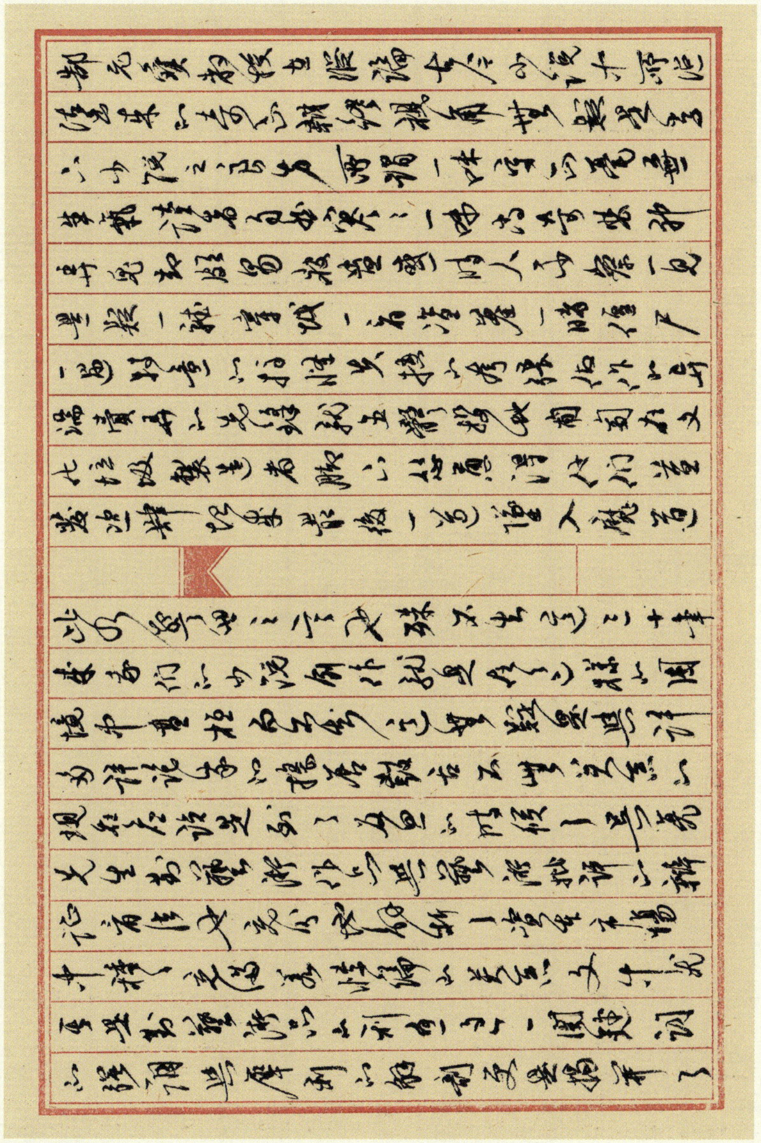

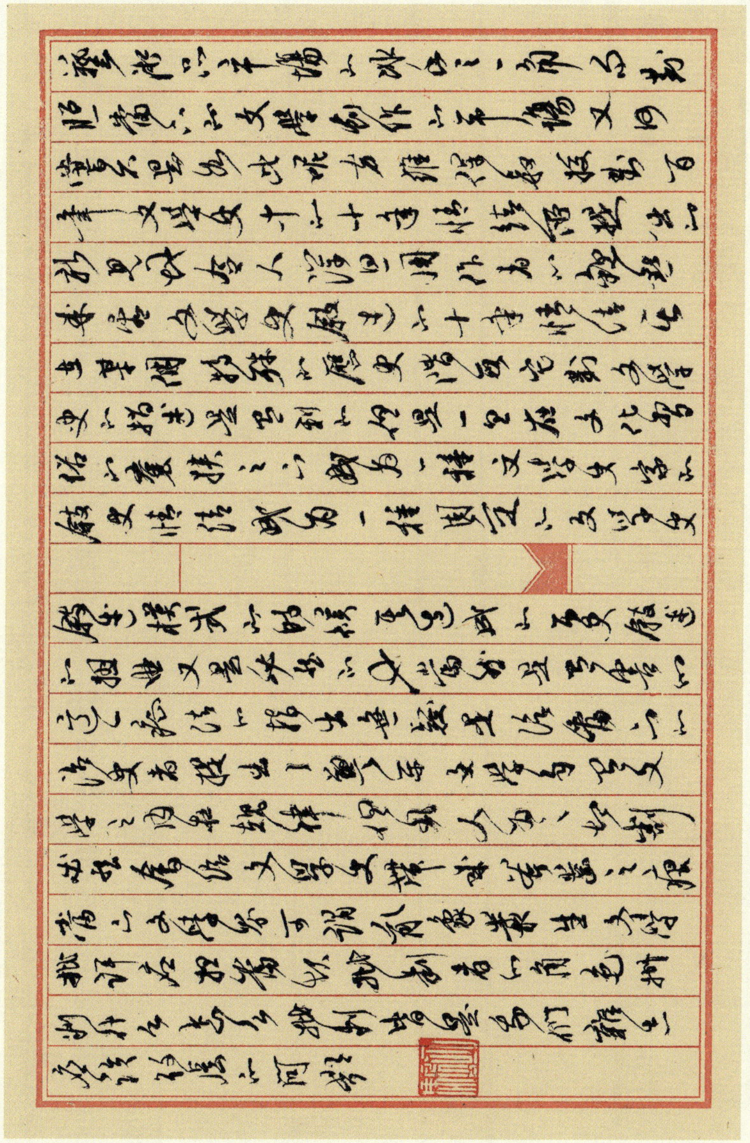

2015 年第 6 期

感谢德威先生为本刊今年①最后一期抹上了浓墨重彩的一笔。“战争叙事”作品皆为大陆与台湾文学创作的热门话题，无论是宏大场景叙写，还是细致入微的心理描写，都为两岸文学的风景线增添了无尽的色彩，但是怎样“叙事战争”却不是每一个作家都能够以更广阔的视野和人性的价值观而为之的。准此，我们分两期刊发王德威先生的长篇鸿文《战争叙事与叙事战争》，作者以高瞻远瞩的历史眼光指出：“即使我们以中国为中心探讨‘大分裂时代的叙事’，我们的眼光不应局限在大陆与台湾。这样的观点往往产生简单的二分法结论。只有当我们将中国重新纳入世界版图中，才能理解‘大分裂’所带来的深远效应，以及那个时代战争叙事的复杂维度。”②所以，“只有当我将这两个部分的作品并列，我们才赫然理解‘分裂’在‘大分裂时代’的意义。”③无疑，德威兄的这种深邃的目力，为两岸谱写此类创作的作家提出了一个更高的境界，同时也给几十年来战争题材作品的历史定位和定性提出了一个新的审美标准。更为可贵的是，作者的分析是建立在精细的作品感悟与历史真相细节对比基础之上，使其更具有说服力和震撼力，细读中见着宏涌的思想，实为大手笔也。

王鼎钧先生的大作品出手不凡，他的作品之所以在大陆受到广泛的好评，归根结底还是人性的胜利，个人的历史在场诉说胜于一切宣传教化，这种“生命的对话”被袁勇麟先生阐释得已经十分清晰了。

同样，叶橹先生也是用“生命”来阐释“生活”与“存在”的诗学哲理，其中的感悟足以使当今的诗作者警省！

最后，再次感谢同仁们的大力支持与厚爱，明年再见！

---

① 手稿遗漏“今年”二字。

② 引文为“国共之争”，手稿为“中国”，按手稿保留，手稿多出“我们”二字，已删除，引文为“战争叙事”，手稿遗漏“战争”二字，已补全。

③ 手稿遗漏“这”，“在”写成“与”。

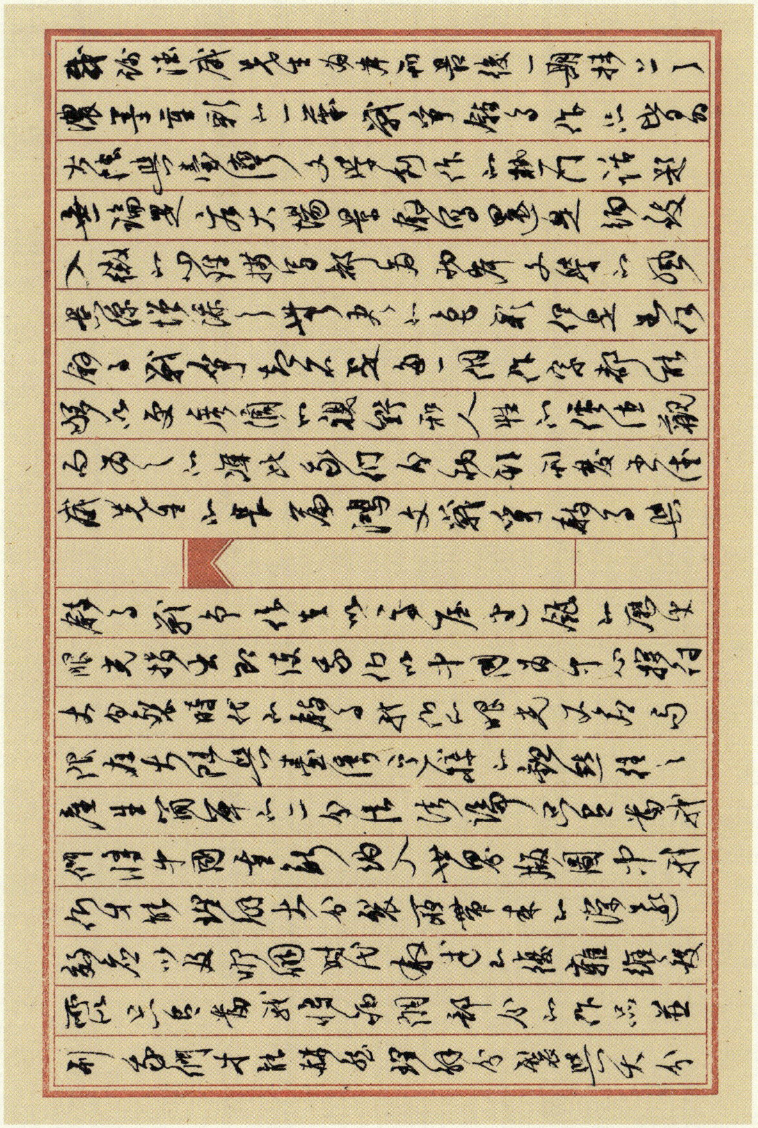

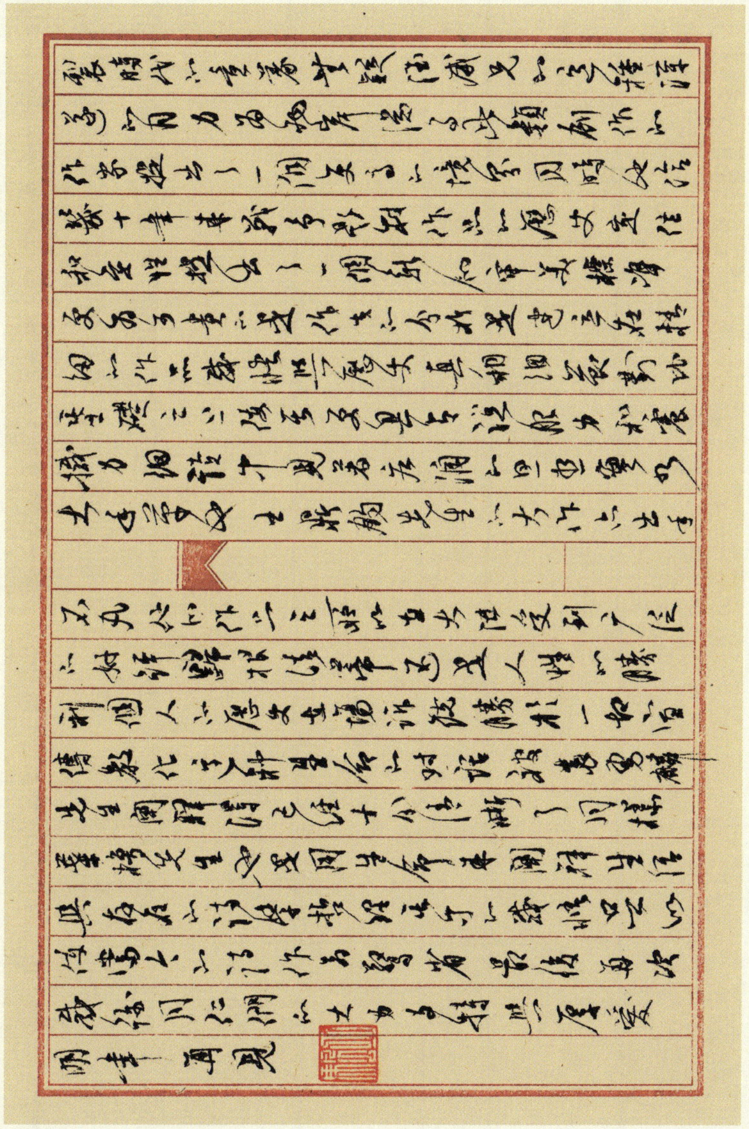

2016 年第 1 期

吴亮兄发来的特稿《从文学的幻觉到政治的幻觉》正是本刊力主的那种直面同仁和友人的批评，“面对我们共同经历的过去和现在，一个记忆的幽灵，一个遗忘的幽灵，一个改写的幽灵”。吴亮的批评穿越了半个世纪的文学与政治的时空，回到了当今批评的大地上，其实吴亮兄提出的诘问也正是我们这个时代批评家所面对的共同价值观问题，读者诸君应该清楚地看出，个人的经验乃是与民族文化大义紧紧相连的，同时也是每一个批评家面对文学世界如何把控自己内心世界的人性尺度。

王彬彬的《〈白毛女〉与诉苦传统的形成》一文通过史料的考证，对“诉苦传统”的文学史成因做出了合理恰当的历史阐释。诚然，在文学必须为政治服务的年代里，文艺政策是左右文学走向的一个十分重要的元素，如果忽略了这一重要的元素，我们的文学史则是不能触摸到其本质特征的，纵观当今许许多多的文学史著述，以及重评《白毛女》之类作家作品的论文，恰恰是反其道而行之，它们屏蔽了深刻的历史背景，往往只从技术层面来解剖作品，难免有舍本求末之嫌，所以，彬彬的文章之启迪意义恐怕就在于此吧。

德威兄的长文本期刊毕，文章在一个历史纵深的大视野下看国共战争，重新站在一个新的历史高度来俯视林林总总的两岸作家作品。作为一个海外华文文学[①]研究学者，德威兄不仅仅为我们提供的是一种客观持中的研究方法，更是为我们开启了一种研究的价值理念。

新年的钟声即将敲响，本刊同仁本着为振兴文学批评之宗旨，竭力把《扬子江评论》办成一个大家都喜欢的批评杂志。

乙未年岁末丁帆书于仙林大学城依云溪谷

① 手稿遗漏“文学”二字。

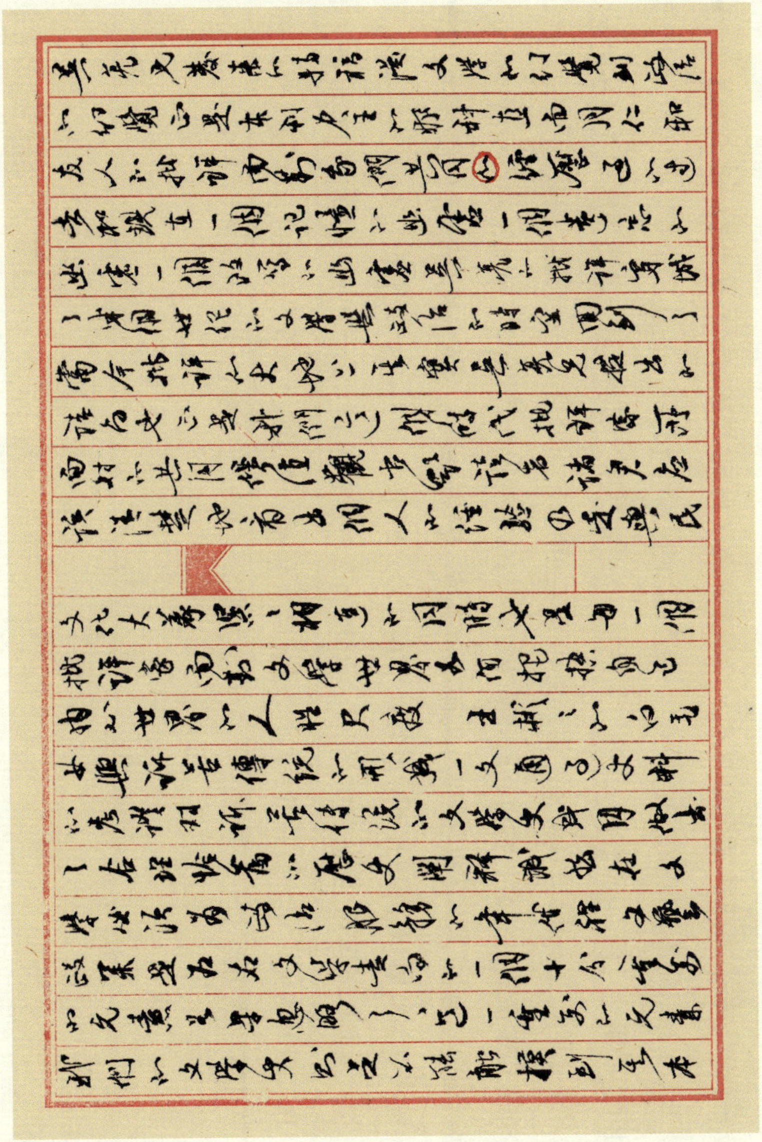

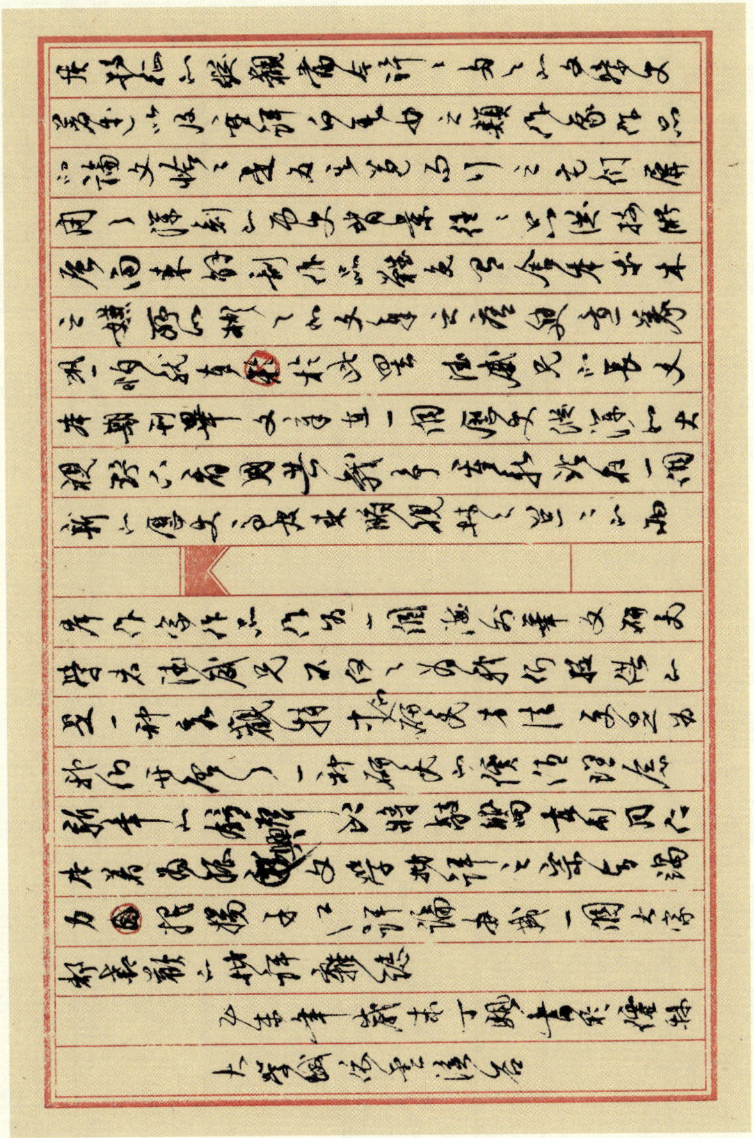

2016 年第 2 期

新春伊始，本刊之所以会续刊吴俊教授的史料文章《施燕平〈《人民文学》复刊和编辑部日记〉劄记(二)》，就是认为整个共和国文学史转折期的前夜所发生的种种事件，足以让每一个治史者警醒。从一个杂志人的日记里我们看到的是那个时代“文学是政治的晴雨表”的林林总总状态，今天我们重新审视这段历史，并不感到陌生，因为历史有惊人的相似之处，许多言论至今尚犹在我们耳畔回荡，诸如围绕着样板戏后的文学中心转移的问题。张春桥这个“特殊的读者”所提出的创作“如何反映社会主义革命深度问题。社会主义革命时期革命的主要对象就在党内，就是党内的走资派，就是资产阶级”，这套理论的产生至今仍[①]有探讨的必要。这不禁使我想起了一九七五年四月他所发表的那篇最著名的打“土围子”的文章《论对资产阶级的全面专政》，与其指示是一脉相承的。而对蒋子龙的《机电局长的一天》的讨论暂缓，则就给此作在后来一九七六年前后的文学史留下了一个巨大的缓冲地带，也给一九七六年前后的文学创作留下了一个巨大的空间。历史往往是一个捉弄今人的魔方，同时又是一枚检验人性的试金石，我们在这个万花筒里看见的是什么呢?

本刊还刊发了孙正军的《从“史”到“诗”——关于“金陵十三钗”故事》，这是一篇有特点的文章，作者用大量的史料钩沉来梳理作家的创作心路历程，从小说到电影，其中素材的运用，可见出创作者处理题材的能力。不足之处则是溢美之词过多，缺少了一些审美批评的眼光。而本刊更希望有多一些上升到哲思层面的批判性文字的出现。

春天是属于文学的，该是文学播种的季节了。

丙申年初一丁帆书

① 手稿为“乃”，疑似笔误，改为“仍”。

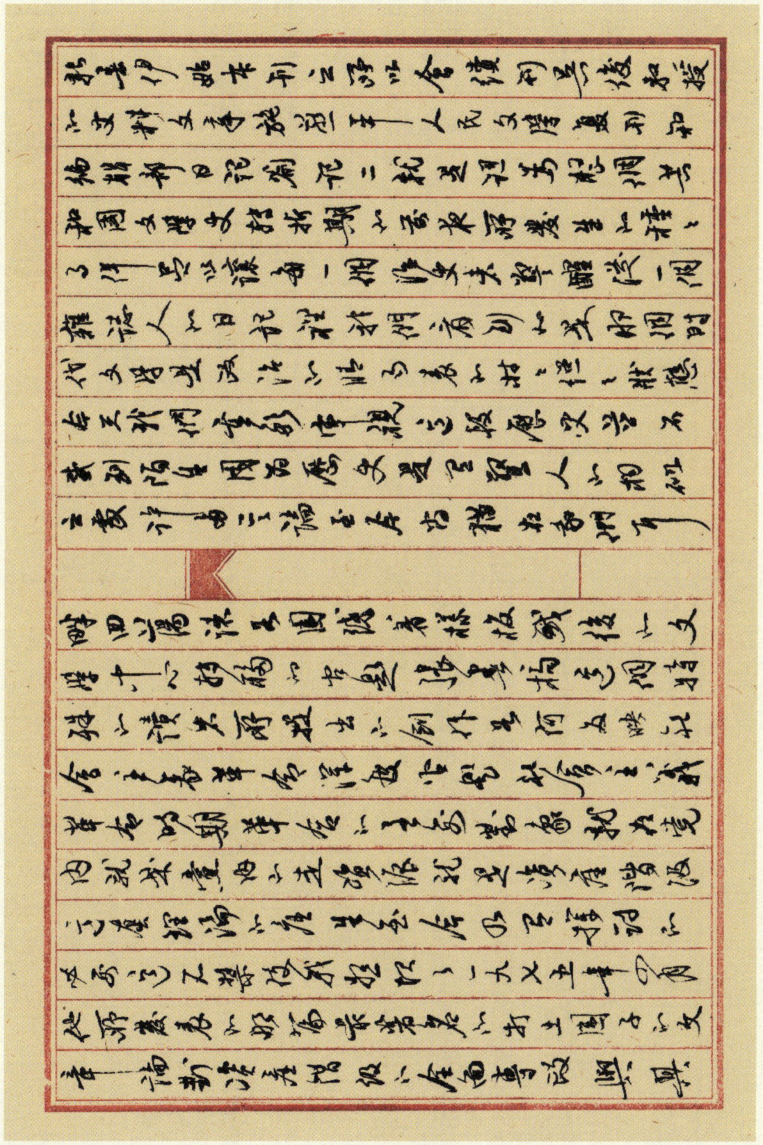

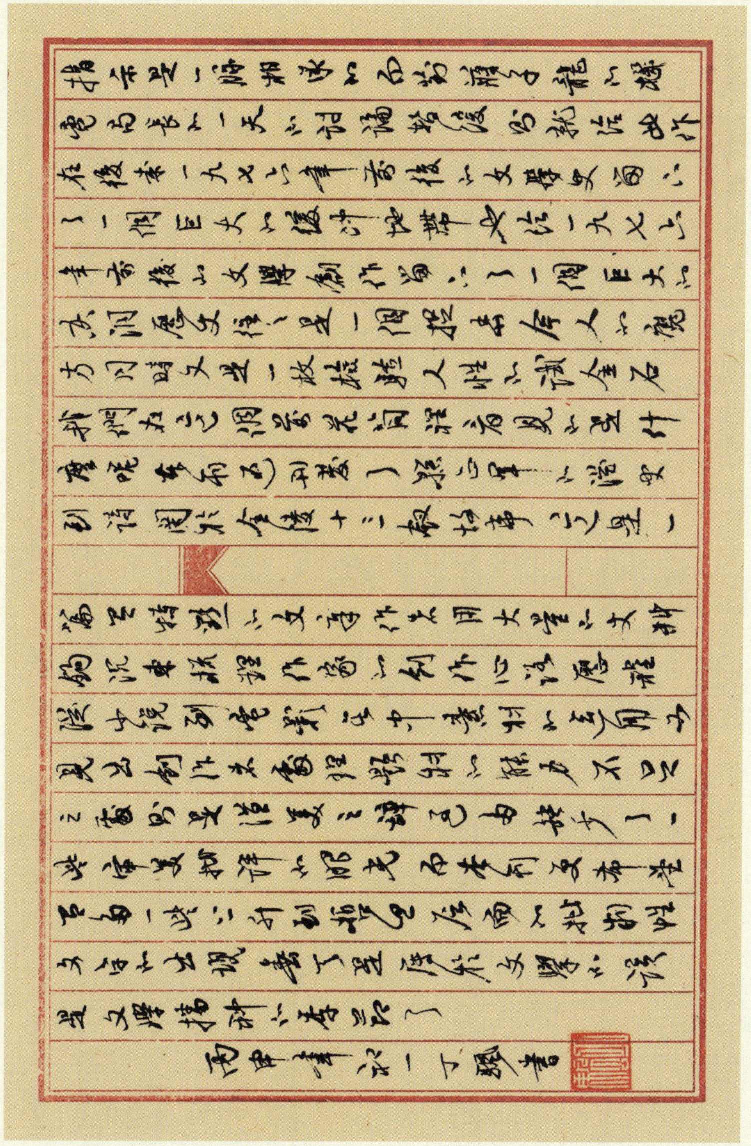

2016 年第 3 期

从本期开始，本刊新设了“大家读大家”栏目，所谓“大家读大家”，无非是想让当下中国一流的大作家来谈谈他们在阅读外国一流作家作品时的感受，因为他们的阅读直觉与经验，显然是异于我们常人的阅读体会的。毕飞宇在南京大学文学院所开设的此类阅读欣赏课程之所以得到好评，就是因为它替代了以往写作课的功能，把怎样读和为何读的鲜活体验，融入生命的感悟之中，让大家从枯燥的理论教条中解放出来，获得具有色彩的感性认知。毕飞宇在阅读海明威《杀手》时，所体验到的“刀光剑影”异于我们的一般性阅读，从情节到细节，从人物到语言，从作家视角的独特性到作家描写的心理由来，再到小说的内在机制规律……一切的风云变幻都潜藏着作家写作舞蹈时的刀光剑影，凡此种种，我们看到了吗？所以，阅读作家作品是需要具有“第三只眼”的。

黄发有的《“作协四大”的文学史考察》一文所提供的史料足以使我们对二十世纪八十年代的文坛思潮获得一个更加感性的认识，它所掀开的“作协四大”帷幕的一角，既是我们认知那个时代文学的客观镜头，同时又是我们重构文学史的主观参照。从这个意义上来说，文学史的修正则应该是多次性的，文中所引用的大量作家作品的举证，以及“两种评价的文化反思”足见“重写”之功力。所谓“论从史出”是也。

另外，值得一提的是，奚密在对现代禅诗中自然景观的探讨里所提出的自然风景问题，以提醒当下的中国作家——不仅仅是诗人[①]，当然也包括小说家，切不可忽视文学作品中的自然景观描写，它应当成为作品的一个有机组成部分，失去了它，作家的根就没有了，成了一个没有家园的漂泊者。

“大家读大家”栏目将陆陆续续刊登中国“大家”的阅读札记，渴望大家的支持，也请读者大家们喜爱并从中获益。

又是清明雨纷纷时节，穿过六朝的烟云，我们走进文学历史的深处。

丙申年清明节后一日丁帆书于仙林大学城汇通路八号瘦蠹斋

① 删除手稿中“虽以”的“虽”。

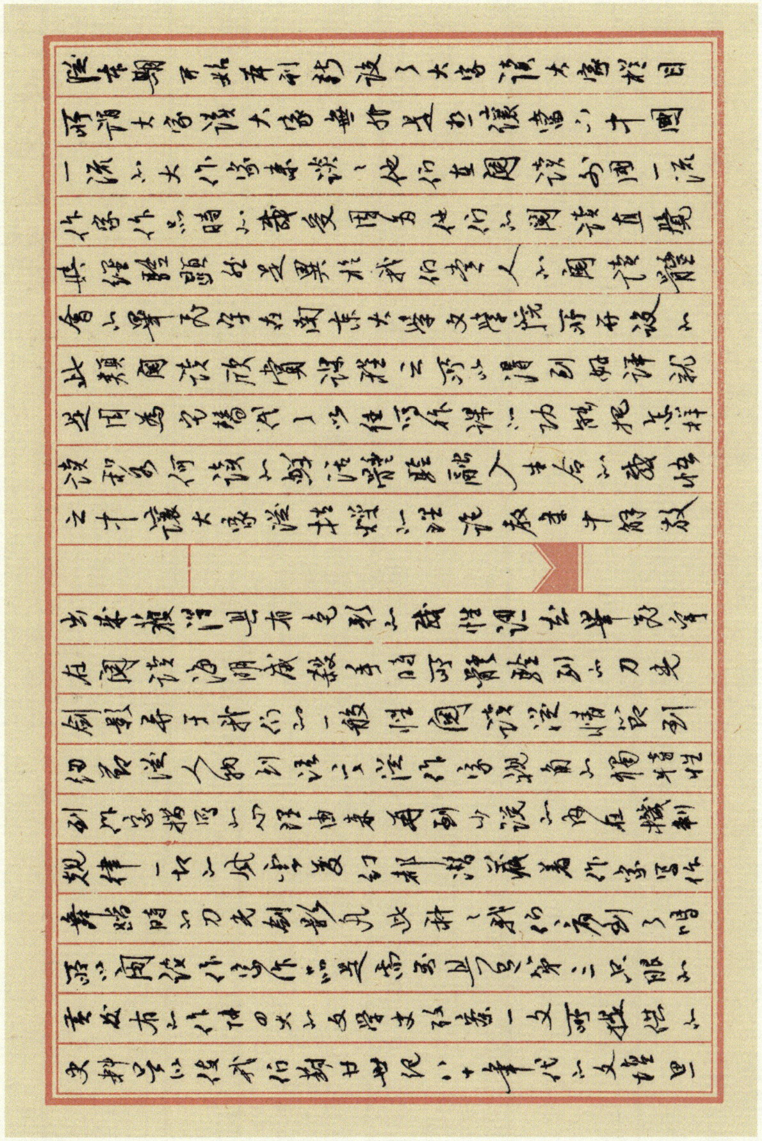

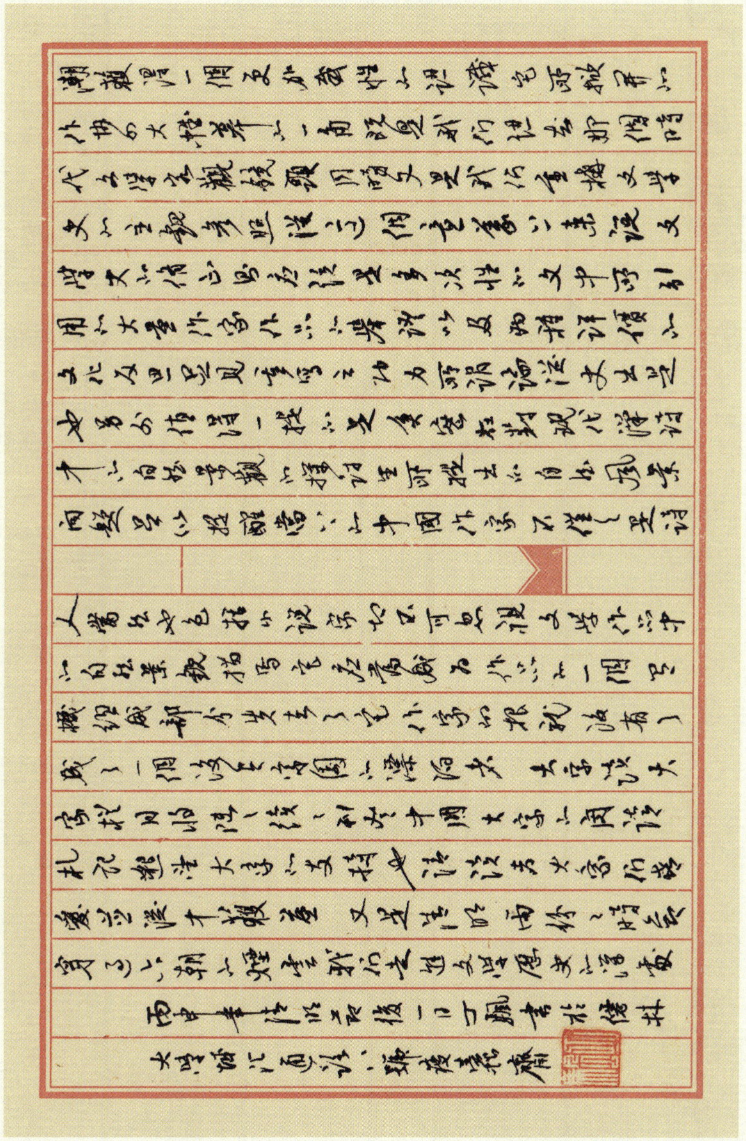

2016 年第 4 期

苏童从上个世纪八十年代就开始细读外国小说了,他之所以能够在自己的创作中体现出与众不同的叙述风格,乃至于创造出异于他人的人物塑形,皆源于他在汲取欧美小说时的那种独特的体悟,这绝非是江南才子烟水气可以解释清楚的境界。同样,阎连科对自然风景的解读是有独到见地的,风景在小说描写中可有可无,但是能够体悟到风景背后人与自然不可分割的关系,乃至将其看作人物世界之外化者,才能堪称大家。一个好的作家只有在小说创作过程中,完成从形而下到形而上再到形而下的“二度循环”的哲思过程,方才可以成为大作家,否则他将永远定格在创作的无意识层面。我们之所以开设“大家读大家”栏目,其目的就是想请在创作中充分体悟到了这番辛苦的作家来共同探讨这个问题。苏童和阎连科所举之例均为世界名著,亦正是本刊须得推崇的宗旨:在不同的体会中,彰显各个作家不同的阅读角度和理解,正是这种差异性构成了具有“复调”意义的作品解读,唯有此,才能构成文学史不断解析的丰富性。

近两年来,本刊刊登了许多诗歌评论之作,之所以让出这么多的版面来从事这项工作,一是因为诗歌创作与评论均处于弱势状态,我们有责任和义务为之呐喊;二是我们有足够的编辑力量胜任此项工作,尚祈诗界同仁给予更多的支持和帮助。而“作家作品论”[①]栏目也是本刊之重点栏目之一,但囿于目前创作景况和评论的羸弱,我们期望各位同仁多赐有见地、有锋芒的好稿,本刊同仁为之折腰。

丙申年夏至第二日丁帆写于仙林大学城瘦蠹斋

① 栏目名固定,手稿为“作家作品”,补足“作家作品论”。

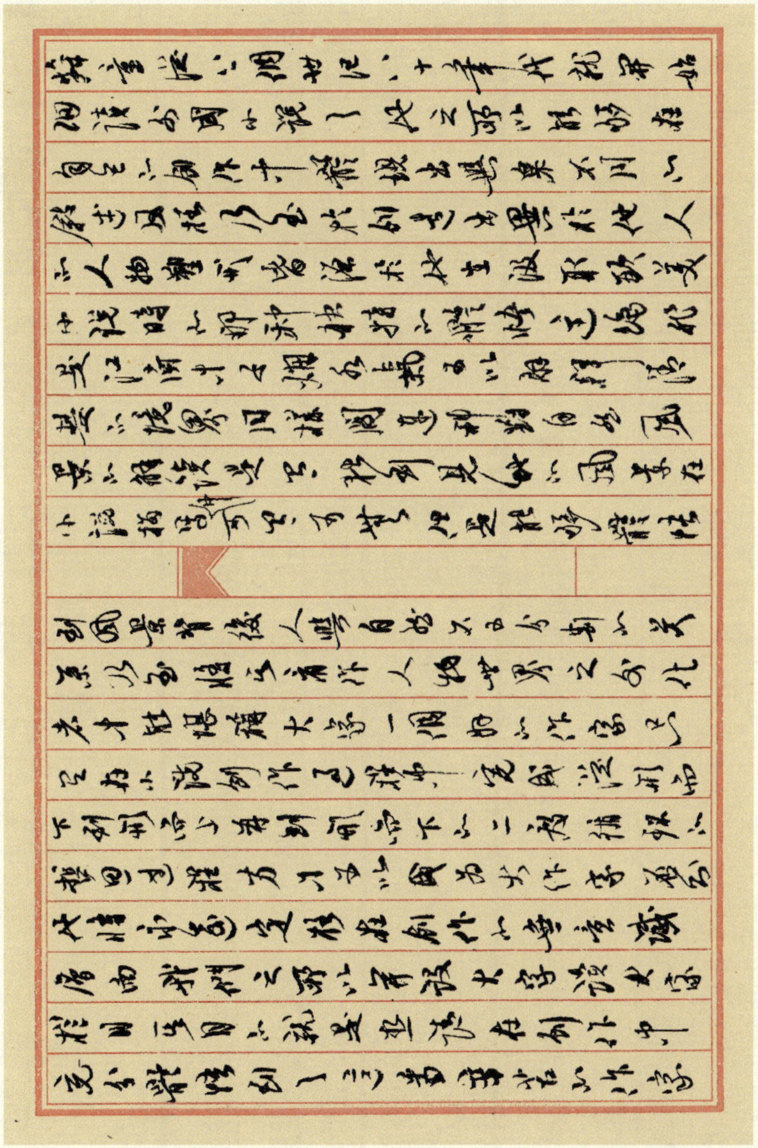

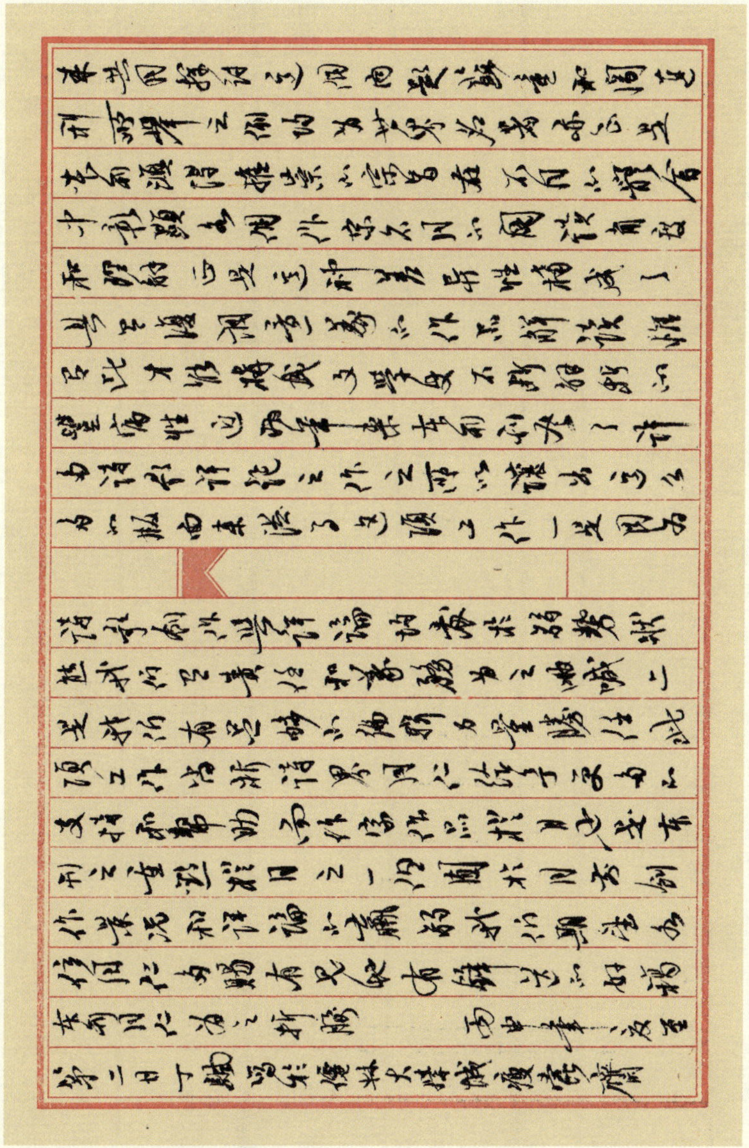

2016 年第 5 期

苏童对小说人物的理解是有色彩感的，他分析王安忆的《长恨歌》则运用了独特的视角："一部优秀的小说里的主人公应该是一盏灯，不仅照亮自己的面目，也要起到路灯的作用，给别的人物做向导，指引他们的来路，也要起到更大的探照灯的作用，给整部小说提供空间照明。" 所以，"从亮度和色彩上看，《长恨歌》读起来忽明忽暗的"。这样的分析是理论家感受不到的灵感。苏童点燃了 "王琦瑶的光芒"，让我们看到了主人公的另一个世界。

同样，鲁敏对奈氏作品的分析，也有独特灵异："地缘交错的写作背景，确乎总有异样之处，他们在作家身上铸成一种动荡而开阔，混沌河水般的基因。" 的确，寻觅到作家的开阔视野，没有地缘交错的比照，那只能是井底之蛙式的写作。

本期着重推出了晓明兄的大作，对夏志清先生那部影响中国学界巨大的《中国现代小说史》进行历史性的脉路梳理和价值重估。虽然近来读了一组这样的文章，还是觉得晓明兄这篇文章更耐读。当然，我本人并不同意这篇文章的全部观点，但我认为其有学理性。多少年前，在思想解放的八十年代，第一次读到夏氏的此本巨著，很是震撼，因为书中所提到的许多作家作品都是大陆学者闻所未闻的，史料封闭，教科书的简单化、政治化所造成的后果让人们从此书中看到了另一个现代文学的世界①，尽管这些都是常识性的知识。历史过程往往是吊诡的。夏志清用一种意识形态价值观冲击了当时僵化了的意识形态，在拨乱反正的年代里是起了积极作用的。但是，三十多年后的今天，当我们重新审视这部皇皇巨著时，"扬张抑鲁" 等问题并未在 "重写文学史" 中得到深入的探讨，在文学 "向内转" 的口号②中，一味寻觅作品的 "优美性" 而放弃了思想性。翻烧饼式的冤冤相报何时了，文学花落知多少？

丙申年初秋丁帆书于仙林大学城

① "让人们从此书中看到了另一个现代文学的世界" 手稿为 "让人们另一个现代文学世界"。

② "在文学 '向内转' 的口号中" 手稿为 "在文学 '向内转' 中"。

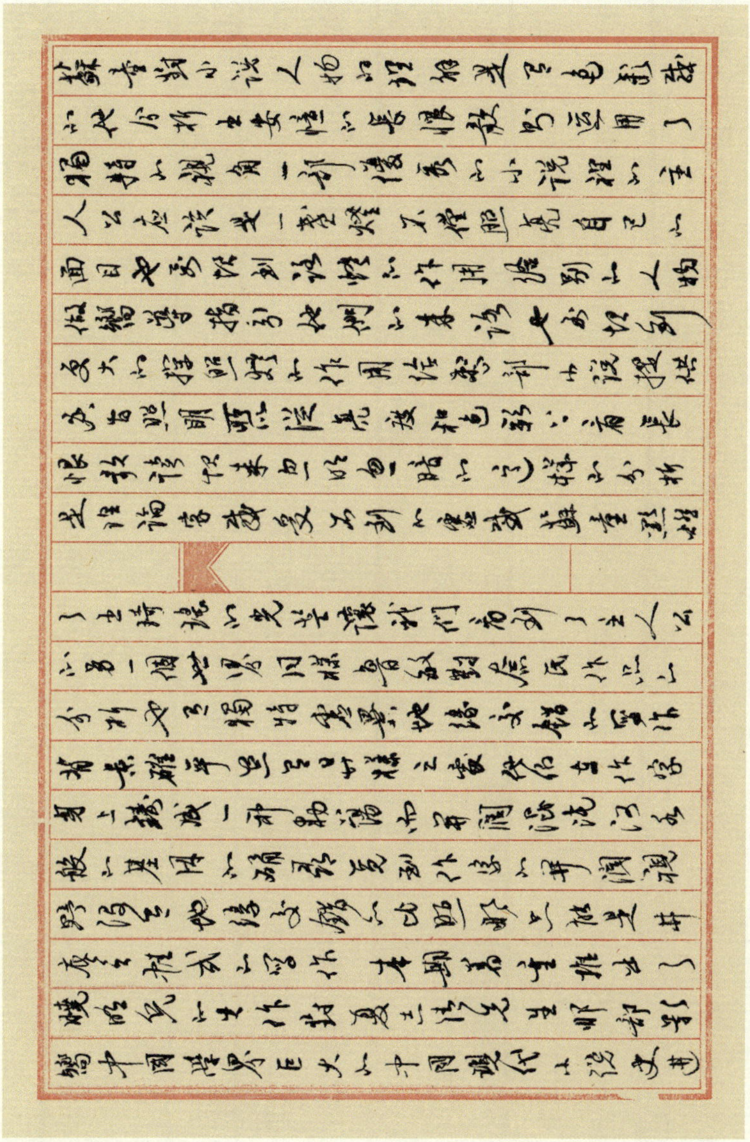

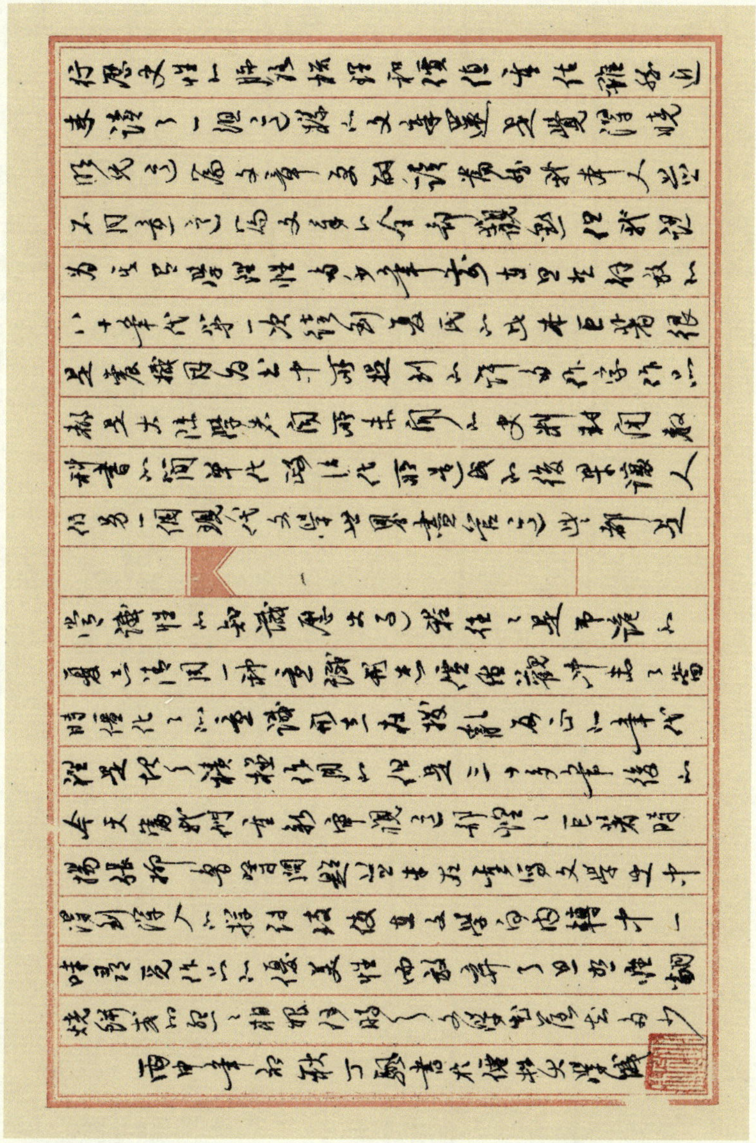

2016 年第 6 期

李洱的这篇演讲很有意思，许多观点都是直面当前创作中生与死的关键问题：首先，还是童年视角的成长小说问题。契诃夫、海明威之外，他主要是以《红楼梦》为例，以此得出“曹雪芹选用既是少年又是成年的视角”和“小说中的人物的年龄问题如此重要”的结论。我以为作家关心视角的设计十分重要，这往往是关乎一部小说成败的方法问题，虽然他对贾宝玉的解读我并不完全赞同，但是视角对于成长着的人物在不同年龄段的心境和语言表达来说，却是区别很大的。没有性格发展曲线的人物万万不能成就一部好小说，尤其是长篇。其次，他所谈及的小说的节制问题，也是一个十分重要的问题，无疑，他所举证的三本名著是有代表性的，《红楼梦》《金瓶梅》《废都》，其结论就是：写淫也要有节制，不能一搞、二搞、三搞，以此来判定前者的伟大，后二者因滥情而失败。其实，他提出的问题是一个至今仍然无法解决的小说命题，你可能更加钟爱“灵与肉”高度融合的作品，但是你不能离开作家当时写作的具体背景，以及作品所要表现的主题目的是什么。《金瓶梅》和《废都》所处的那个时间节点正是中国的特别转型期，肉欲横流之后隐藏着作家所要表达的更大格局的思想，切不可一概而论，就如劳伦斯的《查特莱夫人的情人》当年被判为禁书一样，当人们认识到它是用原始的肉欲来抵抗整个世界的资本主义物化时，它却成了一部畅销的世界名著。同样，金学的盛行与《废都》的重版，证明了它们的生命力。这或许就是浪漫主义和现实主义的分野吧。再者，李洱借用了刘再复“表层儒”和“深层儒”对《红楼梦》的剖析观点，为贾宝玉“不入世”做出了解释，但是，我认为这仍然是一个“家”“国”的题材问题，两者皆可写出好的作品。而论及张爱玲“真的是一个二流作家”时，表现出了一个作家的率真。

阎晶明对张悦然作品的分析和陈思和对选本的视角问题的精彩评论亦为本期的亮点。

丙申年初冬丁帆书于仙林大学城

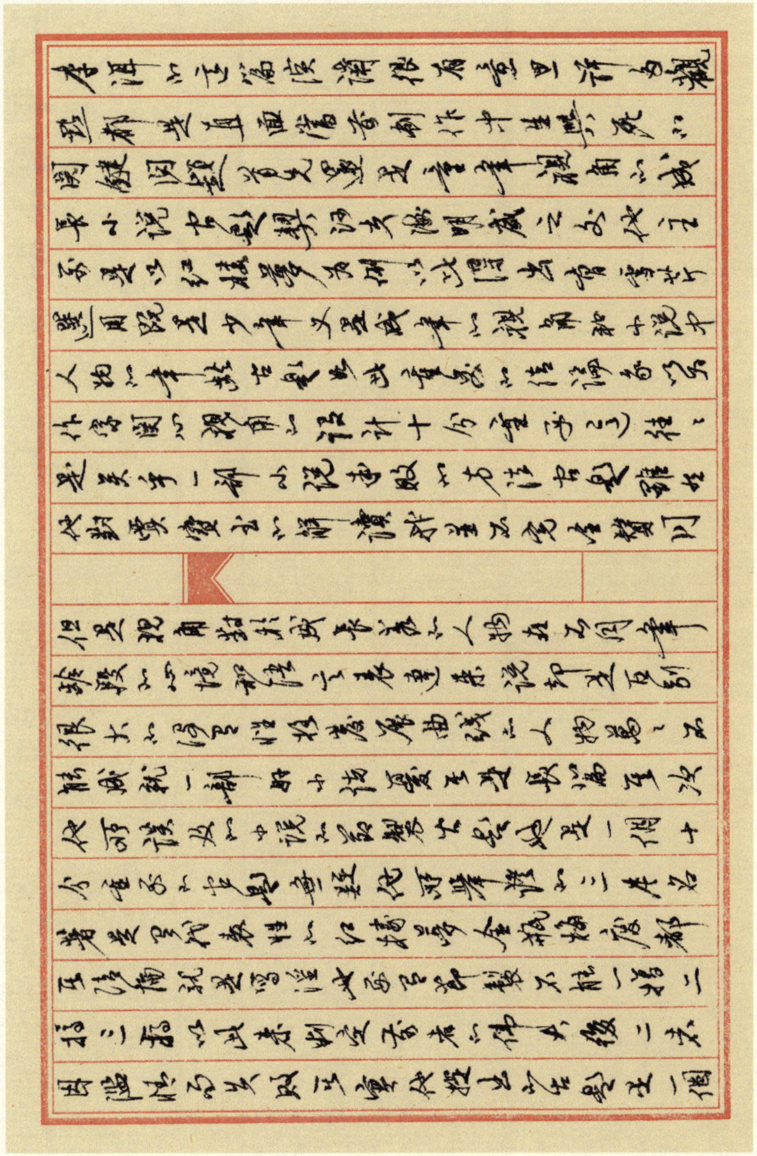

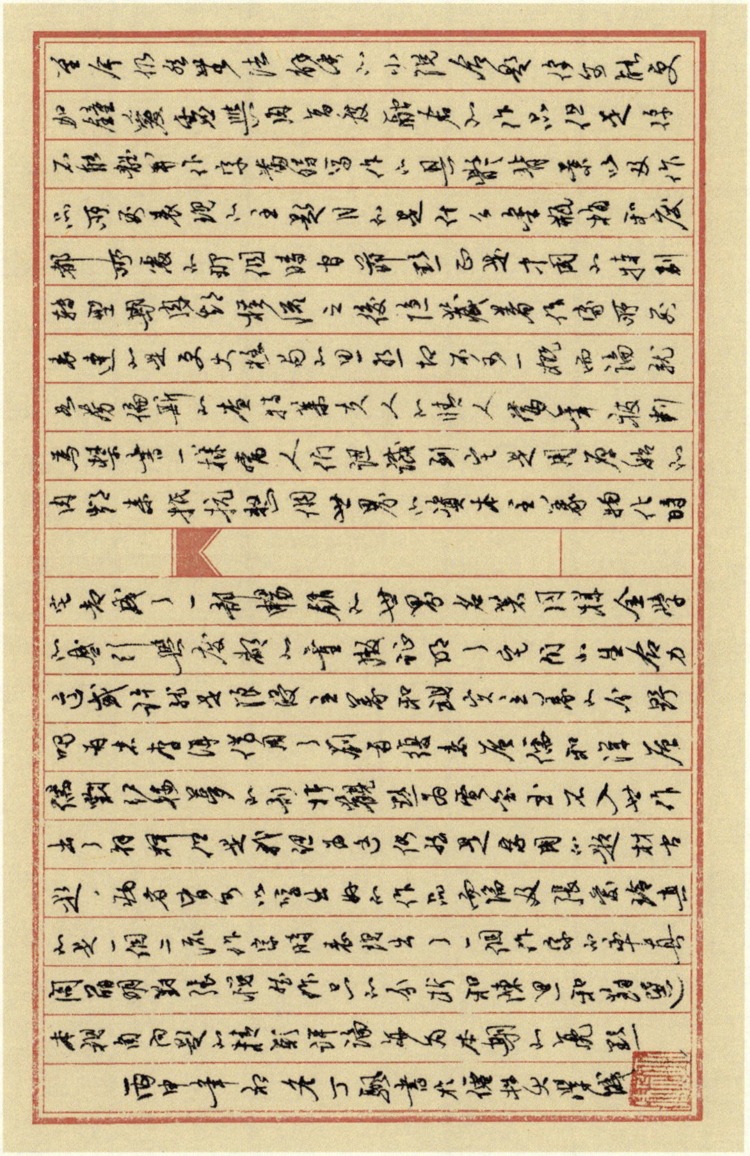

2017年第1期

新年伊始,《扬子江评论》将以新的面貌呈现在广大读者诸君面前。

在“文学史新视野”栏目中,我们刊登了程光炜先生的《新时期的“死魂灵”——读七八十年代之交〈新文学史料〉的回忆和悼念文章》,作者从一串长长的名录中,梳理的一段国家与民族的痛史,是值得我们当代文学史家所重视的。“一道长长的‘死魂灵’的历史的影子,似乎在‘回忆’和‘悼念’等栏目中挥之不去。它们把我拉回到那个不愿意再回去的年代,让沉重哀歌重新啃噬着我已经安稳下来的心灵。这个文学史边角料,是我在过去了的三十八年生活中不曾想到的。”所有的这一切,应该是我们每一个学者和作家都应该记取的历史教训。

《二十世纪文学写作十二讲》是阎连科二〇一六年在香港科技大学授课的讲稿,本刊拟独家连载,以飨读者。

由于作家的阅读视角和批评家的思维有着天然的区别,一个是感性的,一个是理性的,所以,前者更能够俘获大众的阅读心理:“作家对批评家的这种繁复的研究与发现,总是怀着敬意的尊崇。而到了作家对作家,事情就来得简单、草率和直接。他喜欢他,就直接告诉读者,喜欢或者甚喜欢,而只有不喜欢时,才说得谨小慎微、言轻语细,生怕被人听去了。加缪、贝克特、博尔赫斯、马尔克斯、纳博科夫、君特·格拉斯、安部公房等,他们从来都是直接高喊地说出自己对卡夫卡的爱,用最敬仰的文字,把他和他的作品写进自己的文字和作品中。”这才是一个作家应有的勇气,阎连科的十二讲中,对许许多多世界级的大家阅读充满了激情与真诚,我们希望倾听到更多中国的大作家们在谛听天籁时的声音。

在“前沿评论”栏目里,我们刊载了蒋原伦先生对吴亮长篇小说《朝霞》的评论,“小说取名‘朝霞’,是一种隐喻,也是某种背景提示”。我们在这春寒料峭的时节能读到何种启示?

丙申年初冬丁帆书写于仙林大学城

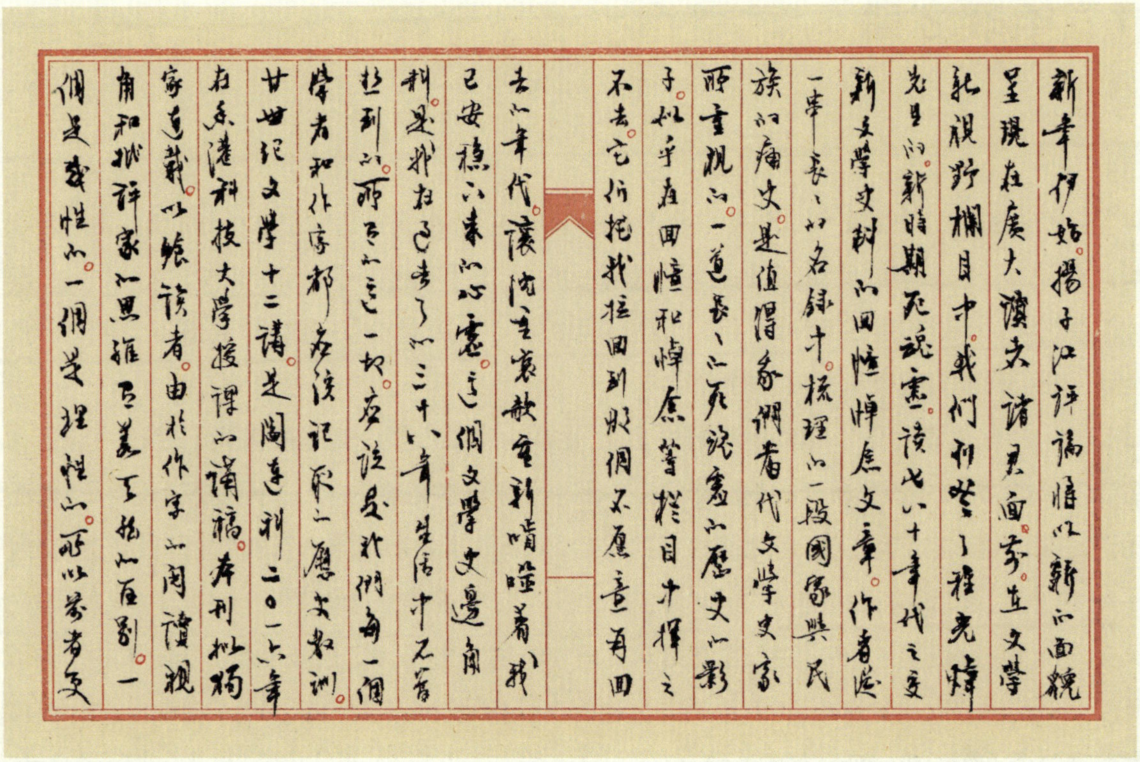

新年伊始，扬子江评论借以新的面貌呈现在广大读者诸君面前。在文学批评视野栏目中，我们刊登了程光炜先生的《新时期死魂灵》。该文以七八十年代之交新文学史料的回忆悼念文章，作者从一串长长的名录中，梳理出一段国家与民族的痛史，是值得当代文学史家所重视的一道长长的死魂灵的历史的影子。似乎在回忆和悼念等栏目中挥之不去，它们把我拉回到那个不愿意再回去的年代，让沉重哀歌重新唱叹着我已安稳的心灵。这个文学史边角料是我在已过了的三十八年生活中不曾想到的。所有的这一切应该是我们每一个学者和作家都应该记取的历史教训。

廿世纪文学十二讲，是阎连科二〇一六年在香港科技大学授课的讲稿，本刊撷取连载，以飨读者。由于作家的阅读视角和批评家的思维有着天壤之别，一个是感性的，一个是理性的，所以，学者更

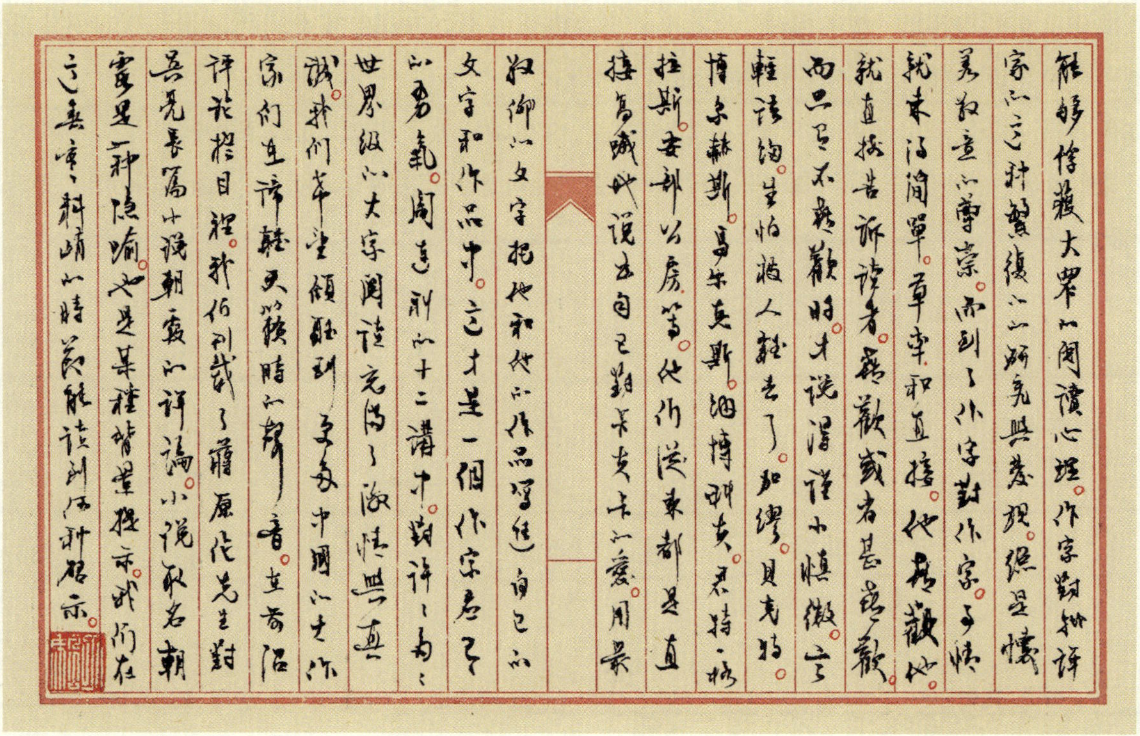

能够修复大众的阅读心理。作家对批评家的这种报复心的研究与发现，很是懔羡和至上的尊崇。而到了作家对作家，手法就来得简单、草率和直接。他喜欢你，就直接告诉读者喜欢，或者甚是喜欢。而只是不喜欢时，才说得谨小慎微，言轻语淘。生怕被人听去了，如缪贝克特、博尔赫斯、马尔克斯、海明威、君特·格拉斯、安部公房等。他们从来都是直接了当地说出自己对某人某文之爱。用最狠毒的文字把他和他的作品写绝。自己的文字和作品中，这才是一个作家应有的勇气。阎连科的十二讲中，对许许多多世界级的大家阅读充满了激情与真诚，我们本坐领略到了多少中国的大作家们在讲台上天籁般的声音。在本期评论栏目里，我们刊载了蒋原伦先生对吴亮长篇小说《朝霞》的评论。小说取名朝霞是一种隐喻，也是某种背景提示。我们在这无常、料峭的时节能读到何种启示。

2017 年第 2 期

对于已经逝去的二十世纪的文学中故事与非故事的纠结，阎连科认为："这种非故事，无论是二十世纪初作家们有意对传统故事的反动，还是有意对故事的改造、转移和摧毁，在二十世纪的写作中，已经完成和再生。但在这种对传统故事摧毁性的写作上，在当代中国文学中，是没有完成的。或说是才刚刚开始的……是完全属于我们的面对故事的非故事的摧毁。"

对于二十世纪文学写作中的叙述与结构变化，他认为："二十世纪到来的轰隆多变的一场又一场的文学革命[①]，无不是从叙述的革命开始的。作家——那个原来的讲故事的人，他不仅要讲述故事，他还要通过故事的讲述来讲述、塑造他自己，使之从故事的背后，站到故事的前台来，让读者首先看到、感受到的是他（她）——叙述者；之后，再去接受、感受他（她）的故事内容。"这样的总结实际上将二十世纪中国文学史上的历次文学技术革命提上了重要位置，尤其是对反思八十年代"先锋派"的技术革命提出了一个亲历者的独见。所以王尧认为："阎连科对小说、对小说方法论的理解和他对现实、历史、人性的理解一样，具有独特性，他试图在这两个方面形成一个完整的系统，以建立自己的文学世界，而不只是用'他者'来解释自己。"

其实敬文东所提出的"叙述枢纽"命题也是小说创作中不可忽视的技术问题，"聚焦于日常生活的神秘性"，疏离还是亲近，的确是当下作家所面临的两难选择。

如何看待一个知识分子在大时代中的思想蜕变，这在姚新勇和翟崇光的文章中得到了一个使人警醒的回答："以刘小枫'变'与'不变'来……帮助我们更好地反思近三十年来启蒙主义命运的浮沉，更为准确地认识当代中国思想。"

丁酉年二月初十丁帆书

① "轰隆多变的一场又一场的"手稿为"一场又一场的"。

對於已經逝去的廿世紀的文學中故事
與他故事的糾結關連，我認為這種
他故事無論是廿世紀初作家們自覺意
對傳統故事的反動還是有意對故事
的改造轉換和摧毀，在廿世紀的寫作
中已經完成和再生。但在這種對傳
統摧毀性的寫作之後，在當代中國文學
中是沒有完成的，或說是才剛剛開
始的，是完全屬於我們的面對故事
的我對故事的摧毀。對於廿世紀文學寫
作中的敘述與結構變化，他認為廿
世紀到來的一場又一場的文學革命
無不是從敘述的革命開始的，作家
將個原來的講故事人，他不僅要講
出故事，他還要通過故事的講述來
講出他自己，使之從故事的背後
站到故事的前台來，讓讀者看見前面
或是從他敘事者之後無法
變成他的故事角色之一。這樣的經
驗作為廿世紀中國文學史的

的歷次文學技術革命提出了重要位置，
尤其是對於八十年代先鋒派的技術
革命提出了一個親歷者的獨見。所以
王堯認為關連著對於小說對小說
方法論的理解和他對現實歷史人性
的理解一樣具有獨特性，他試圖在
這個方面形成一個完整的體系統
的建立自己的文學世界而不只是用他
者來解釋自己歷史。文東所提出
的敘述框組合起也是小說創作中
不可或缺的技術要點，緊繫於日常
生活的神秘性疏離還是親近的
確是當下作家所面臨的難題選擇。
如何看待一個知識分子在大時代中
的思想蛻變之道，姚新勇和羅崇光
的文章中濃縮了一個使人警醒的
回答。以劉小楓變與不變來帶動我
們更好地反思近三十年來啟蒙主義
者這的沉浮，更為準確地認識當代中
國思想。

丁酉年二月初十丁帆書

2017 年第 3 期

意识形态与文学的关系一直是纠缠在百年中国作家头脑中的阴云，乃至于漫漶于整个汉学界，如何厘清这些头绪非一日之功。但是，能否看清楚这一问题的症结所在，并站在一个辩证唯物主义的立场上去看待这个历史的“中间物”，则是一件十分不容易的事情。近来对夏志清《中国现代小说史》的讨伐便是一例，而季进教授所持观点也是一种：“在某种意义上，我们不妨将夏志清文学研究事业的展开，看成一种关于西方中国现代文学研究的寓言叙事，隐喻了二十世纪中叶以降西方汉学在学术与政治之间穿行，不断尝试规避，却始终为这种结构所困、也因之受益的事实。不过遗憾的是，迄今为止，还没有一本专书来认真检讨这种微妙的辩证和吊诡。”不否认历史的事实，秉持客观中性的学术价值观才是一个学者严肃科学的学术态度。

阎连科对“元小说”理论的阐释显然与文艺理论家的理解有着明显的差异性，谁更有说服力呢？见仁见智。“小说家有家没有？他的家在哪儿？他文学之精神的、艺术的家园在哪儿？元小说的产生，也正起源于小说家对自己‘文学之家’的探讨与思考。”“作家在故事中向读者展示自己的构思、写作的过程；向读者展示读者的阅读过程，并以此抵抗传统现实主义已成的习规，消解某种‘真实’的产生和产生的方式，揭示了现实主义规矩的虚假性与虚伪性。于是，读者从中看到了，‘原来这个作家是这样写作的’，一如读者到了作家的家，找到了可以窥看、破除原有现实主义写作成规的门扉和秘窗。”他的这种对现实主义的解构，未必能够获得许多理论家和作家的认同。然而，这样的个性化的解读却有助于问题的探讨。我们期望这是小说创作方法的一种争鸣。

困乏的初夏，我们能做什么呢？

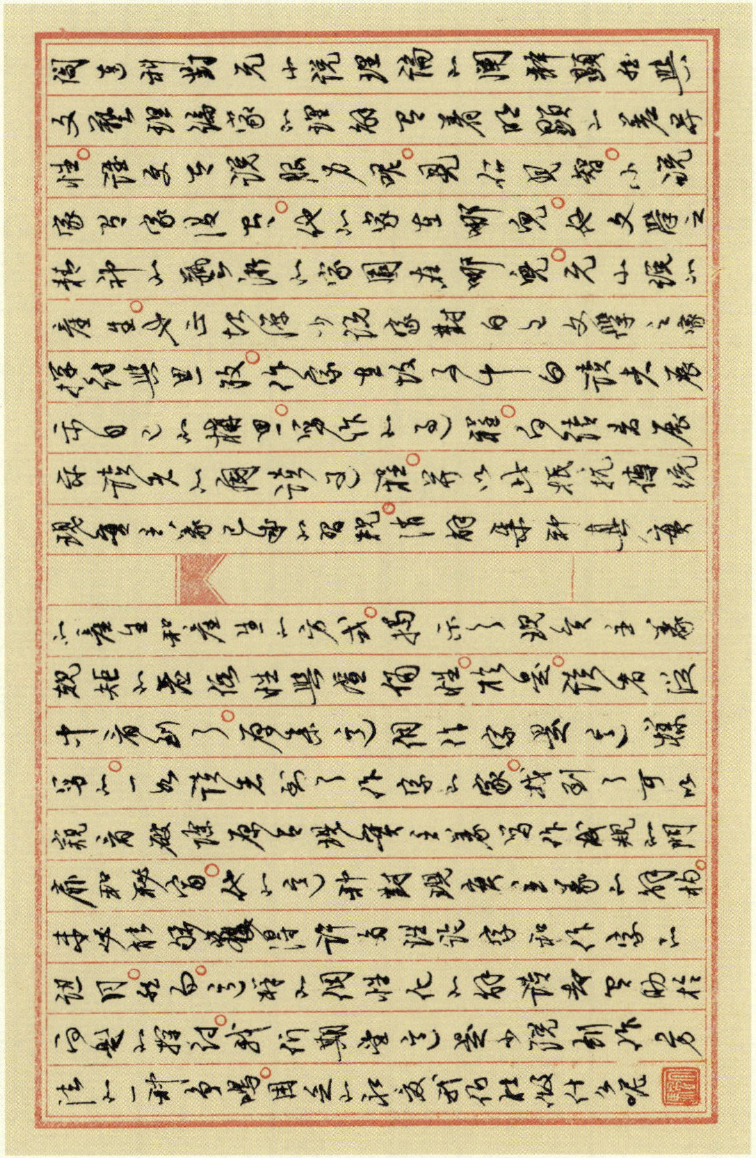

2017年第4期

回归文学史的原貌，揭示历史真相的手段与方法甚多。一般的写法都是从大的历史背景中着手，从而来鸟瞰作家作品，这通常是“京派”文学史作者的写法。但是，另一种写法却是从小处着手，以小见大，将作家作品放置在时间的河流里，让其顺流而下，不加任何修饰的“画外音”，从而彰显出其在历史漂流中自然而然的样态，这种写法多为一种“海派”的文学史构造。本期我们推出了郜元宝先生的《汪曾祺结缘上海小史》一文，意在提倡文学史的多样书写，从细微处感受历史细节给我们带来的现场感。

如何评价“样板戏”，以及由此而引发的各种各样的文学史观，恐怕不仅仅是三十多年前的意识形态纷争。这个话题的争论也许还会延续几十年。然而，对于一个当下的治学者而言，最好先搁置对抗，回到历史现场，先从小处勘察梳理出创作者的心路历程，让史料说话，如此说来，郜元宝也算是聪明的学者。

对于当年①汪曾祺对“样板戏”的回护和各种各样的评判，郜元宝虽有评论，但都是寥寥几笔带过，只是对汪曾祺回护做出了几近客观冷静的评断：“汪曾祺对‘文革’均保持着这种激烈否定、深刻反省的姿态。”还有对“独抗时流”的剖析和理解，均表现出郜元宝对身处历史语境中的汪曾祺的理解与宽容，这是具有人性意味的春秋笔法。也许，包括我在内的许多学者并不能完全苟同元宝的看法，在历史的大是大非问题上容不得半点失节。然而，每一个经历过那个时代的人，谁的思想没有被玷污过呢？问题是如何洗净思想的污垢，才是我们所要秉持的文学史价值观。

酷热难耐的炎炎夏日，让人产生一种焦虑，但是，我们的治学者却要冷静地面对历史的炙烤。

丁酉年六月二十八日丁帆于仙林瘦蠹斋

① “当年”二字，手稿无，鉴于语境，补上。

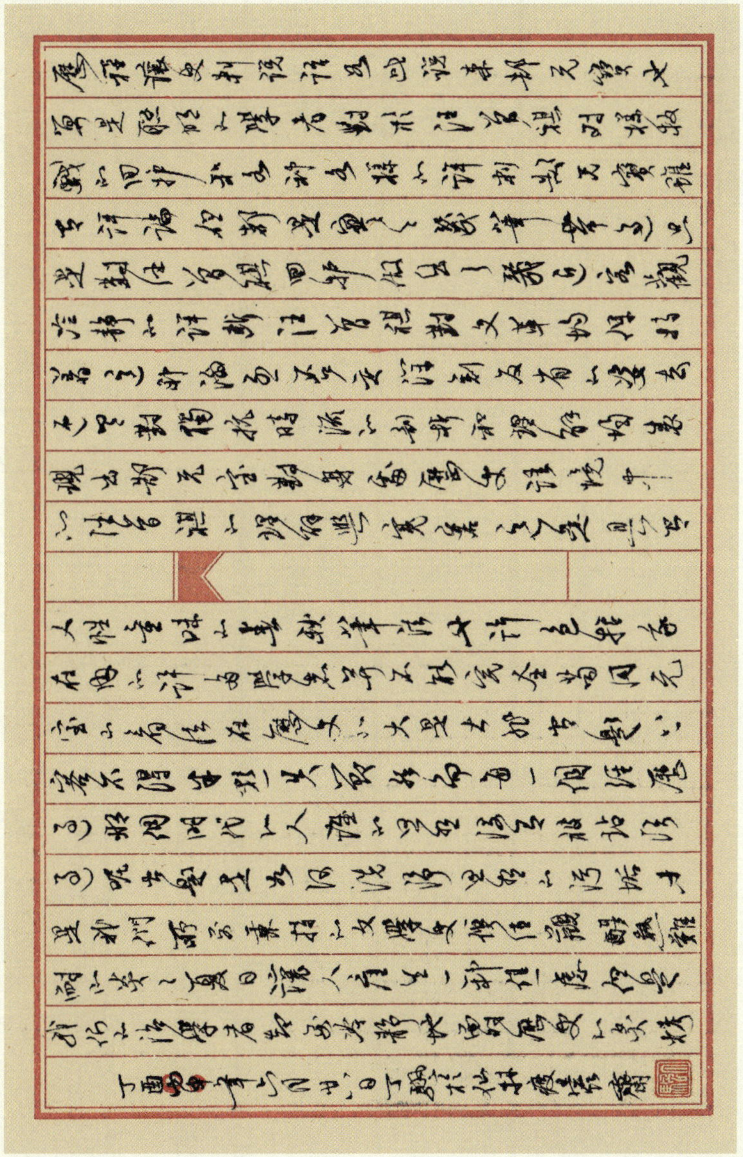

2017 年第 5 期

远去的俄国文学批评的“三驾马车”与今日的中国文学有何意义呢？①

建军兄对杜勃罗留波夫②的文学批评精神的褒扬，恰恰正是我们这个时代文学批评最缺乏的元素。要不怎么能说“俄国革命是一面镜子”呢？追求人性的真善美，鞭挞人类的假恶丑，才是文学中最本质、最核心的内涵。

毋庸讳言，当下文学批评对社会现实问题的冷漠无情已成事实，当然这也与当下的创作思潮休戚相关，年轻的作家们对那种苦难的历史和现实题材已然不感兴趣了，所谓浮游的“底层叙事”亦如阵风刮过，难以让人记取它们有何振聋发聩的力作。究其缘由，恐怕是与建军在这篇文章中阐释的两个重要元素有关吧。一是以正义感和同情心介入现实生活；二是道德伦理的缺位让文学批评黯淡。

对道德的忽视，对伦理的轻蔑，无疑会导致文学价值的崩塌：“文学本质上是一种含着道德意味的精神现象。道德问题是文学必须面对和解决的重要问题。这是因为，在社会生活中，总是存在善与恶的冲突，在人物的心理和行为中，也总是包含着丰富的道德内容和伦理内容。所以，无论以什么样的名义，都不能把道德和伦理问题从文学研究和文学批评中切割出去，否则，就会从根本上削弱文学的价值、力量感和影响力。”

也许有人认为这是老调重弹，殊不知，正是这些常识性的问题往往会被目迷五色的生活浮色所遮蔽，建军为我们找来了这面“镜子”，让我们看见了当下文学毕露的原形。

本期我们重点刊发了老评论家程德培先生对新锐作家弋舟作品的长篇评论，德培兄是一个擅长发掘青年作家长处的老手，他细腻的分析方法为今天浮躁的文学批评带来的是一阵清新的古风。然而，我们需要！

秋已至，在这个收获的季节里，我们遥望丰收的幻影。

丁酉年秋丁帆书于瘦蠹斋

① 手稿为“俄罗斯”。

② 手稿误作“杜勃留洛波夫斯基”。

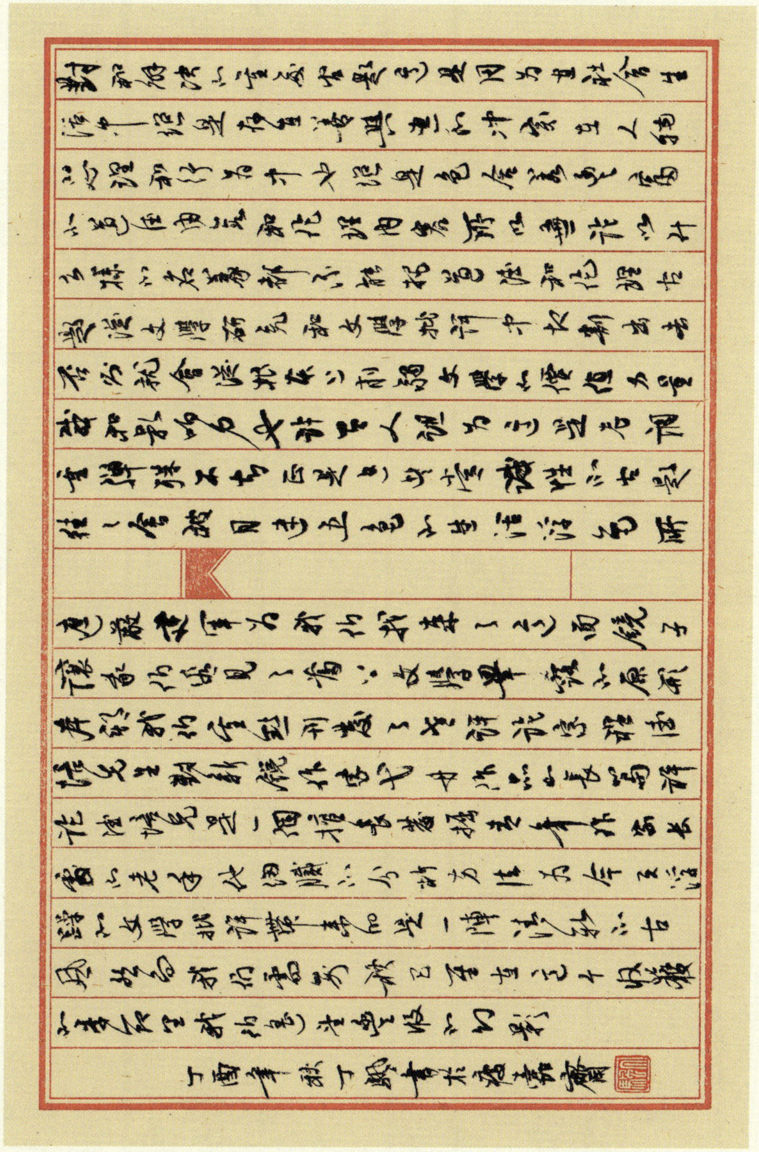

2017 年第 6 期

在王安忆的“访谈录”中，她说出了与其父辈作家因为所处的时代不同而形成的写作观念的差异：“八十年代是个特殊的年代，时间变得急骤，思想和思潮迅速完成一个周期，进入下一个周期①，是我们的黄金时代。”无疑，这就不由得使我们想起了那个回归人性起点的“黄金时代”，可以毫不犹豫地说：世界上所有的伟大作品都是在人性的时代温床上诞生的。

每一个时代都会造就属于自身的人文环境里的伟大作品，但是，每一部作家的作品都不可能割断他（它）与历史的血脉联系，正如王彬彬所言：“每一个写作者都必然要面对已有的作家作品，都必然要建构起一种与经典作家的关系，不管你愿意与否，都必然会如此，所谓与已有创作彻底‘断裂’，不过是轻狂之极与无知之极②的表现。每一个有志于从事文学创作的人，都有意无意地在历史上或在现实中寻找自己的导师。我很喜欢的一种说法是：所谓影响，就是唤醒自身沉睡的自我。一个作家对另一个作家的影响，前辈作家对后来作家的影响，都无非是唤醒了这个被影响作家自身沉睡的自我。”回顾百年文学史，我们似乎在每一个中国作家作品中，都能找到其精神和艺术的导师，不管他喝的是什么样的奶，即便是狼奶也是有源可溯的。

然而，文学所追求的终极价值是什么呢？青年评论家岳雯给出的答案是值得我们深思的：“我们如此珍视好的价值，却又在不知不觉中降低了好的标准。‘善与美’的世界已经被遗忘了，只有少数心灵在顽固地追寻。”文学是在这个时代上升了，还是下坠了呢?！这是每一个作家和评论家都应该正视的问题。无疑，当下的文学所遭遇的困顿是任何时代都无可比拟的，因为作家的迷惘是深入精神骨髓之中的，其最大的难题就在于人性的缺位，文学内在驱力的消失才是文学创作最大的悲哀，面对这一切，我们能做些什么呢?！

丁酉年农历九月二十八日丁帆写于瘦蠹斋

---

① 手稿遗漏“进入下一个周期”。

② 手稿遗漏“之极”。

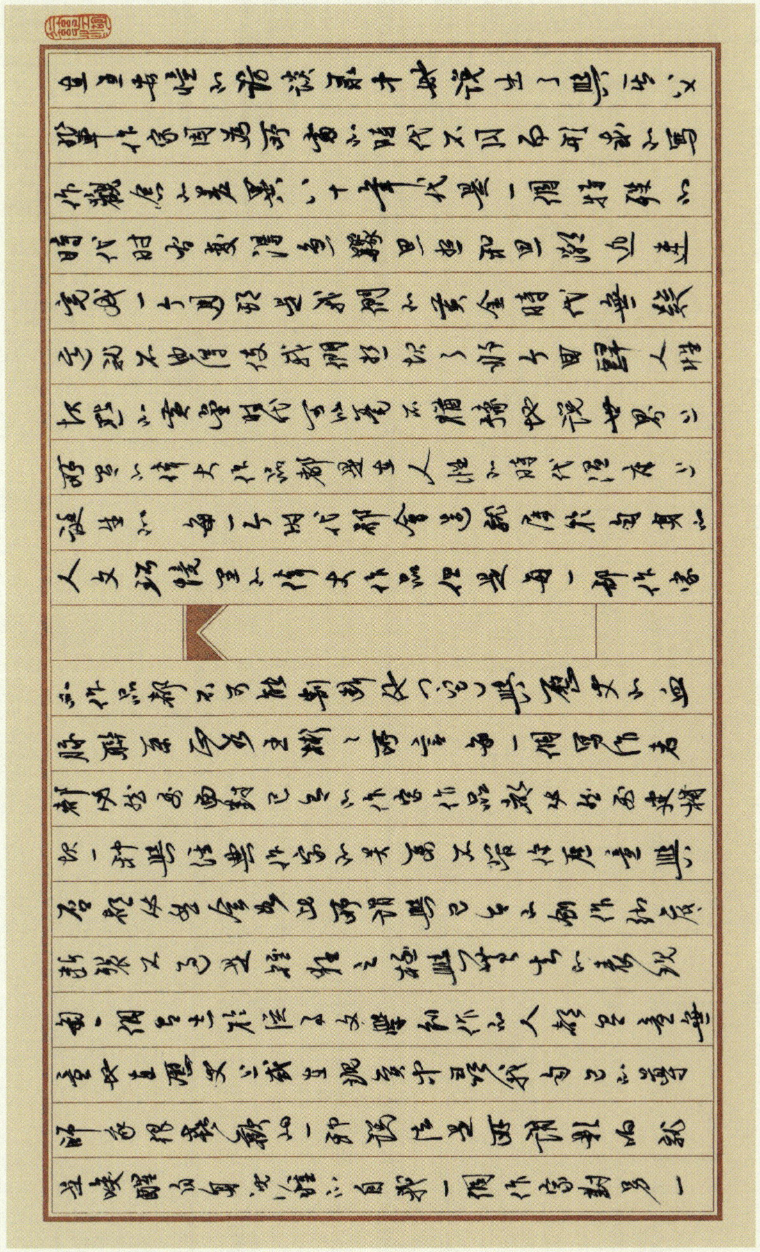

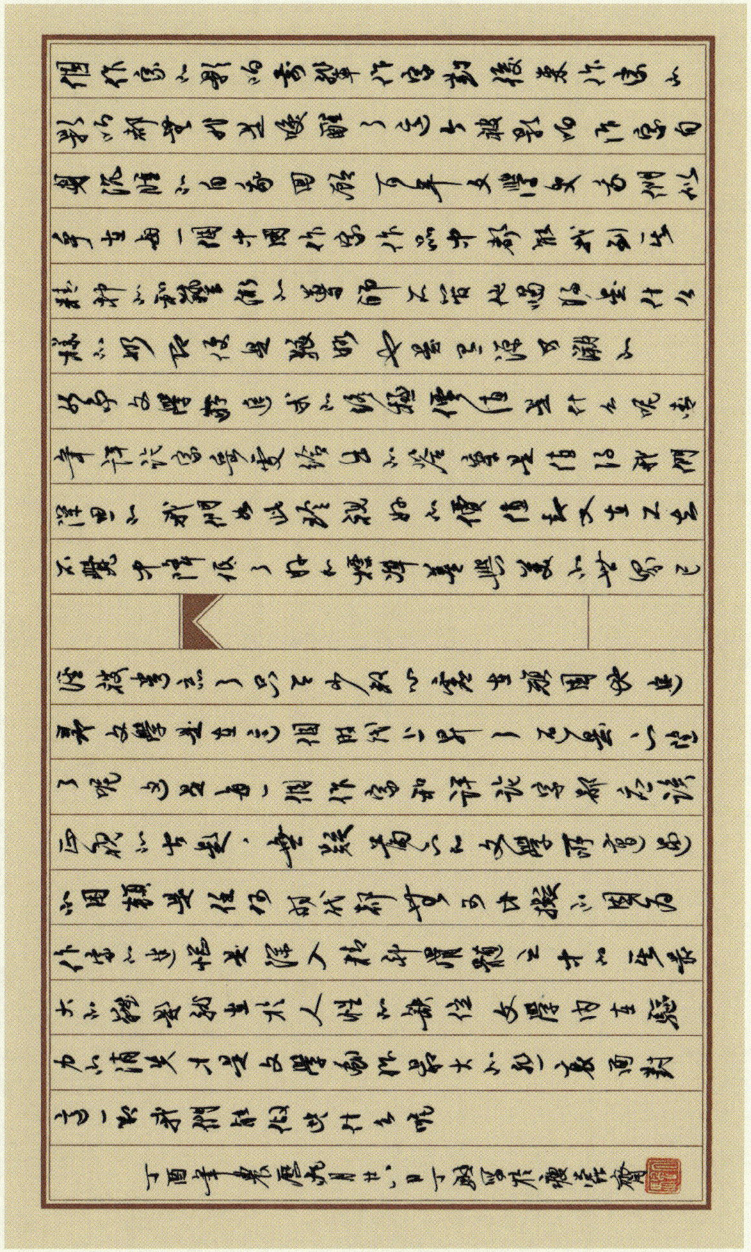

2018年第1期

又是一个新年，本刊想有更大起色，无非就是注重两大要素：一是优秀作者队伍和优质的稿源；二是依赖于良好的批评生态环境。本刊同仁始终秉持“审美与良知”的办刊风格砥砺前行。

余华一直是被我们低估了的作家，他对生活的观察是独特的[①]，同时，他对写作技法也是有独到见解的，他以为写作要克服的障碍就在于：“对我来说，坐下来写作很重要，这是第一个障碍物……能够长时间坐在那里。”“第二个障碍是在我作品不断发表以后，……写作中的问题还在继续出现，比较突出的问题就是如何写好对话。”“最后我再说一下，就是障碍物对一个小说家叙述的重要性，伟大的作家永远不会绕开障碍物，甚至给自己制造障碍物。”于是，我们应该把作家自设障碍物视为一个崇高的目标。

孟繁华先生认为中国文化“应该包括中国本土文化、二十世纪新文化运动以来创造的现代文化以及西方介绍到中国的优秀文化。”这虽然并不是什么高深的理论，却是我们当下忽略了的常识问题，应该值得大家警醒。反观近年来文坛诸多片面强调本土而忽视外来文化和新文化传统的现象，此文是有其积极意义的。

梁鸿作为近十年文坛新人，其意义非凡，用王尧的话来说就是：“如果我们把梁鸿的写作视为‘整体’，她的创作和文学批评之间的关联，则是我们首先要关注的。”的确，这种两栖人物的书写状态才是我们须得关注的焦点问题。李洱说：“梁鸿以贫写困，以肉写灵，以农民来写国民，以芜杂抵达纯净。”以作家的眼光一语击中要害。而梁鸿自己却说文学创作“不管美丑，不管馨香还是平常，它们都有火热的内核”[②]。这个内核是什么呢？它就是人性的驱动力所在。

晓明兄和义勤兄长篇大论的作家作品评论从宏观到微观各有千秋。

在新的一年里，我们期望老朋友继续给予支持，更希望新锐批评家来到我们的批评园地。

---

① 手稿遗漏了“的”。
② 手稿为“都是”，核准引文，改为“都有”。

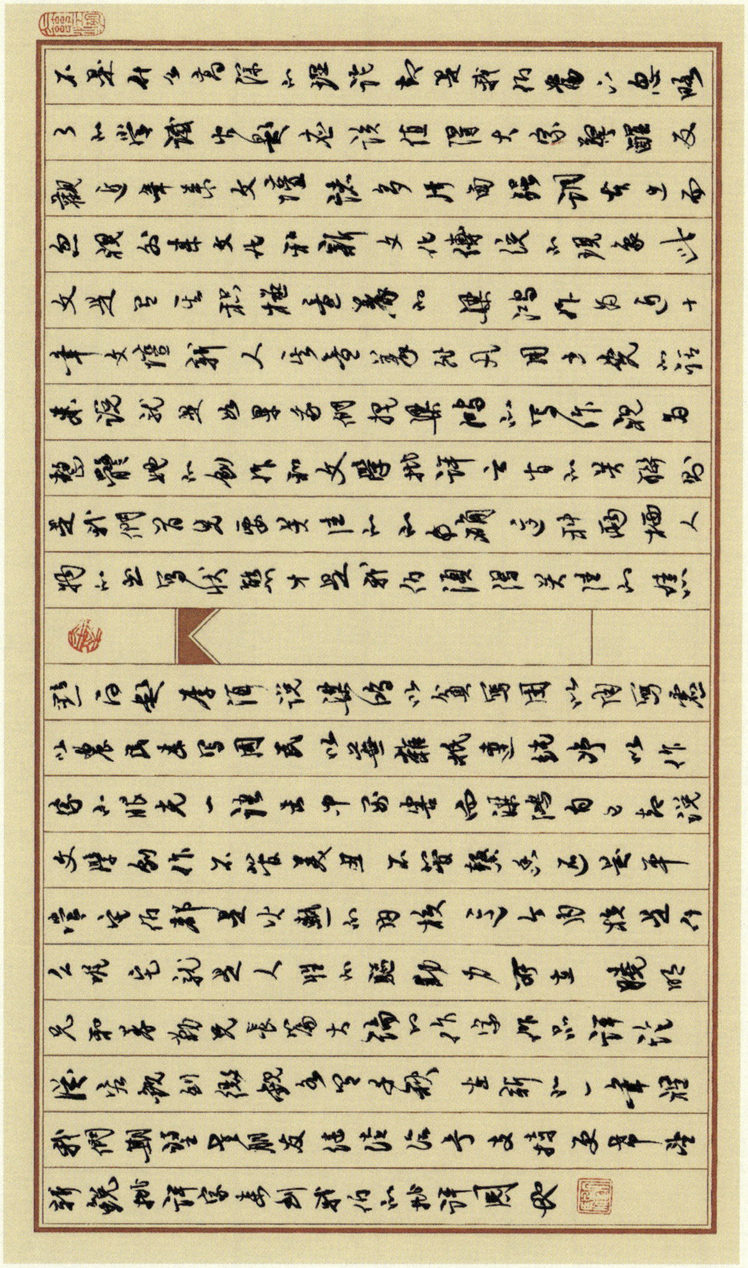

2018 年第 2 期

面对文学的价值理念，一个作家在作品中能够表现什么，怎么去表现，恐怕是一个绕不开的永恒话题。然而这世界上有无永恒的价值理念来统摄作家的那支笔呢？本期的“大家读大家”栏目中，余华和李建军分别从两个维度给出了答案：人类的进步离不开对人性向善力量的歌颂，它是永恒的母题；而人类的发展，是万万离不开对人性向恶力量的批判，它是永恒母题的另一面。

余华认为：“善良或者纯洁看似天真软弱，但是爆发时的力量是任何东西都无法阻挡的，我想这就是人类的美德。”余华是用反证法，从人类的恶行中提炼出了善的母题，其逻辑判断是建立在常人忽略了的盲点上，是作家独具穿透力的敏悟。

而李建军则是站在另一个角度上来评判赫尔岑对文学与人类的贡献的：“赫尔岑终其一生都是政治意义上的反抗者，也是批判型的现实主义作家。他的政治激情成就了他的文学写作。他的几乎所有形式的写作都是政治性的，政治性赋予他的作品以巨大的吸引力和意义感。他的‘抗议的现实主义’① 文学精神具有超时代的意义和超越地域的价值。因为，没有这种巨大的热情和勇敢的精神，就不仅不会产生伟大的现实主义文学，而且必然会导致文学的庸俗化甚至彻底的堕落。”这就是文学作品的普遍价值观，但是中国当代作家作品具备了这样的元素了吗?!

对莫言获诺奖后的文学创作屡有不同意见，本期“新作快评”栏目对莫言近期短篇小说的分析也算是一种看法吧。而对新锐作家石一枫《借命而生》的评价也同样是代表了另一种声音。

春天真的到来了，乍暖还寒的日子里，我们坚守着那一份对文学的热爱。

戊戌年正月二十八日丁帆书于瘦蠹斋

① 手稿遗漏了“的”。

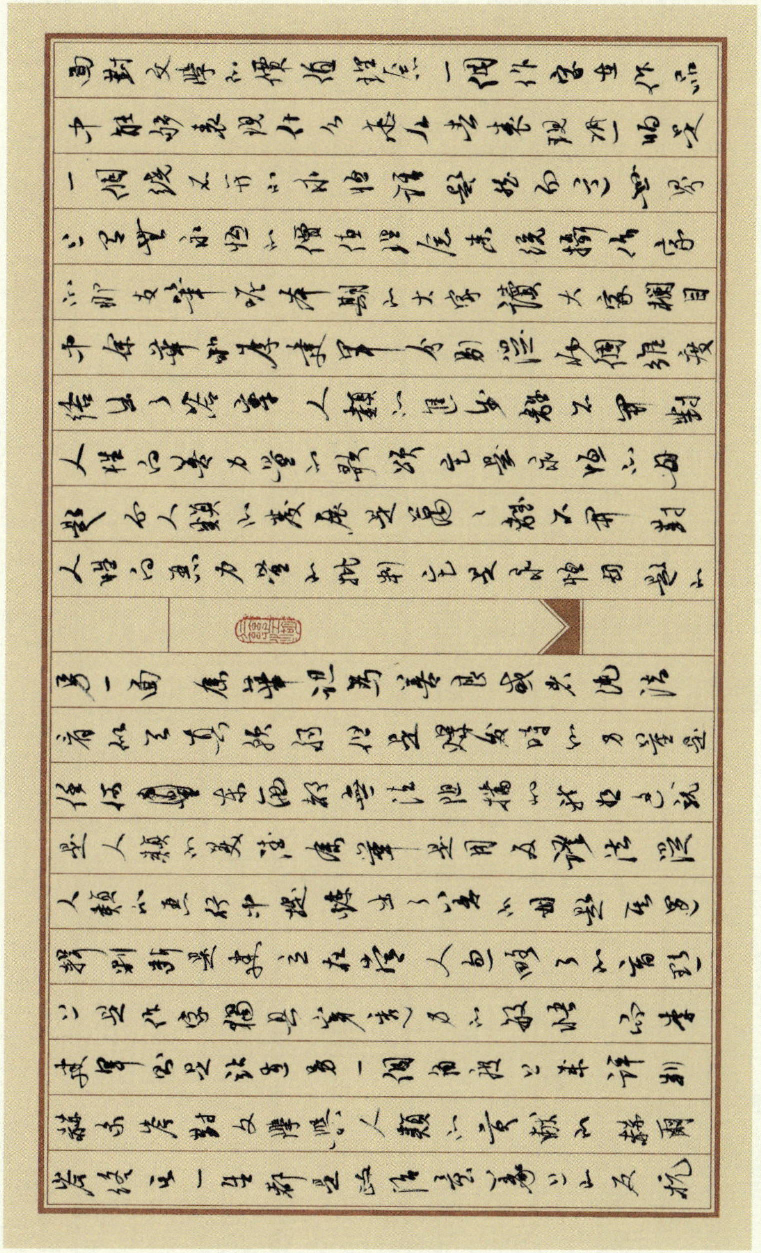

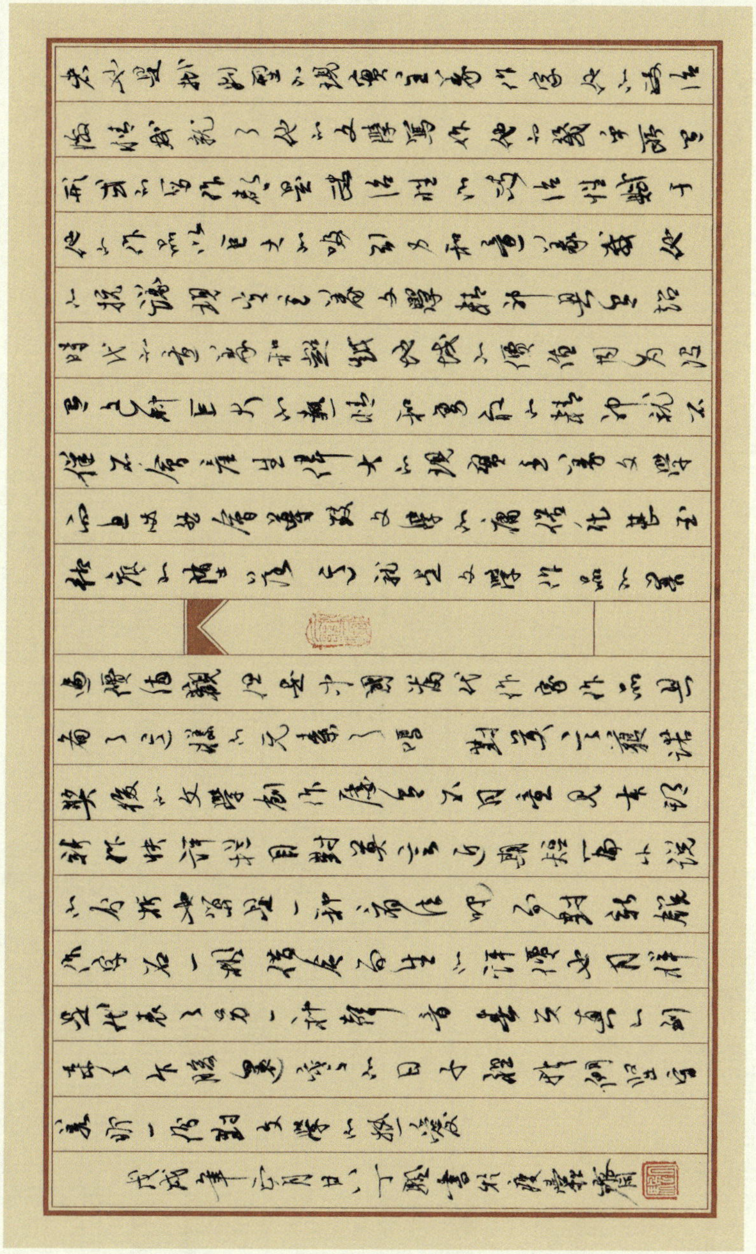

2018年第3期

奈保尔为什么不可以感谢妓女呢？围绕这个问题，苏童展开了文学包容性的阐释，他用了福克纳小说中男女主人公奇异的、不可理喻的爱情故事给文学和人性下了这样一个定义："所有严肃的文学作品都应该包容我们人类的历史，无论是黑暗的还是光明的，都应该包容我们人类的人性，无论是善的，还是恶的。"

也许，这种能够触痛我们内心深处的东西才是文学描写中最宝贵的质素，才是最能震撼人们心灵的哲理。"凡是需要包容的，一定是冒犯过我们的，触痛过我们的，而且因为冒犯与触痛，带给我们深刻记忆的那些事物，包括那些奇怪的，反常的，甚至黑暗的人与事物。"

所以，作为作家，也应该认识到这一点："无论世界上任何一个角落的文学，都应该是开放的，可以漂流，可以放飞，等待陌生人的赞美或者等待陌生人的否定，这是文学应有的命运。"那他就不会在意被不被广大"陌生的"读者所质疑了。

《山本》刚刚问世，《文艺报》就约我写一篇评论，一连三天我才读完，想提笔，却又不敢成文，因为我的脑子里浮现出的总是《白鹿原》的故事结构和人物描写，两部作品相比较，恰恰就是立意的不同，所以我只能辍笔。好在杨辉和贾平凹的对话展开了这个话题。

用平凹的话来说就是："'五四'以来的很多作品都是写人和社会、人和政治之间的关系。比如写之前的社会如何是吃人的社会，因此要民主，要自由。这些当然是正确的。但是如果只关注这些，就把小说局限到了一个狭窄的视域中。""我就是强调《山本》的目的，不是写秦岭那些历史，而是想从更丰富的状态去写中国。不是为了纪念什么，反对什么，歌颂什么，而是从人的角度来从这些事件中吸取怎样活人的道理。"① 我赞成这样的价值立场，但却不能一概而论。《山本》虽然突显了人性的复杂性，然而这似乎与"五四"的启蒙立意没有太大的关系。用方岩的话来说是"'扁平'挤压了思想的复杂"。仁者见仁，智者见智也。

戊戌年丁帆书

---

① "吸取"手稿漏"取"字。

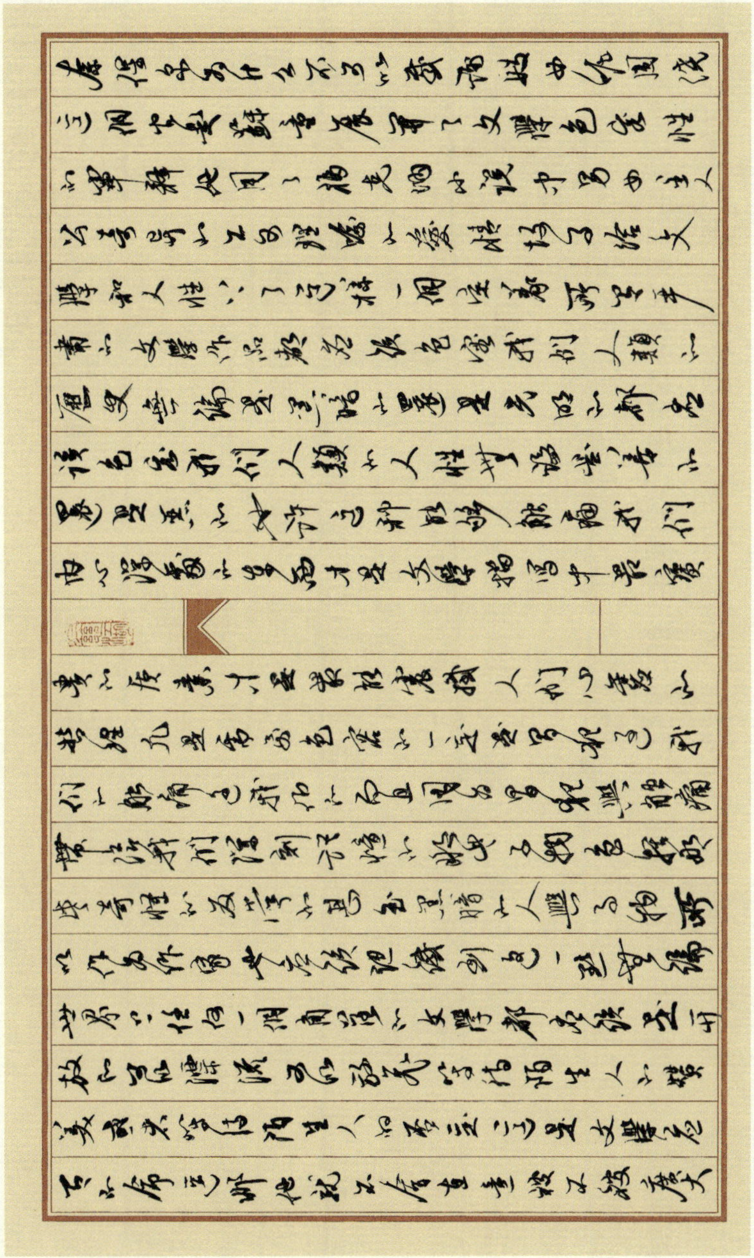

2018 年第 4 期

只有当一个作家把自己的创作当作生命的一部分的时候，他才能克服世间的一切干扰，沉湎于他的创作世界中，他的作品才能成为超越时空的艺术品。四十年来，张炜就是以他坚忍不拔的毅力活在文学的世界里。或许人们还记得的是他留在文学史上的《古船》等作品，但是无人知晓他苦心经营了数十年而创作的中外小说史上最长的一部皇皇四百五十万字《你在高原》的真正意图——在这消费文化泛滥的时代年轮里，他想为中国的纯文学刻下一道深深的印痕。当然，这种绝唱式的悲鸣，并没有唤起中国纯文学的警醒，人们轻忽的并不仅仅是一个作家行为式呐喊的意义，更重要的是人们忽略了艺术存在的历史意义，以及它们之所以名垂青史的原因。

我们从张炜的这篇《李白杜甫之异同》中可以看出作家在对待中国文化遗产时的那份执拗和独到："我们这个民族的文化，比较起来好像缺乏一点自我批判和反省的能力。德国是怎样对待歌德的？人们熟悉恩格斯很有名的一句话，即说歌德既是一个伟大的德国人，同时也是一个庸俗的市民。可是我们对于李白和杜甫这样的人物，就很少有如此清晰和深刻的剖析。"一个作家缺少对世俗世界的批判与反省，正是我们当代作家几十年来的痛病。但是，张炜又提出了一个中国作家很难自我反省的悖论，即作家双重人格对其作品影响的命题。他试图以李白与杜甫为例，为中国作家创作梳理出一条清晰的理路来——在人格的两重性中，我们应该如何进行价值取向的选择。

读张炜的文章使我想起了一九七〇年代风行的《李白与杜甫》一书。我欣赏张炜："鲜活的标本——不仅是艺术和思想的标本，更重要的是生命的标本。"我们能够从古老的棺椁中爬出来吗？

戊戌年五月十二日丁帆匆此

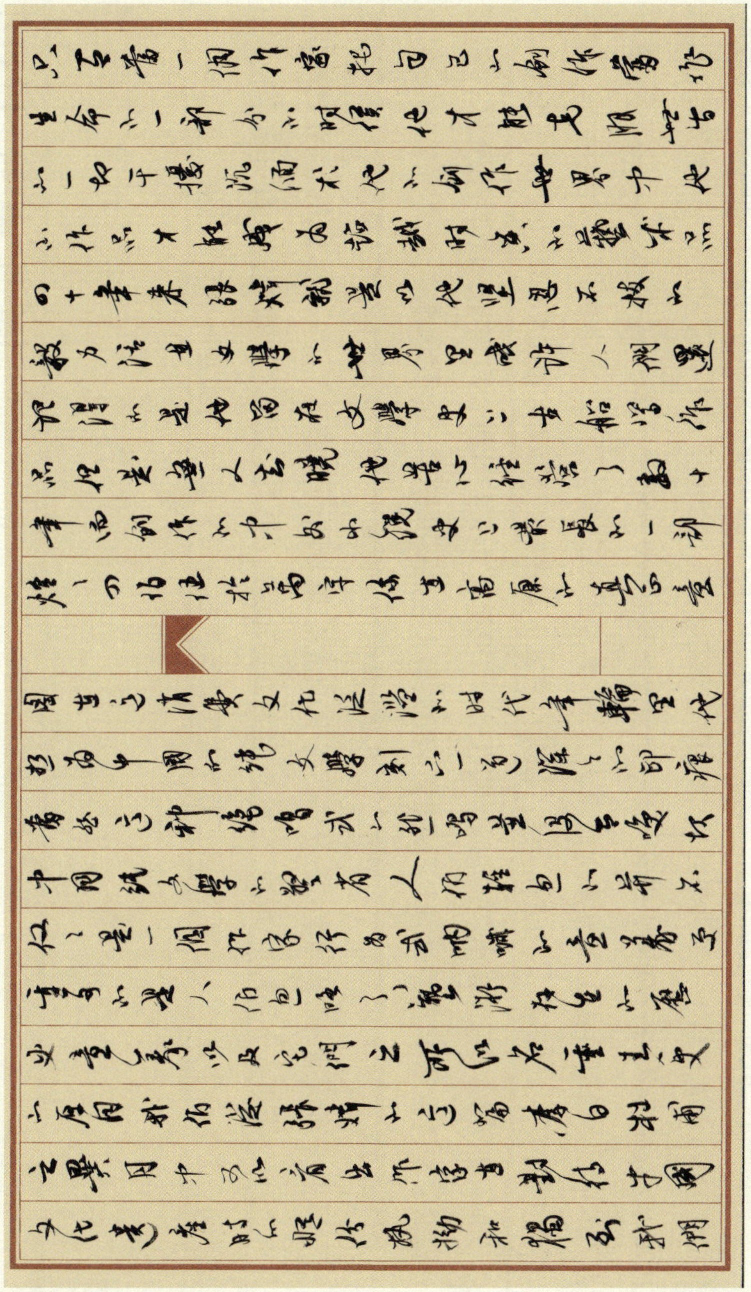

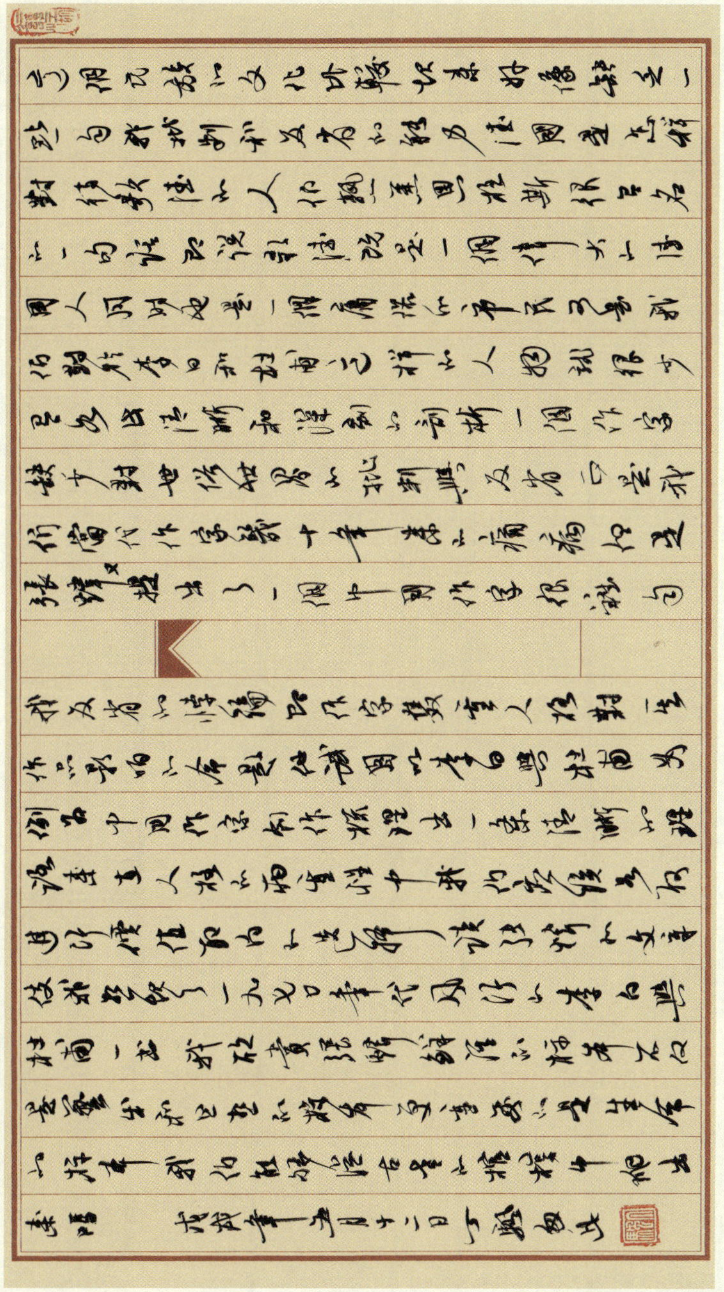

2018 年第 5 期

我们分两期登完了南帆兄的长文，作者在梳理了大量的作家作品之后，给出的答案是令人深思的："在许多人心目中，学术仅仅是流动于某一个专业槽模的孤立知识，乡村振兴战略仅仅是一个悬浮的口号，乡村仅仅是社会底层的人间烟火。无法想象这些领域的交集机制，或者将这些领域的交集机制想象得过于简单，知识分子只能拘囿于某一个狭小的专业角落而不可能真正摆脱'无力感'。乡愁之中的自恋成分超过了一定比例，观察、分析和批判将被感叹式的抒情淹没。学院训练的是知识分子的理性与清晰，他们缺乏处理松散、纷杂乃至混乱的经验与耐心。"是的，我们正是处在这一尴尬的人文语境之中不能自拔，难道不是吗？

光炜兄把《钟山》杂志放在文学史的渊源脉络上来进行考辨，是有大视野的："我把《钟山》定位为'同人性''本地性'与'全国视野'相结合的一份重要文学杂志。它的四十年办刊史，早已成为中国当代文学自身历史的一部分。而它的独特性，并非所有的研究者都已注意到。相信不远的未来，它会成为文学史研究的重要对象。……从这些个体性入手来研究一个杂志的办刊史，必然会牵出一个地方文学史，一个编辑部故事，会牵出我们过去可能根本没有想到的许许多多文学史的秘密。"兄之高见确有俯瞰全局的眼光。

作为一个亦文亦官的评论家对于亦文亦官的作家的评价，吴义勤对《重新生活》的两重性评价是恰如其分的："小说要关注未知世界和人群，提供新的经验和风景，小说要用艺术之光照亮遗忘的角落，给予那些被暗影笼罩的人们以情感的抚摸和精神的关怀。"说得是多么好啊！但愿你们也是如此生活下去，世界才有一丝光亮。

戊戌年七月初一写于仙林

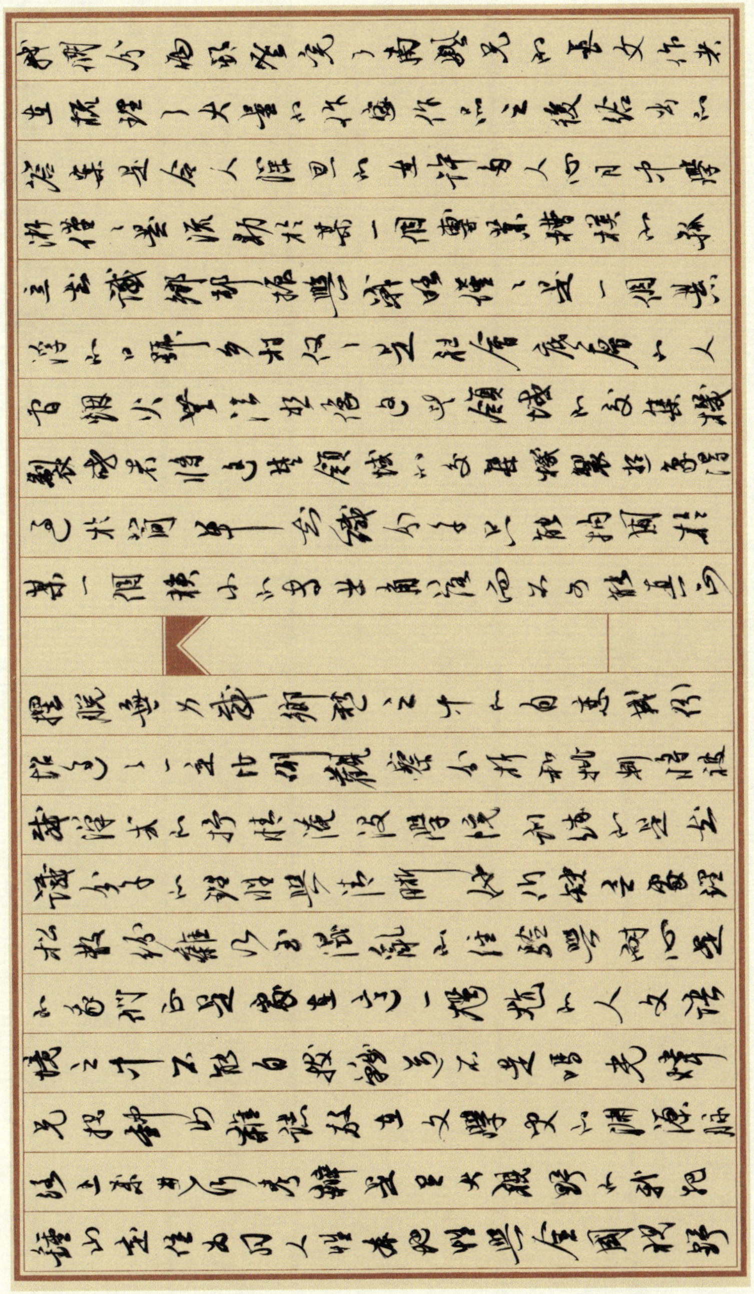

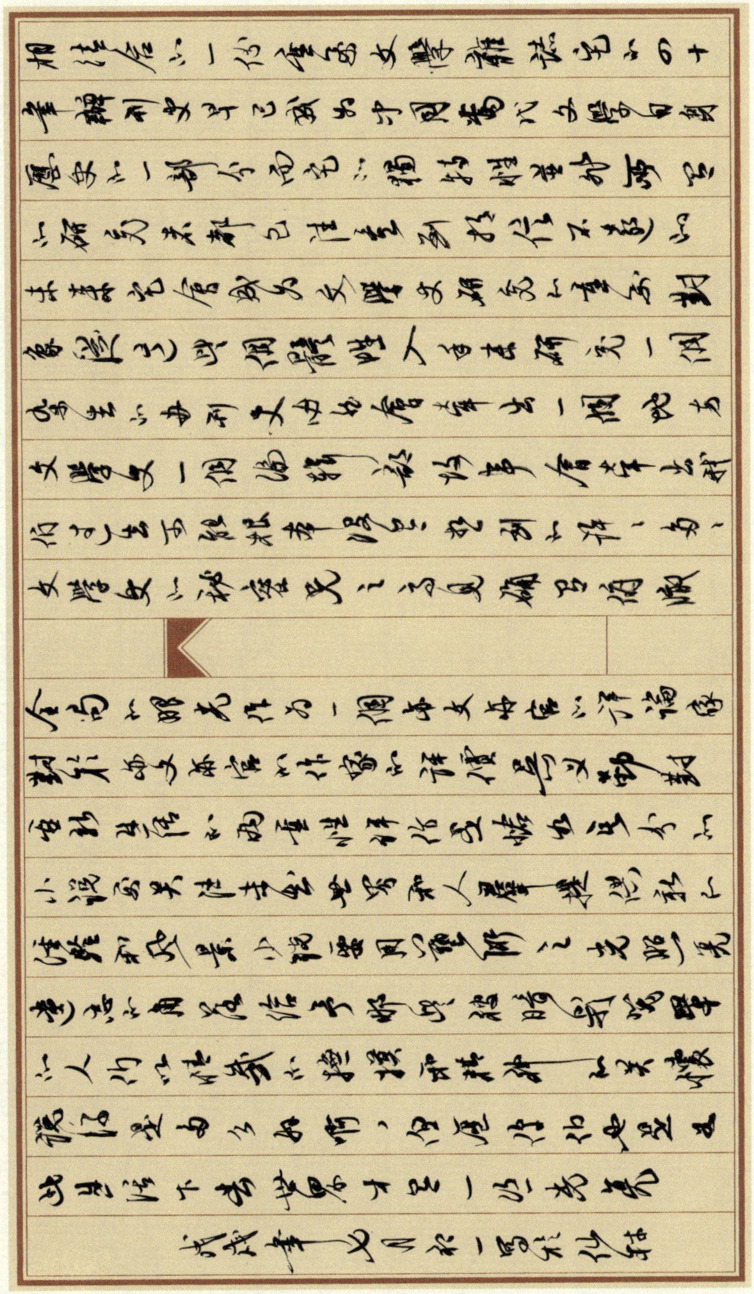

2018年第6期

鲁迅为什么在一九二四至一九二七年间经历了一场深刻的语言危机，张枣先生从独特的视角来分析鲁迅的“沉默”是发人深省的。“少数的几位研究者似乎注意到了言说的危机，可惜也未能认识它对语言内部机制的重大意义所在。而这一点对于理解鲁迅作品，特别是生成于这一时期的《野草》起着关键性的作用。也就是说，在语言困境与克服困境的强大意志之间产生了一种独特的互动关系，正是这种互动连同其他因素一起，造就了鲁迅的伟大及其文学的现代性，长期以来却一直受到遮蔽。”就此而言，我们似乎可以从中找到这种语言危机症状的许多病因。

建军的大作分上下两期登完了，其中让我佩服的是他对文学批评的态度：“文学批评有两种模式：一种是包容性较强的相对主义模式，一种是排斥性较强的绝对主义模式。相对主义的批评家也有两种：一种是消极的相对主义批评，即‘蛋头博士’式的批评，因为没有对文学的庄严的态度，没有成熟的鉴赏力和稳定的评价尺度，所以，它对一切都无可无不可，什么样的作品都能接受，再糟糕的作品，它都能看出个好来，甚至将无足称道的劣作与《红楼梦》相比并，东拉西扯，吹得天花乱坠；另外一种，是积极的相对主义批评——作为一种比较成熟的批评模式，它因为博见多闻，所以，能接受不同趣味的作品，也能欣赏多种风格的作家，既能欣赏杜甫的沉郁顿挫，也能欣赏李白的清新俊逸，而不是非得让李白压杜甫一头。”所以，我由此想起了乔治·斯坦纳的奉劝：批评家应该关注那些杰作，而不被琐碎无聊的作品困扰。

刘琼的《试论陈彦长篇小说的文体意识和文化意识——以〈主角〉和〈装台〉为例》，写得甚好，激活了作品中的某些无意识，让我想起了在一次长篇小说评奖会上人们对陈彦小说的称赞，培养新人乃是《扬子江评论》义不容辞的责任。

这一期为二〇一八年画上了一个句号。

戊戌年九月十五日丁帆书于南京仙林依云溪谷秋阳下

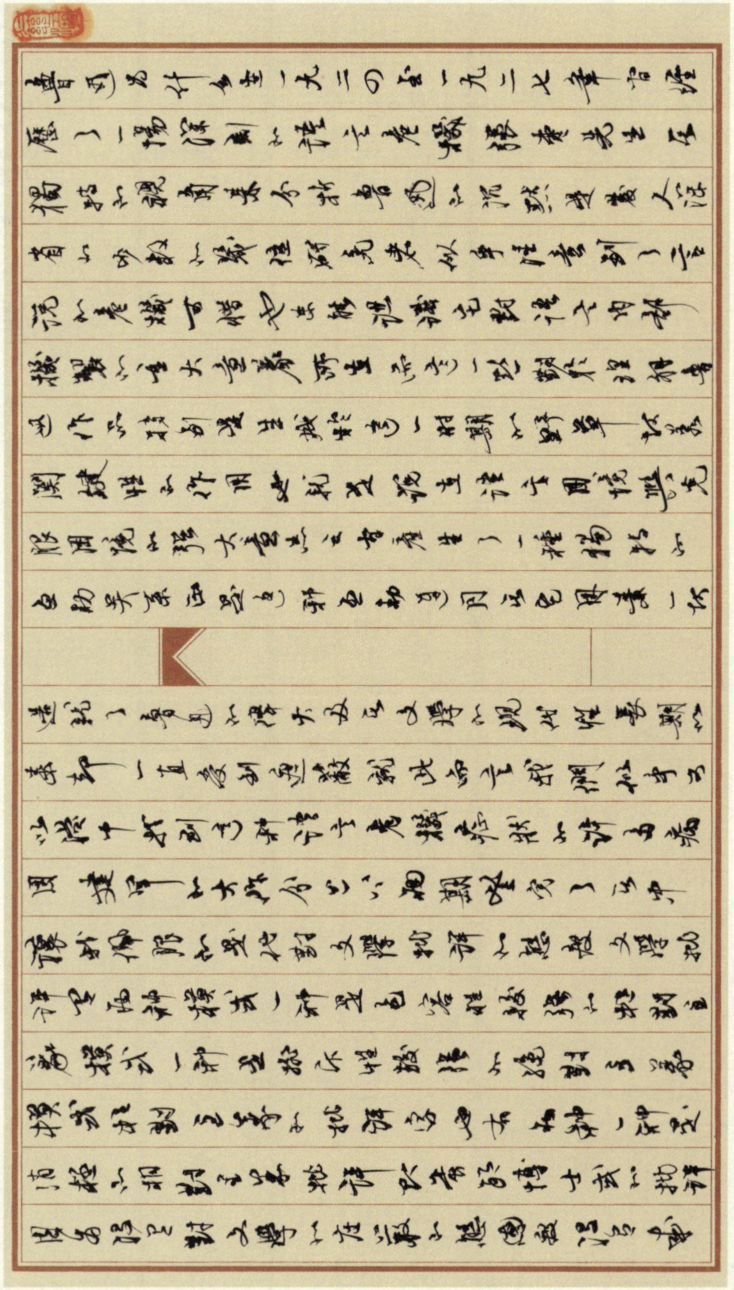

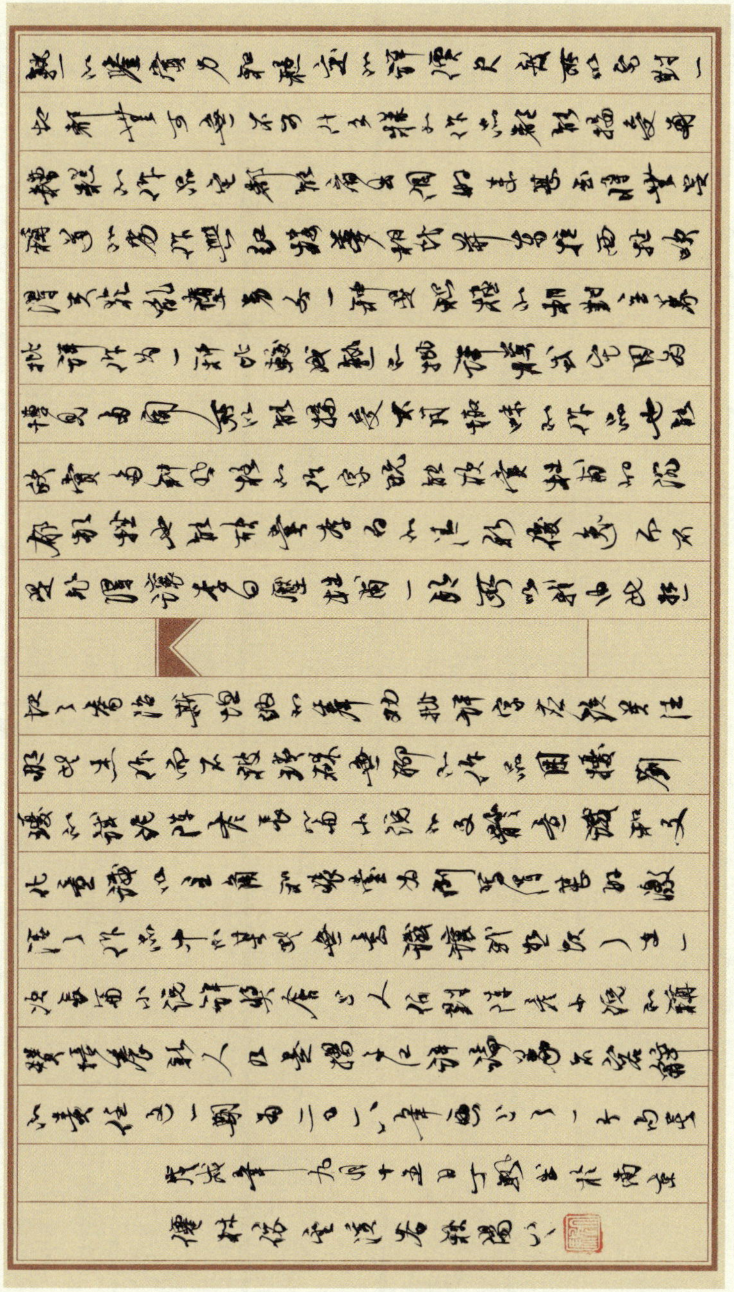

2019 年第 1 期

已经很久没有读到德培兄的文章了,这次得兄洋洋洒洒两万余字的评论大作,快意盎然。在李洱的长篇小说《应物兄》成为这两个月文坛热门话题的时候,如潮之好评却遮蔽了那种更加深刻的期许,不仅是对《应物兄》,也是对整个长篇小说的现状。无疑,老德培则能看到一些更本质的东西。

“在李洱不同风格、题材的作品中,我们总能从严肃的面容背后看出那不经意的反讽,而在轻松的叙述中体会深藏不露的严肃。他很少有单一的语调,变调和重唱是他所喜欢的,无趣是他所厌恶的;多样性和复杂性是其方法论的支撑、认识论的途径。他感叹世事变化无常,人性微妙地迂回曲折。生活变化太快,不是我们不沉重,而是‘轻’与‘飘’是我们的重围。”

“文化从根本上说是距离与延迟的导演。文化将我们身上的天性束缚在可支配性那长长的绳索上。另一类的世界成为一种羞辱现有世界的工具:重点不在于到别处去,而是利用别的世界思考我们所处的世界。文化既是真理又是幻觉、既是认识又是虚假的意识。它包含着残留于记忆中的摹仿以及人与自然之间的亲密关系的踪迹。”只有当一个评论家把一部作品当成[①]二次创作的过程,他才能说出作品所指和能指的禅机。如此这般,此文的最后几行字才有了长篇小说的丰富性阐释。

“可以这样认为:《应物兄》是一部浸染着传统文化的当下之作,是回望过去的现代性书写;它向传统致敬,同时也接受现代性洗礼。想想电影《罗生门》的尾声:‘云开日出,樵夫在罗生门旁看到一个哭泣的女婴,正想着要不要把她抱起。’”这才是论者为作者给出的最精彩的答案。

邱华栋的“异态小说论”是种作家的经验体悟所得。论者将线型的全知全能的叙述与百年来现代小说的心理时间叙述进行对照,所得心理时间可以放慢、放大、缩小、加快和倒流的创作习得与大家分享,亦不失为一种奉献,也是现代小说的圭臬罢。新年伊始,本刊将在新的一年中迎来新老作者和读者的支持!

戊戌岁末丁帆书

① 手稿为“成为”,改为“当成”。

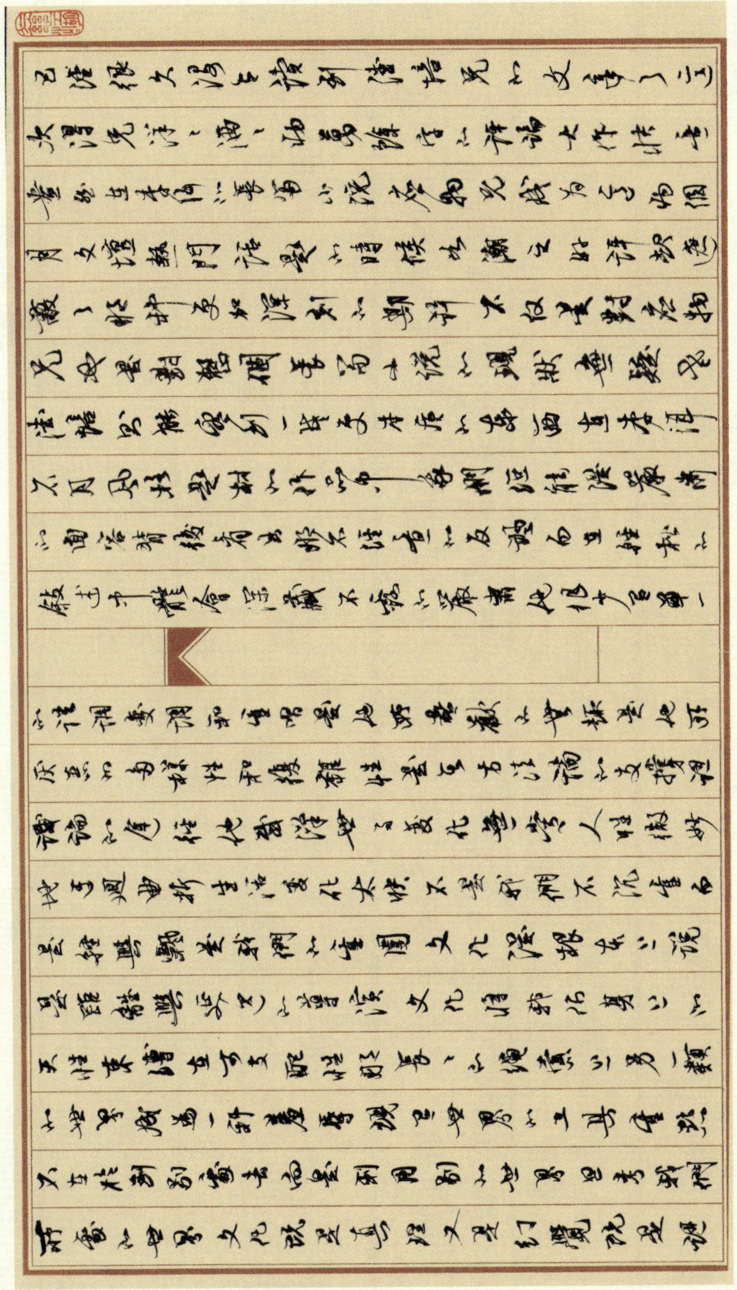

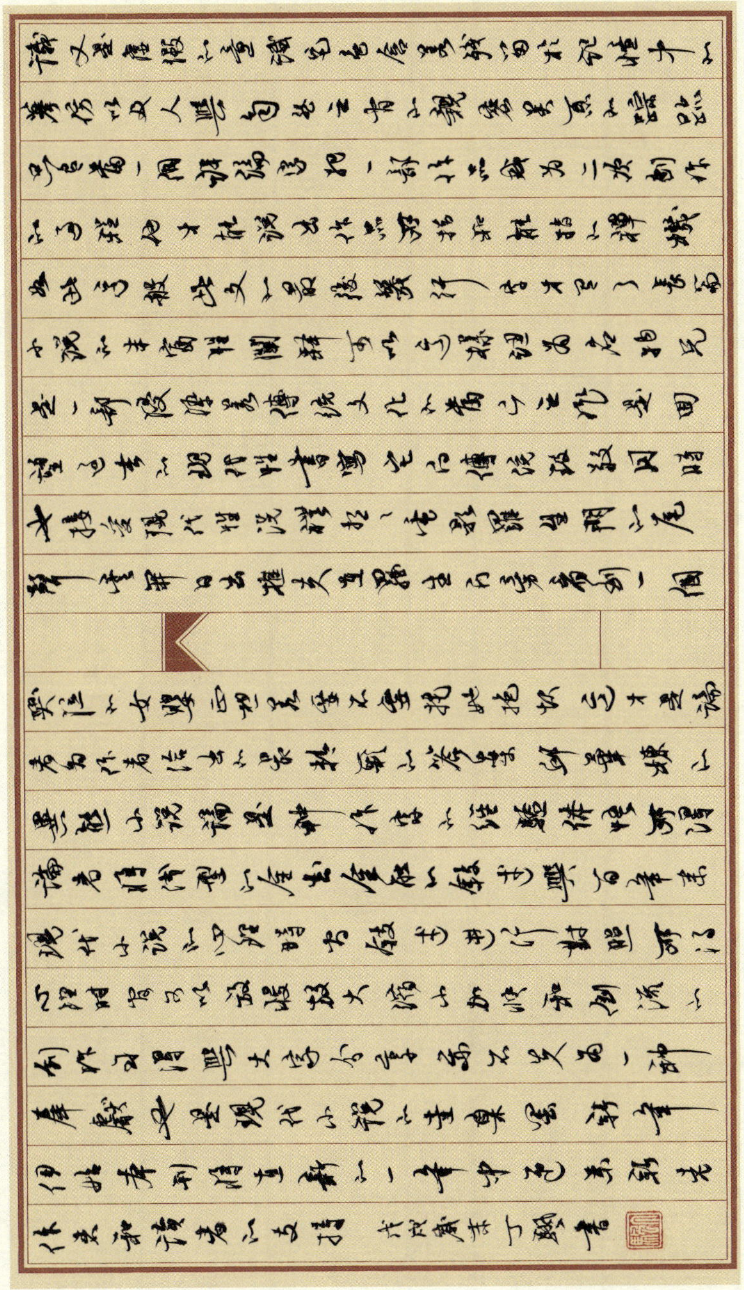

2019 年第 2 期

在微信里陆陆续续读到李敬泽的许多辨别不出什么文体的文章，便生出了许许多多的遐想：从文体的大类上来说它可以归类为广义的散文，而从近代以来的文体细分而言，它们既有小说的元素，又有诗（这里的诗是指富有思辨色彩的哲学层面上的“诗学”）的丰富蕴涵。是在虚构与非虚构文体之间游弋抒情的篇章，其审美的意境叠出。但是我更是将它看作一种改变陈腐评论机制的一次文体变革，让陷于“八股”的评论和批评被文体和语言的美学力量所击溃。正如敬泽所言：“我们现在所说的那种‘散文’是文化中的一个‘变量’，也许需要对‘变量’的探索，这种探索我宁可像法国人那样称之为‘写作’，在这个动作中我们实验各种各样的可能性，不是我们必须如此书写，而是我们可能怎样书写？就像文体秩序尚未形成，世界混沌未开，我们可以像庄子那样想怎么写就怎么写——对庄子来说，那是天真，对我们来说则是深思熟虑的冒险。”回到古典的除“诗”以外的“文”的原始状态，也许就是拯救我们“大散文”和评论文类的良方。

何平以一万多言的评论全面深刻地评价了李敬泽的作品价值，其中谈到文学史变迁时强调散文的“任性自由”：“如果以《新青年》的‘随感录’为起点，现代散文一百年，其实是有一个任性自由的破局开端。”是的，从李敬泽开始，我们“文体的破局”应该提上议事日程了。“破局的开端”也应该到来了。

我一直是把敬泽的这类文字当作哲思的散文评论来读的，其中许多地方会会心一笑，因为那种文字会让你产生无尽的遐想，这种由于内容的哲思所留下来的艺术空间往往可以让读者，尤其是文坛中人在描写域中获得审美的快感，以至于有一次我在微信里情不自禁地抱怨作者不应该点出具体的作家作品，而将遐想的空间缩小，作者的放逐，却让读者的思绪受限。

因为我喜欢这些文字背后隐在的历史沧桑和人生况味！

己亥年二月二龙抬头之日

丁帆书于仙林依云溪谷小区

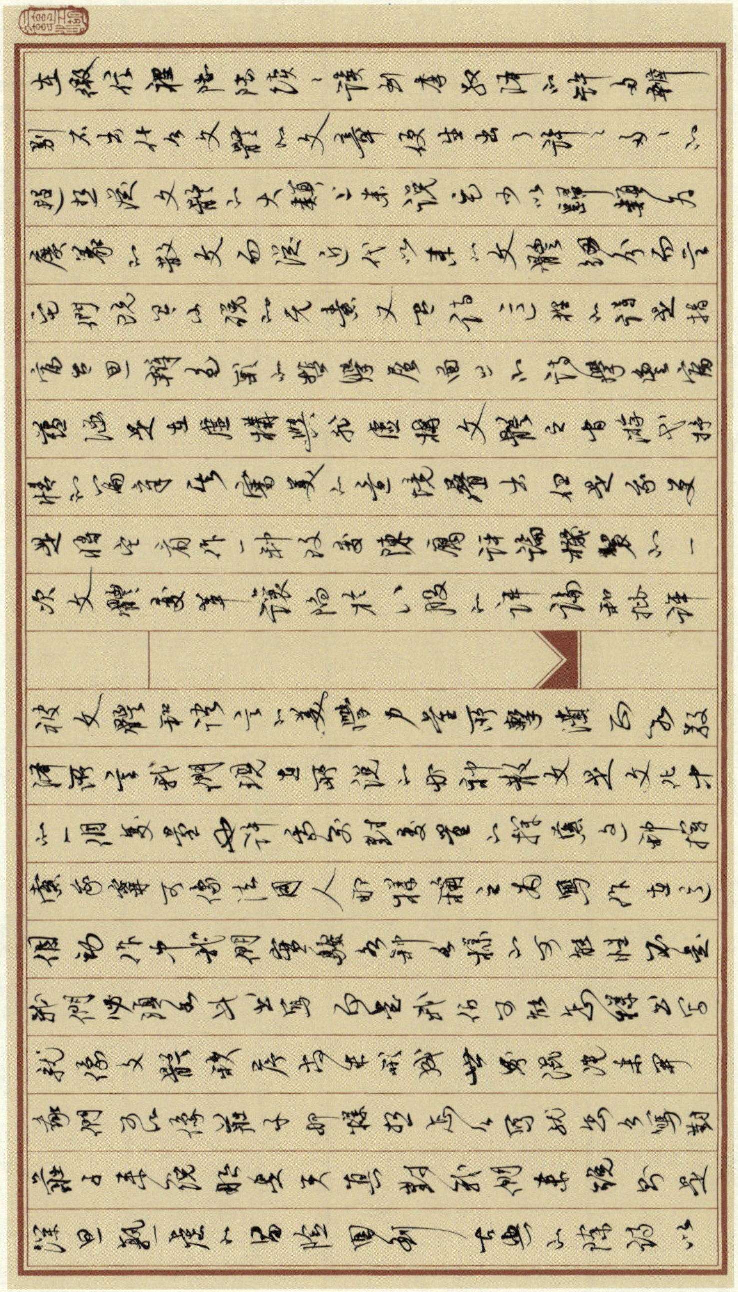

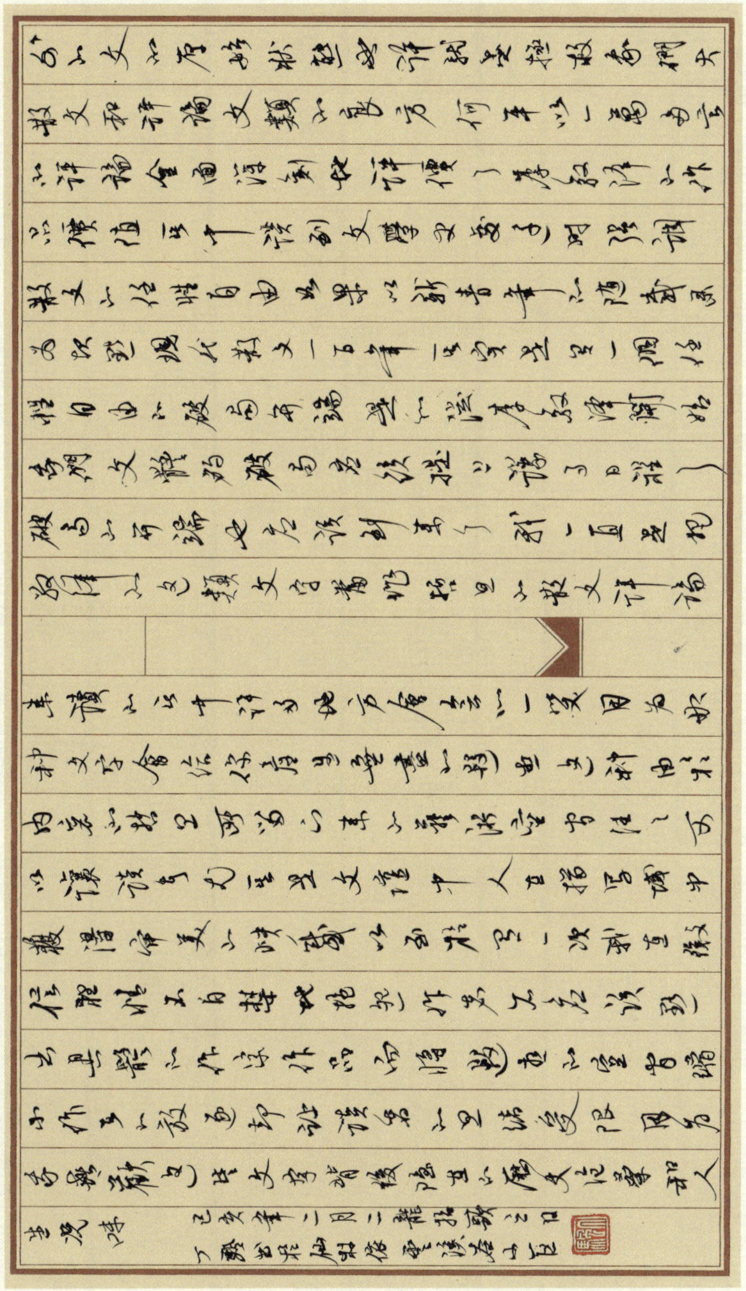

2019 年第 3 期

方方说巴别尔的《骑兵军》“大多结构都极其简单，篇幅也极尽短小，有的甚至只有一千多字，极端短的，甚至千字不到。通篇只是陈述一个场景一个人物或某一事件，描述的细节相当写实，也相当真切，让人觉得非虚构成分远远多于虚构成分。这种介于虚构和非虚构之间的气质，很像我们曾经有过的一种文体：特写。但巴别尔却以他别致独特的剪裁手段和简洁瑰丽的语言功力，使得它带有浓厚的新闻气质而成为文学经典。更准确的说法是，巴别尔独具匠心的语言，使得《骑兵军》中的作品超越特写，而成为优质的短篇小说”。我们等待着方方这样细读的文字！

我们将陆续连载格非先生对世界著名作家作品的分析文章。本期刊登的格非对穆齐尔的评论，绝非是文学史教程的篇章，或是什么评传式的著述，它是把具体的作品放在世界文学和中国文学的大背景下鞭辟入里地分析作家，从思想到技术层面由表及里的剖析，让人看到的是一个有着学者情怀的小说家阅读世界的心灵窗口。

诚如作者所言：“我的初步结论如下：首先，在精神气质方面，穆齐尔与卡夫卡是相通的，他们的作品都具有强烈的预言性。其次，两位作家的写作方式完全不同。卡夫卡倾向于将现实世界经过变形之后进行重组，从而用一种近乎寓言的方式展现世界图景；而穆齐尔采取的是直接对现实世界加以描述和阐释。最后，我认为，穆齐尔在某种意义上可以涵盖卡夫卡的一部分主题，卡夫卡则无法涵盖穆齐尔。比如说，卡夫卡在作品中对国家机器、现代法律和个人在历史进程中的荒诞处境的批判和抗议，穆齐尔在《没有个性的人》中几乎全部都涉及了。但穆齐尔对科学、理性、社会道德、文化史、知识系统和话语系统的深刻反思，卡夫卡则没有太大的兴趣。我这么说，并不是要向大家证明，穆齐尔要比卡夫卡伟大，而是想说明穆齐尔思想和文本的特殊性。如果大家有兴趣，也可以将穆齐尔与托马斯 · 曼、[1] 普鲁斯特进行比较——穆齐尔的哲学思辨能力完全可与托马斯 · 曼媲美；而在文体修辞上……则有异曲同工之妙。”这不是一个比较文学学者能够写出来的文字，也不是一个普通作家能够写出来的文字。

己亥丁帆书

① 手稿此处遗漏“托马斯 · 曼”。

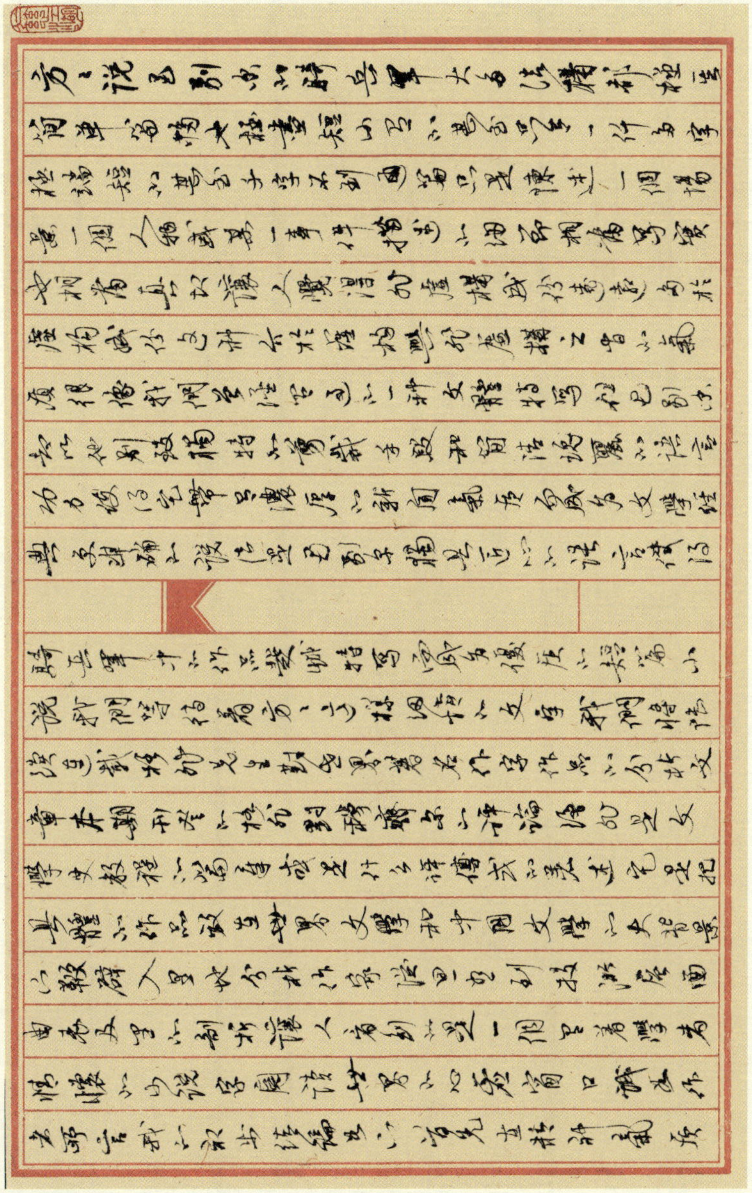

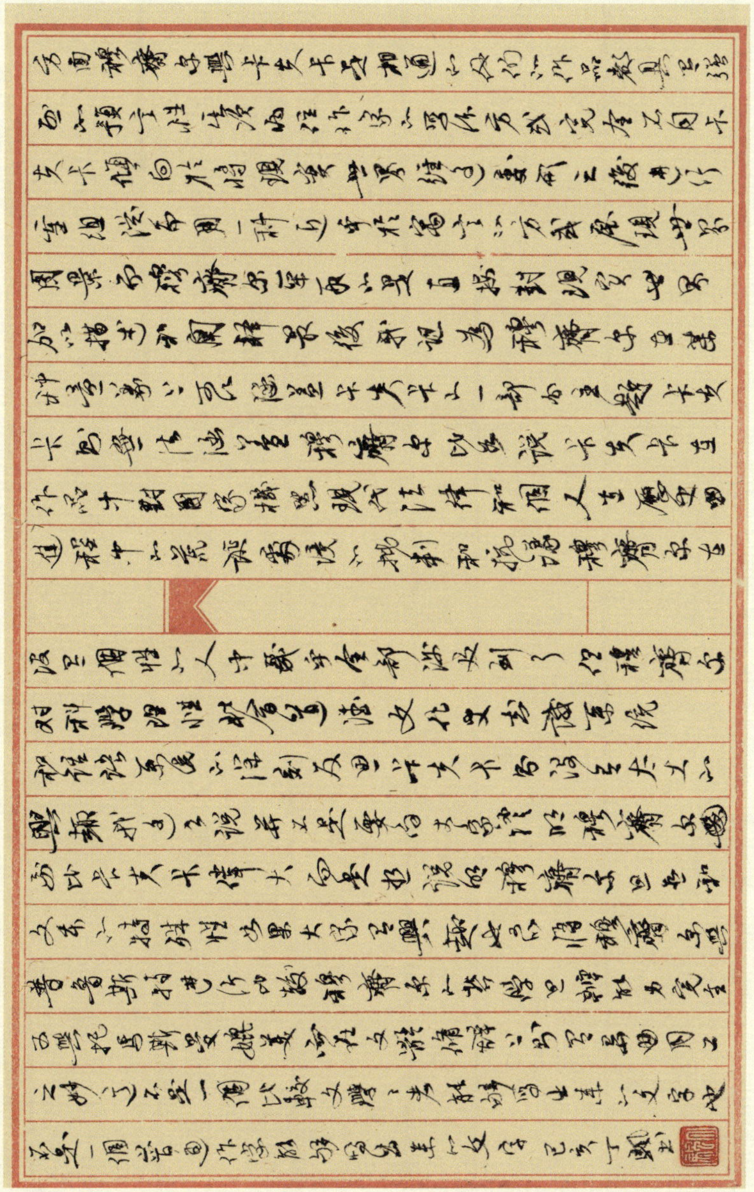

2019 年第 4 期

格非从宏观、中观和微观的各个角度全方位拆解剖析了穆齐尔《没有个性的人》，其意义就在于他的理论分析既不是学院派的呆板的高头讲章，又不是纯粹感性的天马行空式的“印象派”分析，在“活体解剖”过程中，他让我们看到了一个血肉之躯里那个跳动着的灵魂。

同样，陈众议也用实际行动表达了对抽象的文学批评的反讽。作为一个翻译大家，众议兄并非刻板机械地对阎连科进行纯理性的分析，而是将一个作家行走的足音搁置在中外著名作家作品的比较平台上进行灵魂的曝光，无须阿谀献媚之辞，却将作家的人格特征写了出来：“时代社会的阴暗面是他们的痛，而他们哭的是那些不幸的人。但反过来我们从连科彰示的悲剧，庆幸生活在一个越来越包容的时代、向好的社会。至少是‘挑战与机遇并存’，‘绝望与希望’同在。狄更斯曾说：‘这是一个最好的时代，也是最坏的时代’；托尔斯泰曾说：‘幸福的家庭是相似的，不幸的家庭各有各的不幸’，就看你站在什么立场、什么角度。而今，我们只需要理解阎连科的善良初衷，以及他那颗孩童般纯粹——悲悯的心灵。”

在方维保的长篇小说大论中，我最欣赏的一段话就是：“假如说先锋长篇叙事还留下一点什么让精英批评主导的长篇美学留恋的话，那就是那些具有现实主义和现代主义‘跨界’特征的长篇小说了。如仔细考量《活着》等受到追捧的原因，其本质还是在于其现实主义的史诗性美感，而不是其他。”这是对这几十年来长篇小说的点睛之笔。

段崇轩兄的“重建文学的‘虚构’诗学”论可谓是对文坛兴起的“非虚构文学”的一记重拳，当然，他弘扬的是兼有“拥有写实能力和虚构能力”的作品。

耿占春兄对代际作家的中肯评论是有启示意义的，尽管他们未必认同。

己亥年五月二十一日夏至后草于南大和园

丁帆开笔

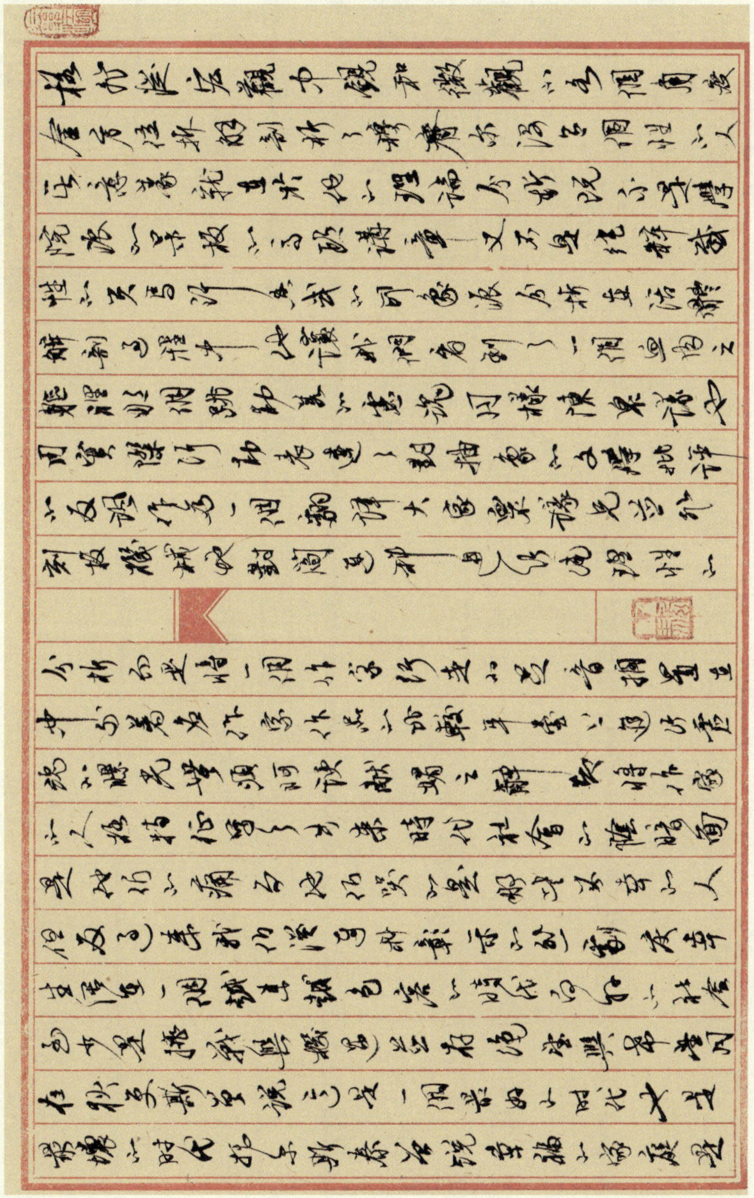

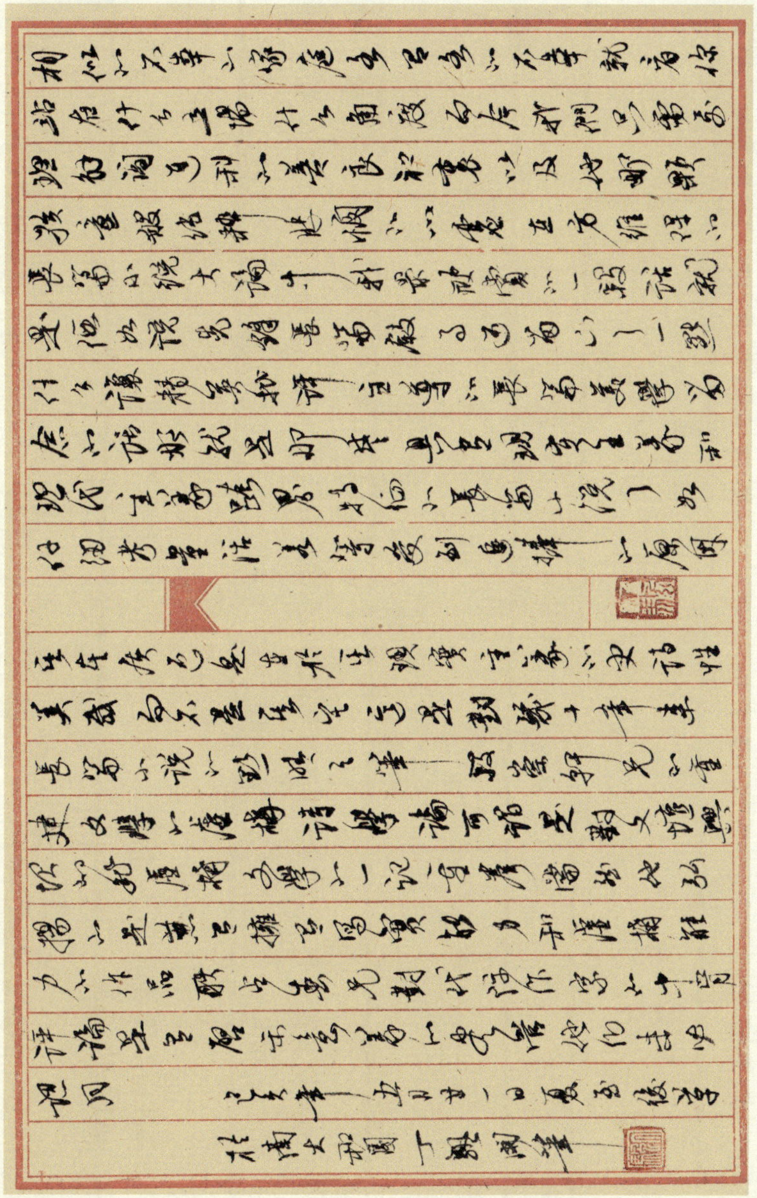

2019 年第 5 期

我们所秉持的马克思主义批评是与康德主义杂糅在一起而出现在批评界的。这些有趣的现象贯通一百年了,孙郁兄则是第一次将它们与现代批评家观念,以及百年著名作家作品进行勾连,梳理出了一条新康德主义在中国流变的历史,甚至将其源流扩展到日本等东亚地区,使其有了更多的参照系,我们就可以廓清这种理论为何在中国有更多市场的由来。

新康德主义批评观带来的启示是:"更为具有针对性,宏观的扫描被微观的洞悉代替了。"也许,这就是孙郁先生在归纳李泽厚康德研究和刘再复主体论所得到的不同结论吧,至于今人怎么看,不同的批评家眼里折射出来的光芒是不一样的。

然而,康德是人类绕不过去的存在:"在这个世上,人类还只是弱小的存在,我们因此犯过诸多错误。然而在苦苦的行路里……康德之于我们,不是远去的灰色遗存,而是常绿的精神之树。"

无疑,李洱的《应物兄》自打甫一问世就遭遇了许多好评与差评,这次最终还是获得了茅盾文学奖,更是引来了许多议论。本刊认为,这种现象对于文学批评而言是一个好事。我们在这一期里发表了阎晶明先生早就写就的评《应物兄》的文章,意在引发对知识分子题材作品的深入讨论。

自打中国新小说发轫以来,其乡土题材和知识分子题材就成为百年来小说的主旋律。当然,近几十年来,知识分子题材的小说逐渐式微,如何去书写这样的题材,书写的尺度是什么,都将是我们需要探讨的问题。

阎兄说:"《应物兄》正是高蹈的书生气与世俗的烟火气的结晶,是二者生出来的一个可爱的怪胎。"确实点到了命脉,实际上反面意见也是这么看的,这种构成的二律背反的阅读错位,正是小说长处所在,我们在不同的折射镜面中看到的是不同的知识分子影像。

己亥八月丁帆书

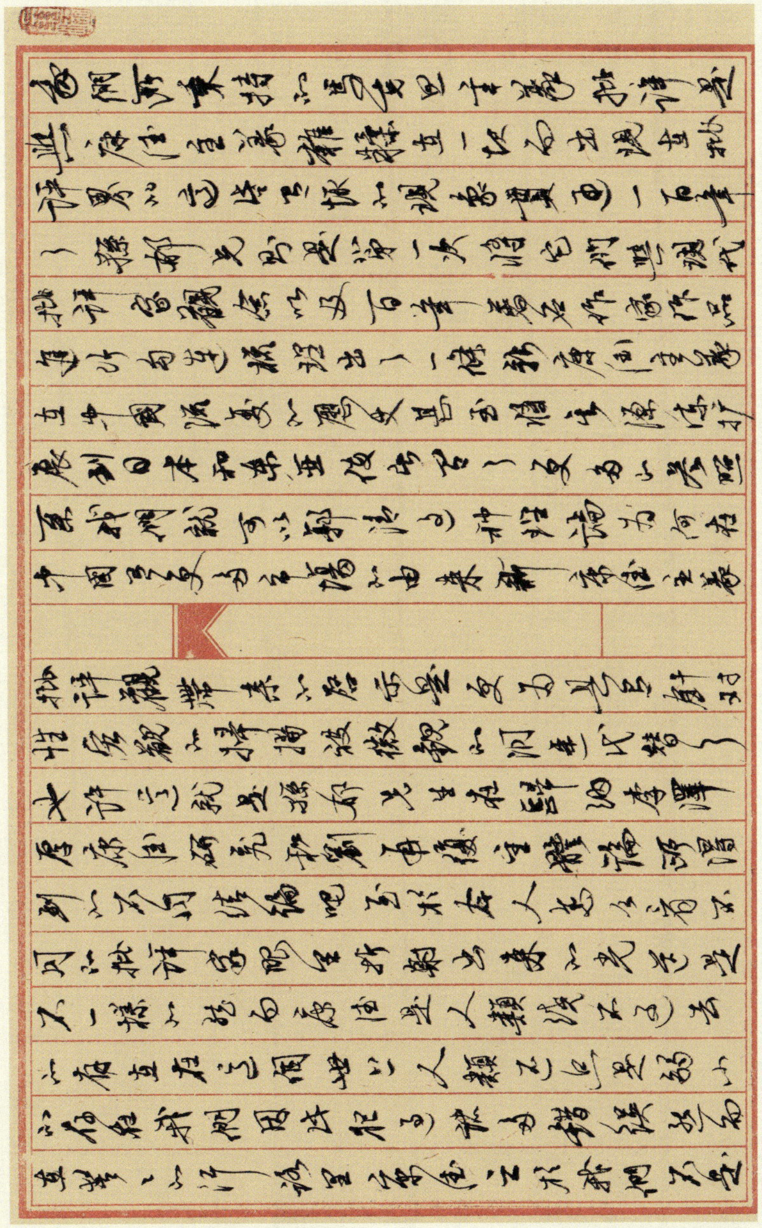

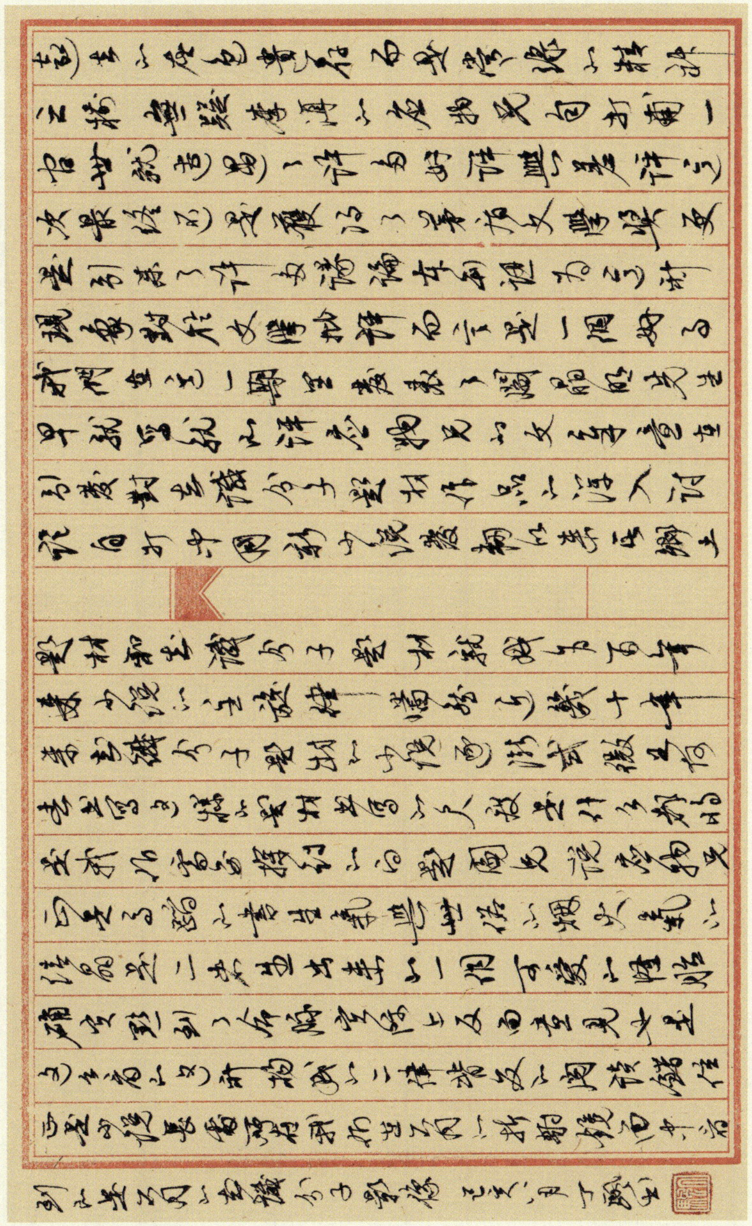

2019 年第 6 期

我们读阿来的作品往往是通过泛神论所构造的神性世界，以及那种充满着“审美光芒”的异族神秘语言投射而进入叙述河流的。而真正导致作者创作冲动的契机却是“那种诱惑我投入写作的，是语言；成全我写作的，依然是语言。语言的魔法，令人神迷目眩”。无疑，语言作为形式的外壳，就像一件华丽的外衣，没有这一层，审美的直观条件就丧失了。然而，高明的作者绝不会用富有“审美光芒”的语言形式去掩盖其内容辐射出来的人性的生命“审美光芒”。

诚然，语言的“调性”是作家创作时寻找到准确“调门”的过程，《云中记》所运用“这种语言调性的建立，是基于我的第一母语嘉绒语。这是一种对事物，对生命充满朴素感知的语言。如何将这样生动的感知转移到中文里来，也是我面临的一个考验”。亦正是这种“感知的语言”构成了作家面对世界的价值观选择，才确立了其在历史、现实和未来三个时间维度上的对作家思想的考验。其实，好的作家是有定力的，只要掌握了写作的“真理性”，你就会拥有历史、当下和未来，正如作者所言：“在表现人与灵魂，人与大地关系时，必须把眼光投向更普遍的生命现象，必须把眼光投向于人对自身情感与灵魂的自省。”一切从“人性的”“生命的”“灵魂的”角度来考量，就一定会顺势寻觅到一种语言的最佳表达方式。从某种意义上来说，语言和内容往往是融为一体的，没有好的语言就无法让内容释放出“审美光芒”来，反之，没有深邃的思想促动，你也无法找到那件华丽的外衣。所以，一个优秀的作家在写作过程中获取超越时代、超越自我、超越历史和超越未来的优先“当代性”才是真理的大道。

纷繁的二〇一九年即将远去，本刊在编完最后一期时将迎来二〇二〇年的新开端新刊号，让我们走进了一个新的时代。本刊同仁一定努力把《扬子江评论》办得更好！

己亥年九月二十九日丁帆书于仙林

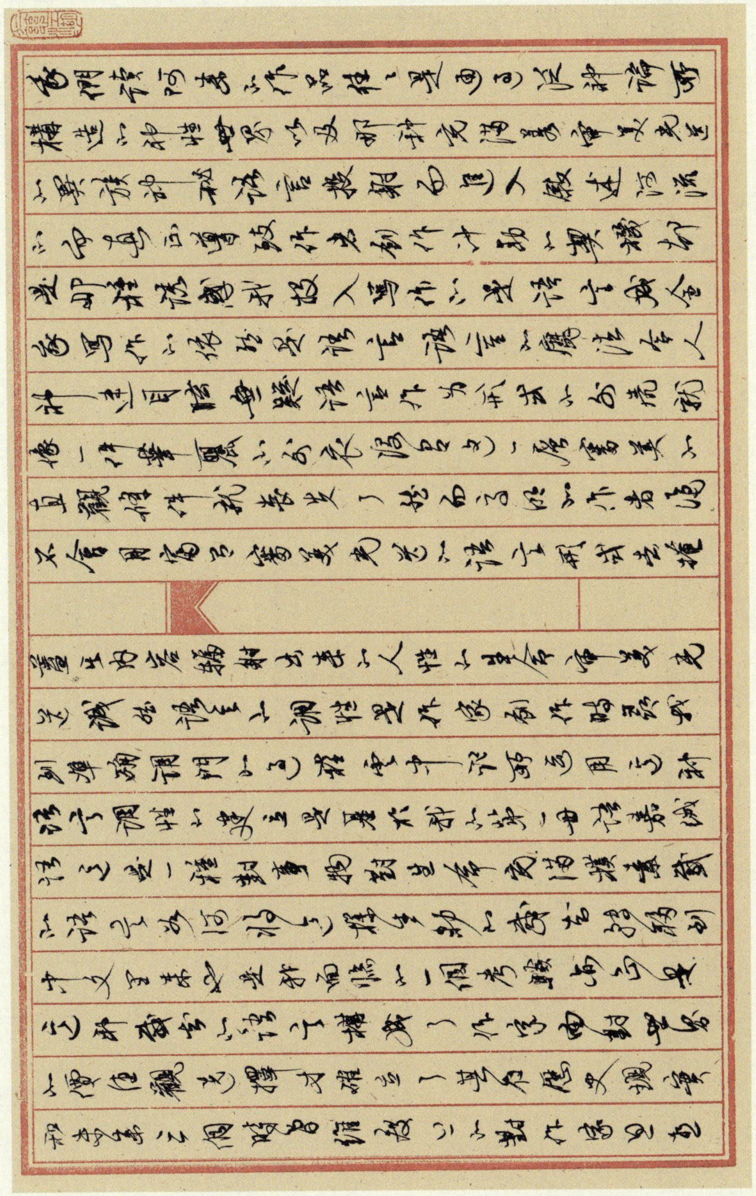

2020 年第 1 期

新年伊始，本刊正式更名为《扬子江文学评论》。十四年来，我们在学界和业界各位同仁的大力支持下，走过了筚路蓝缕的艰辛历程，从一个不知名的刊物成长为国内有影响的评论双月刊，其中凝聚了多少人的心血，这是本刊同仁永志不忘的恩情。当然，作者和读者才是永远的“上帝”，他们的青睐就是我们今后征程的航标灯。

本期我们刊发了格非对志贺直哉小说长长的深度解析，用格非的话来说，读志贺的小说“将为我们重新思考小说与世界的关系，提供有益的启示”。我也特别欣赏格非的这一句十分精彩的格言，他击中了当今小说的痛处，作为一种警示，我们可以从中悟出点什么，尽管你可以不同意他的意见，但是这种探讨中的小说创作直觉是值得我们深刻反省的理路：“且不说小说的未来如何，至少在萨克雷、狄更斯以后，刻画世态人情风俗的严肃小说的传统已经很长，小说家们拥有充足的描写生活的技术，耳目所及，一切皆像小说的场面，到了这个程度，已经不是在写小说了，而人的真正的睿智，对小说家而言不再必要。”这是一个从上个世纪八十年代“先锋小说”突围出来的作家，经历过近三十年小说洗礼后发出的对写实小说创作的肺腑之言，尤为值得我们深思。

无疑，麦家是一个有争议的小说家，但是，无论如何他是一个拥有大量读者的作家。也许你是在电视剧《暗算》和《风声》中认识的麦家，而小说创作中的麦家你未必就熟悉，所以读王尧的《为麦家解密，或关于麦家的误读》才更有意义，究竟是“谍战小说”，还是“类型小说”，抑或就是一种纯文学的写法？我始终认为，小说如果脱离了“故事性”，那就是抽掉了小说的魂灵，何况他小说故事中还隐藏着那种巨大的吸引力：跌宕起伏、峰回路转的情节，让读者不能自已！而且，他的小说亦如方岩所分析的那样，其题材中呈现出来的巨大能量也是值得咀嚼的隐形内涵。

己亥年腊月十八日丁帆书

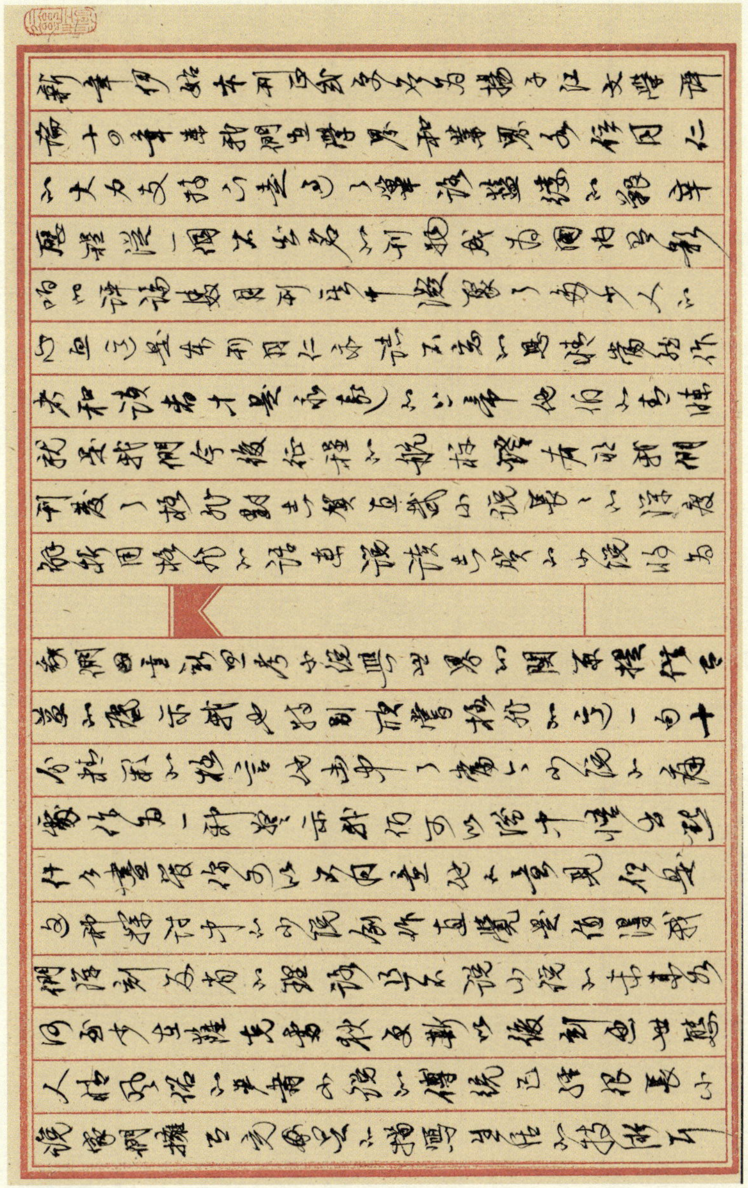

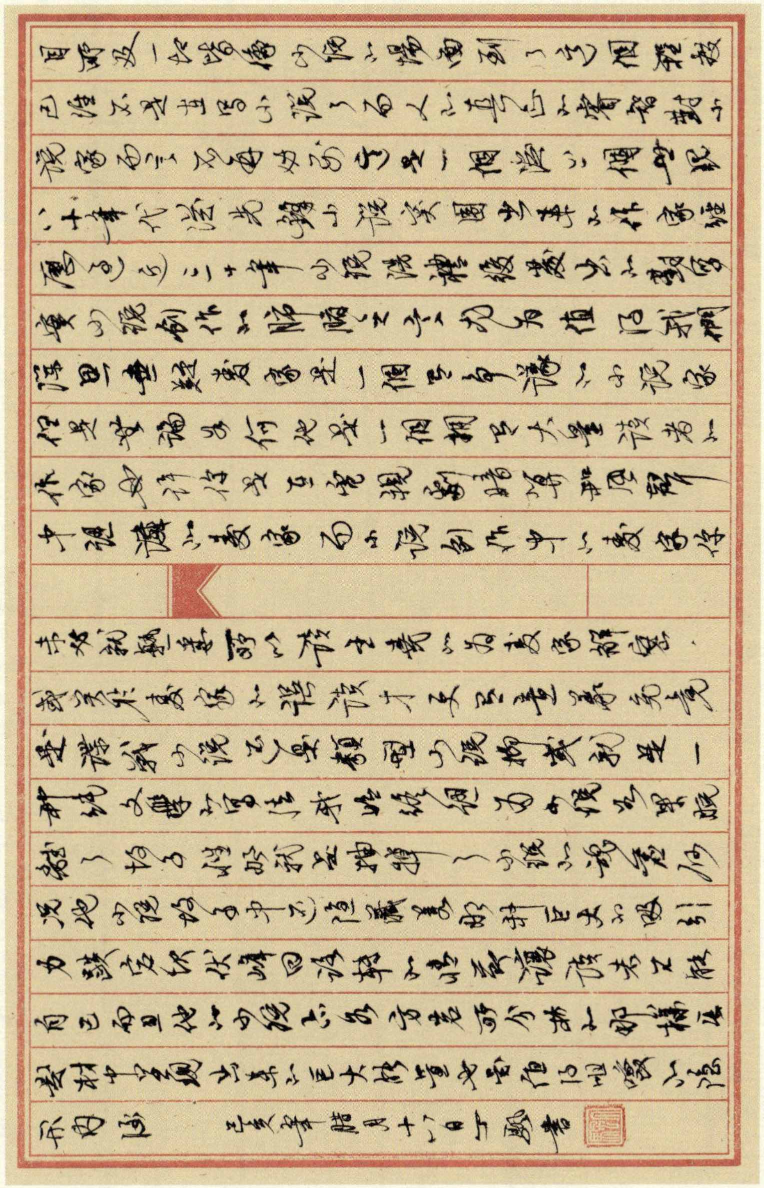

2020 年第 2 期

当人类灾难降临的时候，作家的价值观就会突显出来，本期的“名家三棱镜”①发表了作家东西的专栏，东西说：“如今大规模倡导的正能量的写作，非常考验作家们的心智……一部作家描写地球灾难的小说，往往能唤起读者对地球的热爱和珍惜。”“于是，一次向下的写作，让我获得了一股温暖的向上的能量。”这也就是作家采取“向上的能量通过向下的写作获得”的绝好写作视角，亦如韩少功所言：“这种小说不是写出来的，是活出来的，是一段岁月深处蕴积和发酵的生命本然。”

同样，艾伟在阐释现代小说视角技巧的时候，也涉及了一个作家面临人类灾难时的价值观选择：“这是乐观主义的期待，历史或许有着自己的意志，帕斯捷尔纳克在小说最后留下的未来还在茫茫的天际闪着微光。而同样虚无的米兰·昆德拉在《生命中不能承受之轻》里却给予人的情感以肯定性力量，成为这部小说中最为闪光也最为令人动容之处。”什么是作家“肯定性力量”，毫无疑问，人性的力量才是至高无上的！尽管现代小说“无论在时间的处理还是视角的转换，使小说变得更为复杂，创造出一种内在的不安感、无力感和动荡感，和小说中女主人公的内心世界浑然一体”，但是，视角转换②并不代表作家眼光的涣散迷茫，而是一种更加坚定的表达，只要你能看得懂。

其实，由于批评的疏忽，我们对一些优秀的文本的文学史地位严重地低估了，正如张学昕所说：“认识东西好多年，读过东西的许多作品。直到遇见他的第三部长篇小说《篡改的命》，我才真正地相信东西是我们这个时代最重要的作家之一，他也是这些年来被我们评论界和研究界所忽略的作家。”

艾伟伟大吗？也许并不。东西巅峰了吗？或许未必。但你不能说他们不是当代最重要的作家之一。

本刊拟进一步关注这一些被文学批评和文学评论疏忽而被文学史边缘化了的作家作品。

庚子年二月二十七日丁帆书于南京大学和园小区封园之中

① 固定栏目名，手稿漏“名家”二字。

② “视角转换”手稿为“视角”。

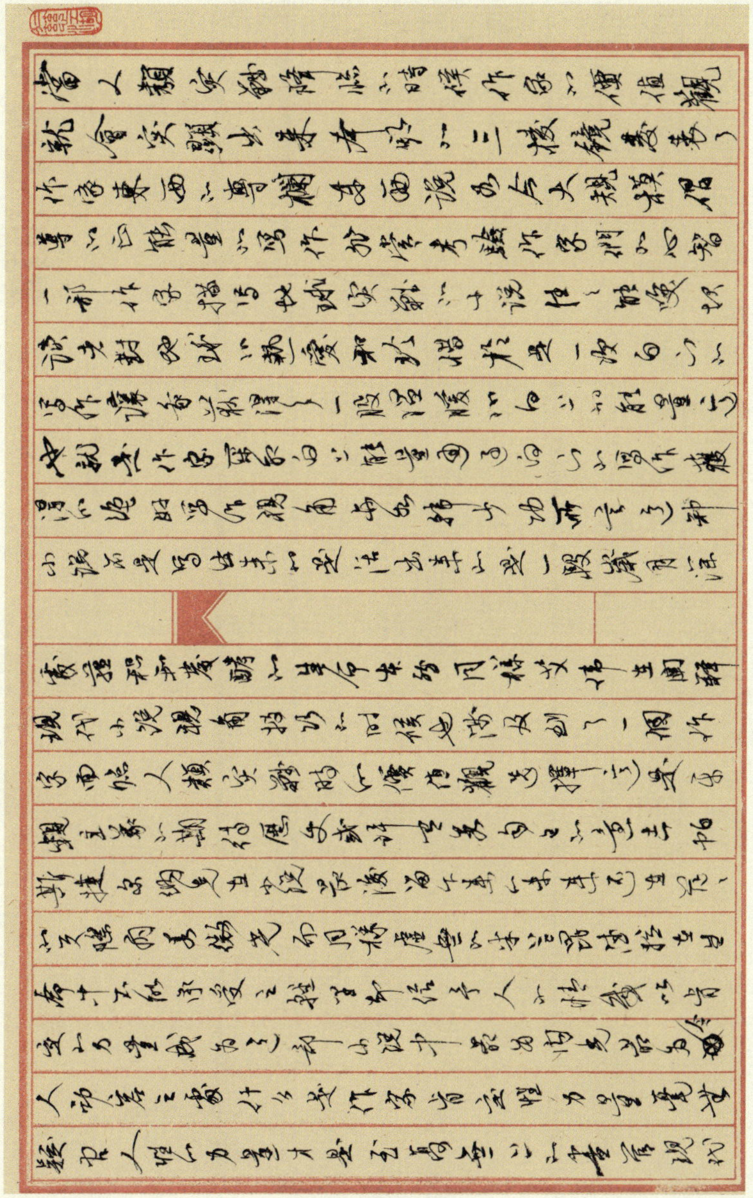

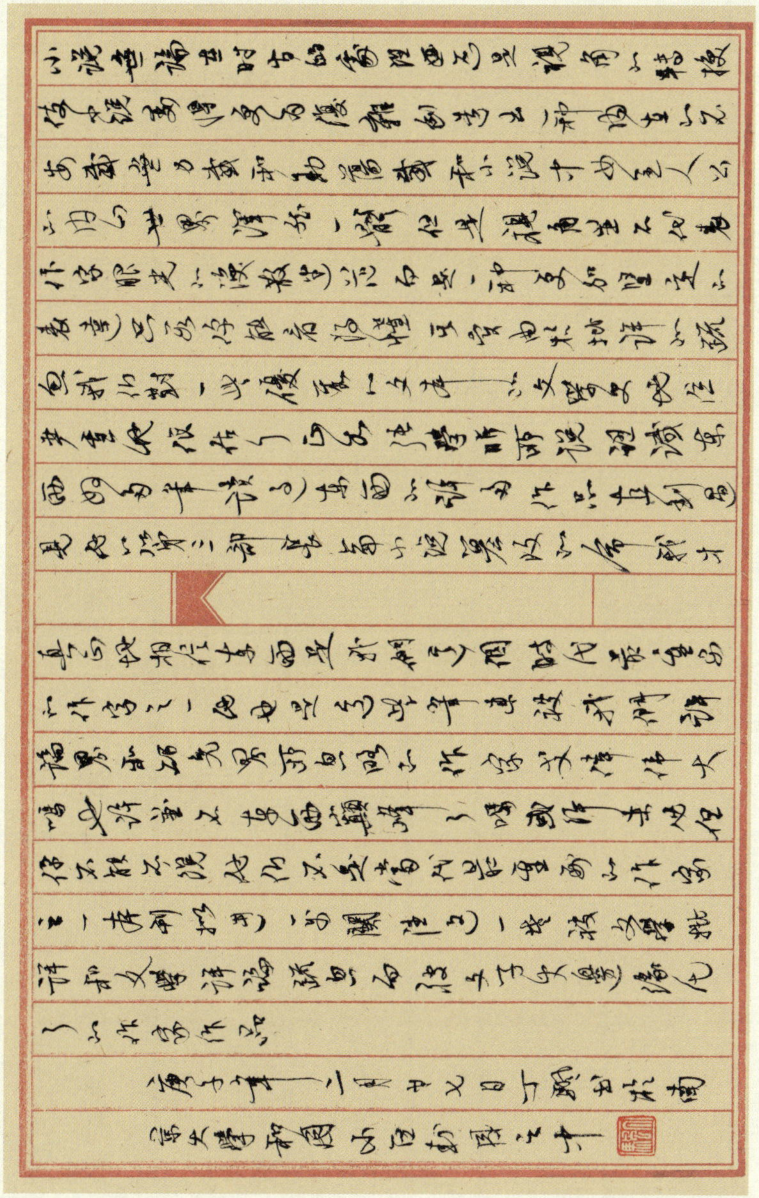

2020 年第 3 期

在北国边疆，一百多年来诞生了两个女作家，一个是呼兰河畔的萧红，一个是额尔古纳河畔的迟子建，在她们身上都流淌着女性作家罗曼蒂克的热血，只是这种热血在两个作家的笔下有着不同形式的表现，迟子建认为“一个作家的‘热血’又是什么呢？是你对世界的好奇心？对历史无尽的探索欲？对现实敏锐的洞察力？对万事万物的悲悯情怀？对江河日月的敬畏之心？对高贵灵魂永怀的敬意？对卑微生灵的体恤关爱？对束缚自己的枷锁勇于说不？对一切丑恶敢于拍案？……对历史裂隙处和现实泥淖中，那一张张扭曲的脸孔，能够看到他们内心深处的眼泪？对五味杂陈的生活，能够做一个公允的见证人和记录者？”我们从一个弱女子身上嗅到了一种刚烈的芬芳，亦如王尧所言：“迟子建的‘边地’故事拓展了中国文学的想象版图，这些文本提供了一种‘在别处’的风景，我们借这些故事得以看到别样的人生形态。”正是在边陲那一片纯净的蓝天白云和一缕缕镀金的阳光里，我们寻觅到了让人心动的诗性浪漫情愫。

大约是在七八年前吧，当我第一次认认真真地读了路内关于七十年代工人题材小说的时候，一下就被他笔下的生活情节和细节所吸引，感叹作家的文笔竟如此老辣，穿透历史和人性的魔障，呈现出了作品写真的最大值。本刊恭请老批评家程德培先生来评论新一代作家，是有深意的，因为他们经历过历史的沧桑，洞悉作家的心态，把握时代的脉搏。我们还将陆陆续续请出老评论家“掌勺”，烹出文坛上的“头道菜”来。正如程德培兄所言：“写一代文学青年的成长史可能是埋藏于路内心底更长久的愿望。同样的文学之梦，要写出‘这一代’而不是其他的命运，要写‘这一部分人’的追求与分化的不凡岁月，可能缘之于一个更宏大的想象之梦。”

庚子四月丁帆书

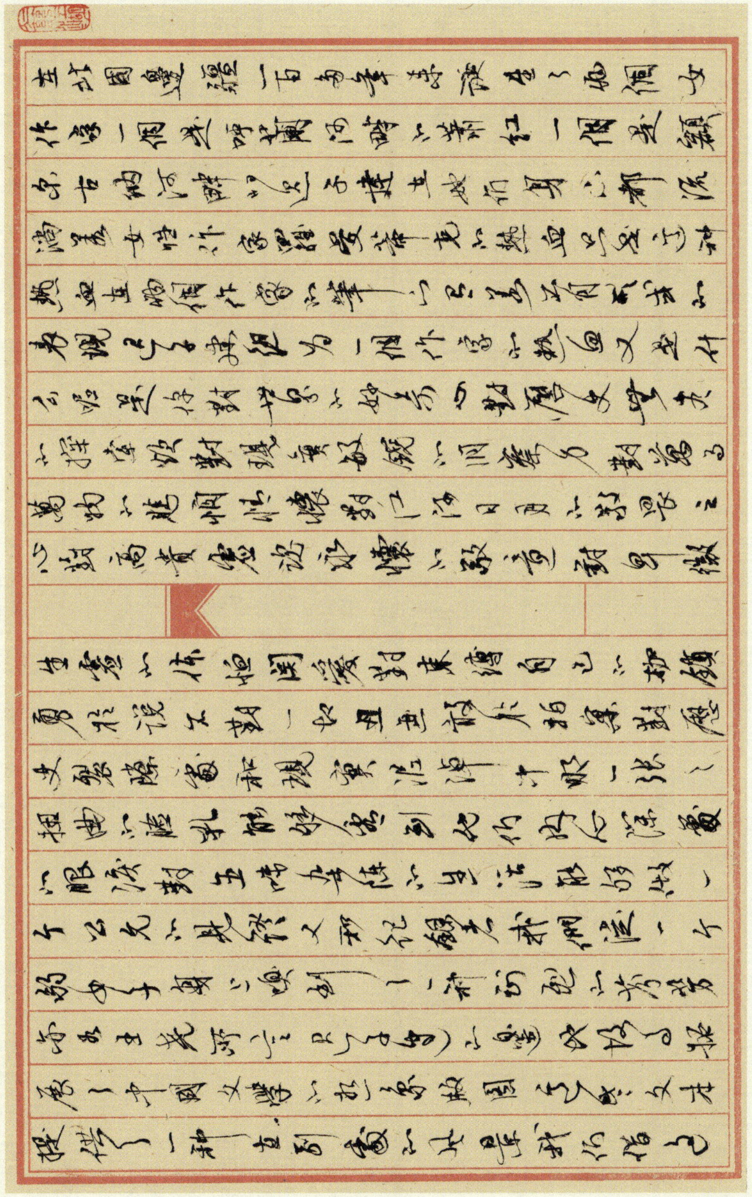

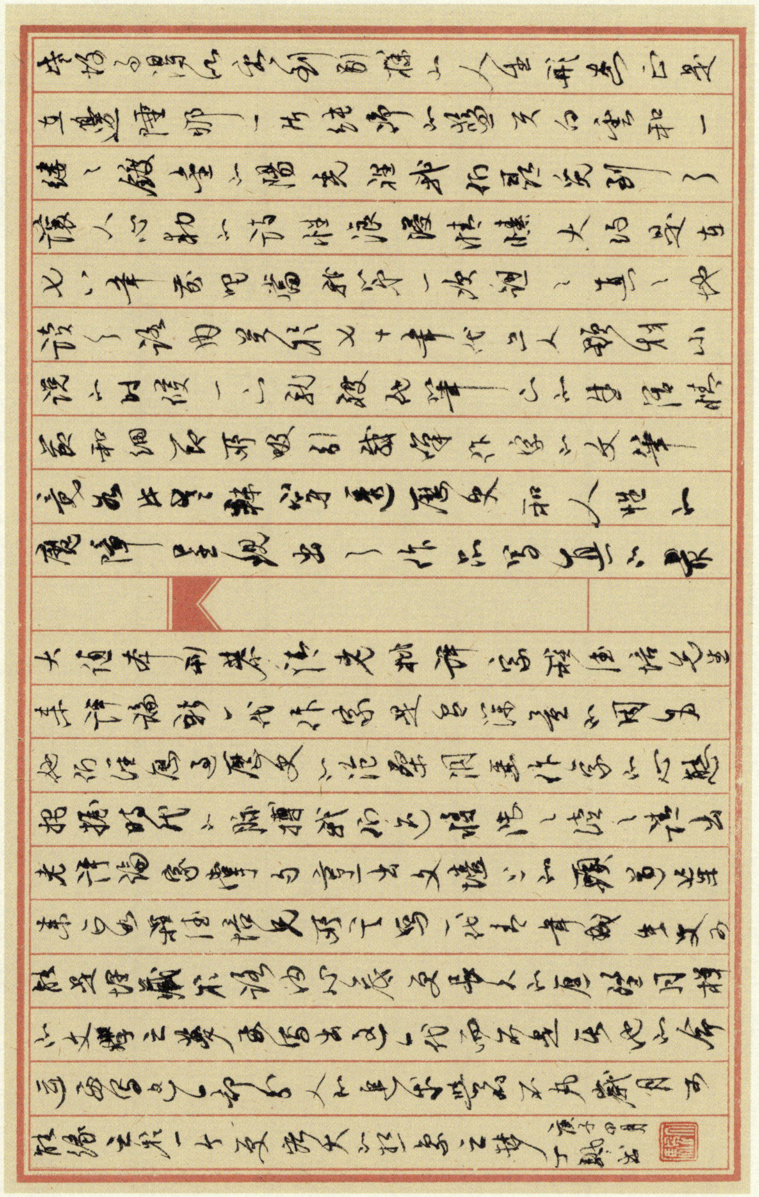

2020 年第 4 期

艾伟把写作的“中国经验”指向了《金瓶梅》式的“记录中国人的日常经验”，应该说是对凌空虚蹈的小说“所指”和“能指”的一种反拨。当然，这也并非是回到“一地鸡毛”式的庸常的写作之中去。然而，我们的小说创作一旦离开了空气和水，即便是技术路线再高明，也不会成为经典。我同意毕飞宇把《风和日丽》看作艾伟的“巅峰之作”，因为“面对历史，面对宏阔的背景”，“直抵人心”的恰恰就是作家意识到了的从“日常经验”中抽绎出来的精神，用何平的话来说就是“尊重时代的肌理和人的命运感，尽最大可能敞开世界和人的内心世界的矛盾和幽暗”。“我们如何有效地具有信服力地打开中国人的精神世界并找到中国人的‘灵魂’”才是作家所追求的精神世界。

张悦然以艾莉丝·门罗的时间概念为例，来阐释小说作家在时空构造上的逆向思维给小说带来的用时间换空间的辩证道理，应该是一个小说家悟出的哲理：“所以她的小说从表面来看，有一种较为松散的结构，像是在时空中徜徉。她对笔下人物了解得似乎比大多数短篇小说作者更多，他们就像她的同学或邻居，她很小的时候就认识他们，知道他们从哪里来，去了哪里。也因为这样，她的人物显得更真实，他们不是舞台聚光灯底下声嘶力竭念诵台词的演员，而更像我们周围的人。”也正好印证了艾伟“日常经验”是消弭空洞经验的真谛。

李建军在重评路遥小说时，着重对其“自觉地清理自己的血液”的反思给出了较高的评价，这一点对于作家，尤其是在各种各样政治运动中沉浮的中国作家来说，是至关重要的问题。“风派”作家的生命力终归是有限的，一旦成为时代思想的“寄生鸟”，这不仅仅是作家的悲哀，同时也是这个时代文学的悲哀。

随着后疫情时代的到来，世界格局发生了巨变，文学观念也随之发生了悄悄的变化，我们的作家会以什么样的姿态投入到前所未有的创作中去呢?!

庚子五月二十七日丁帆直书也

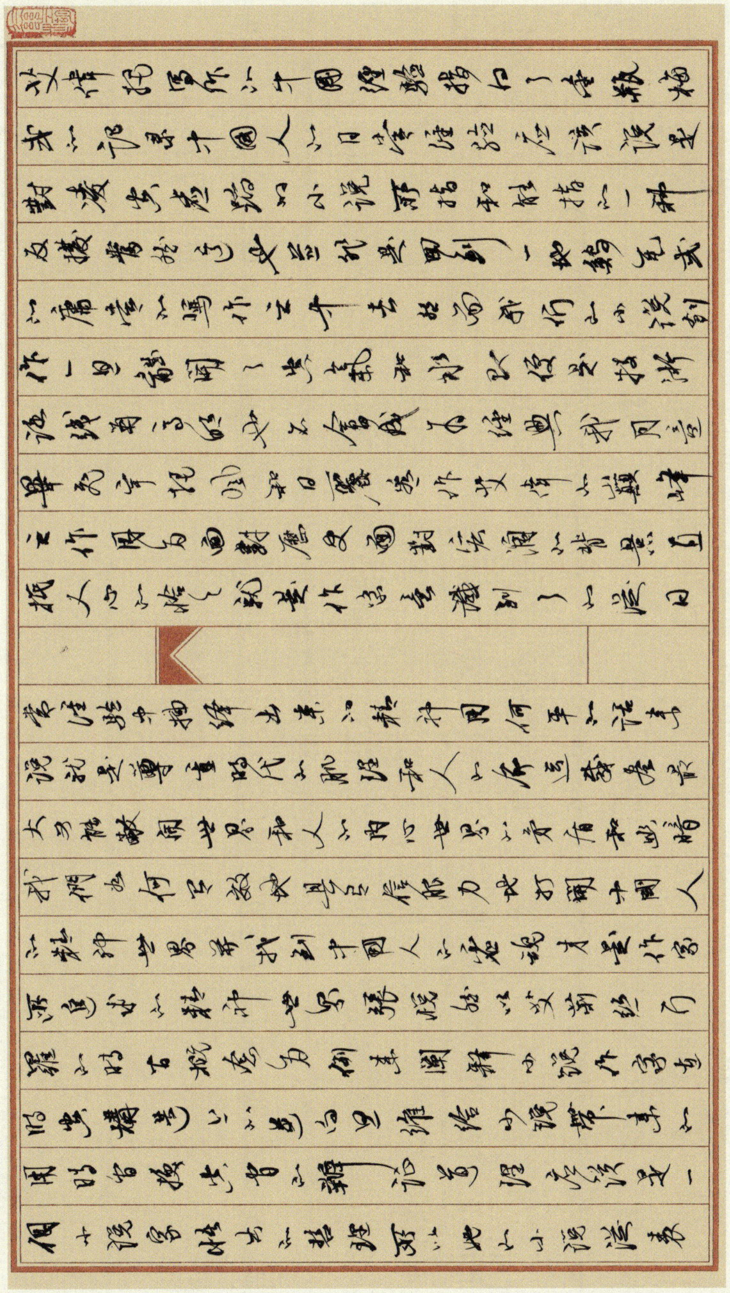

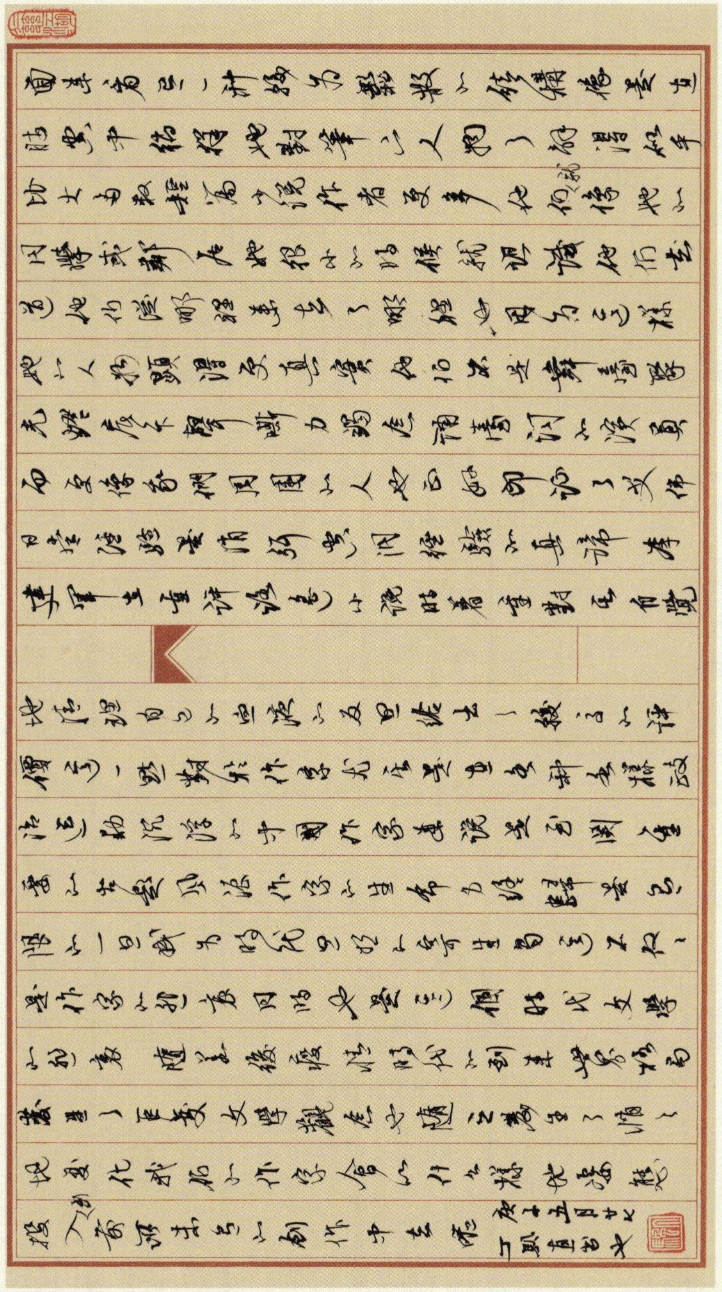

2020 年第 5 期

何为“大家”？也许在不同的人眼里有着各种各样的评断，其中最重要的一点就是学有专攻。但是，我却以为专攻之下必须有着广博知识的积累才能使得专攻更有含金量，尤其是人文学科，读书涉猎越广越杂，学养亦就越发深厚，也许这就是“深刻的片面”厚积薄发的缘由吧。

李庆西和李杭育兄弟是上个世纪八十年代驰骋文坛的人物，前者以犀利的评论文字名世，后者以“葛川江系列小说”浪迹天涯。本刊之所以推出李庆西这样一个沉寂文坛二十多年的评论家和编辑家，就是看中了他那较为独特的读书方式。他把自己的阅读札记用“补白大王”郑逸梅那样的简约笔墨呈现出来，似有“书林散叶”的意思，不失为一种对艺术的独到见解[①]，也不失为一种看取人生与世态的见识和识见。

庆西的《个人阅读史》囊括了古今中外的许许多多作品，从中可以梳理出他一生的阅读轨迹，当然这种阅读还在持续中，我们不妨将它看成一部“成长阅读史”或“阅读成长史”。从时间的维度上来看，不同时期的阅读有着不同的感受，既有时代的共性，也有读者本人的独见。所有这些，让我们看到了一个独具慧眼的读者面影。在那个满是战歌作品的孩提时代里，《鲁宾逊漂流记》《万卡》成为一些少年读者探索另一个世界的“天窗”；知青时代向往的《基督山伯爵》和苏联文学作品，以及那些林林总总的世界名著中的“黄色作品”几乎就是我们这一代人的阅读底色，这也是李庆西阅读的最佳年龄段。当然，由于作者早年编辑生涯的关系，阅读许多古籍便是常事，所以他在九十年代末给赵园先生的《明清之际士大夫研究》写了书评，无独有偶，在最近的一次评奖中我也竭力推荐了此书，作为中国现代文学同仁，我赞赏赵园敢于跨学科阅读和研究的气魄。

书读得越多越杂就越好，无论作家还是学者。

庚子年七月二十九日丁帆书

① “不失为一种对艺术的独到见解”手稿无此句，为后补。

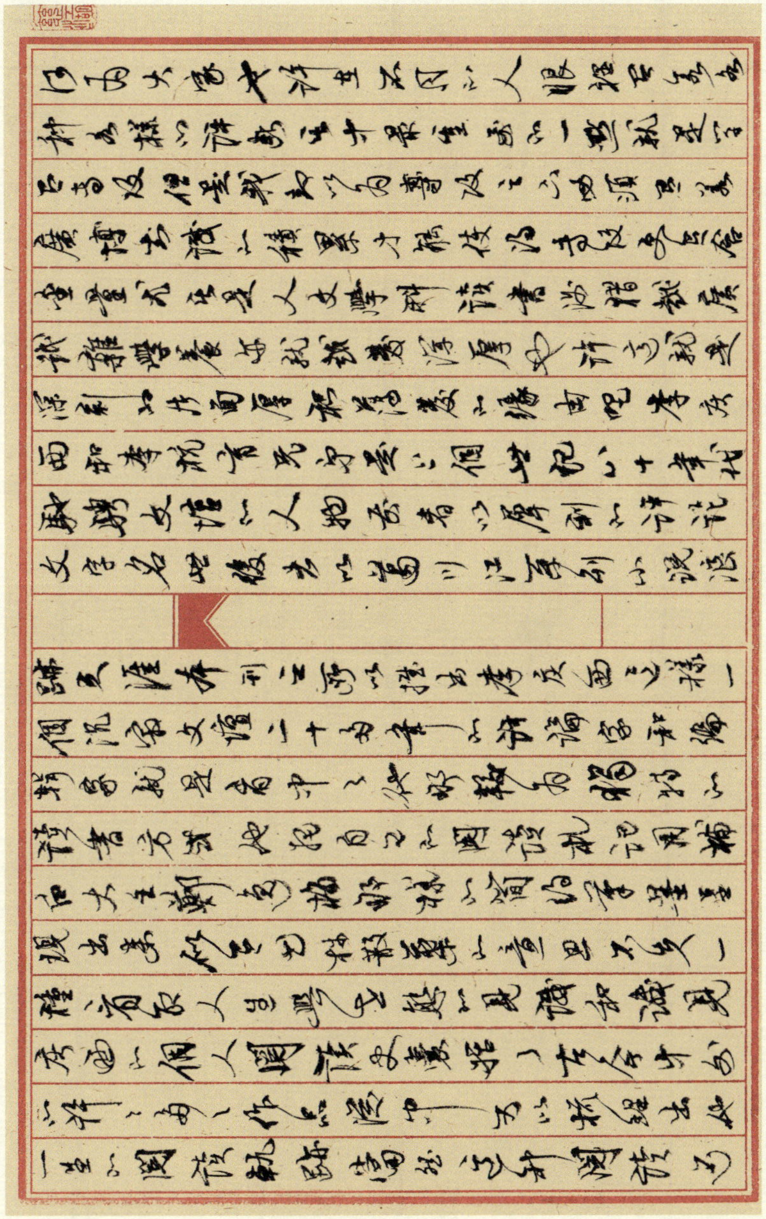

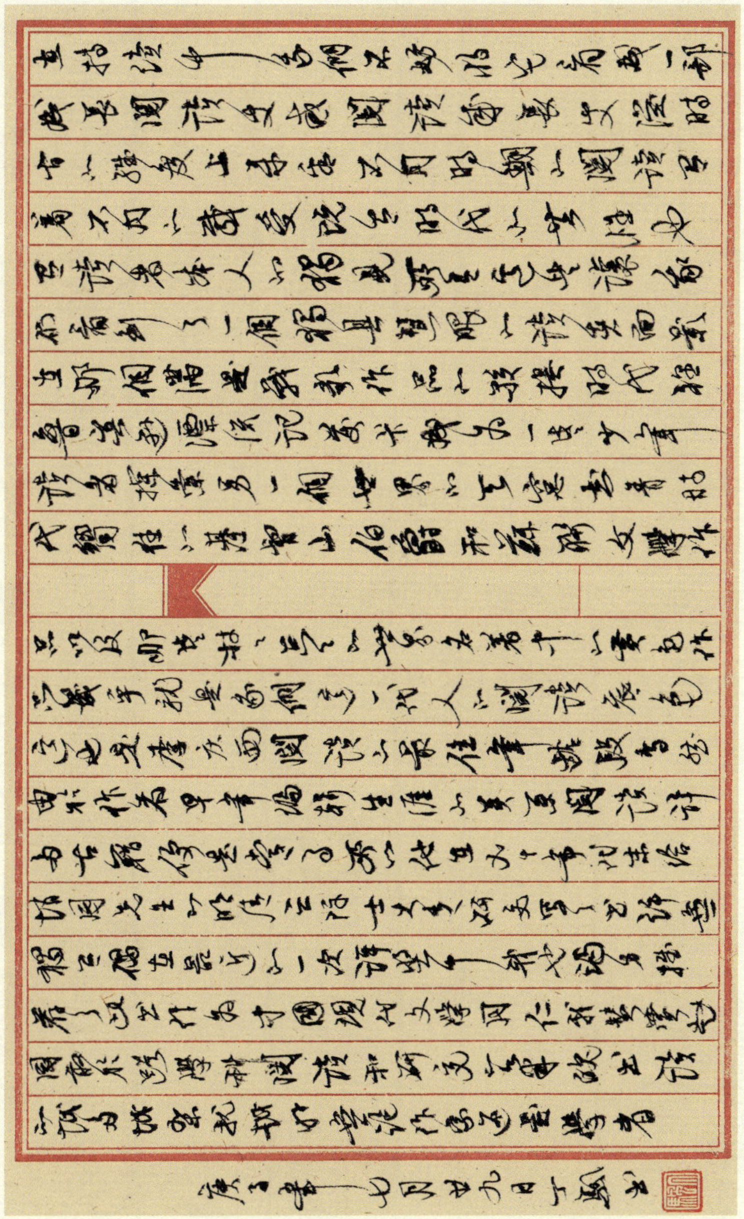

2020 年第 6 期

阿城是一个久违了的作家，近二十年来，他几乎被文坛遗忘了，但是文学史并没有忘记这个有着特殊贡献的作家，正如孙郁兄所言："说起八十年代的文学，不能不提阿城。但无论从哪个角度看，他都是那个时代文坛的例外[①]。他的那些学问，在作家里少见。汪曾祺看到了他内在的功夫，这恰是早就消失了的传统。中国文学，与文章关系很大，但旧时的士大夫玩坏了文章，是世俗小说解放了文体，将辞章救活了。懂此理者不是很多，王国维就从宋元戏曲里看到了艺术的生气，可是新文学家不幸放弃了这个传统，乃至载道甚多，书写的路子越发狭窄。而提倡大众化的人，拒绝了智性，其实被大众所化，文字后的历史也没了。"也许是家学渊源成就了阿城小说中丰富的传统文学内涵，饱读诗书和史书，让这个并无太多文学作品问世的作家让人刮目相看，我们足以从他的小说作品和这篇讲稿中窥见到其中国文化深度理解之一斑。当然，我们并不是非得让作家去阅读大量中外古今原典著作，去做书蠹那样的蠢货，却是要知道典籍中那些可资的文史哲资源——它也是一种创作的源泉，甚至是比世俗现实生活更高更宝贵的"活水"，恰恰在这个浅读泛化的时代里，作家缺少的正是这种"甘坐板凳十年冷"的韧性。

张清华对"文学对于现实的伦理溢出"也有一种深刻的认识："文学有自己的价值，叙述有自身的规律，[②]它的伦理尺度与现实并不完全一样，甚至完全不一样，对此必须要有清晰的分界，否则我们的写作和谈论就会变得盲目和失去方寸。"这不仅仅是对文学史价值提出的标准，也是对处于任何时空中作家创作提出的一种摆脱羁绊的方法论，值得我们思考。

编完今年最后一期稿子，我们期望明年人类在摆脱疫情中迎来文学与批评的春天。

庚子年十月初三丁帆书于南大和园

① "那个时代文坛的例外"手稿为"那个时代的例外"。

② 手稿为"自己的规律"。

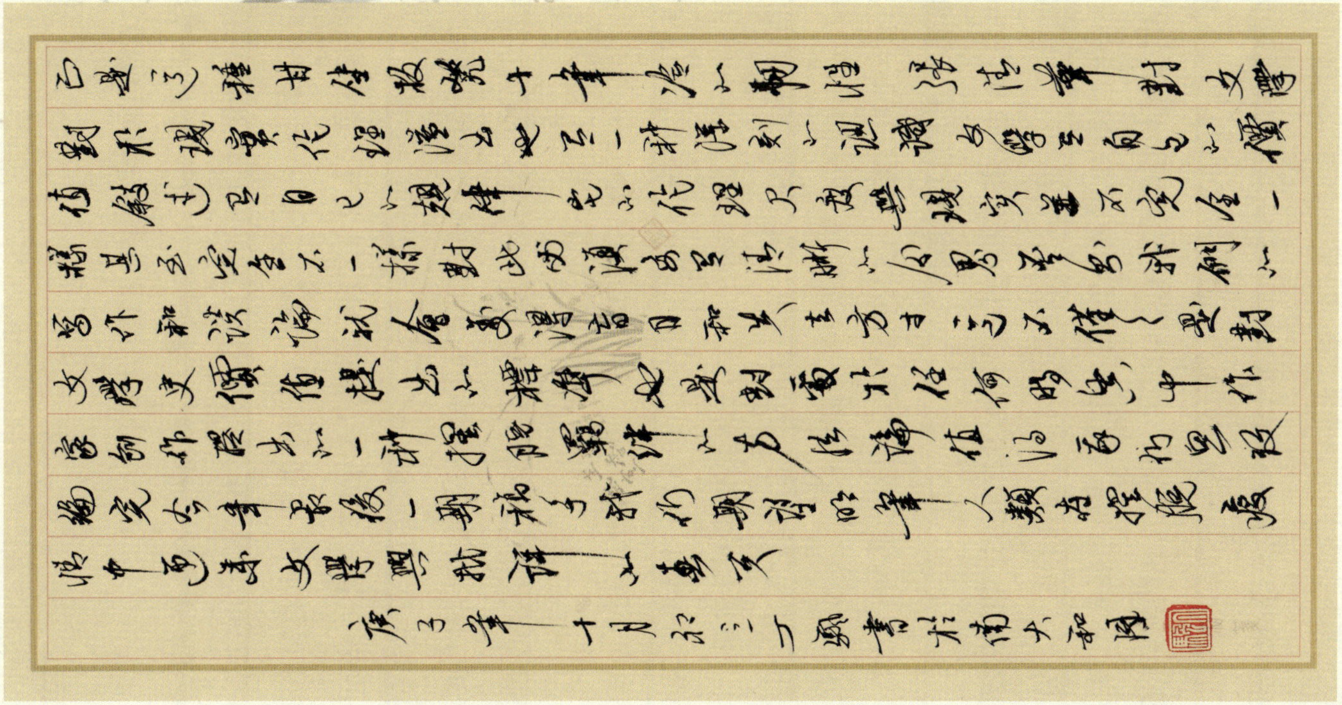

2021 年第 1 期

新年伊始,本刊同仁诚挚地向作者和读者诸君表达新年的祝福!

王尧早就告诉我他在写一部长篇小说[①],我听了以后并没有太在意,但凡从事文学工作的人,包括批评家在内,谁都会有一个文学创作的梦,几十年前,我的小说创作梦一夜之间就被摧毁了,从此绝笔小说创作。当我从电子未刊稿中读了《民谣》的一个开头,立马就认为王尧是一个可以写小说的人,那水乡泽国的风景与人物活动的场景,一下子就拿住了人的魂,勾起了我的历史记忆。无论是美好的还是丑陋的场景,只要呈现在“活着”的文字语言里,它都会产生一种巨大的审美冲击力,除了作品蕴含着的诗意通约性可以让各种读者得到审美的愉悦外,历史的穿透力才是这部作品审美的核心元素。所以,我想,这样的小说,倘若给一个没有经历过那个真实历史场景的人去阅读,那是无法想象的事情,于是我坚持请中年和老年的批评家来写这样的书评。

正如程德培先生所言:“王尧反故事不反历史,相反他尊重后者,力图复原真实的历史场景。记忆不同于虚构,但在作者看来,它们又共同服务于历史。他甚至大胆直呼:‘个人是细节,历史才是故事。’他同时也直言告白:‘故乡是我写作的种子,还是这颗种子最初的土壤。’恰如 J. 希利斯 · 米勒所言‘小说家的叙事是历史’这一设定。”其实,在世界文学的长廊中,这种在虚构与非虚构之间徘徊的长篇小说甚多,我们并没有必要从文体意义上来辨析它的优劣真伪,亦如张学昕所概括的那样,关键是在于“个人命运史与国家、家族的历史之间,究竟存在怎样的隐秘联系”。也就是连科兄点出的“文眼”所在:“私化的历史。”一个好的小说家不仅仅是语言、叙事的成功,更是思想的胜利。

胡学文的长篇小说《有生》也是震动文坛的一部巨制,我在阅读过程中感受到的是“这一个”作家的新变,作品在写实与幻觉的“场景”和“情境”中徘徊游弋,在那个见证了乡土“一百年历史”的接生婆“祖奶”的视角下,完成的却是中国乡村风俗风景风情与人际关系变幻更替中展示出来的历史风云长卷的描摹。那些“具象”的人物和“意象”动植物的并置,让人在亦真亦幻的阅读中感悟到了生命的顽强与脆弱,尤其是像“蚂蚁”那样具有神秘主义象征性的东西一出现,就会让人进入一种特定的“情境”中去思考人生与历史的诡异。无疑,这是长篇小说折射历史的一种观念与方法,从这个角度来说,我以为《有生》是一部“有意味”的中国乡土文学的画卷。

① “他在写”手稿为“他在”。

新年第一期，我们各个栏目中的文章篇篇是珠玑，作者皆为各领域的批评大家，感谢诸君对《扬子江文学评论》的支持与厚爱，编辑部全体同仁向你们致以深深的鞠躬[①]！

在整个世界尚未脱离巨大灾难的时刻，我们只能再次引用雪莱那句苍老的诗句祝福人类和人类的文学："冬天来了，春天还会远吗?！"

庚子年冬月十八日丁帆写于南大和园

① "编辑部全体同仁"手稿为"编辑部同仁"，"深深的"手稿为"深深地"。

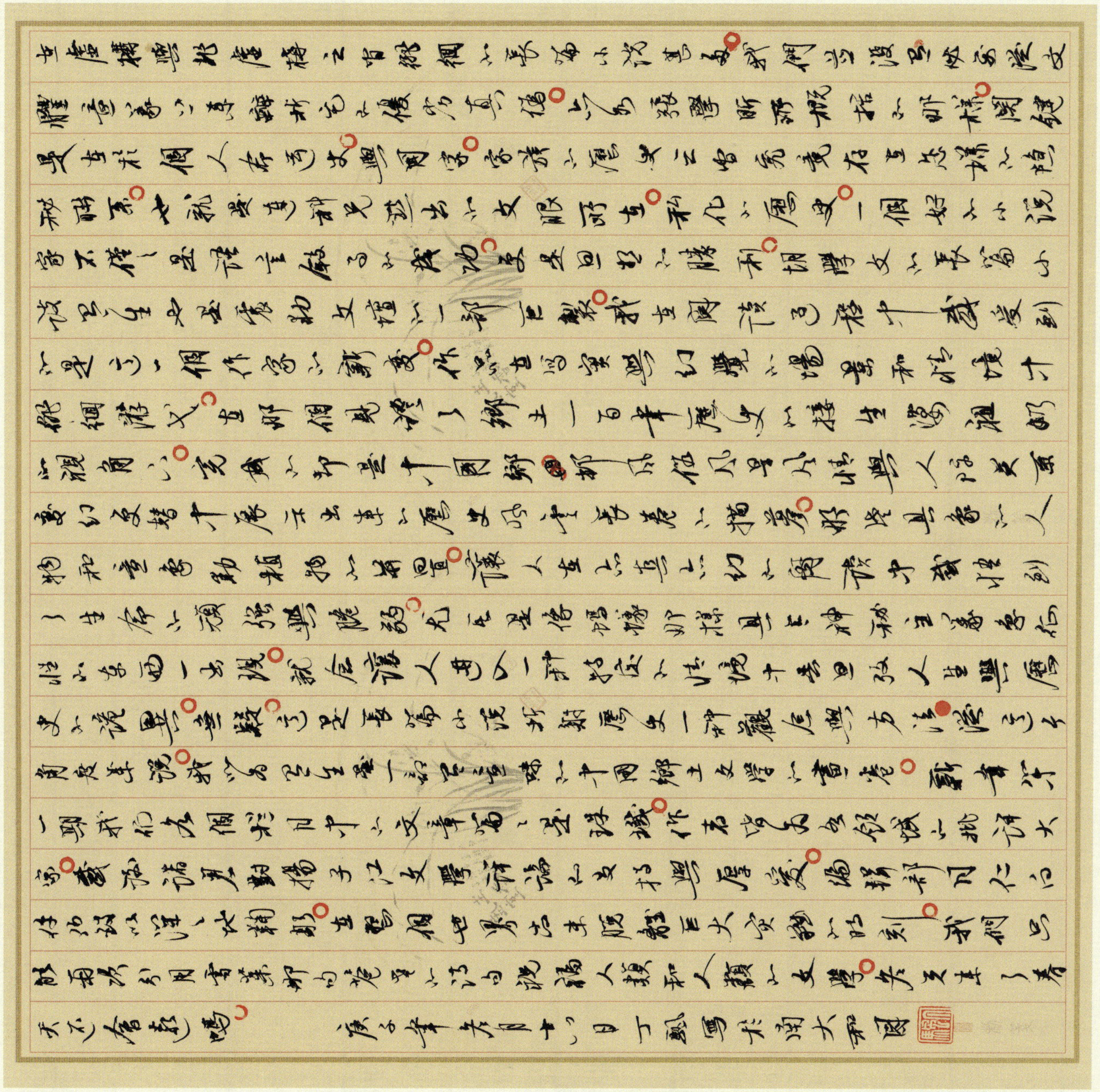

庚子年冬月十八日丁帆写于南大和园

2021 年第 2 期

麦家说得真好："当生活过于强悍时，作家会丧失想象力。经常听人说，中国这几十年龙飞凤舞的，却不见作家写出反映当代生活的大作。我想，原因可能就是我们面对的时代太强大了，生活太火热了，风风火火的，泥沙俱下的，千奇百怪的事层出不穷。生活成了最大的魔术师，把小说家惊呆了，吓坏了。人类一思考，上帝就发笑，今天中国的小说家也许会说[①]：我一变魔术，生活就发笑。中国这几十年的生活本是一部大小说，别说写，看都看不懂。当生活过于强大火爆时，你内心其实是虚弱迷茫的，正如风烟滚滚中看不见风景而茫然一样。"无疑，生活往往是远远超出作家的想象力的，尤其是世界面临着巨大灾难的时候，作家"变魔术"的能力已然距离生活本身就很遥远了，像麦家这样有着丰富想象力制造悬念的作家都感到了生活素材的巨大，以致让作家的想象力在这个硕大无朋的仓库里无所适从。作为一个触角十分敏锐的构思大师来说，麦家给出的是小说创作急需解决的困囿，也是每一个作家必须正视的时代难题。

阿来说："罗伟章是有写作野心的。为声音写史，让寂静发声[②]。我以为，既如此，有时不妨放任一些，粗粝一些。须知在某种前提下，粗暴在美学上与勇敢是同义的。我说这意思，不单指内容的批判，而是开辟属于自己的审美路径。"这样的期待不仅仅是针对罗伟章的，也是对当下小说创作中的那些充满着中性描写的作家们而言。

程德培说："《寂静史》由七个小说组成，它可能并没有独立的开端和完整的结局。但我们可以想象其开端和结局。[③]这是一部始于噩梦而归于寂静的作品。"当下使用这种构思的作家也不鲜见，问题就在于罗伟章试图将这种写作当作一种新的文体的建构，也许这才是《寂静史》的意义所在。作为一个中年作家，我个人认为，这个生命时段是最富有创作经验，也是最有创作思想和活力的时刻。三十多年来，在相对沉寂的四川作家群中，罗伟章能否突破"寂静史"而进入中国文学的"声音史"呢。

吴义勤对刘庆邦长篇小说的评价十分到位："《女工绘》其实就是将《红楼梦》之'红'转化为激进革命时代之'红'和煤矿煤场之'黑'的交织与变奏。"这样来概括这部小说大体是准确的。

---

① "今天中国的小说家"手稿为"今天的小说家"。

② "让寂静发声"手稿为"为寂静发声"。

③ "但我们可以想象其开端和结局。"手稿无此句。

江苏的老作家赵本夫笔耕不辍，郜元宝教授认为，《荒漠里有一条鱼》“采取大跨度时空转换与穿插，最终编织了一出涵盖上下一百年、方圆千万里的历史与人生大戏”。张光芒教授说是“以生命尊严的建构刷新了大地书写的浩瀚境界，以自由精神的重塑开辟出苦难叙事的崭新路径”，大致把这部作品放到了当下小说创作的较高水平之中了。

辛丑年正月二十五草于旅途飞机上，正月二十九日修改并抄于仙林和园

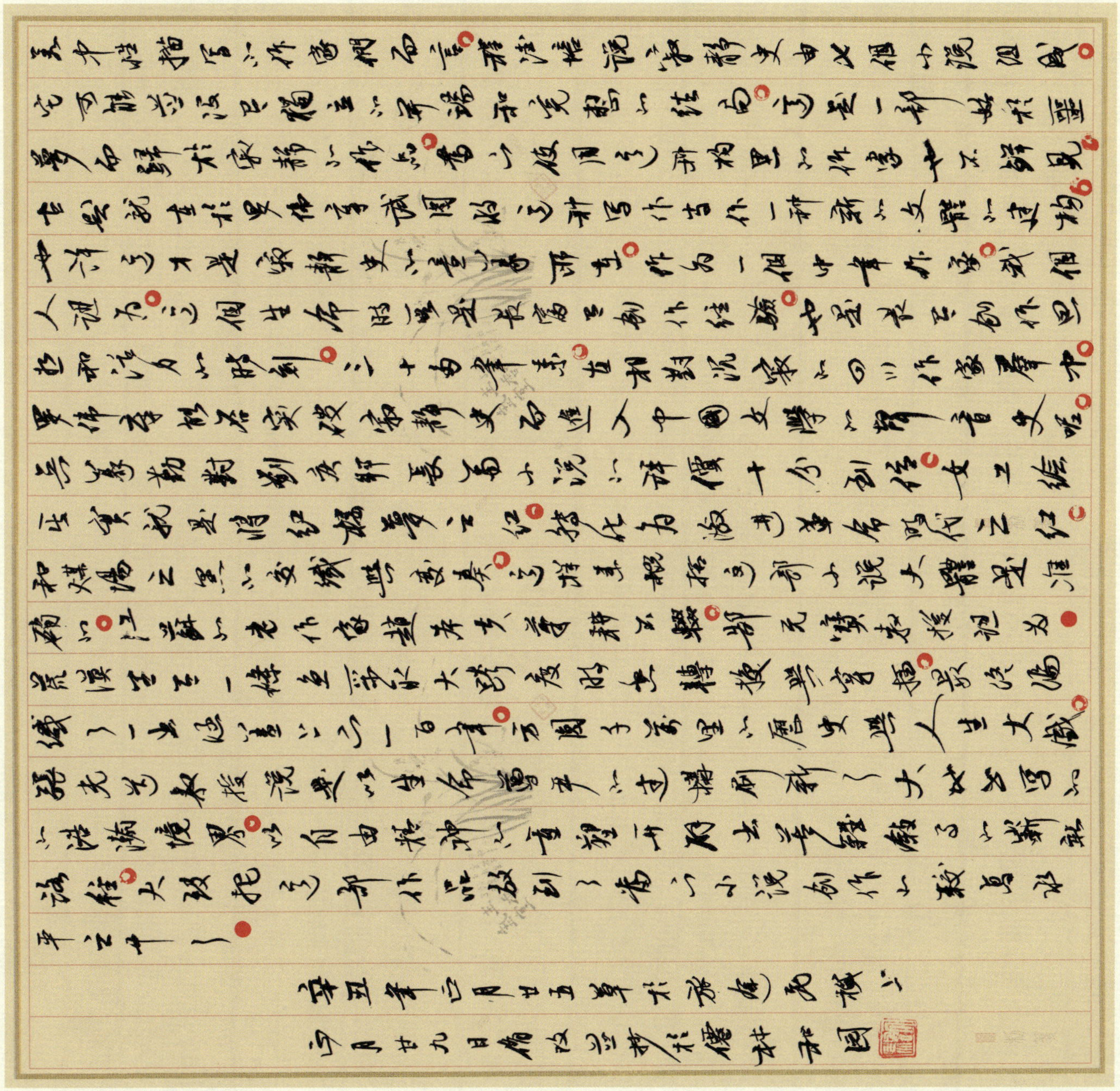

2021 年第 3 期

邱华栋是第一个说出自己是“没有故乡的”作家。是的，有许许多多作家就像李白那样一生漂泊流浪，行万里路，阅尽千帆，最终成为一流的好作家，那个地理空间的“故乡”并不能妨碍他们丰富的想象力，却反而成为他们最有活力的精神思想资源。因为他们在漂移的“故乡”中获得了更多的地理空间和世俗人情的对比参照，在乡村与城市、城市与城市的文化差异中寻觅到了属于自我书写的特异角度，丰富的是杂糅的空间的描写，抵达的是“精神故乡”的人性铺陈，过渡到的是“与生命共时空”和“对历史展开想象”的终极主题彼岸。作为一个自诩为城市文化书写者的邱华栋，他把城市视为一个生命体，一个活着的地理空间，其本身就是“人与自然”的融合。尽管城市会给我们带来许多忧伤和悲痛，然而，作家毕竟需要面对这个具有生命力的“精神故乡”，用张清华的话来说，“他是当代作家中最具世界视野”的作家，亦如杨庆祥总结的那样，他“为当代文学提供了独特的美学标识和美学经验”。

上个世纪九十年代至新世纪之初一举成名的女作家甚多，其中林白和陈染是引人瞩目的两位佼佼者，她们有的“与往事干杯”了，有的还在进行着“一个人的战争”。我们十分幸喜地看到林白在通往世界性的阅读过程中，收割到了“人的内心世界悲剧性的结构”丰硕成果——尤瑟纳尔说：“世上有些书不到四十岁便不能硬着头皮写，因为人不到四十岁往往看不到主要自然界线的存在，这些界线一个人一个人、一个世纪又一个世纪地划出了人类无限丰富的差异，或者恰恰相反……要学会准确估算我与皇帝之间的距离是非到四十岁不可的。”[①] 其实，四十岁为人生大彻大悟的界线并不科学，因为有的人一辈子都不可能觉悟，有的人可能青少年时期就开蒙了，倘若一个作家不仅是在叙事技巧上汲取他山之石的经验，而更能从中悟到其背后价值观的表达，那才是一种更高境界。

建军是本刊的老作者，这次他撰写的长篇论文《论路遥小说中的风景修辞》分两期刊出，他所阐释的路遥小说三个阶段风景描写是一个新的角度，从风景入手，通过对小说文本的细致分析，来考察路遥初期、中期和后期三个阶段写作的基本状况，进而揭示他的风景修辞复杂性。无疑，其评判是客观公允的。

王春林评论《文城》选取了一个新的角度，即人性书写中不可忽略的“情义”，这个美学特征恰恰是突破一般正统价值观的书写，因为我们当代作家丢失的恰恰就是这样的江湖，而“相忘江湖”之意正是不可忘却江湖情义的另一种人生阐释。

辛丑年三月十五日丁帆书于南大和园

---

① “便不能硬着头皮写，因为人不到四十岁”为后补，手稿无。“我与皇帝之间的距离”手稿为“我与皇帝之间之间的距离”。

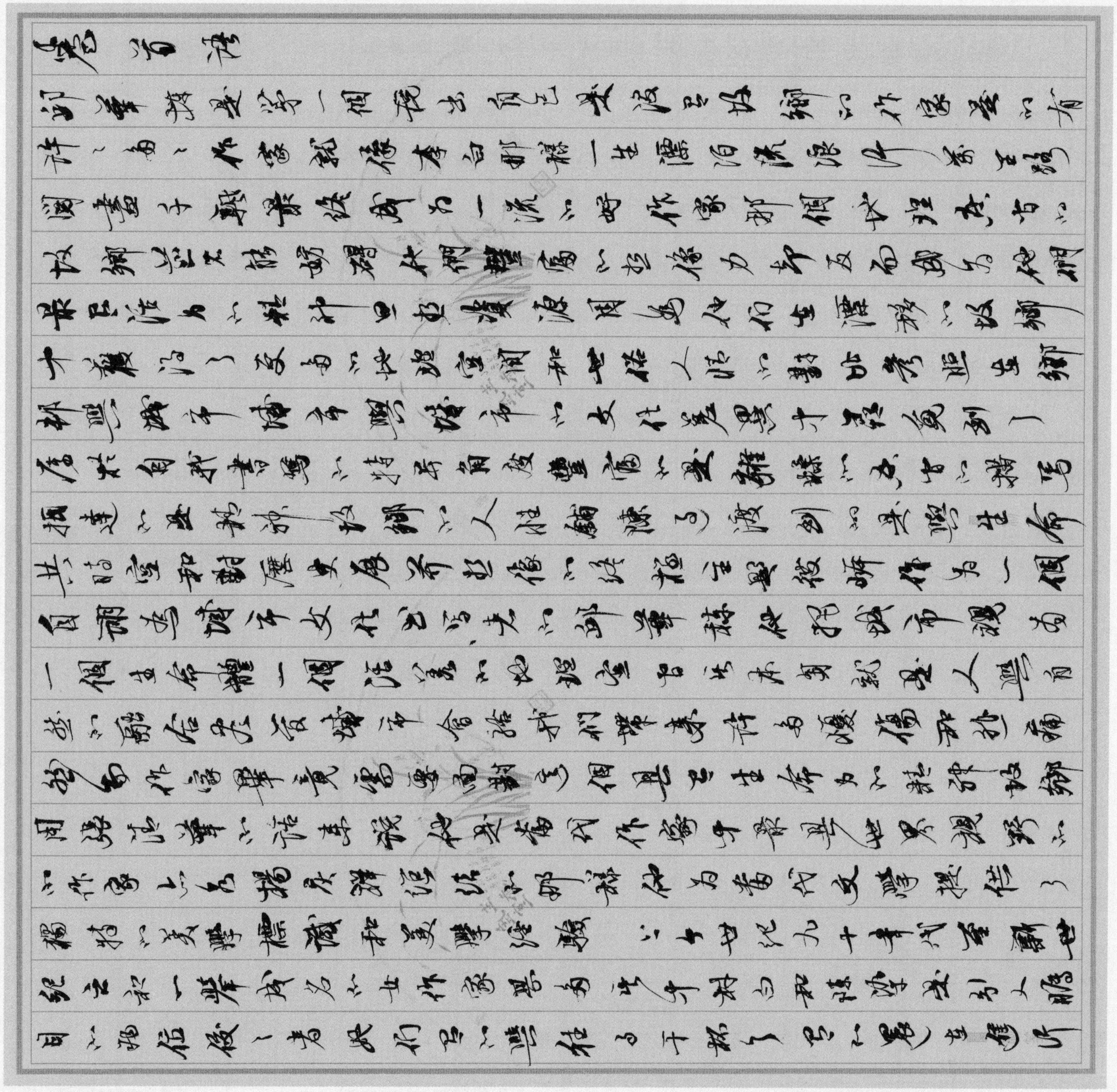
卷首语

2021 年第 4 期

作为个人阅读，我最喜欢王安忆上个世纪八十年代的“三恋”和《岗上的世纪》。三十多年前的那个夜晚，我从杂志上一读完《岗上的世纪》，就连夜写了一篇读札给了《文艺报》，吴泰昌先生告知文章发排了，而最后等来的却是“天窗”。无疑，王安忆用“禁忌”这个词来剖析小说的层层肌理，的确是一个全新的角度，在作家群中，尤其是在女作家群里，擅长理论剖析的作者凤毛麟角，而王安忆却是一个特例。“‘禁忌’，在这里是作为小说情节的条件提出。故事往往从禁忌中发生，越严格的纪律，越有机会产出情节。这大约也可部分解释现代小说叙事的稀薄。”这是一个经历过无数创作经验，且能够高度概括为一种经验性的理论分析，堪称一种鲜活的批评和评论。

最近因为赶写一篇文章，正好也在重读简·奥斯汀的作品，而王安忆对《傲慢与偏见》的分析，则让人耳目一新。从十八世纪到十九世纪在英国流行的“感伤主义文学”被简·奥斯汀在无意中解构了，但许多“局外人”没有看见，而王安忆却用一双“内在的眼睛”看清楚了它的本质：“通常人们都会从人物中挑选作者的影子，通常也会选伊丽莎白当作简·奥斯汀，我却以为是班纳特先生，他的眼睛后面，分明是简·奥斯汀的眼睛，带着嘲弄的笑意。正是这一点，将她和后来的维多利亚时代的小说区别开来，没有坠入伤感主义的传奇，那可是女作家的窠臼。”也是从这个角度，我又看到了另外两个同时期英国女作家的面影，她们的目光投射在了王安忆的许多作品之中。

也是三十年前，我和冯牧先生参加了湖北省作协举办的刘醒龙作品《村支书》研讨会，那天夜里我与刘醒龙彻夜长谈他的现实题材作品《凤凰琴》的构思，直至他的系列中篇小说作品和获得“茅盾文学奖”的长篇小说问世。他始终坚持着自己创作的信念，那就是现实和历史互为照应，互为因果。正如王尧所言：“‘历史’和‘现实’是刘醒龙小说念兹在兹的两个核心主题，以近些年的创作实绩来看，‘现实’在刘醒龙那里也并不是没有纵深的表现，刘醒龙试图通过召唤历史的资源或曰幽灵为现实指点迷津。刘醒龙给当代文坛最大的启迪或许莫过于此了：‘现实’究其根本来讲大于‘现在’，地平线之下埋藏着‘现实’的幽深消息。”所以，刘醒龙说：“是真经典，不仅铭记在经典本身，还会用不经意间使人恍然大悟的方式[①]，活在活色生香的生活之中。”

辛丑年五月二十一日丁帆写于南大和园

① 手稿遗漏“的方式”三个字。

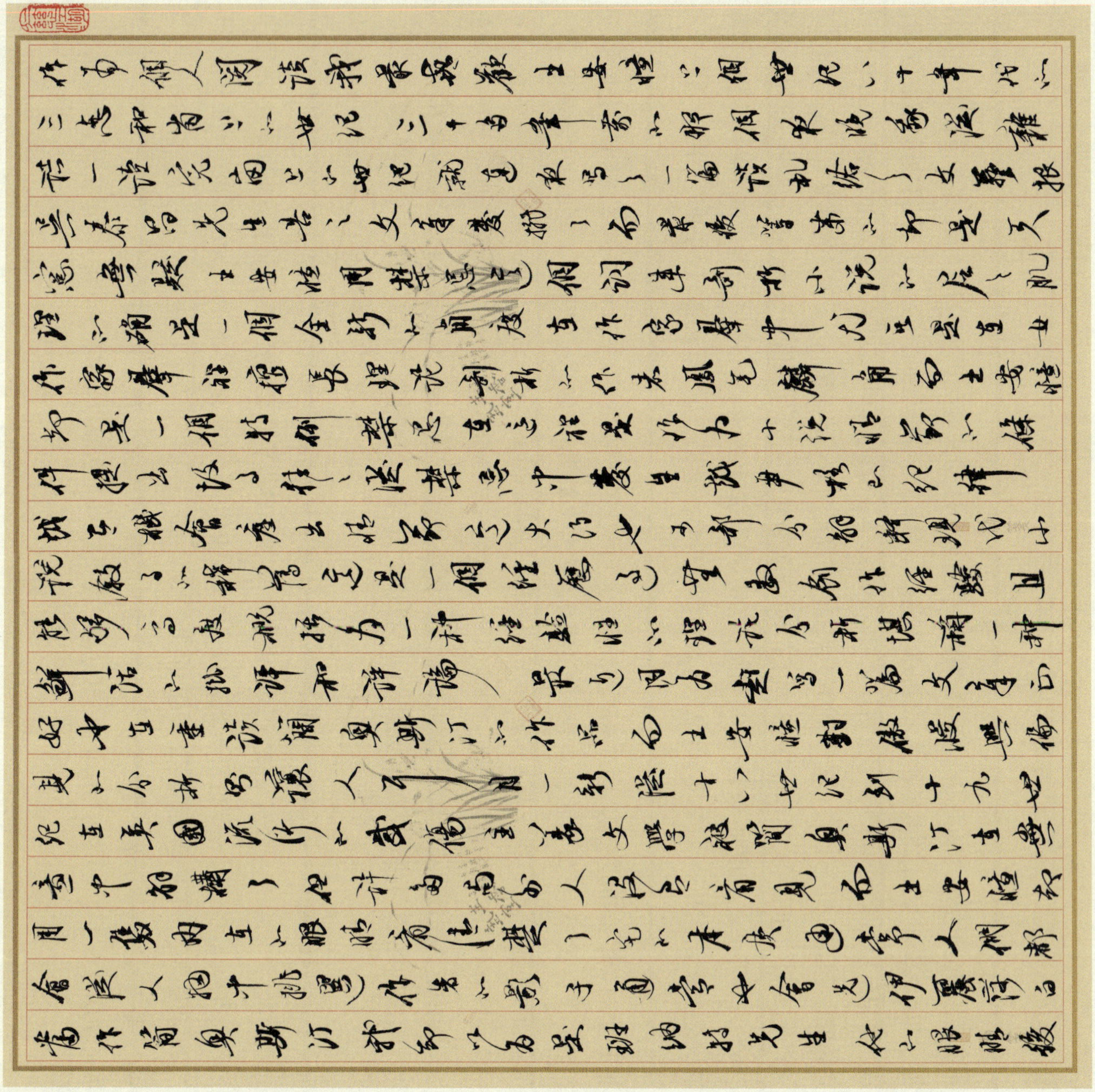

2021 年第 5 期

一般来说，作家在涉及理论的时候，与批评家的思维是不尽相同的，在形而上的阐释中，他们往往是从形而下到形而上，再回到形而下，文章一下就鲜活生动了。

王安忆对托尔斯泰贵族生活的想象后得出的结论是："对于托尔斯泰这样的作家，他交给自己的问题，不是回答日常的生存之道，而是人的物质属性之上，是不是还有着天赋的灵魂的使命。从哪里来，往哪里去，产生于偶然，还是必然，感知的存在以外，有没有一种理智的运动？否则我们如何解释思想，它活跃在个体的内部，作用于人们的行为。我们在托尔斯泰很多小说里，或者说是在俄罗斯同时期作家的很多小说中，都能看到这种在苦闷中突围的企图。"于是，用一个作家对作品的感悟分析就上升到了让人易懂的哲学境界。

同样，艾伟在阐释他们这一代人在进入九十年代创作语境时，对"现代性"的认知是如何运用到文学创作中去的总结是很有启发性的："文学作为观察时代意志碾压下人的处境的一种文体，自然会关心所谓的'现代性'，事实上，在不经意之间，现代性已渗透到作家对这个世界的思考及观察的方式之中，成为一种'无意识'的存在，影响着中国人对未来的想象，也影响着中国人的审美和创造。"无疑，这种深切的体悟经验成就了这一代作家，当然有时也会成为羁绊他们前行的脚镣。

我们热切地期待作家们能够通过在自己和他人的创作中说出与批评家不同的声音。本期的"名家三棱镜"中，在叶弥和岳雯两篇各有千秋的金仁顺作品评价中，我们看到的是形而下和形而上不同穿透力的阅读快感。

显然，郭文斌是一个被文坛长期忽略了的好作家，此次王兆胜和陈剑晖二位先生对其散文和小说的重新发掘无疑是一种新的文本阐释。王兆胜先生认为"郭文斌散文追求的是精神生态和绿色写作，是当下散文的一道亮丽景观。可惜的是，其散文价值并未得到应有的重视"。作者做出的新分析与评价显然是一个史家的眼力所致。

陈剑晖先生对郭文斌小说的评价的"第一个感觉是新奇、有点神秘和不可思议，觉得郭文斌的确是一个独特的存在，在国内尚未见到这样'独特的'写作者。第二个深刻的印象，是他的作品有一种安详、宁静的内蕴，一种温暖、诗性的氛围"。这种发现贯穿在他行文的字里行间，是中肯之言。

这期佳作迭出，王达敏先生对史铁生作品精神的重释，史建国先生对特殊文本的精彩分析，以及李振先生对阿乙小说的新意解读，都是很有见地的文章。

我们感谢作者！

庚子年七月二十一日丁帆写于南大和园

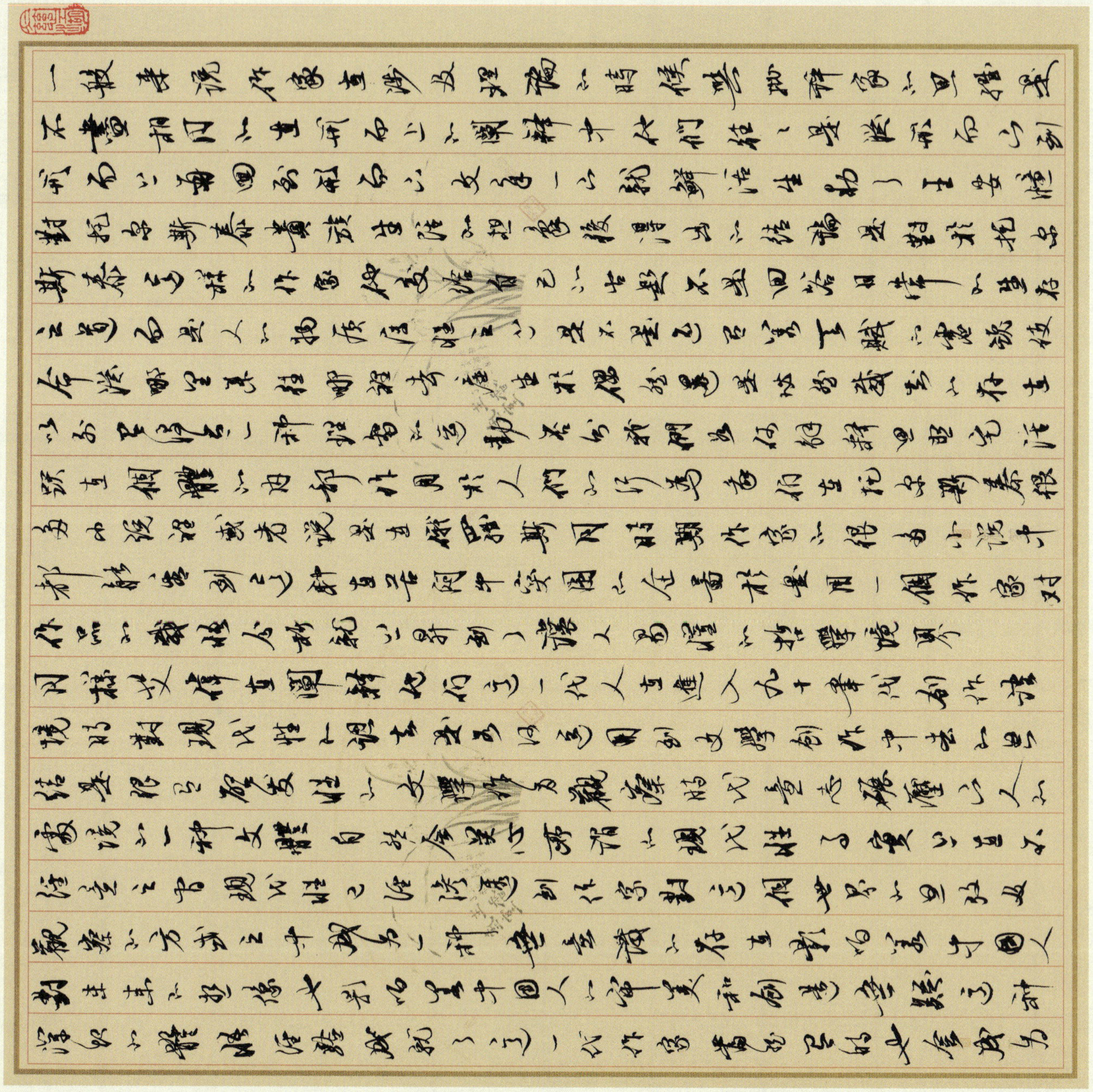

[illegible]

庚子年七月廿一，丁帆写于南大和园

2021 年第 6 期

谁是李庆西？许多年轻人一脸懵懂，就连那些曾经在上个世纪八九十年代与之共同叱咤文坛风云的人也都把他遗忘了。我们之所以重推这个“出土文物”，就是因为他的评论文字没有那种学术炫技的架势，在充满着烟火气的诉说中不留痕迹地把自己的价值观念吐露出来。在这篇《小说〈来客〉和电影〈远离人迹〉文本比较》里，作者采取对故事情节层层剥笋的叙述方式，鞭辟入里地解析了加缪小说羚羊挂角的内容主旨，只一句“现实不仅‘彼此相爱’，亦‘互相厮杀’。爱恨交集的现实，正是加缪所要表达的存在的‘荒谬’”。就点出了全篇之“文眼”，无需赘言，尽出风流。

无独有偶，蔡天新的评论文字也是褪去了学术面具的好文章，这篇《岁月的囚徒，他却教自由人学会赞美——纪念 W.H. 奥登》几乎是用浪漫的笔调叙述奥登生平的浪漫故事和创作，让你在娓娓道来的平静有趣的讲述中，沉浸在对描述对象的倾心之中。作为一个诗人，作者在分析奥登作品时，完全是从感性入手，体验出来的诗境并不是理性笼罩下冰冷的“尸体解剖”式的分析文字。蔡天新的文章中几乎没有一句上纲上线的理论概括和评价，但为什么读后会被奥登所感动呢？是他讲述的浪漫生活故事，还是他动人的诗篇？难道作者就没有一句可以让我们找到他价值观表达的警句？其实文章题目引用奥登的那句诗就充分表达了作者的观念，况且作者特意引述的俄国诗人玛琳娜·茨维塔耶娃的诗句“我早把生死加上了引号”，便更完美地补释了本文作者的价值观表达。

让我惊讶的是，作为诗人的蔡天新竟然是个数学家，一个提出形素数和加乘方程（“阴阳方程”）概念的人，被“菲尔兹奖”（数学界“诺贝尔奖”）[①] 获得者誉为“真正原创性的贡献”者，竟然会有如此强大的感性思维能力，两种思维的转换，让我对文学创作、文学评论和文学批评陷入了深深的思考。我们之所以倡导这样具有鲜活生命力的感性认识的文学评论和文学批评，因为我们深知，一俟作家作品陷入一种僵化了的文学评论和文学批评模式中，就意味着文学在当下的死亡，成为文学博物馆里的“木乃伊”。当然，我们并不否定“学院派”理性批评在进入文学史叙述序列之中时的“学术考古”的作用，但是面对正在当下发生的文学作品的评价，还是多一点血肉的感知和意境超脱更好——我们应该呼唤。

编完这期发表时，新年就不远了[②]。

辛丑年十月初七日丁帆书于南大和园

① 手稿“数理逻辑”改为“概念”，手稿无“菲尔兹奖”，后补。
② “新年就不远了”手稿为“新春就降临了”。

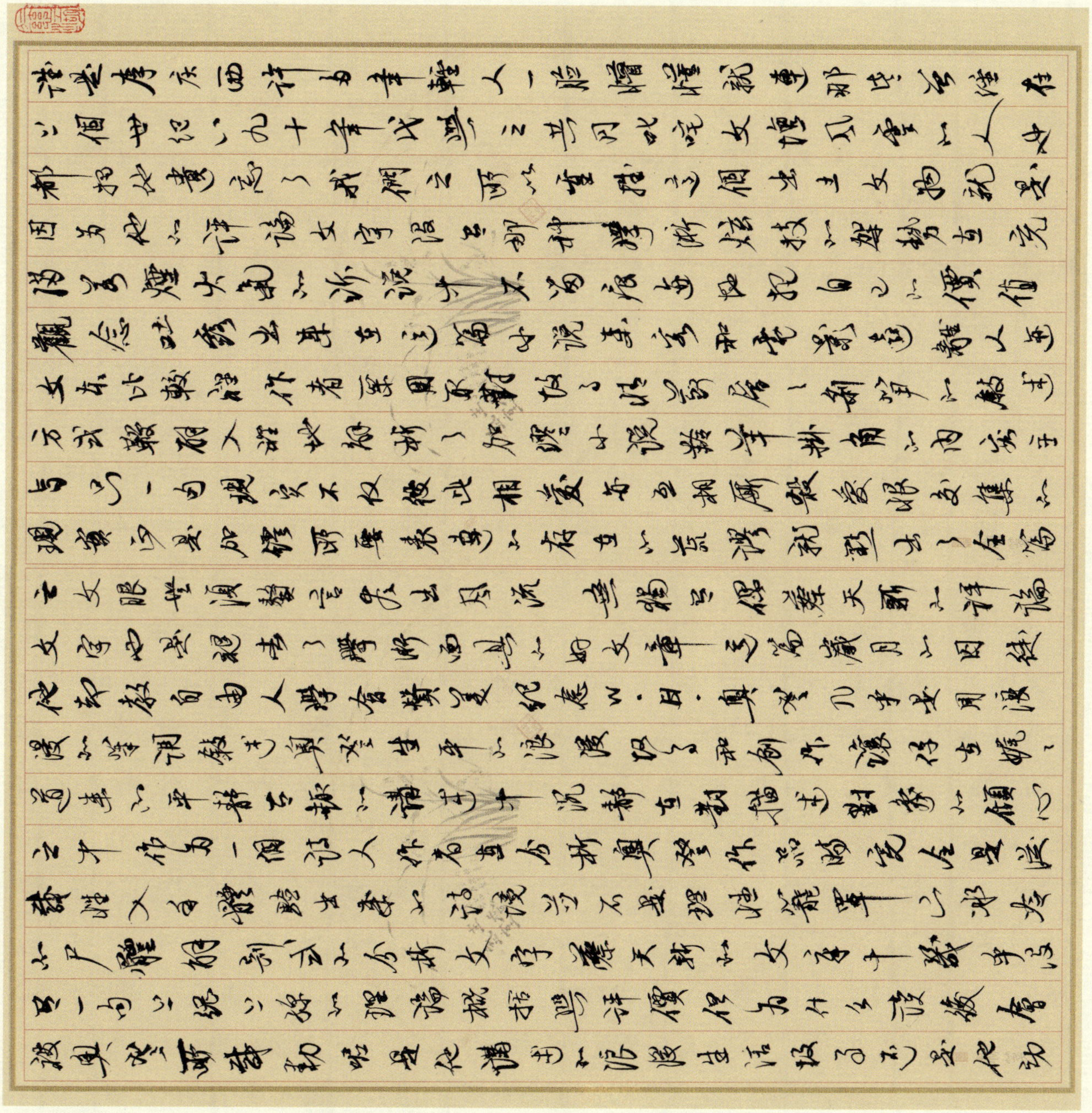

2022 年第 1 期

又是一个新年的到来，寂寞与喧嚣同在文坛。

一个编辑为什么能够让这么多的作家和评论家牵挂，这说明他一定是以人品和文品获得了大家的信任，当然，他还必须具备对文学作品和文学评论极其敏锐的鉴赏目光与预见能力。无疑，林建法就是中国当代文学四十年来的历史见证者，以一个人的编辑历史搅动了文坛的兴衰。建法便是文学史中伫立在作家和批评家背后的那朵永不凋谢的玫瑰。作家感激他，那是因为他为作家找到了合适的评论家，为其作品的阐释极尽所能，增光添彩、补偏救弊；另一方面，他又在有意无意中培养了一支有生的评论家队伍，正如王尧所言："建法的周围集结了一大批学者，他们以各自的研究和写作充实了建法的办刊思路。建法也以他的识见和果敢为这些学者创造条件，扶持了一批批评家，这些批评家中的大多数今天仍然活跃在批评界。"建法在生前能够看到这些文字，应该是一件十分欣慰的事情。

迟子建说："叶弥的小说跟她这个人一样，无论以何种方式打开，都是鲜活有趣、禅意深厚的。她朴素又妖娆、入世又天真。"而李德南却说："通过书写，通过思考，叶弥获得了对社会、历史和人生的新知，个人也因此变得开阔、澄明。写作之于叶弥，关乎兴趣，更关乎修为，有玩乐的欢沁，更是在悲欣交集中修行。"我以为他们说得都对，一个是从感性入手，去触摸同性的心灵，抓住了叶弥内心中最柔软的那部分。而当一个年轻的男性评论家用冷峻的理性目光去穿刺作品的时候，他看到的是女性作家宏阔的一面。但是，当叶弥自己来看文学的时候，你没有想到的是她却用缜密的逻辑性将科学与文学进行对比，从而呼喊："想象力是文学最有价值的一部分，从以往的文学经验来看，那些超前的想象力，会对人类生活产生积极的影响。那么在今天，文学中那些超前的想象力，有没有可能参与建设人类的未来世界？"这话让我们眼前一亮。[①]

本期各个栏目中都有好文章，希望能给读者送去一份新春阅读的快感。

辛丑年腊月初十丁帆书于南大和园

① 手稿遗漏"话""们"二字，已补全。

又是一個新年到來，寫點心裏話問世文壇

一個編輯為什麼能夠寫了這麼多的作家評論寫專欄

了呢？恐怕是一定要以人品和文品擁有一大批信任他的作

家，這是為對文學作品和文學評論極其敏銳的洞察力與

獨見和力量，提升，我說中國當代文學四十年來的歷史

風雲者，以一個人的編輯而見證了文壇的變遷，豈是

其文學史中絕無僅有作家和評論家[illegible]，則其所不同

凡響的故事，作家藏身伙伴[illegible]，是因為他為作家找到了一個適合的評

論家而生存，[illegible]

[illegible]

[illegible]

[illegible]

[illegible]

[illegible]

一件十分欣慰的事情[illegible]

[illegible]

[illegible]

[illegible]

[illegible]

[illegible]

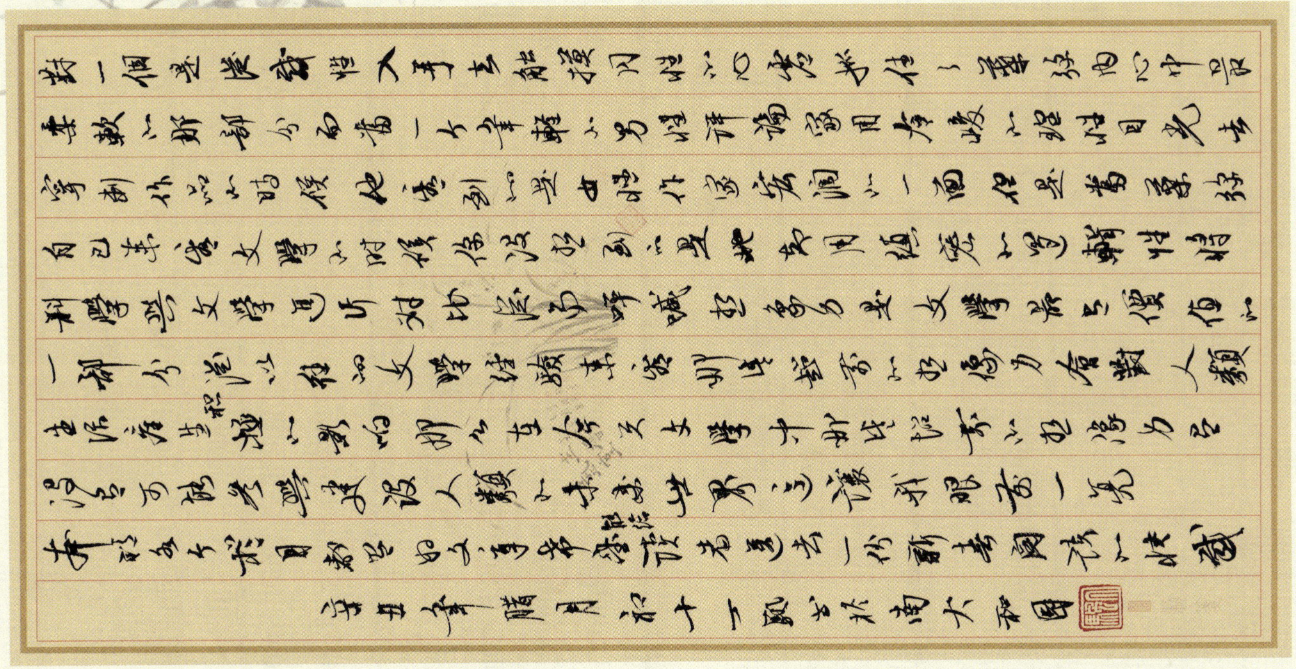

2022 年第 2 期

邵丽在分析自己小说《天台上的父亲》[①]时说：“那么到底是谁逼死了父亲？是人还是环境？是他人还是自己？历史和个人，都有自己的运行逻辑，然而又都互相影响。社会进步的最终目的就是人自身的解放。所以，人的追求和梦想不能尽情发挥的时代，肯定不是一个好时代。”她提出的问题并非只是一个价值观的宏大问题，而是对短篇小说容量提出的新时代要求，当然也是艺术形式和技巧的新思考。一般来说，短篇只是截取生活的横断面，人物描写也受到限制。然而，如何开拓其更加深广的时代内涵和历史意义，也即如何戴着镣铐跳舞，这是短篇小说舞者必须面对的历史沉重话题，同时也是他们必须考虑的新世纪短篇小说面临着的快阅读时代的难题反思。世界三大短篇小说大师的写作经验，契诃夫、莫泊桑和欧·亨利的写作套路，在今天的文学语境中有无巨大生命力的诘问，我们如何面对？我想，倘若将他们的长处进行综合性的整饬，能否适合当今时代短篇小说文体的巨变？寻觅一条新路径，使其既有时代性，又有历史感的大容量呢？因为在快阅读的时代里，长篇小说几乎成为极少数读者的奢侈享受了，唯有短篇小说才有较大的阅读市场。亦如黄德海评论邵丽短篇小说时所说：“平常流水一样遵从惯性的节奏，在这样的停顿里有了变奏的部分。”我们期望这种“变奏”带来文学的无限生机。

谢冕先生作为一个九十岁还“在场”的诗评家，他与共和国一起走过了七十多年的文学史。望着老一辈作家和评论家一个个渐行渐远的背影，我们庆幸谢冕先生[②]仍见伫立在文坛上的清晰面影。他不但是一个有激情的诗评家，他更是一个充满着生活情趣的人，他既有阳春白雪的诗人气质，亦有下里巴人的烟火气息。正如陈平原先生所言：“二十世纪八十年代以来，作为诗评家的谢冕先生的最大意义，不在其学养丰厚，而在其始终与中国诗歌同行。”

已到农历新年后耕耘的时分，但愿文学在这个动荡的世界里获得意外的丰收。

壬寅年二月初六丁帆写于南大和园

---

① 手稿笔误，书名应为《天台上的父亲》。

② “谢冕先生”手稿无。

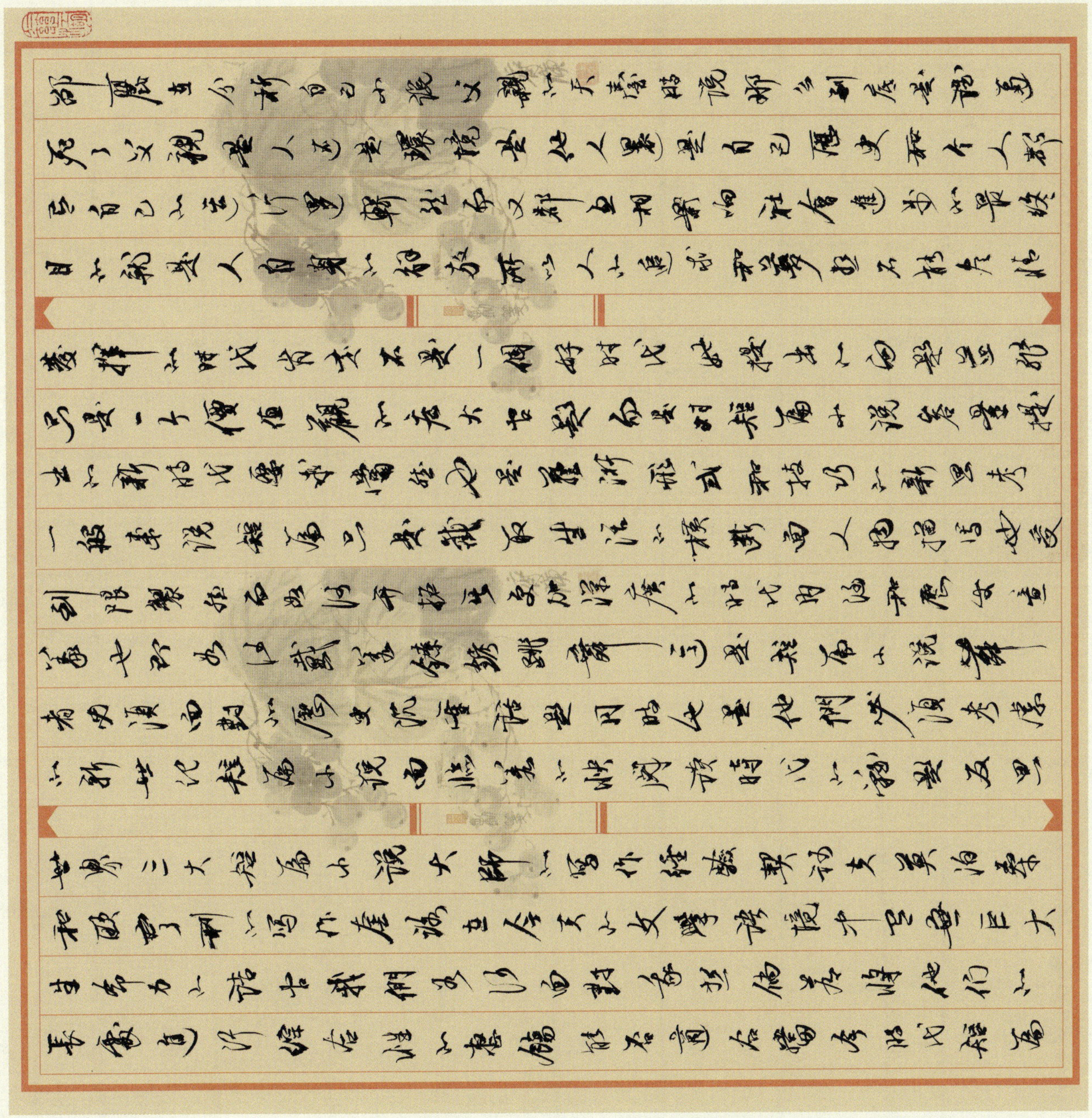

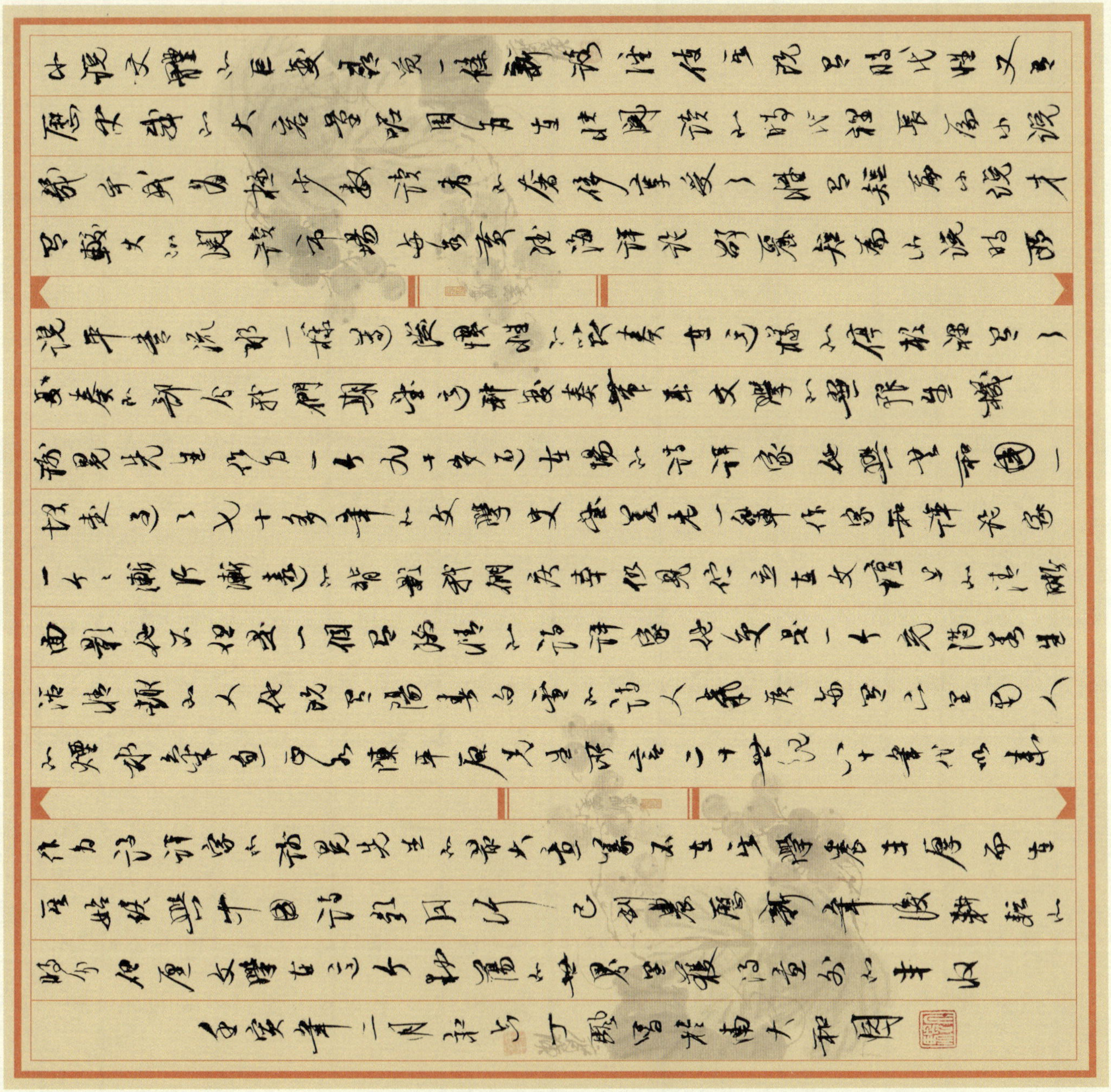

2022 年第 3 期

平原兄的《我读鲁迅四十年》是从一个文学史家的角度来读鲁迅的，他认为鲁迅没有把毕生主要精力投入到中国文学史的研究中，这的确是学界的一大遗憾，但这个问题却是一个永远难解的母题，足以让国人深思再三。

王春林评论罗伟章新的长篇小说时认为："正是因为'去中心化'叙述策略的采用，才使得《谁在敲门》成为一部没有主人公的长篇小说。在文本中悉数登场的那些人物，可以说都是小说的主人公，也可以说都不是小说的主人公。换句话说，每一个人物，都因此而获得了现代意义上一种充分的主体性。而伴随着小说人物主体性的普遍获得，《谁在敲门》自然也就成了[①]一部具有人物群像式展览结构的长篇小说。我们之所以把《谁在敲门》判断为一部当下时代乡村世界的日常生活浮世绘，根本原因正在于此。"我以为这个观点打破了长期统治长篇小说以"主人公""主要人物"和"次要人物"为情节结构和创作方法的惯性。无疑，在百年文学史中，每一次"故事"的轴心的变化，都会带来一种新的创作方法的革新，当然也会带来文体的变化。自上个世纪八十年代开始的每一次"小说革命"都给中国的小说创作注入了新的元素，从"人物性格的二重组合"到"复调小说结构"，再到"无主题变奏"，不能不说是对小说创作起着推进的作用。而这次王春林对罗伟章长篇小说的分析是敲开了通往小说创作方法的另一扇大门，尽管评论家王春林在推开这扇后门时并没有更多地从学理和文学史的深层肌理去考辨，但这一观点就足以让我们瞩目。

其实，朱山坡弥散着异域情调的乡土小说倒也是十分有特色的，只是我们的文坛不太注意它们的潜质而已。

本期是《扬子江文学评论》的第 94 期，她已经跨越了十六个年头，也是我正式谢幕之时，五味杂陈，都在心间。感谢多年来支持这本杂志的领导和同事，更应该感谢的是许许多多的评论家和作家朋友！衷心祝愿《扬子江文学评论》前途远大，再创辉煌！

壬寅年四月二十七日丁帆重写于南大和园

---

① 手稿误写为"判断为为今"。

手頭另以新撰書曰)《十年一覺》注
一個文學之旅之自我表述書曰)
之作過的專欄)還之往事甚多要
就力從人到中國文學史之編卷中
之)之編選樣本之一大叢書個之
個中空如是一個系列)緒論之也
是是以漢國人說明要三)
之是詩評論編集己刊之是名小
說時到如今國如去年了忙餘年
詩評之詩用以格局批評立轉閱讀
一部[illegible]泥之之主人以之表源小說在文
書中選錄我欣賞的好些人物百之說

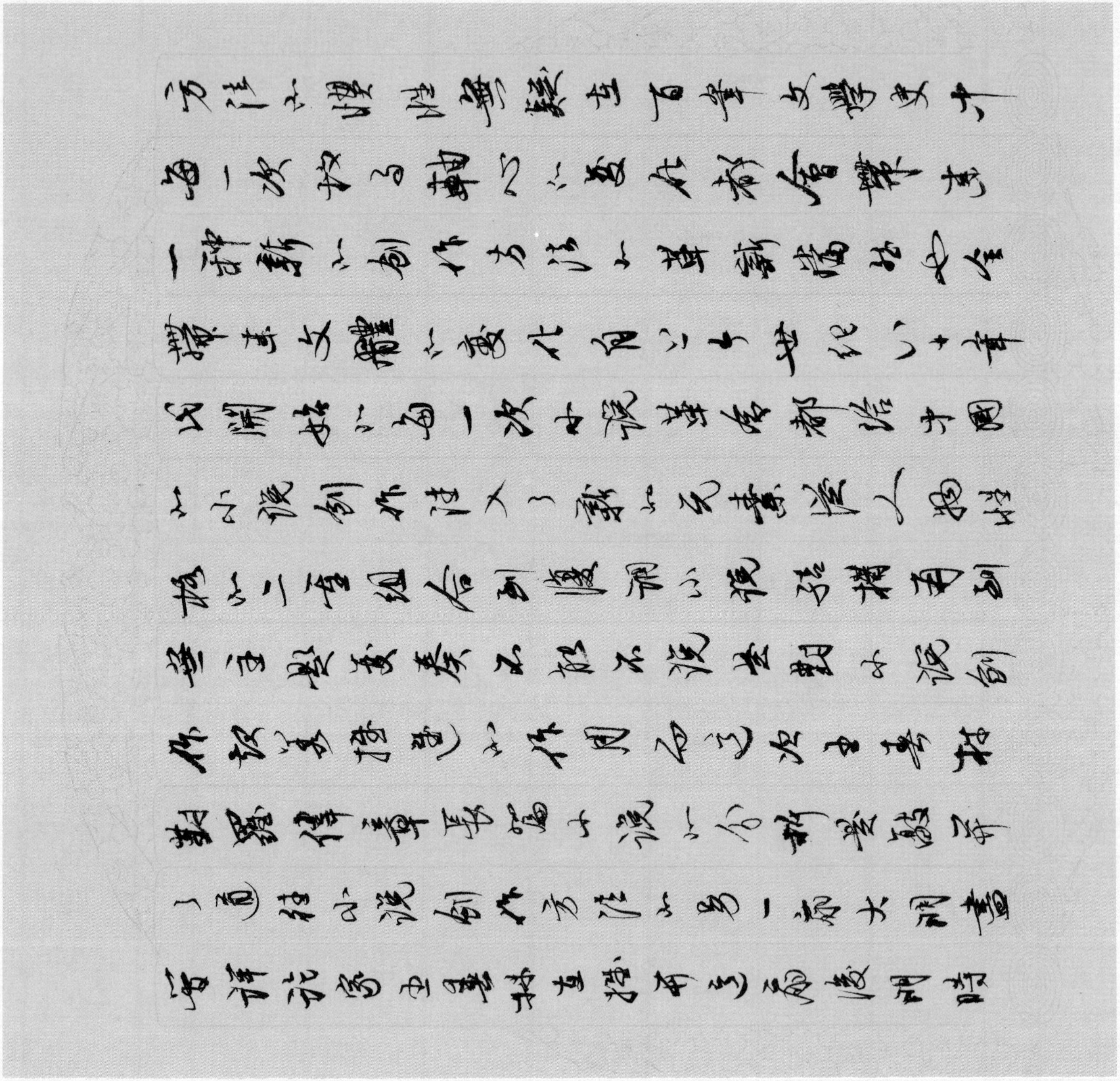

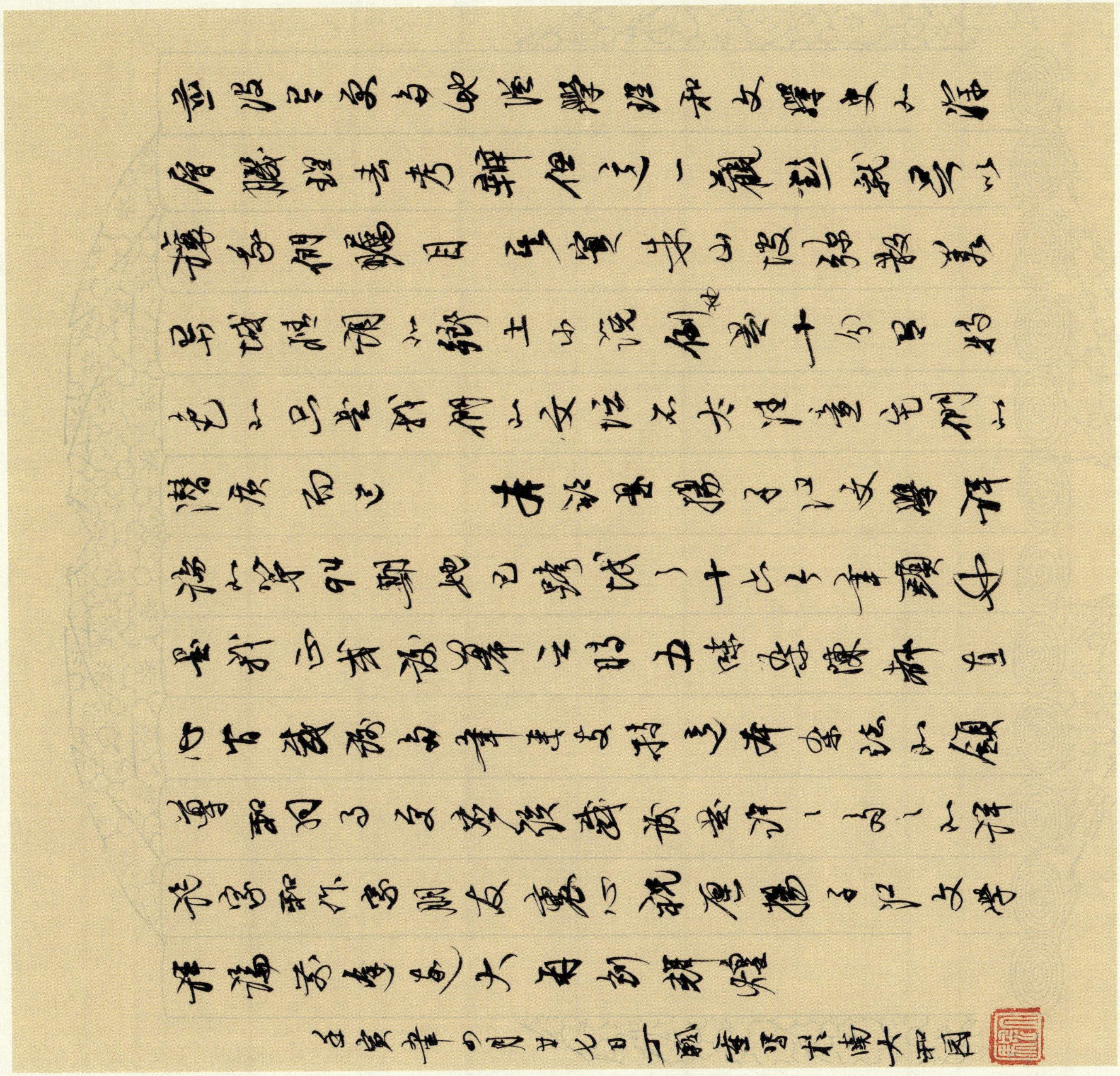
壬寅年四月廿七日丁帆書寫於南大和園

2022 年第 3 期（未刊稿）[1]

本期我们刊发了一组王尧《新时期文学口述史》[2] 的评论文章，季进先生认为："虽然'口述史'理论 1950 年代即已进入中国，也一直不乏类似口述史学方法的取向，但与西方比起来，我们的'口述史'研究与成果相对滞后。一直到 1990 年代，'口述史'才繁盛一时。"而宋明炜先生认为："假如文学史可以作为一种文类，这在当今可能是最具'中国特色'的文类。"是的，口述文学史在中国的兴起也就是这二十多年来的事，显然，它是当代文学史的一种补充，即使不为信史，也是重要的参考史料，与其他参考史料互证，便可以扩展研究的疆域，从而进入文学史探索的深层肌理之中。然而，要做好口述史却并不是一件易事，正如王德威先生所言："口述史也牵涉声音、叙事文字，以及与时空的碰撞。受访问者以第一人称回顾往事，或还原所谓历史的真相，或钩沉揭秘，自然传达一种可信度与权威感。但我们都明白，任何回忆总难免后见之明。时过境迁，当事人的记忆与判断可能有变，更何况客观环境的左右，该说的和不该说的分寸处处都得拿捏。这牵涉到叙事的艺术与技术：如何从记录下的千言万语整理、编写出一套可以刊行的叙事，绝非易事。"不错，"艺术与技术"是口述史的成败关键所在，作为采访的主体，如何巧妙地取舍、甄别材料，面对一个活生生的被访者，如何发表出真实可信、无所讳饰的口述信史，使之成为文学史不可或缺的组成部分。窃以为，在采访者和被采访者之间，两者在人格上是平等的，但二者都必须尊崇两个基本原则：一是规约以史实为最高原则；二是被访者出现记忆错误，采访者有权进行甄别改正，其技术处理可以用注释方法。有了这两条原则，将会极大地提高口述文学史的采信度。

本刊原定不刊发现代文学论文的规矩此次破例，是因为陈平原的论文和论陈平原的文章作为一种学术范式，是中国当代文学可资可鉴的方法，值得一读。

本期是《扬子江文学评论》的第 94 期，她已经跨越了十六个年头，作为一个编刊人，在我主动谢幕之际，我祝福它的未来美丽。

壬寅年三月二十八日丁帆书于南大

---

① 2022年第3期，因王尧老师《新时期文学口述史》一书尚未出版，故先撤去相关评论文章，原卷首语未刊发，重新写了卷首语。

② 书名为"新时期文学口述史"，手稿写成"新时期口述文学史"。

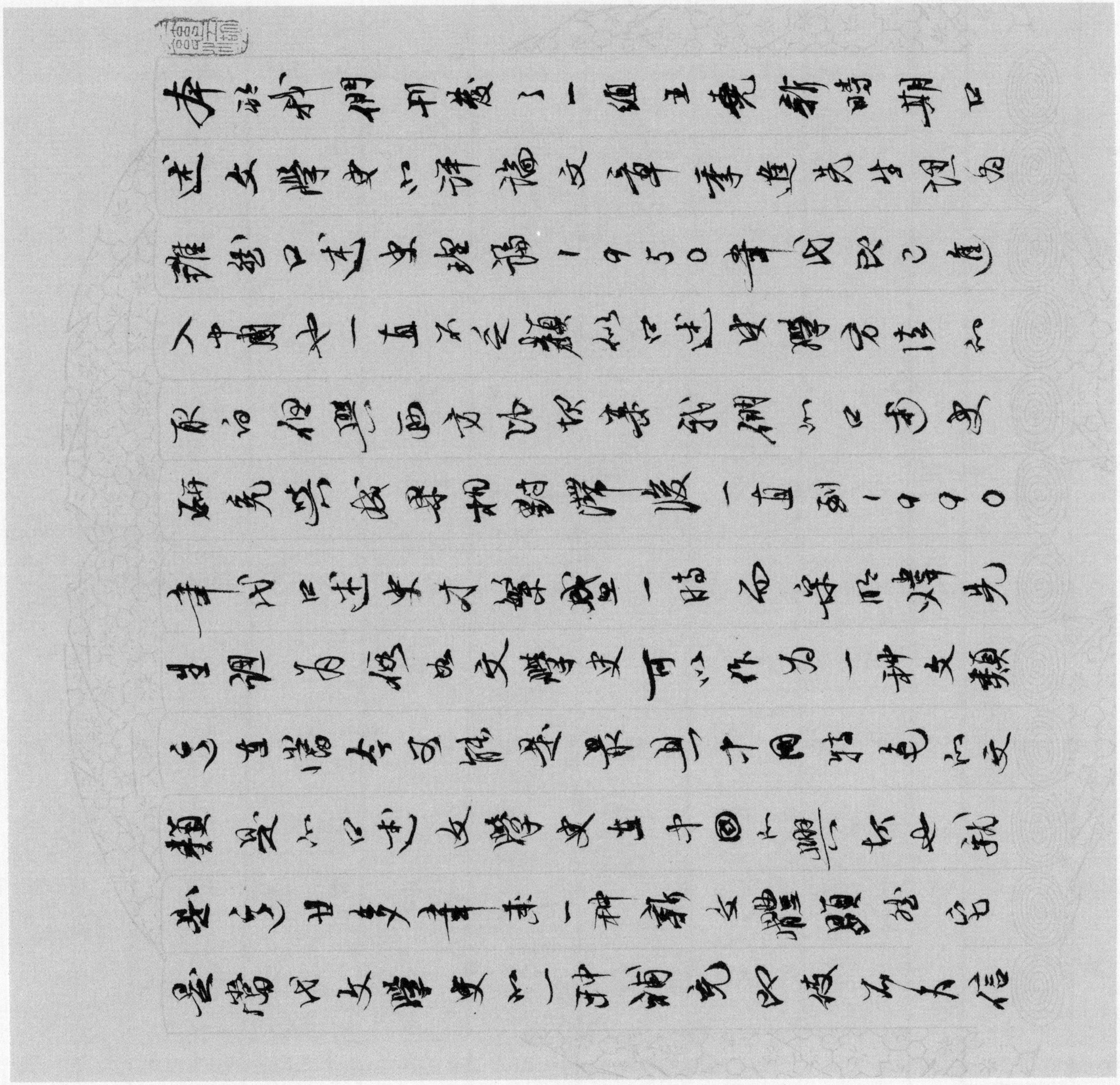

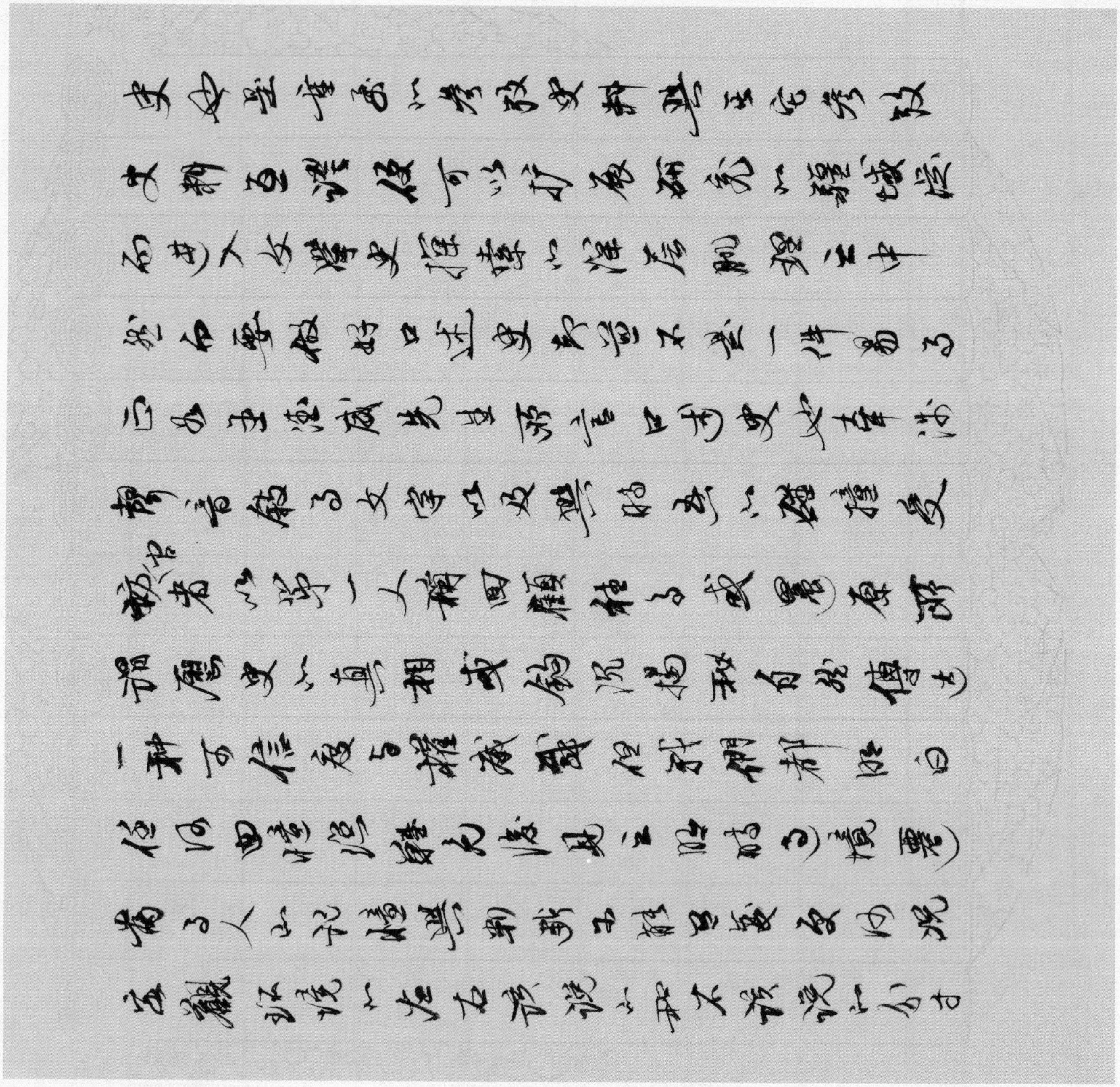

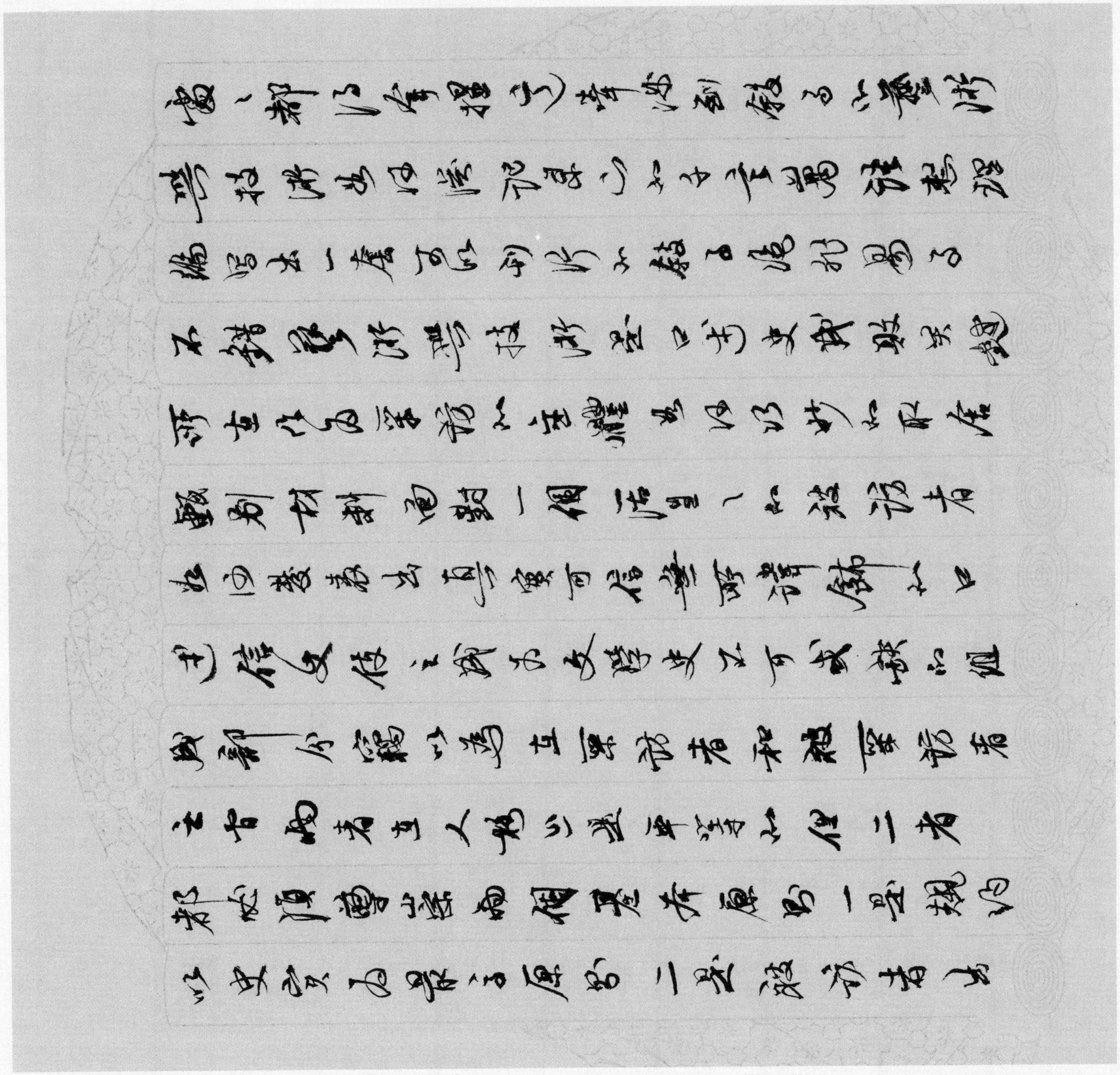

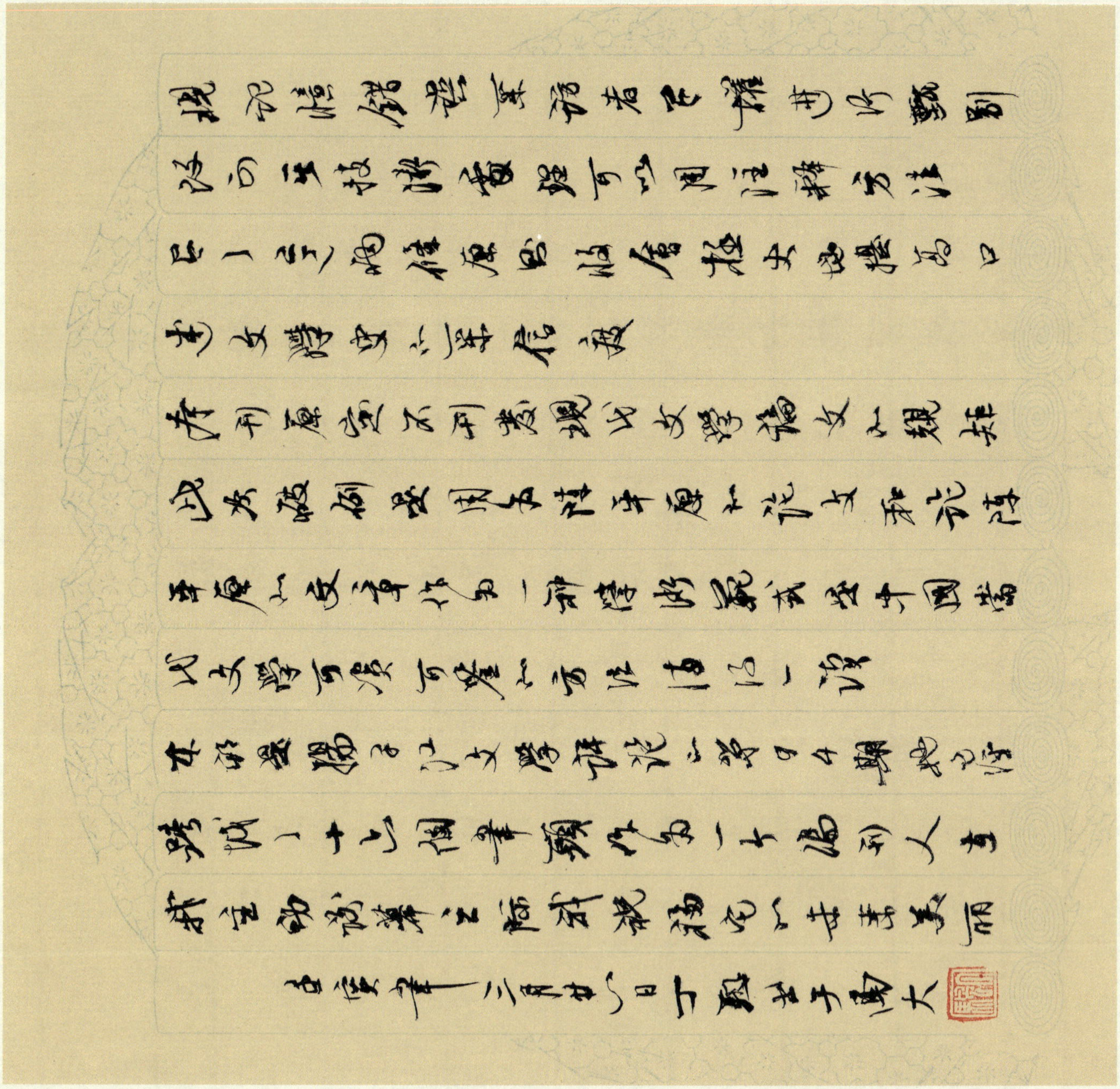

出版说明

《扬子江文学评论》,原名《扬子江评论》。该刊卷首语的创作,始于2006年第1期,终于2022年第3期,历时16年,共计95篇,其中包括一篇未刊发的《新时期文学口述史》。现将全部卷首语汇编成书,予以出版。

卷首语每篇均由作者手稿影印件和重新录排校对的整理稿组成。编辑原则如下:

(1)手稿中讹脱衍倒之处,整理稿予以改正,并出校说明。

(2)行文中的标点、异形词等按照通行用法径改,不再出校。

(3)手稿涉及的引文,出版时逐一核对,在不产生歧义的情况下,力求符合被引文献的原貌。

由于出版者水平有限,疏漏之处,还请读者诸君谅解并指正。